U0743857

润物

周生祥◎著

浙江工商大学出版社
·杭州·

图书在版编目(CIP)数据

润物 / 周生祥著. — 杭州 : 浙江工商大学出版社,
2021.9

ISBN 978-7-5178-4659-8

Ⅰ. ①润… Ⅱ. ①周… Ⅲ. ①散文集－中国－当代②
小说集－中国－当代 Ⅳ. ①I217.2

中国版本图书馆 CIP 数据核字(2021)第177106号

润 物
RUN WU

周生祥 著

责任编辑	沈明珠
封面设计	沈 婷
责任印制	包建辉
出版发行	浙江工商大学出版社
	(杭州市教工路198号 邮政编码310012)
	(E-mail:zjgsupress@163.com)
	(网址:http://www.zjgsupress.com)
	电话:0571-88904980,88831806(传真)
排 版	杭州朝曦图文设计有限公司
印 刷	杭州高腾印务有限公司
开 本	710mm×1000mm 1/16
印 张	28.25
字 数	405千
版 印 次	2021年9月第1版 2021年9月第1次印刷
书 号	ISBN 978-7-5178-4659-8
定 价	92.00元

序

未来文学新兴主题探讨

——周生祥笔下的"生态思维"

陈　铮[①]

　　大约一周前,我参加了庆祝乌托邦文学社成立一周年诗会,在亚洲书院碰到周生祥老师。他面容福相且端庄,双目炯炯有神,看上去神采奕奕,一看就是精气神俱全的聪明人。周老师介绍说,自己是理科生出身,过去一直做林业技术工作,后来成立林业专业规划公司,直到最近三年才开始文学写作,已出版五本文学书。饭后,我索取了两本签名书。

　　厚厚的两本书,《跨界》和《天候》,沉甸甸的分量啊! 一本三十七万字,一本五十五万字——我想,这对初出茅庐的作家来说,不可谓不是大挑战。而且,两本书的题材竟然还都是关于植物与生态的! 这是相当冷门的话题,即便当童话写,一般作家也宁可选取机动性更类人的动物,而非看似冰冷无情的植物。对啊,佛法上就将植物划归"无情"一类,因为它的情感简直太难去描摹和体会,除了想象或象征,我们难以直观获取植物的"心情"。所以可以猜测,写这两本书是需要非凡想象力的。

　　回家已是深夜,我迫不及待打开书,先睹为快。惊异发现,两本书都是周生祥与其儿子周喆鸣的合著(周生祥为第一作者),真是上阵不离父子兵。

---

　　① 陈铮,笔名陈虚炎,祖籍杭州,作家兼文艺评论家,目前专职文艺写作。

他的儿子浙大毕业，多次参与电台节目与报刊新闻创作，似乎在文学上比"老子"更胜一筹。不过，这并非重点，同样作为作家，我最关心的是，周氏父子是用什么方式来驾驭此题材，而且能将之写成如此大部头的小说。表达形式与风格论向来是我最关心的，而且，往往略读几章，就能初步判别作者的资历与功力。可是，读周的小说意外的"难"！这与我起初的料想完全相反，甚至，我不敢相信出现在眼前的，这种另类而神奇的表达方式——作者几乎用一种过去作家从未尝试的全新方式来表达和展现课题。

用他自己的形容就是：故事—诗歌—童话的"三位一体"法。知名作家蒋子龙为《跨界》写了推荐语："描写植物界的专业著作很多，科普作品也不少，但是写人类与植物界直接面对面跨界交流的作品还是十分少见。周生祥周喆鸣父子合作写了这部小说——父亲是林业技术专家，现在写小说；儿子大学毕业，不当医生，改行搞影视。这本身就是跨界，也决定了这部小说的独特性。"

而《天候》讲了什么呢？一年二十四节气，天上对应的有二十四位大神，各就各位，各司其职，为天上的事业奋斗着，书中穿插大量神话、传说与民间故事。作者力求将植物、风景、人文、历史、风俗、诗歌等知识糅合在一起，为读者奉献一套生态系列文化大作。

两本书的题材可以说是相仿的，都是关于植物、气候与环保，也就是时下最流行的课题——绿色生态。只是《跨界》的形式偏重诗歌，而《天候》偏重小说。有趣的是，两本书的目录都用了古代章回小说的标题格式，让人读来犹如回环收放的小说一般快慰。可《跨界》的确是诗歌形式啊，那就只好当作叙事体的植物诗歌作品看待了！你看，光这点，就是一个文学空白领域的突破！

若说"跨界"，实非虚言，我读周老师的小说，真感觉自己跳脱出三界外，因为这种文字真的太陌生了！用传统的文学鉴赏的标准来评判周老师的作品太不合适，看来是我想简单了。到头来，对其作品只有大概印象：目录设计，优秀；文字表达，通畅自如；人物形象（植物拟人化），具有明显爱憎情绪或人类性格的典型特征。至于作者想要表达的主题思想与其创作动机，仍在领悟中。

不过，一种膜拜之情悄然而生，我总以为这样的文字下，是与神在对话；或者说，是神在用科普的言语，深入浅出地将一些人生哲理传授给你我。三明（周生祥笔名），真神明也！

这种思想性即是生态思维。换句话说，形式是最先映入眼帘，也是印象最深的，然而通读作品后才发现，却是最无用的。作者创作的要旨并非其创造的"非凡"表达形式（很可能是首创），更重要的是其创造的意图。你可以说，这是理科思维浓重的作者一厢情愿或不拘一格的笔调——因为不懂文学，才无所谓敬畏之心，敢于"胡乱调配"或采用不同形式去创造文学！正所谓初生之犊不畏虎。然而，我所思考的，并不是它产生的原因，而是为何偏偏是这种形式的文学？在我看来，也只有这样的形式与文字才能与其主题完美搭配呼应。这并不是巧合，或故弄玄虚。

恰巧，最近周生祥又要出版新书《润物》，邀我写个书评。于是他将电子稿发我，我亦成为他大作的第一批"内部读者"，幸甚之至，带着这个问题我认真拜读了作品。

首先，《润物》是关于植物文章的散文集，总计三十多万字。一般取四字作为文章题目，按照格局或风格论，间于《跨界》与《天候》，如此也集齐了诗、文、说三类。至于戏，只要改编得当，若演出少儿童话剧，应有很好的教育意义。总的说来，以拟人化的植物相互聊天为写作手法，格式等同于童话，而内容更接近植物科普。这么说或许也不严谨，其内容花样百出，有数学知识、竞猜字谜、成语典故、植物组诗，以及对社会时事的讽刺与批判等。其中所表达的思想也可谓包罗万象，人与植物、天地浑然一体，彼此交换对生命真谛的领悟，谈对理想的认识，同游同赏，同悲同喜，似乎真的将生命三界（人，动物，植物）融于一心。

三本著作还有个明显的联系，那就是故事人物与表达风格的相对统一性。比如《跨界》塑造了香樟王、茶花女、毛笋儿、狗不理草、柳杉王、芦苇君等生动的植物形象。而显然，《天候》与《润物》中出现了许多几乎完全一致或重叠的"人物"。无论作为小说体裁的《天候》还是散文体裁的《润物》，写作手法几乎类同,即对话体的童话形式。这又让我想起柏拉图的《理想国》,事实上,这位苏格拉底的高徒在自己的作品中就尝试用他师傅最擅长的"对话体"来解答各种哲学疑问。这种形式,对于后世社科哲学类或科普作品有很大的影响,只是区别在于一对一还是一对多。一般文学类的哲理作品中,会采用一师一徒的教授方式,更直观地显示困惑与答疑的权威性分界;而在周生祥的作品中,会采用诸如香樟、银杏、枫香之类的植物"权威",作为相关问题的诠释者。比如《植物野营》,就是一篇极好的科普文章,香樟对其他植物解释和说明了许多过去人类对植物的误解,这需要相当深厚的专业知识,以及深入浅出的"转化能力"。还有,《植物搬家》一篇也特有趣,从植物搬家说起,谈到"鸟浪"现象,之后苦槠说:"保护森林,就是保护自然,也是保护人类自己。这次人类发生新冠疫情在野生动物身上的开端就说明问题……"

香樟走上前来说:"这段时间我和人类在一起抗疫,我觉得中国人已认识到:关爱自然、自然中的动物,还有植物。这是我们的星球,但同时也是他们的星球。是以万物之灵的高高在上,把一切为我所用?还是对这些生命持多一点谦卑的态度,更多地尊重他们在这个世界上生存的权利?这两者之间,人们的选择是在什么地方?人类只有按照适合大自然的方式去生活,不浪费大自然的恩赐,才是可持续发展之路。"

苦槠问香樟:"这是不是绿水青山就是金山银山的道理?"答案自然是肯定的。习近平总书记的名言,其实已道出生态思维的核心——保护自然原生态,走可持续发展路。

仅以此例,印证一斑,"窥一斑而知全豹",豹在哪里?作者表达形式多样,诗、散文、小说体混合并用,交映成辉;素材多样,单篇选题不拘一格;结合当下流行或热门时事话题,引出话题,并给予分析解释,或发表观点看法,将事件和人物都讲活讲透了;一些深奥的科普文章,读来犹如科学小品,阐释形式多样,说教花样迭出,可谓寓教于乐;植物物种丰富,说话样式丰满,性格多样,浓墨淡妆,演尽植物界的"百脸谱",抖尽各种植物相关的科普包袱……

我想,所谓生态平衡,并非只是人与自然间的平衡。人只是自然界的一个属类。人不能总是高高在上去看待万物,看待自然,而应以最谦卑的心态,将自己沉下去,这才是公平的生态,也是还原后的生态。即便是写作,也没那么多形式,所有形式都是为主题服务。所以,只要能刻画和表现主题,能写尽万象生态,如何去写并不重要。生态思维或将成为一种未来文学的新兴主题,或写作形式,最大程度上开阔写作者的视野与创作方式。

这是近日读周生祥父子作品的一点启发与感想。

2021.4.27 于采荷家中完稿

目录

冬日杂思

　　2019年最后一个周日的早上,我终于抓住个空闲,来到小区公园溜达,虽说是溜达,也是想静一静,理一理思路,一年又要过去了,看到大家都在晒成绩单,我这一年又做了些什么呢?

　　在公园的一角,有个约半亩大小的池塘,池的一边是一个平台,平台上悬空挑出一部分,上面铺着木板,作为小区的观景平台,木板上摆放着两张长方桌及八张藤椅。冬日的太阳缓缓地升了起来,阳光照进池水中,发出波光粼粼的亮色。池水不深,不到一米,清澈见底,底下都是鹅卵石,一队小鱼在水中游来游去,自得其乐。

　　我拉过一张藤椅,面朝池水坐下,极目望去,池的前面、左右皆是高低错落的各类植物,周围以竹子为主,亭亭玉立,间以枫香傲然挺拔,往下有南天竹、红花继木、各种黄杨、红叶石楠、杜鹃花等作为灌木陪伴,底层也穿插着一些不记名的草类。稍远处的桂花因在国庆节前风光了一阵,现在静悄悄地在那里休养生息;紫薇花也由于在整个夏季用力过猛,进入了冬眠状态,不惜采用丢车保帅的策略,让园丁剪去了多余的枝条,只剩下主要枝干,光溜溜地立着;白玉兰则是刚受孕成功,喜洋洋地顾自孕育着肚中的宝宝,待到春天到来的时候,即将破苞而出;蜡梅花倒是挺着个大肚子,精神抖擞地在迎接着严寒霜雪,随时做好一展花姿的准备。在更远些的地方,银杏树老当益壮,竟抖落了全身的叶子,赤膊上阵,大有不服来战的气势;只有香樟王还是那么老成持重,用慈祥的目光注视着池边的兄弟姐妹,频频点头示意。

　　要说这个平台我也来过几次,但每次来都没有真正静坐下来细细地欣赏过这里的绝美风景。我一直以为,人的一生会踏上很多条路,有笔直坦途,也有羊肠阡陌,有繁华大道,也有荒凉小路。无论如何,每一条路都要靠自己的双脚去走。这世上没有所谓的无路可走,只要你愿意踏实向前,披荆斩棘,总能找到出路。但反过来,我们常常会只盯着前面的目标奔走,而往往忽略了周边的美景。

正在全神贯注地看着周边植物的千姿百态时,突然听到水面上发出了"扑噜"的声响,我就收回目光转向水面,看到了有几条小鱼正仰着头,晃动着尾巴看着我。我这才想起,大概是我光顾着欣赏植物景观,而忽视了池中的小鱼,惹得它们不高兴了。我忙对着小鱼说:"你们好! 我来看你们了。"小鱼似懂非懂地摇摇头,似乎在问:"你是谁?"鱼儿这一问,倒把我问住了,一时竟回答不出来。鱼儿见我呆住了,也不管我,顾自摆头摇尾地游开了。我则还在想着"我是谁"这个问题,好像成龙演的电影里那个失忆的主人公一样,过了半晌才想起来,我是润园村的一个村民啊,我既没有范仲淹那样的"先天下之忧而忧,后天下之乐而乐"的胸怀,也没有李白那样的"天生我材必有用,千金散尽还复来"的豪气。

这样想着,就想找寻鱼儿告诉它们,找来找去也找不着,倒是发现了池水中生长着的部分睡莲、菖蒲、芦苇。一看到睡莲,马上联想到了周敦颐的《爱莲说》:"予独爱莲之出淤泥而不染,濯清涟而不妖,中通外直,不蔓不枝,香远益清,亭亭净植,可远观而不可亵玩焉。"据家谱记载,周敦颐是我们诸暨周氏的始祖,诸暨周氏历来有敬荷如神的习俗。

这时,太阳徐徐升高了,小区的园丁开始忙碌起来了。我还是坐在藤椅上,看着池水发呆,由睡莲想到了理学,由理学想到了中华文化的源远流长。看到园丁劳动的身影,又想到了这劳动两字。劳字上面是草字头,表明是植物,也就是大自然,中间是宝盖头,表示家里,下面一个力字;再说动字,天上的云用力推,那不是动起来了吗? 这样里里外外、上上下下的用力就是劳动。所以劳动创造人,不劳动者不得食,是最朴素的道理,也是唯物主义的思想。又联想到了"思想"两字,这思字是心上有田,心脏是人最重要的部位,田就是粮食,粮食就是人类的命根子;这想字是木目心的组合,木就是代表植物(大自然),目是用眼睛在看,树木用眼睛在看着粮食问题,这就是最重要的问题,也说明了思想的重要性。人正因为具有"劳动"的技能,又有"思想"的能力,所以才成为了高级动物,但是从这里,不正好看出了大自然的重要性了吗？我们有"思想"能"劳动",离开了大自然的庇护,那又会怎么样呢？

　　暇想又被对面传来的异声打断,抬头一望,看见对面池边的一棵枫香树上,一只松鼠正窸窸窣窣地往上爬去,小区里出现了松鼠,说明这里的生态环境还是很不错的。松鼠爬到一半,看到我在盯着它看,它也不怕,也盯着我看。我猛然想起,再过几天,猪年就要过去了,鼠年就要来到了。这一年里,猪很是上蹿下跳了一阵。猪本性是很温顺的,也没有很高的要求,都是被逼急了才惹的祸。但愿鼠年能如眼前的池水一样,风平浪静吧。

　　太阳越升越高,照在身上暖烘烘的,也许是久雨初晴的原因,空气格外清新。池中的小鱼又不知从哪里游了回来,对着我傻傻地笑;树上的鸟儿也叽叽喳喳地活跃了起来;远处的茶梅开出了鲜艳的花朵。来池边的居民多了起来,打断了我的沉思,我站起身来,活动活动一下筋骨,正如鱼儿离不开水,鸟儿离不开巢,冬瓜长不到树上,人类离不开自然一样,我们还是需要脚踏实地地去"劳动",去"思想",去创造更加美好的明天。

　　我向水池中的鱼儿,树上的鸟儿,还有周围的花草树木挥挥手,离开了它们,回到家中,将刚才的所见所思写了下来,算作纪念。写完后,又投入了新的工作。

冬日游园

　　今天是 2020 年的第一个双休日,忙碌了一段时间,终于可以休整一下了,早上想着去钱塘江边走走,走到楼下门外,才发现天空飘着零星小雨,不便走远,那就在小区公园里活动活动也不错。

　　记得上周日上午是在公园靠东面的一角度过的,今天就去公园靠西面的一角看看。沿着公园小径走去,来到小区靠近西边出入口这边,有一条小溪弯弯曲曲地绕来绕去,一座小桥将小溪隔成两边,桥两旁的小溪拓展开来就形成了两个小池塘,池塘周围照例是堆砌的石块和遍地的植物,争奇斗艳,美不胜收。

　　也许是休息天的原因,又是个细雨蒙蒙的冬日,来这里的人很少,静悄悄的。我站在桥上,正好能静下来细细地观赏这里的一山一水、一草一木。正欣赏时,突然就听到了旁边传来的轻微的说话声,抬起头来前后左右看了看,奇怪了,都没有见到有人啊。再侧耳细听,听出来了,原来是植物们在相互交流。

　　我不知道植物们是什么时候开始说起的,反正等我听到时,是芙蓉花在说:"我觉得我们植物界有一股不正之风,已经非常严重了,必须刹一刹。"

　　稍远处的香樟就问:"你说得具体点,有什么不对的地方?"

　　芙蓉花用手指了指周围一圈说:"你们看看,罗汉松拗的造型多奇形怪状,海桐球、无刺构骨球把自己打扮得圆滚滚的,黄杨、红叶石楠、红花继木等把头修剪得精光滑溜的。这让我看起来感觉很别扭,这哪里是我们植物的本性,这副样子一点野趣都没有了。"

芙蓉花的话刚说完,小竹子、南天竹、广玉兰等植物都随声附和,表示同意芙蓉花的观点。

罗汉松不高兴了,就反驳说:"俗话说,人要衣装,佛要金装,连人、佛都知道这个道理,难道我们植物界就转不过这个弯来?现在人类整形是很时髦的事,不瞒你们说,我这样造型做一做,身价不知道提高了多少倍呢。"

海桐球、无刺构骨球、黄杨、红叶石楠表示赞同罗汉松的说法。

芙蓉花不屑地说:"你们这是不要脸,我懒得和你们说。"

这时分别支持两派观点的植物们就争论了起来。茶花、月季花、迎春花两边做工作,让大家不要吵了。只有蜡梅在旁边心无旁骛地顾自开着自己的花。

香樟说:"关于这个问题,已经讨论过很多次了,公说公有理,婆说婆有理,真不能搞一刀切。我们提倡百花齐放,百家争鸣,该开花时就开花,该结果时就结果,该出手时就出手,该休眠时就休眠。"说着,香樟指了指边上的紫薇说:"像紫薇这样,现在光着身子,只剩下一个主干和骨干枝,他舍弃了许多身外之物,就是为了养精蓄锐,保存实力,到了来年时机成熟时,又能盛开出五颜六色的花朵。"说着用手摸了摸紫薇的树干。

紫薇听到香樟在表扬自己,满心欢喜,又发觉香樟在摸自己,一边抖动,一边"痒、痒"地叫起来。

在稍远处的银杏接上来说:"香樟说得对,任何事情都不是一成不变的,物竞天择,要顺应自然,不能争强好胜,并且要懂得取舍,有舍才有得。比如我自己,在植物界也算老资格了,人称公孙树,这么大年纪了,到了冬天,还不是只能将身上的衣服脱得光光的,只有舍得,才能拥有。在严寒面前,能生存下去是第一重要的,留得青山在,不怕没柴烧。"

躲在地面下的一不知名的小草探出了头说:"大丈夫能屈能伸,像我这样,没有办法就躲到地下去。"

只听到一株高大的树(没看清是什么树)对着小草说:"去去去,你一棵小草,还大丈夫呢,这里没有你说话的份。"

香樟对那株大树说:"话可不能这么说,我们植物之间都是平等的。你可别小瞧小草,他个子虽小,却有大智慧,他们会躲、会藏、懂潜伏、善渗透,弄得不好,他还会寄生到你身上来。野火烧不尽,春风吹又生,再过几个月,遍地又是他们的身影了。"

罗汉松说:"你们说了这么多,我今天倒非要搞搞清楚,我这样拗造型到底有没有错?"

香樟就劝他说:"你也不要太认真了,所谓青菜萝卜各有所爱,三十年河东,三十年河西。你看看人类,过去以胖为美,现在喜欢瘦了。还有过去穿得花花绿绿的是小孩子,现在穿得花花绿绿的是老年人;过去在外面蹦蹦跳跳的是年轻人,现在在外面跳广场舞的都是大妈大爷;过去吃野菜的是穷人,现在吃野菜的是富人……"

香樟还要说下去,罗汉松说:"你不用说了,我懂你的意思了。"

银杏挺了挺腰说:"我们过日子,就像这天气,有时晴空万里,有时阴雨连绵。既然无法改变天气,不如学着调整自己。生活是你自己的,喜怒悲欢都由你自己决定。情绪低落时,试着出门拥抱阳光,学着向同类朋友倾诉,不要让植生输给了心情。"

银杏的话引来了植物们的一片掌声。这时雨已经停了,天也明亮了许多,小区居民来公园锻炼的人多了起来。远处传来的脚步声,植物们似乎感觉到了,都不约而同地停止了说话,只有我还沉浸在植物们的讨论中。

要说以前这里也来过多次,怎么会没有注意到这些可爱的植物们的一举一动呢?由此感受到,我们人类在有些方面是不是该向植物学习呢?假如有一天来一场特别大的天灾,植物度过危机的能力是会超过人类的。想到这里,不由得对植物们肃然起敬,它们本来在我心里的美好形象更觉高大了。

植物迎新

　　新年马上就要到了,处处洋溢着辞旧迎新的气氛。小区里的植物同样如此,它们不想错过这样美好的世界,一大早就纷纷来到公园聚会,展示自己的丰姿。今天,沙朴来到公园后,不但看到了广玉兰、槐树、樱花、银杏等公园里大家都熟悉的常客,还看到了几个生面孔。沙朴说:"今天大概是个好日子,我发现来了几位稀客,你们几位好像是含羞草、合欢、凤仙花吧?"

　　含羞草、合欢、凤仙花分别点点头,说:"是的。"

　　广玉兰说:"据我所知,你们几位在植物中还是比较特殊的。"

　　"有何特殊之处?"植物们围了上来。

　　广玉兰说:"它们各有特点,像含羞草,是比较含蓄的一种植物,'小小一根草,胆子还真小,轻轻一碰它,它就睡着了',就是对其真实的写照;合欢的特点是,它的羽状叶片夜晚会合拢,白天再张开;凤仙花的特点则是,当它的种子成熟时,因果皮富有弹性,风吹或物碰就会把种子弹射到远处,利于传播。这些都是植物的特殊行为,也是不同于其他的有趣之处。"

　　沙朴说:"按照惯例,新人报到,要表演一个节目,展示一下自己的才艺,你们哪个先来?"

　　"要展示哪些方面的? 内容多少有要求吗?"含羞草问。

　　"随便说,没特别要求。"沙朴回答。

　　"那好,我问你,沙朴,你现在是在上班还是已经退休了?"含羞草问。

　　"你问这个干什么? 我上班和退休有什么区别呢?"沙朴有些莫名其妙。

　　含羞草笑着说:"当然有区别了,上班能挣钱才有饭吃,退休能吃饭就是挣钱。所以,各位退休的朋友要好好活着,因为活着就是赚到。"含羞草说到这里,一些植物跟着笑了起来。

"然后呢?"沙朴追问。

"没有然后了,我说完了。"含羞草回答。

"这也太简单了,这样不算,你还要继续来一个。"沙朴拉着含羞草不放。

老槐树看到含羞草脸都红了,就出来解围。老槐树说:"沙朴,想不到你这个老戏精还被含羞草忽悠了。你对含羞草说过可以随便说,没特别要求,现在,含羞草的段子说完了,你得承认,别再难为它了。"

听老槐树这样说,沙朴只好对含羞草放开手。

老槐树指着合欢说:"轮到你了。"

合欢拱手对着老槐树说:"请问您是老夫还是少夫?"

"我当然是老夫了。"老槐树摸着胡须,笑哈哈地回答。

"那好,我就来说一说这个'夫'字。"合欢说。

"'夫'字有什么可说的?"下面的植物小声议论着。

合欢将羽状叶片完全张开,放开手脚,说:"相传,乾隆皇帝有一次到江南巡视,看见一个农夫扛着锄头走来,就故意问身边的宰相:'这是什么人?'宰相回答说:'他是个农夫。'乾隆又问:'农夫的夫字怎么写?'宰相随口回答:'就是二横一撇一捺,轿夫之夫,夫妻之夫,匹夫之夫,孔夫子之夫都是这么写的。'不料乾隆听后,竟摇头说:'你这个宰相,连这个夫字的写法也辨别不清。'宰相忙问:'那皇上认为夫字应怎么写?'乾隆说:'农夫是刨土之人,上写土字,下加人字;轿夫肩上扛竿,先写人字,再写二根竹竿;孔老夫子上通天文,下晓地理,这个夫字写个天字出头;夫妻是两个人,先写二字,后加人字;匹夫是指大丈夫,先写个大字,再加一横便是。用法不同,写法有别,不能混为一谈啊。'一席话,说得宰相连连点头称是。"

老槐树哈哈大笑着说:"真是官大学问大,学问大官大。想不到一个夫字还有这么多写法,也难怪乾隆能当皇帝了。"

银杏接上来说:"中国的文字太奥妙了,里面的学问太深了。"

沙朴说:"合欢说得不错,听得我们大家都欢乐了,不愧是合欢。"说着朝凤仙花看了看。

凤仙花心知肚明，主动上来说："我觉得做学问时，光是了解中国的文字奥妙还不够，关键是要能活学活用，将理论应用于实践，科技要转化为生产力，要取得经济效益。"

"你既然这么说，一定有心得体会了。"沙朴很感兴趣，催促凤仙花快说下去。

凤仙花不慌不忙地说："我还是以人类为例举例说明吧。十多年前，英语能力被人认为是全球化人才竞争的核心，俞敏洪抓住了这个机会，创办了'新东方'，后来成为中国大教育行业的首富。五年前，被张邦鑫的'学而思'取而代之，因为'学而思'满足了中国家长让孩子在国内进好一点的学校的需求。张邦鑫成为中国教育界首富。两年前，李永新搞了个'中公教育'，超越了张邦鑫，这说明公务员培训成了帮人们找工作里最炙手可热的行业。"

"这揭示了一个什么问题？"沙朴插问。

"上面的故事表明，不同时期，教育的需求是在变化着的，教育行业如此，其他行业也如此。只有与时俱进，才能跟上时代的脚步。"凤仙花很肯定地说。

老槐树带头鼓掌，接着说："含羞草、合欢、凤仙花虽然新来乍到，但各有所长，刚才也展示了自己的机智幽默，欢迎你们，银杏，你还有什么要说的吗？"

银杏说："植物们，心态决定了苦与乐，观念决定了成与败，植物这一生，找准你的方向，比努力更重要。生活的意义，不在于我们走了多少崎岖的路，而在于我们从生活中感悟到了多少道理及哲理。有些时候生活的收获与感悟会让我们认识真正的一生，去面对阳光明媚的今天，向往春光灿烂的明天。每个植物都有属于自己的舞台，这个舞台，是那么光灿、美丽，生命从此辉煌无悔，只要坚韧不拔地走下去！"

在一阵热烈的掌声中，含羞草、合欢、凤仙花也融入了新的公园聚会集体之中。

树木联欢

　　春节马上要到了,钱塘社区要在天元大厦举行联欢活动,消息传到润园小区公园植物界,植物们觉得这么热闹的场景,植物界必须要派代表去参与表演,表示祝贺,但派谁去好呢? 植物们内部争论不休,就通知出去,请小区里有意愿的植物在今天早上前来面谈,条件是植物名必须是喜庆的。结果一下子来了很多植物,有合欢、含笑、喜树、甜菜、忘忧草、枫香等。

　　合欢说:"我最喜庆,合欢合欢就是大家都欢,非我莫属。"

　　含笑说:"现在大家生活过得好了,从哪里最能体现出来,就是'含笑'啊,应该派我去。"

　　枫香说:"热闹场合需要一个香字,我是枫香,我去最合适。"

　　甜菜说:"你是枫香,快变成'疯'香了,香是一种气味,而甜是甜在心里的,甜肯定比香好。"

　　忘忧草说:"我没有香,也没有甜,没有欢,也没有笑,但我是忘忧,你们想想,没有了忧,是不是天天乐呵呵的。"

　　喜树刚开始一直不说话,等到其他植物都说了,他才不慌不忙地说:"你们不要吵了,你们争来争去,累不累,我就一个字解决了,就是一个喜字,你们看小区这几天结婚的特别多,是不是门上都贴着一个囍字。"

　　听到这里,香樟、银杏、桂花、竹子等植物界业委会成员都觉得喜树说得有道理,就决定派喜树参加春节联欢会。

植物赛诗

眼看着日子一天天地过去,马上又要过年了,小区公园里的香樟王坐不住了,就把小区植物界的几位大佬找来商量。很快,银杏、枫香、广玉兰、桂花、毛竹等都来了。香樟就说:"春节即将到了,你们看小区里张灯结彩,人们又是置办年货,又是各种聚会,忙得不亦乐乎的,我们是不是也该有所行动?"

广玉兰说:"我觉得没必要,我们不愁吃,不愁穿,乐得悠闲自在的,顺应自然,该开花时开花,该结果时结果。不要去学人类搞得花里胡哨的,瞎折腾。"

桂花不同意广玉兰的说法,桂花说:"话不能这么说,我们现在日子是好过了,但我们不能忘本啊,人类对我们不薄,投之以桃,报之以李,既然他们开开心心过节了,我们也要应应景,配合人类热闹一番。"

毛竹摇了摇身子说:"我同意桂花说的,我们现在物质生活提高了,但精神生活也要提上去,不能过一天和尚撞一天钟了。"

香樟说:"毛竹说得对,但我们可以做些什么呢?大家都说说。"

枫香挺了挺腰板说:"我看电视里人类联欢会办得很热闹,我们也搞个春节联欢晚会吧。唱唱歌、跳跳舞,这些对我们来说并不是难事。"

银杏点点头说:"我觉得搞联欢是好主意,但光是唱唱歌、跳跳舞就觉得文化层次不够,现在人类在搞诗词大会、诗词pk什么的很多,我们是不是也借助联欢来一次诗词pk。"

香樟说:"是啊,我们植物和诗词是有亲密关系的,在诗词中,植物是一种常见的意象,不同的植物代表着不同的诗情思想,人类利用我们写得淋漓尽致,我们也要利用他们写出别具一格的诗词。"

广玉兰摇摇头说:"你们以为诗词有那么好写吗?诗词讲究韵律,而我们植物来自五湖四海,各种方言五花八门,普通话根本没法听,怎能写出诗词来?不要让人类耻笑我们。"

银杏说:"广玉兰此言差矣,什么事都是从无到有,从小到大,从差到好的。没错,我们是五音不全,但我们敢作敢为,只要我们植物界能互相理解、互相包容,图个开心就好了,又何必在意他们人类的想法呢。反过来,他们人类写我们植物的很多诗句也是张冠李戴的,他们照样乐此不疲,又不管我们的感受。"

广玉兰说:"听银杏这样一说,倒是这个道理,我没意见了。"

香樟说:"我们植物文化是有很深渊源的,中华文明是植根于自然基础上的。植物文化的根本就是达观,荣辱不惊,我们的达观使我们的路越走越宽,它需要努力,需要智慧,需要时时保持一种植生处处充满生机的心境坦然面对。只有一笑而过,不断进取,平和释然地面对风霜雨雪,保持达观的心境,虽然有时也会感觉很疲惫,但风雨过后,定会看见美丽的彩虹!"

香樟的话一说完,全场是一片掌声,连躲在地下的小狗不理草都举起双手来鼓掌。

银杏说:"当然,关于赋诗作词,我们都没有经验,为了稳妥起见,我们是不是先来一次比赛,动员各类植物来提供作品,通过评选,将好的诗词推荐到联欢晚会上朗诵。"

银杏的建议大家都表示赞同。接着小区四周就贴出了告示,号召植物们来赋诗作词。只一天时间,植物界业委会就收到了多篇作品,分别是茶叶、雪松、沙朴、乐昌含笑等植物写的。

茶树当然是写与茶有关的,他写道:

　　　　万丈红尘三杯酒,

　　　　千秋大业一壶茶。

　　　　茶是一种情调,

一种欲语还休的静思，
一种热闹后的沉默。
茶是一种姿态，
沉时坦然，
浮时淡然。
人生如茶，
满也好，浅也好，争个什么？
浓也好，淡也好，自有味道。
急也好，缓也好，那又怎样？
暖也好，冷也好，相视一笑。
生活如茶，
先苦后甜再回味。
放慢脚步，
品一杯茶水，
让清清浅浅的苦涩，
充溢喉咙，
荡漾肺腑，
洗涤疲惫。
喝茶，喝的是滋味，
内心和人生的滋味。
茶中滋味，
就是心中滋味，
自然如同水落石出，
浮然而现……
悠然岁月，
从青涩到成熟，
从浮躁到淡恬，
一杯茶，

尽释然。

雪松天天看着日出日落、潮涨潮退,深受感染,他写道:

月似钩,

银光晒之江,

不觉已是霜满头,

惊看钱潮浩荡,

思绪绵绵任天飞。

晨雾起,

霞光映山河,

挥毫疾风奔前程,

写出人生精彩,

岁月滔滔解千愁。

沙朴写了首《润园望江》,是这样的:

独立高丘,

江枫渔歌,

万家灯火。

观钱潮澎湃,

大气磅礴,

船行东西,

桥贯南北。

运河相连,

隧道沟通,

世纪新城楼林立。

望江南,

奥体莲花碗,

怎等壮观?

迎来宾客如潮，

逢世游盛会灯光秀。

环金球剧院，

日月同辉；

音乐喷泉，

仙居天台。

一江碧水，

两岸彩虹，

江山滨城齐奋进。

遥相应，

最美是钱江，

人间天堂。

乐昌含笑写了一首《润园观雪》，赞美冬雪之美，他写道：

钱江飞雪，

既得柔软，

又带深情。

从九霄云外，

飘逸寻来；

男女老少，

拍手叫好。

一夜素裹，

美到窒息，

岂是言语能形容。

逢盛世，

瑞雪兆丰年，

更胜一筹。

山水云天共色，

晴雨月雪江滨之胜。

今阳台饮茶，

围炉煮酒；

凭栏看雪，

桥廊如银。

岁寒雪落，

水墨清欢，

怎一个美字了得。

天地白，

观银粟玉龙，

雪花六出。

······

　　植物界业委会收到这些作品,大为惊讶,想不到植物界藏龙卧虎,一下子收集到了这么多作品,要从中分出上下高低,也不是件容易事,怎么办呢?还是桂花头脑活,点子多,就提出"既然我们植物界业委会水平有限,就提交给小区里的居民去评判,让他们来确定好坏优劣"。

　　亲爱的邻居们,你们说呢?

植物聊天

　　小区植物界要举行春节联欢晚会的海报一贴出，植物们就都知道了，觉得很新奇，也很兴奋。这不，第二天早餐后，植物们就不约而同地聚集在小区公园中心，这其中包括无患子、杜英、乌桕、垂柳、落羽杉等乔木，还有南天竹、杜鹃、黄杨、红花继木等灌木，以及麦冬、酢浆草、狗不理、紫茎泽兰等草本，在旁边池塘里的睡莲、芦苇、水葫芦也来凑热闹。大家聚在一起就七嘴八舌地聊了起来。

　　杜英看了看周围的植物，发现蜡梅没在，四处一张望，看到蜡梅在远处孤芳自赏，就向他招招手，大声喊叫要他过来一起热闹热闹。蜡梅听到了，回答说："春节期间我要值班，走不开，你们玩得开心就是。"乌桕说："蜡梅值班要紧，我们不要影响到他。我在想，既然是办联欢晚会，节目一定要丰富多彩，除了朗诵诗歌，其他节目也要准备准备。"

　　杜鹃说："我可以来一曲《杜鹃鸟鸣》，学那布谷鸟，唱出天籁之音。"垂柳说："那我可以来一段《柳丝起舞·江南颂》，跳得如痴如醉。"芙蓉花说："我就来个变脸的绝招，黄的、红的、白的、紫的，各种花色，说变就变。"黄杨说："我们来个家族大合唱，我们金边黄杨、银边黄杨、金心黄杨、雀舌黄杨、瓜子黄杨一起登台，气势上就可以压倒你们。"

　　无患子笑着说："搞联欢又不是打仗，靠人多势众的。"黄杨说："那搞联欢还不是图个热闹吗，人气当然很重要啊。"

　　落羽杉说："我来自西方国家，我想表演个西洋镜可以吗？"

　　乌桕不同意，他说："这是我们中国的春节联欢晚会，你搞那些西洋镜干什么。"说着做了个"二"的手势。

落羽杉不理解,就问:"你觉得西洋镜不合适就算了,为什么要说我是'二',难道只能你是'一'。"

落羽杉这一问,把其他植物都逗笑了。落羽杉莫名其妙,问旁边的垂柳有什么好笑的。垂柳告诉落羽杉,乌桕说的这个"二",不是第一第二的二,而是杭州话中有特指的"二"。落羽杉就追问垂柳这个特指是说的什么。垂柳被落羽杉缠得没办法,只得据实相告,说这个"二"是个贬义词,是形容傻乎乎的样子。落羽杉听了就不高兴了,对着乌桕说:"你这不是在欺负我们外来植物吗?一点包容心都没有。"

这时紫茎泽兰不合时宜地插进来说:"我没有拿得出手的节目,上台表演就没机会了,我想去现场当观众。"

乌桕被落羽杉回呛了,正心中不爽,就没好气地说:"你紫茎泽兰真不是好东西,你们一来,不是把位置都抢光了,还让不让其他植物有立足之地?"紫茎泽兰被乌桕说蒙了,边上水面里的水葫芦就悄悄地告诉他:"乌桕这是在骂我们呢,是在说我们都是外来的有害生物,侵略性太强了,挤压了其他植物的生存空间。我们还是要小心点为好。"紫茎泽兰对乌桕说:"你这不是在搞种族歧视吗?"

聚会的植物你一言我一语地争论起来,有支持乌桕观点的,也有对落羽杉等外来植物表示同情的,争得面红耳赤,莫衷一是。这时,路过的香樟王听到了植物们的争吵声,就过来静静地听了一会,弄明白事情的原委后,香樟王示意大家静下来,对着大家说:"我们昨天刚刚提出要举办春节联欢晚会,没想到大家的热情这么高,这是好事情,应该鼓励。我觉得我们植物界的联欢,就是图个开心,重在参与。我们乔灌草能够济济一堂热闹一场,叙叙友情,聊聊家常,就达到了目的。我们植物界一直以来都是平等的,我们这里不搞种族歧视,也不排斥外来物种,更加不能搞阶级斗争那一套。你们想想,追根究底,我们有几个植物是本乡本土的,还不是逐步地从外面引进驯化适应发展起来的。我们提倡古为今用,洋为中用,百花齐放,百家争鸣。"

香樟王的话赢得了植物们的一阵掌声。紫茎泽兰朝乌桕看看,一副趾高气扬的样子。香樟王接着说:"但是我们植物界也是要讲规矩的,对于那些自私自利,不择手段侵占他植领地的物种,我们也是要谴责的,他们是不受欢迎的,必要时必须要驱逐出境。"

紫茎泽兰、水葫芦等听到香樟王这样说,都吐了吐舌头,倒吸一口凉气,不出声了。

香樟王最后说:"没有规矩不成方圆,我现在就去植物界业委会,商量制订我们小区植物们生存发展的规章制度,当然正式出台前会充分征求大家的意见。你们继续聊吧。"说完香樟王就离开了。

公园里的植物们抬头看看太阳,见已是午餐时间,都说声"散了,散了",就回各自的地盘取食去了,公园里又恢复了往日的宁静。

植物评人

己亥年的最后一个双休日，南方一些地方将今天称为小年。年味越来越浓了，小区里的植物见人们忙来忙去，又是搞总结，又是开年会，觉得心里痒痒的，吃过早餐后，就不约而同地来到小区中央公园闲聊起来。

在聊了些老生常谈的话题后，枫香挺了挺腰杆说："听说人类在评选最美树、最美花、最美草，结果马上要出来了，你们想知道吗？"

杜英摇摇头说："我们植物界的树、花、草都是很美的，哪里分得出高低好坏，人类这是吃饱了撑的，多管闲事，我可没有兴趣听这些。"

雪松抖了抖身子说："他们人类要做的事我们也干预不了，不过，他们能对我们评头品足，我们也可以对他们评论一番。"

银杏点点头说："雪松说得有道理，我们就来说说谁是小区里最可爱的人？"

毛竹弯下了腰，轻声轻气地说："我就住在路边，每天看着一些人急匆匆地走来走去，趾高气扬，对身边的美景不屑一顾的样子，我觉得这样的人不可爱。"

红叶石楠昂起头来说："照这样说来，我认为小区的园丁是最可爱的人，他们每天把我们打扮得整整齐齐、漂漂亮亮的，我觉得每天的精神状态都很好。"

红叶石楠的话一出口，沙朴就讥笑他说："我怎么感到有些肉麻，你这样是不是有拍马屁的嫌疑。"

红叶石楠委屈地说："我怎么了，我只不过是实话实说，有什么地方得罪你了,你要这样说我。"

沙朴说:"你任凭园丁在你身上摆弄来摆弄去,装模作样的有什么意思,我们植物原生态的野趣都折腾没了。"

红叶石楠反驳说:"人家这是在给我们梳妆打扮,你懂不懂什么是美啊?"

沙朴正要开口,桂花插进来说:"沙朴兄你听我说,你因为一直在外面原野里生活惯了,过的是自由自在不受干扰的日子。但现在你进城了,城里有城里的规矩,和你原来想象中的是不一样的,你有没有看到街上到处都是红绿灯,到处都是监控设备啊?"见沙朴点点头,桂花接着说:"我们植物是最讲究因地制宜、适地适树的,我的意思是,我们要随着环境的改变改造自己,在野外可以放飞自我,在小区里就得有所约束、服从大局。"

沙朴叹了口气说:"早知道是这样,我才不进城呢,放着乡下那么自如的生活不过,到这里来受气。"

无患子过来,拍了拍沙朴的肩膀说:"所谓识时务者为俊杰,你也不要在你那乡愁中拔不出来了,想当年我也是想不通的,后来就慢慢习惯了。"

乌桕接上来说:"你们有没有发现,以前围着我们转的都是些小孩子,他们在我们身旁捉迷藏、爬树、摘果子、掏鸟窝,玩得很开心,现在怎么连小孩子的人影都很少见到了。"

广玉兰对乌桕说:"你也太落伍了,这种情况又不是一年两年的事了,你怎么还没搞明白?"

乌桕朝广玉兰看看说:"听你的口气,你好像是早就知道原因了。"

广玉兰笑了笑说:"那当然,现在的小孩,都被学业束缚住了,说什么不能输在起跑线上,从幼儿园开始就围绕着学业转,课堂外的兴趣班都是七个八个的,哪还有时间到我们身边来和我们互动。"

乌桕说:"那也太可怜了。"说着擦了擦眼泪。

龙爪槐补充道:"另外一点,现在的小孩老金贵了,就是放他们到公园来玩,家长也决不会让他们爬到树上去的,就怕出什么事,哪里还能见到小孩子掏鸟窝的事。"听到这里,旁边的植物们都摇头叹息起来。

银杏见大家情绪低落,就打气说:"也有值得欣赏的事,你们看,现在每天早晚都会有一批老年人,穿得花花绿绿的,来公园里跳广场舞,吸收大自然的精气,他们是很开心的。"

香樟今天在业委会值班,看到公园里同胞们在议论纷纷,就过来站在边上听了一会,刚要走开,被狗不理草拉住了,一定要香樟说几句,香樟见推不过,就只好走到公园中心说:"我记得人类有个叫莎士比亚的说过'一千个人眼中,就有一千个哈姆雷特'。如今,一千个人的心中,就有一千个活法。他们人类是这样,我们植物也一样,你沙朴喜欢原色原味,你红叶石楠追求浓妆艳抹,这都可以。想要找到幸福感,其实并不难,幸福是一种感觉,它不取决于你的生活状态,而只取决于你的心态。真正的幸福,不在别处,就在心中。我希望我们植物们,都能把微笑挂在嘴边,自信扬在脸上,行动落在脚底。"

香樟的话说到这里,全场掌声雷动。异动声惊到了住在公园旁的居民,有几户人家打开窗户探出头来想看个明白。香樟连忙做了个手势,轻声说:"都散了吧。"说完,植物们都回到自己的原位去了,香樟也去忙他自己的了。

公园里又恢复了宁静,头探出窗户的人们见没什么异样,就纷纷关上了自家的窗户。

公园春悟

　　小区公园是我常常要去的地方,但上次去那里却是在春节以前了,那时还是冬天,公园里虽是有些萧瑟,但人气还是旺的。我在那里优哉游哉地和植物谈天说地,还写下了《冬日杂思》《新年游园》《植物赛诗》《植物聊天》《植物评人》等随感文章,也算是和植物们混到一起去了。

　　但春节前后去国外旅游度假了几天,回到家旦后就被疫情困住而不能出去了。在家里的阳台上,虽也能看到小区公园,但总是有些距离,和植物们做不了面对面的交流。

　　终于形势一天天好起来了,武汉那边也传来了好消息,杭州的情况就更乐观了,小区的管控也松了些。今天又是个阳光明媚的日子,我就戴上口罩,春节后第一次来到了公园。

　　到了这里,才真切地感觉到,春天是实实在在地苏醒了。满眼是新绿、嫩绿、鲜绿、翠绿,花红草绿温柔着我的视线,还有那星星般闪动的一点点红、一点点黄、一点点粉、一点点紫,也惊喜着我的目光。当春带着她特有的新绿,海一样地漫来时,真能让人心醉;当春携着她特有的温煦,潮一样地涌来时,也能让人断魂。春,绝对是一帧浸染着生命之色的画布。不管你来或不来,它就在那里,不离不弃。

　　我一边做着深呼吸,一边在久违的公园里踱步。这里是我们自己的家园,过去想来就来,想去就去,也没觉得有什么特别的,直到这次的一场突如其来的变故,才发现原来近在咫尺的地方,也是需要对时珍惜的。正在这样想着,植物们看到了我,就纷纷打起了招呼。

玉兰花挺着个大肚子说:"你好,很长时间没看到你了,怎么到现在才来看我啊,我都快要生了。"

我说:"不好意思,都是被新冠病毒害的,我们被病毒堵在家里,半个多月出不了门,虽然和你近在咫尺,却不能来看你。"

蜡梅花垂头丧气地说:"前段时间,我花枝招展的时候,天天盼望着你们来欣赏,却是冷冷清清,我好伤心。"

月季花指着蜡梅花,笑了笑说:"想不到那么孤傲的蜡梅花也会有如此想法,你以前不是喜欢清静,老是抱怨来看的人太多,不胜其烦吗?"

蜡梅花摇了摇头说:"是啊,树就是这样,人来得多了,怕烦;人不来了,又觉得太冷清,心里空落落的。"

旁边的雪松问我:"话说回来,今年春节开始,你们人类是怎么了,平时来这里跳舞的、拍照的、晒太阳的、观花的人很多,但今年却是几乎看不到人影儿了,到底出了什么事?"

我刚要回答,站在雪松边上的沙朴插进来说:"并且我还发现一个奇怪的现象,很少看到有人过来不说,就是有人来了,也都是戴着口罩,并且东张西望,生怕见到人似的。"

雪松刚说完,红花继木又接上来说:"我的位置是正对着小区大门的,以前小区进进出出是车水马龙,热闹非凡,后来一下子门庭冷落,并且进出的人、车都要检查登记。我还远远看到保安拿着一把枪,每个进出的人要被打一枪,看得我心惊肉跳的。"

我说:"我们人类遭到了一场劫难,你们难道不知道?"

周围的众植物都摇了摇头。

我说:"我们遇到了一个强大的敌人,它的名字叫新型冠状病毒,这个病毒厉害得很,我们惹不起躲得起,所以这段时间都躲到家里去了。万不得已不得不出来时,也是戴着口罩,小心翼翼,就怕引起病毒注意,被它们盯上。"

众植物不约而同地"啊"了一声。红花继木说:"那保安对着进出的人开枪干什么,难道病毒能开枪打死?"

"那个是测温枪!"我苦笑了笑,继续说:"因为人如果被病毒感染上了,可能会发烧,用测温枪测出某人体温高了,就要被隔离,这个病毒传染性太强了。"

沙朴耸耸肩膀说:"你们人类不是天不怕地不怕的吗,怎么连小小的病毒都对付不了?"

我说:"越小越怕,病毒在暗处,我们在明处,看不见的敌人是最可怕的。"

"那这个病毒是从哪里来的?"月季花追问。

"现在也没有完全搞清楚。"我摇摇头说。

沙朴说:"野生动物和我们树木都是好朋友,像鸟类在我们身上筑巢建窝,小动物在我们的树洞里蜗居生活,我们之间都是友好相处的。"

这时,香樟路过这里,听到沙朴这样说,就清了清喉咙说:"话可不能这么说,我们植物界,也深受病毒之害,苦不堪言。如很著名的三大树木病害榆树枯萎病、板栗疫病和松疱锈病,以及稻瘟病、苹果花脸病,等等,对我们也造成了极大的破坏。"

雪松说:"如此说来,病毒是我们和人类的共同敌人。"

不远处的银杏听到这里,就将头探过来说:"也不是这样,在自然界里,微生物、动物、植物都属于生物,都是一步一个脚印进化而来的。"说到这里,银杏用手指了指我说:"像他们人类,也是动物中的一类,只是因为他们进化得快了一些,他们有时会忘乎所以,以为可以主宰一切了。事实上并不是这么一回事,我们家族在植物界几万年了,各种各样的生物灾难都看到过,像鼠疫、霍乱、天花、禽流感等,每一次疫病来了,都是惨不忍睹的。"

植物们面面相觑,雪松怯生生问:"那怎么办好?"

银杏说:"也不必太慌乱,自然界本来是生态平衡的,它有一种自我修复的能力,但自然界的变化修复速度非常缓慢。人类是很聪明的,他们走在前面了,但他们太心急,想要的是日新月异。他们只经历了几万年,想揭开几亿年的大自然奥秘,怎么可能,搞得不好,潘多拉盒子打开,魔鬼跳出来,后果不堪设想。像这次的疫病,就是一个教训。"

听到银杏这样说,我自觉有些脸红,我解释说:"银杏说得有道理,事实上我们的先人早就知道大自然的神秘莫测,一再提醒我们要敬畏自然,我们中的大多数也是这样做的,但一颗老鼠屎坏了一锅粥,林子大了什么鸟都有。"

银杏说:"话又说回来,我活了几百年了,见到的太多了,还是要佩服人类,办法总比困难多。他们总是能想出办法,克服困难,绝处逢生,继续前进。"

香樟接上来说:"随春破土,随夏挺拔,随秋怒放,随冬入藏。寒来暑往,阴晴圆缺,峰回路转,起起落落,风雨不过一时,起落终归正常。只有张弛有度、不疾不徐,才能行稳致远。"

我正想说话,只听得玉兰花在那里叫道:"啊呀,我要生了!"一眼望去,但见玉兰树上,能看到花开的各种形态,有的含苞欲放,花骨朵在树枝上显得与众不同,有的刚刚绽放,粉嫩得像婴儿的笑脸,甜美纯洁。正在热热闹闹开放出的玉兰花,像一群活泼可爱的儿子,组成了一个丰富饱满的快乐天堂,生生不息;又好似一位亭亭玉立的少女挺立枝头,摇摆摆摆,却显得生机勃勃,又是那样婀娜多姿。

看到这里,我由衷叹道,这就是春,因着萌生在这里的生命的齐奏,让人真真切切感受到一种神奇的美丽。看到春来花开,又思悟回味了刚才植物们的对话,觉得心里豁然开朗,连日宅在家里的烦闷一扫而光。我对着玉兰花鞠了一躬,又朝植物们挥了挥手,精神抖擞地朝前走去。

植物解题

　　庚子年春节以来,小区公园里的植物们是特别冷清,因为新冠病毒的原因,人们都被困在家里躲避疫情,很少出来。即使公园里的玉兰花、茶花、红叶李花都开了,但鲜有赏花的人来。这让一直以来喜欢热闹的部分植物受不了了,特别是那些开得鲜艳夺目的花树,更为失落,公园里弥漫着压抑的气氛。

　　香樟、银杏、枫香是公园植物界的三位大哥,看到植物们垂头丧气的现状,很心酸,就聚在一起商量,都说这样下去不行,得想个办法出来,让植物们活跃起来才是正道。枫香对香樟说:"香樟大哥,你德高望重,又善于做思想政治工作,你出来说些话,给大家打打气,鼓鼓劲吧。"

　　香樟说:"我试试。"想了一会,香樟就对着大家大声说:"植物界的兄弟姐妹们,大家好!请大家抬起头来,看看明媚的春光,听听微拂的风声,闻闻泥土的芳香,抖落一身的尘埃,重新焕发出你们的勃勃生机吧!"

　　红叶李抬头对香樟说:"我们自己之间这样说来说去说些大道理有什么用,人类不来欣赏我们,我就是提不起劲来。"玉兰花、茶花等也点头附和。

　　枫香有点急了,指着红叶李说:"你们这是怎么了,人类现在是遇到了暂时困难,过段时间就会好的。难道你们是为人类活的?"

　　"我们是先天下之忧而忧,后天下之乐而乐。"玉兰花说。

　　香樟对着玉兰花说:"你这样理解就偏了,人类是有近忧,但我们不能跟着他们忧愁,反过来,我们更要精神饱满地为他们加油助威,让他们尽快赶走病毒,早点走出家门,融入我们中来。"

枫香接上来说:"你们知道吗,情绪是会传染的。像今年这样的情况,我也没有见到过,但我相信,无论如何,只要一直往前走,就会看到更多更美的风景。所有的弯路和石砾都有它存在的意义,没有过去的坎坷,就不会有今天的进步。别惧怕眼前的挫折,别担心暂时的灰暗,认准目标踏实前行,总会走到曙光降临的地方……"

枫香说了一大段,植物们并不买账。沙朴带头在远处叫道:"少给我们喝心灵鸡汤了。"枫香只好无奈地摇了摇头。

银杏看在眼里,急在心里,他想这样说下去也没效果,必须得另想办法。他把枫香叫到身边耳语了一番,枫香频频点头称是。

银杏清了清嗓子,对着大家说:"我活的时间算长了,我也被今年的疫情惊呆了,但既来之则安之,日子总是要过的。我们还是换个话题,来做几道算术题怎么样?"

雪松眨眨眼睛说:"什么,做算术题? 这也太简单了,你把我们当小孩子了?"

银杏说:"你听我把话说完,我说的做算术题,题目是用诗句的形式出的。"

听说是用诗句的形式出算术题,植物们都来了兴趣,一下子都围绕在银杏树边上,催他先出个题看看。

银杏不慌不忙地指着钱塘江对面说:"我出的题目是这样的:

对江有塔高七层,

点点红光倍递增,

共灯三百八十一,

请问塔尖灯几何?"

枫香接上来说:"大家听清楚了吗,我解释一下,有七层塔,一共亮着三百八十一盏灯,从上到下每层的灯数是成倍递增的,现在问你们,最上面一层有几盏灯,听明白了吗?"

植物们都说听明白了,可是这该怎么做呢?

枫香对着雪松说:"你说做算术题太简单,你倒是说说看,结果是多少?"

雪松结结巴巴地说:"我一下子还说不出来,难道你能知道?"

枫香又对着大家说:"其他花草树木们有知道的吗?"

见大家摇摇头,银杏对枫香说:"你给大家提示一下。"

枫香就装模作样地说:"像这种题目,就是数学上的数列问题,比如第一层是一,那下面几层就是二、四、八、十六、三十二、六十四。看一看这个数列,非常有意思,有一个规律,就是前面几项之和比后面一项少一……"

听到这里,雪松打断了枫香的话说:"你不用说了,我知道答案了。"

"那答案是多少?"枫香追问。

"最上层是三盏灯。"雪松回答。

枫香说:"你解释一下算的过程。"

雪松说:"这很简单,你前面的数列中第七层是六十四,根据你说的规律,前面六层之和是六十三,六十四加六十三是一百二十七,一百二十七是三百八十一的三分之一,所以第一层,也就是塔顶是三盏灯。"

银杏对雪松竖起大拇指说:"雪松说得很对,为雪松点赞。"

其他植物都"哦"了一声,说原来是这样。接着就吵着要银杏再出一题。

银杏看大家的情绪调动起来了,就抬头看看天上,吟出四句诗来。

> 天上白鹭成队飞,
>
> 三四五六七八只,
>
> 首尾二鸟做接应,
>
> 一共数数有几多?

枫香又补充说:"银杏的算术题已经出了,我提醒大家一句,这个结果有一句成语,现在看你们谁能首先算出来。"

枫香话音刚落,广玉兰就笑着说:"这不就是百鸟朝凤吗,就是说这队白鹭一共有一百只。"

沙朴表示不理解,就问广玉兰是怎么算出来的?

广玉兰得意地说:"白鹭成队飞,三四五六七八,就是说三排是四只的,五排是六只的,七排是八只的,再加首尾两只,你算算,是不是正好一百只。"

沙朴掰着手指头一算,还真是一百只,就连忙说:"佩服,佩服。"

这时公园里响起了一片掌声。香樟见好就收，对着植物们说："今天天色已晚，我们明天继续这样来做算术题。"

植物们就笑呵呵地回到自己的位置上去了。

植物猜成语

　　小区公园里的植物们昨天做了银杏出的算术题后，一下子情绪被调动起来了，今天一大早，就集中在公园中心，叽里咕噜地吵嚷着要银杏再出几个题目做做。香樟出来说："昨天是语文老师出的数学题，今天换一个花样，让数学老师出个语文题，大家说好不好？"

　　公园里的树木花草觉得很好奇，这数学老师还能出语文题，就大声喊叫着"好"，等着银杏老师出题。

　　银杏见大家都眼巴巴地看着自己，就抖了抖身子，对着花草树木说："今天我先挂出一张图，里面有九个格子，每个格子上都是些数字，九个格子藏了九个成语，你们来猜猜看，看能猜出几个，如果谁能全猜出来就说明他的文化水平相当高。"

　　说完，银杏要枫香过来帮忙把一张图挂在自己身上。花草树木们围上来，近前一看，图是这样的：

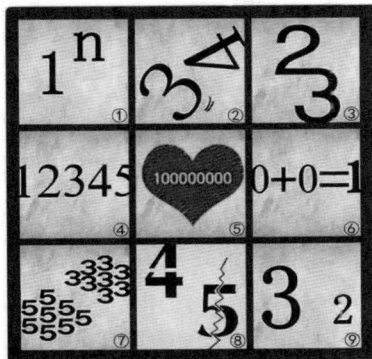

枫香挂好图后,神气活现地绕着植物们转了一圈,口中念念有词道:"就是要考考你们,看你们有几斤几两。"

雪松脱口而出:"颠三倒四。"

"什么,你什么意思,你说我颠三倒四?"枫香对雪松怒目而视。

雪松解释说:"我是说第二个成语是颠三倒四。"

众植物细细一看,颠三倒四还真是反映出了第二格的形象。枫香不好意思地笑着向雪松道歉,说了声"原来如此"。

沙朴说:"受到雪松的启发,那我猜第三格是接二连三。"

"你们看,第五格,100000000,那不是一亿吗,还有一颗红心,连起来就是一心一意啊。"无患子兴高采烈地说。

众植物都说对啊。黄山栾树指着第八格说:"一个4,一个5,4有点分开,5好像被雷劈一样的,裂开了,对了,连起来不就是四分五裂吗?"黄山栾树高兴得手舞足蹈。

广玉兰有些急了,心里想着,容易的都被你们先做了,我就专攻第七格吧,嘴上默念着:"8个3,8个5,数量够多的,可以建一个微信群了。"说到这里,猛然一拍大腿,大声叫道,"这格不就是三五成群吗?"

香樟过来看了看,点点头说:"不错,是三五成群,但你也不要太激动,会影响其他植物的思路。"

广玉兰兴致勃勃地说:"还有哪些没做出来,我再来试试。"

银杏说:"到现在,还有一、四、六、九,这四格还没有正确答案。"

茶花盯着第六格不放,0加0等于1,0代表没有,1代表有了,从无到有,这不是无中生有嘛,就问银杏无中生有是不是成语。见银杏竖起了大拇指,茶花高兴得跳了起来,身上的花朵开得愈发鲜艳了。

毛竹心想,他们树木猜出不少题了,我们竹类也不能落后啊,不然太没面子了。看看第一、第四题比较难,就盯紧第九题,一个3,一个2,3高大一点,像我们毛竹,2矮小一点,像那些杂竹,一大一小,一高一低,一粗一细,一长一短,有了,三长两短,不就是成语吗?毛竹就招手,让香樟过来评判。香樟过来听了后,给予了肯定的答复。毛竹是长吁一口气,掏出纸巾擦了擦汗。

植物们被第一、第四题难住了，银杏说："我提示一下，大家都知道，1的任何次方都是1，往这个方面去想。"

雪松说："一望无际，表示1很多。"银杏摇摇头。

广玉兰说："始终如一，不管怎样都是1啊。"银杏说："可以这样理解，这个成语不错，还有没有更贴切的呢？"

"一成不变！"乌桕拍着双手脱口而出。银杏说："我觉得一成不变更形象，始终如一也算对的，这就是语文题的特点，答案不是唯一的，只要能够解释得通就好。"乌桕和广玉兰都表示接受银杏的观点。

枫香高声叫道："快来看，快来解，12345，猜成语，难住了。"

雪松说："12345，和是15，一五一十？不对。"雪松自己摇摇头。

广玉兰说："12345，一只手啊，一手遮天？也不对。"广玉兰也摇摇头。

乌桕说："12345，这样一直往前，一往无前，好象也勉强。"乌桕无奈地摇摇头。

这时，还有猜五子登科、五谷丰登的，引得植物们哄堂大笑。

一直在地面上默不作声的麦冬草，听到大家在念12345，也念起来，麦冬草说："12345，上山打老虎，老虎打不到，打到小松鼠，松鼠有几个，让我数一数。"麦冬草说着就掰起了手指头，掰着掰着就突然想到，这格成语用屈指可数不是很合适吗？麦冬草就从植物群中钻进去，对着银杏高喊："我猜这格答案是屈指可数！"

银杏带头为麦冬草鼓掌，植物们静了一会，等到弄清楚事情的原委，全场爆发出热烈的掌声。麦冬草脸都红了，吐了吐舌头，退了出来。

香樟、银杏、枫香见花草树木们的热情被鼓动起来了，相互看了一下，露出了欣慰的微笑。香樟对着植物们说："既然大家对动脑筋的事情感兴趣，那我们以后就多组织这样的活动，我们下次就来猜谜语吧，大家说好不好？"

现场的植物们都说"好"，说完了，发觉肚子也饿了，就都回到自己的位置取食去了。

公园里又恢复了原来的宁静。

植物猜谜

　　植物界的花草树木和人类差不多,兴趣来了,刹都刹不住。这不,小区公园里的植物们,前两天做了语文老师出的算术题,又做了数学老师出的语文题,情绪高涨得不得了,听说今天要搞猜谜语的活动,连早餐都没吃,有带着小板凳的,有背着木椅子的,一早围坐在小区公园中心,等着香樟、银杏、枫香三位大哥来玩猜谜语游戏。

　　早上六时整,香樟、银杏、枫香来到现场,一看公园里黑压压地坐满了花草树木,香樟仁很感动,就使出浑身解数,上台来精神抖擞地介绍起来。

　　香樟说:"欢迎大家来参加猜谜语游戏,你们都知道,猜谜语很好玩,有一下猜中的畅快淋漓,有恍然大悟后的一声叹息,也有百思不得其解的意味深长。我们坚持'友谊第一,比赛第二'的原则,重在参与,以精神鼓励为主,物质奖励为辅……"

　　有植物在下面叫:"别说这些没有用的,你就先说说猜谜语的规则,然后直接开始吧。"

　　枫香走上前来说:"我们这次猜谜语的规则是这样的,由银杏老师出题,也就是读出谜面,每个谜语都是打一种植物名,你们来猜谜底,根据举手的先后次序来猜,猜中后进入下一题,共十五个谜题,最终按猜中数的多少决定名次,取前三名。听清楚了没有?"

　　植物们说听清楚了。

　　香樟说:"接下来银杏负责出题,我负责指定谁来答题,枫香负责计分。现在猜谜比赛正式开始。"

银杏上前,高声读出第一个谜面:"青枝绿叶长得高,砍了压在水里泡,剥皮晒干供人用,留下骨头当柴烧。"

读完后,底下都静静地在思考。不一会儿,杜英就举手了。香樟请杜英站起来回答,杜英说:"我猜这个谜底是麻。"

银杏说:"杜英君到底年轻、反应快,回答正确,记一分。"

听银杏这么说,杜英乐得活蹦乱跳。

香樟接着说:"大家清楚了,杜英开门红,一炮打响,就是按照这样来,请银杏继续出题。"

银杏读出了第二个谜面:"小时青来老来红,立夏时节招顽童,手舞竹竿请下地,吃完两手红彤彤。"

坐在下面的桑树一听,这不是在说我的果实吗,马上举手发言,报出了谜底是桑葚。

银杏宣布回答正确,桑树记一分。话音刚落,下面植物议论纷纷,香樟问:"你们在说什么?"沙朴站起来说:"下面很多植物认为,自己猜自己不公平,就是谜底是哪种植物,那这种植物就要回避,不能参与竞答。"

桑树表示反对,说不让自己猜也是不公平的。

下面就争论了起来。银杏就和香樟、枫香商量,过了一会,香樟出来宣布,说采纳沙朴的建议,但刚才桑树的得分有效,下不为例。

下面的花草树木表示认可,猜谜继续。

银杏读出了第三个谜面:"架上爬秧结绿瓜,绿瓜顶上开黄花,生着吃来鲜又脆,炒熟做菜味道佳。"

这题谜底是黄瓜,被雪松猜中。

接下去第四个谜面:"脸圆像苹果,甜酸营养多,既能做菜吃,又可当水果。"

谜底是西红柿,被无患子先猜对。

谜面五:"一个老汉高又高,身上挂着千把刀,样子像刀不能砍,洗衣赛过好肥皂。"

谜底是皂角树,这个被黄山栾树猜中。

谜面六："树大如伞叶层层，一生可活几千年，人人爱它做橱箱，香气扑鼻质量坚。"

听到这个谜面，香樟在台上忍不住笑了笑，被毛竹看到了，毛竹马上第一个举手，回答谜底是樟树，抢得了一分。

谜面七："空心苗，叶儿长，挺直腰杆一两丈，老时头发白苍苍，光长穗子不打粮。"

月季花抢答出谜底是芦苇。

谜面八："兄弟几个真和气，天天并肩坐一起，少时喜欢绿衣服，老来都穿黄色衣。"

这个谜底是香蕉，被红叶李猜中。

谜面九："皮肉粗糙手拿针，悬岩绝壁扎下根，一年四季永长青，昂首挺立伴风云。"

这个谜面一报出，麦冬草就举起了手，但麦冬草个子矮，香樟当时没看见，等到沙朴举手时，香樟看到了，就指定要沙朴站起来回答。这下麦冬草委屈了，竟"呜呜"地哭了起来。香樟忙问是怎么回事，坐在麦冬草旁边的桂花说："是麦冬草先举的手，你却要沙朴先回答。"香樟忙说："对不起，对不起，是我不好，那就请麦冬草先回答。"

麦冬草报出谜底是松树，知道猜中后，麦冬草马上破涕为笑了。

接下来谜面十："高高个儿一身青，金黄圆脸喜盈盈，天天对着太阳笑，结的果实数不清。"

谜底是向日葵，月季花猜对了。

谜面十一："长得像竹不是竹，周身有节不太粗，不是紫来就是绿，只吃生来不能熟。"

谜底是甘蔗，又被毛竹猜对了。

谜面十二："身体圆圆没有毛，不是橘子不是桃，云里雾里过几夜，脱去绿衣换红袍。"

谜底是柿子，被雪松猜中。

谜面十三："春穿绿衣秋黄袍，头儿弯弯垂珠宝，从幼偕老难离水，不洗澡来只泡脚。"

谜底是水稻,被广玉兰猜中了。

谜面十四:"叶子细小杆儿瘦,结的果儿如葡萄,药用可以治蛔虫,名字一听味不好。"

谜底是苦楝树,又被月季花猜对了。

这时,枫香上前来说:"现在十五题已经十四题有结果了,我报一下得分,月季花三分,暂列第一名;雪松、毛竹都是两分,暂并列第二名;杜英、桑树、无患子、黄山栾树、红叶李、麦冬草、广玉兰都是一分。下面是最后一题了,兄弟姐妹们,激动植心的一刻到了,加油!"

银杏说:"最后一题的谜面是天南地北都能住,春风给我把辫梳,溪畔湖旁搭凉棚,能撒雪花当空舞。"

荷花抢先答出了谜底是柳树。

大家"啊"了一声,因为结果明朗了,前三名是月季花、雪松、毛竹。月季花没有争议地得到第一名,雪松和毛竹得分相同,如何分出高低呢?香樟、银杏、枫香商量了一下,决定让他们两个加赛一题,一题定胜负。征求雪松、毛竹的意见,他俩表示同意。银杏就要雪松、毛竹走到台上,读出了加赛题:"粉妆玉琢新世界,傲霜斗雪花自开,岁寒为报春来早,姐妹亲朋喜开怀。"

银杏一说完,雪松就抢答说这个谜底是梅花,银杏宣布回答正确。这样比赛结束,雪松获得第二名,毛竹得到第三名。

接下去是为本次小区公园植物界猜谜语大赛的前三名颁奖,香樟、银杏、枫香给月季花、雪松、毛竹发了奖状,杜英、桑树、无患子、黄山栾树、红叶李、麦冬草、广玉兰、荷花是鼓励奖,得到口头表扬。

这时,香樟抬头看看天上,已是日上三竿,就招呼大家快快回去,马上公园园丁要来园林养护了,到时找不到对象就糟了。植物们应了一声,就一窝蜂地散去了。

植物做奥数

惊蛰一过,春天就接着来了,随着气温的升高,植物们都苏醒过来了。杭州已经连续十多天没有新增新冠感染者了,由于新冠疫情的缓解,到小区公园来玩的居民也多起来了。加上香樟、银杏、枫香们做的工作,这几天,公园里的花花草草心情越来越好。今天一早,植物们又聚集在一起,我一言你一句地聊了起来。

月季花在上次的猜谜语大赛中得了冠军,沾沾自喜,一上来又在夸夸其谈。杜英对上次失利本就耿耿于怀,听到月季花又在吹牛,就有些不服气,对着大家说:"上次的猜谜语大赛因为每个谜语都是打一种植物名,我觉得太单一,我们今天换一种新鲜的谜语来猜怎么样?"

雪松听到又要猜谜语就来劲了,忙问:"有什么新鲜的谜语?"

杜英说:"今天我们来猜打数学名词的谜语。"

众植物都说好,就请银杏来出题。银杏说:"我先出几题,试试你们的数学水平。"说着报出了第一题:"司药,打一数学名词。"

植物们一听,这个司药是个医学用语,怎么和数学名词也能扯上边,大多数植物都摇摇头,表示不理解。杜英说:"这个司药是指药房里的人,拿着药方抓药,这不就是配方吗?数学上是不是有个名词叫'配方'?"

众植物就朝银杏看,见银杏点了点头,植物们都"啊"了一声,原来如此,都说知道了,继续吧。

银杏就再报出一个:"招收演员,打一数学名词。"

雪松反应快,马上猜出谜底是"补角"。

银杏继续出题:"搬来数一数,打一数学名词。"

这下是茶花抢先回答出了结果,是"运算"。

后面的题目:你盼着我,我盼着你(打一数学名词)。谜底是"相等",被毛竹猜中。

北(打一数学名词),谜底是"反比",被红叶李猜中。

从后面算起(打一数学名词),谜底是"倒数",被广玉兰猜中。

小小的房子(打一数学名词),谜底是"区间",被桂花猜中。

完全合算(打一数学名词),谜底是"绝对值",被沙朴猜中。

沙朴刚才猜中了一题,很兴奋,刚要向银杏发问。却见银杏说:"我口渴了,沙朴你去旁边那个水池里打点水来喝。"

沙朴说:"我拿什么容器给你盛水?"

银杏指了指树旁的两只水壶,沙朴拎起水壶就走,却被银杏叫住了。

银杏指着这两只水壶说:"现在这里只有这2个空水壶,容积分别为5升和6升。沙朴你必须只用这2个水壶从池塘里取得3升的水回来。"

沙朴拎着2个空水壶,愣住了,想了一会还是没想明白,只好说:"银杏大哥,你这不是为难我吗?2个5升和6升的水壶怎么能取得3升的水回来?"

银杏也不解释,继续问其他植物,看谁能取回3升的水。见大多数植物都在那里摇头,银杏刚想解释,后排的紫薇走上前来说:"这个简单,我去取来便是。"

银杏欣慰地点了点头,派紫薇去完成这个任务。

过了一会,紫薇果然拎着一只空水壶,一只装有部分水的水壶回来了。银杏看了看,露出满意的笑容,对紫薇是一阵猛夸。

沙朴听不下去了,高声叫道:"且慢,我不服气,你怎么知道这水壶里一定是3升水。"也有一些其他植物附和着沙朴的疑问。

银杏就对紫薇说:"你给他们解释一下。"

紫薇对大家拱拱手说:"我是这样做的,第一步,先用5升壶装满水后倒进6升壶里;第二步,再将5升壶装满水后向6升壶里到,使6升壶装满为止,此时5升壶里还剩4升水;第三步,将6升壶里的水全部倒掉,将5升壶里剩下的4升水倒进6升壶里,此时6升壶里只有4升水;第四步,再将5升壶装满水,向6升壶里倒,使6升壶里装满水为止,此时5升壶里就只剩下3升水了。"

说到这里,紫薇又补充一句:"我将6升壶里的水倒光,拎着5升壶里的3升水就回来了。"

这时,植物们不约而同地爆发出热烈的掌声,沙朴对紫薇竖起了大拇指,说:"佩服佩服!"紫薇忠厚地笑了起来。

银杏接着说:"紫薇的做法很对,一步一步思路很清晰。当然,也还有其他方法,但都是通过这样倒来倒去的就可以完成。这就说明了一个道理,什么事都必须多动脑筋解决。"

银杏刚说到这里,植物食堂里负责买菜的乌桕买菜回来路过,银杏就问他买回来了什么菜,什么价钱。

乌桕告诉银杏,他一共买了4样菜:4根黄瓜、3个西红柿、6个土豆、5个辣椒。"黄瓜每根6分钱,辣椒每个9分钱,"乌桕对银杏说,"一共花了1元7角钱。"

"这笔账不对,"银杏笑着说,"一定是算错了。"

"你还不知道土豆每个多少钱、西红柿每个多少钱,怎么就知道错了呢?"

"你再算一遍吧,肯定是算错了账。"银杏肯定地说。

乌桕仔细地再算了一遍,真的是算错了,就说:"怪了,银杏你是怎么知道的呢?"

银杏说:"黄瓜每根6分钱,辣椒每个9分钱,说明黄瓜、辣椒花了6角9分钱,而你又说一共花了1元7角钱,这样剩下的西红柿、土豆的钱就是1元零1分,而这是不可能的。"

乌桕问:"为什么不可能呢?"

银杏说:"你买的是3个西红柿、6个土豆,不论西红柿、土豆的价格是多少,西红柿、土豆的总价一定是3的倍数,而1元零1分不是3的倍数,所以我知道是算错了。"

听到这里，植物群里发出"喔"的一声，仿佛都在说："原来如此。"

雪松说："银杏大哥刚刚给我们出了两个难题，这是不是属于所谓的'奥数'的内容？"

银杏说："这个怎么说呢，也就是个数学的基本问题。"说到这里，银杏看到一个小男孩背着书包从公园走过，就指着小男孩对植物们说："你们看，这个小孩是住在这里的张老板的儿子，才十岁，可是已经学了三年奥数了，每天放学以后就去参加奥数培训班，你们想想，人类这是有多拼，我们也要努力啊。"

沙朴说："人类也太可怜了，这么小就学这些，有这个必要吗？"

香樟刚好走过来，就批评沙朴说："话不能这样说，人是有志向的，我们植物也要有志向，多学一些总是好的。"

在场的大多数植物都觉得奥数很神秘，也感兴趣，吵着要银杏教教大家。银杏见大家情绪高涨，不好推托，就说："我对奥数也是只知道点皮毛，但既然大家感兴趣，我就来介绍一些。我先讲一个韩信点兵的故事。"

沙朴说："你要介绍奥数，怎么说到韩信点兵那里去了？"

香樟要沙朴别插嘴，让银杏说下去。

银杏喝了一口水后说："韩信是中国汉代著名的大将，曾经统率过千军万马，他对手下士兵的数目了如指掌。他统计士兵数目有个独特的方法，后人称为'韩信点兵'。他的方法是这样的，部队集合齐后，他让士兵1、2、3……1、2、3、4、5……1、2、3、4、5、6、7地报三次数，然后把每次的余数再报告给他，他便知道部队的实际人数和缺席人数。他的这种计算方法历史上还称为'鬼谷算''隔墙算''剪管术'，外国人则叫'中国剩余定理'。有人还用一首诗概括了这个问题的解法：

三人同行七十稀，

五树梅花廿一枝，

七子团圆月正半，

除百零五便得知。

这意思就是,第一次余数乘以 70,第二次余数乘以 21,第三次余数乘以 15,把这三次运算的结果加起来,再除以 105,所得的除不尽的余数便是所求之数(即总数)。例如,如果 3 个 3 个地报数余 1,5 个 5 个地报数余 2,7 个 7 个地报数余 3,则总数为 52。算式如下:

$$1 \times 70 + 2 \times 21 + 3 \times 15 = 157$$

$$157 \div 105 = 1 \cdots\cdots 52$$

大家可以验算一下。"

沙朴一验算,52 这个数还真是 3 个 3 个地报数余 1,5 个 5 个地报数余 2,7 个 7 个地报数余 3,就点点头,表示信服了。

这时,银杏看到对面的草坪上有一群鸟儿停着,就说:"我给你们出一道题,请用'韩信点兵法'算一算。前面的这群鸟儿,我也数不清一共有多少只。我先是 3 只 3 只地数,结果剩 3 只;我又 5 只 5 只地数,结果剩 4 只;我再 7 只 7 只地数了一遍,结果剩 6 只。请你们帮我算一下,这群鸟儿一共有多少只?"

月季花反应很快,一下子就算出来了,这群鸟儿一共有 69 只。

银杏高兴地点点头说:"今天我们开了一个好头,现在公园里的人多起来了,我们不能影响他们赏花弄草,明天继续吧。"

植物们就一窝蜂地散去了。

植物论 π

春天到了,雨水一如既往的多,惊蛰一过就是春分,植物们已经从严冬中苏醒过来,该发芽的发芽,该开花的开花,公园里一片生机勃勃的景象。杭州的疫情缓解后,来公园玩的人就多了。花草树木的郁闷情绪已一扫而光,常常聚在一起猜谜解题,好不热闹。但植物聚会多了,各种事情都会发生。

这不,今天清晨,同样住在池塘边的枫杨与垂柳聊着聊着就吵了起来,枫杨说3×8=21,垂柳说3×8=24,相争不下就说到小区公园去,让大家来评评理。公园附近的植物听到争吵声,都围了过来,但过来的花草树木虽然心里明白,就是说服不了枫杨与垂柳。麦冬草急了,就急忙找来了住在稍远处的银杏。

银杏来了后,听了枫杨与垂柳的说法,就大声说:"把争论三八二十四的垂柳拖过去打二十大板!"

垂柳不服气,大叫:"明明是枫杨蠢,为何打我?"

银杏答:"跟三八二十一的树都能吵个不停,还说你不蠢?不打你打谁?"

众植物听了,哄堂大笑,垂柳只得自认倒霉,枫杨则羞愧地低下了头。

这时,路过的香樟插进来说:"兄弟姐妹们,你们不要和不讲理的植物较劲,因为最后受伤的可能是你,因为你的十张嘴也说不过一张胡说的嘴!树年纪大了想要快乐,一定要记住:遇到烂树不计较,碰到破事别纠缠!"

这时,一个小孩背着书包从小区公园走过,枫香指了指小孩,叹了口气说："你们看看,他们人类很小就已经在学奥数了,可我们还在为三八二十四争吵,好意思吗?再不努力要被人类甩开几条街了。"

雪松说："听枫香说到奥数,我倒想起前几天银杏给我们讲过几道题的,今天能不能继续给我们讲讲数学知识。"雪松的话音刚落,植物们就鼓起掌来。

银杏走上前来说："既然大家这么热情,我就来倚老卖老说一说,我问问大家,今天是什么日子?"

"今天是3月14日,有什么特别吗?"乌桕好奇地问。

银杏看着大家说："是的,今天是3月14日,3.14是个神奇的数字,由圆周率最常用的近似值3.14衍生而来。2011年,国际数学协会正式宣布,将每年的3月14日设为'国际数学节',全球各地的一些数学界的人,会在这天下午1时59分,或者在下午3时9分(15时9分)进行庆祝,以象征圆周率的六位近似值3.14159。"

"且慢,这个圆周率什么意思,请解释一下。"杜英插进来说。

"圆周率是圆周长与直径的比值,也是圆形面积与半径平方的比,用一个希腊字母 π 来表示。可能是因为在数学公式中随处可见,π 在流行文化中的出现频率及地位,远远高于其他数学常数。它还应用于许许多多的数学和科学领域中。上至天文,下至地理,在宏如宇宙、微如量子的地方,四处都会看到 π 的身影。π 的魅力和 π 带给我们的惊喜,就像它的数一样,无穷无尽,永不重复。"银杏说到这里,一阵感叹。

"那这个圆周率是个什么样的数,如此神奇,又是谁先发现的?"茶花也来了兴趣。

银杏充满感情地说："圆周率是个无理数,就是说,它是个无限的不循环的小数。人们知道这个数字已经有数千年了,它有着跨越文化的魅力,古巴比伦人、古希腊人、中国人,都曾试图计算出更加精确的圆周率数值来。魏晋时期的数学家刘徽在他所著的《九章算术注》中,运用'割圆术'的思想,写道'割之弥细,所失弥少。割之又割,以至于不可割,则与圆周合体,而无所失矣'。算到正3072边形的面积,得到 π =3927/1250(即3.1416)。'割圆术'

的思想是中国古代数学中极限概念的萌芽。祖冲之在刘徽探索圆周率的精确方法的基础上，提出了'祖率'近似值，这个值在3.1415926到3.1415927之间，首次将'圆周率'精算到小数点后第七位，对中国甚至世界数学的研究都具有重大意义。"

说着，银杏拿出了一本书，说道："在美剧《疑犯追踪》中有这样一段关于圆周率的经典台词，向人们传达了一个数学概念中蕴含的人生哲理：π，圆周长与其直径之比，这是开始，后面一直有，无穷无尽，永不重复。就是说在这串数字中，包含每种可能的组合，你的生日、储物柜密码、社保号码，都在其中某处。如果把这些数字转换为字母，就能得到所有的单词，无数种组合。你婴儿时发出的第一个音节，你心上人的名字，你一辈子从始至终的故事。我们做过或说过的每件事，宇宙中所有无限的可能，都在这个简单的圆中。用这些信息做什么，它有什么用，取决于你们。"

听到这里，植物们都呆住了。枫香拿来了一根皮尺，量了量银杏的胸围，是110厘米，又用卡尺量了量银杏胸围处的直径，是35厘米。植物们就拿出手机算了起来，110除以35约等于3.142857，确实近似于3.14。

银杏说："用这种方法量出来的结果是个近似值。现在数学家们尝试用多种方法测算 π值，计算结果已经精确到小数点后几百万位，把这个结果印出来，是厚厚的几大本书。还有能背诵出 π值多少位，已作为考察人们记忆力好坏的一个标志。"

沙朴说："那从明天开始，我也来背 π值了，你们来考考我的记忆力怎么样。"

"就你个木脑袋，还想背 π 值，我看算了吧。"广玉兰取笑沙朴。

"我是木脑袋，你难道不是木脑袋，不服比一比。"沙朴反击道。

枫香说："大家都是木头脑袋，半斤八两，吵什么？有本事请银杏出题目考考你们。"

银杏笑了笑说："现在我们回过头来，出几个动脑筋的数学题做做。"

雪松说："动脑筋我喜欢的，你就快出题吧。"

银杏出的第一个题是这样的："有 10 筐苹果，每个筐里有 10 个，共 100

个。每个筐里苹果的重量都是一样的。其中有9筐每个苹果的重量都是1斤,另1筐中每个苹果的重量都是0.9斤,但是外表完全一样,用眼看或用手摸无法分辨。现在要用大秤一次把这筐重量轻的找出来。"

银杏说完了题目后,对着花草树木说:"谁能出来,一次把这筐重量轻的找出来?"

植物们你看看我,我看看你,大多数摇摇头,表示无法做到。枫香就将雪松的军,说:"你不是说喜欢动脑筋吗,现在脑筋动出来了吗?"

雪松脸涨得通红,想了一会,终于明白过来,一拍大腿,叫声:"有办法了!"

沙朴一脸怀疑地看着雪松说:"你别一惊一乍地叫,倒是把办法说出来。"

雪松说:"我将10只苹果筐按次序排好,第1筐拿出1只,第2筐拿出2只,依次类推,一直到第10筐拿出10只,这样一共拿出了55只苹果,用大秤称一次重量,称出的重量和55斤去比较,少0.1斤就是第一筐是重量轻的,少0.2斤就是第二筐是重量轻的,依次类推,一定可以确定哪一筐是重量轻的。"

银杏朝雪松竖起大拇指说:"雪松脑子灵光的。"众植物齐声喝彩,雪松高兴地笑了。

银杏出的第二个题目是这样的:"一只半母鸡在一天半里生一个半蛋,六只母鸡在六天里能生几个蛋?"

毛竹听到这个题目笑了,沙朴问他:"你笑什么?难道你知道答案了!"

毛竹说:"母鸡整天在我们竹园里找食生蛋,我天天看着他们,对母鸡可熟悉了。当然对母鸡生蛋了如指掌了。"

沙朴说:"你别吹牛,这个生蛋数难道是你看到数出来的?"

毛竹哈哈大笑着说:"我和你开玩笑的,不过这个题目我是这样理解的,先保持时间不变,从1.5只母鸡在一天半里生1.5个蛋,得到1只母鸡在1天半里生1个蛋,6只母鸡在一天半里生6个蛋;再保持母鸡的只数不变,把时间从1.5天增加到6天,扩大为4倍,因而产蛋数也要乘以4,6个变成24个。

所以6只母鸡在6天里能生24个蛋。你们说我的想法对不对?"

银杏刚要回答,广玉兰抢着说:"事实上,这个问题很简单,6只母鸡是1.5只母鸡的4倍,6天是1.5天的4倍,母鸡只数扩大4倍,时间扩大4倍,产蛋量就要扩大16倍,1.5个蛋扩大16倍就是24个蛋。"

广玉兰的话一说完,公园里就响起一阵掌声。广玉兰看看沙朴,一副趾高气扬的神色。沙朴发狠说:"横什么横,总有一天,我要比过你。"

银杏看看时间也不早了,说今天就这样了,下次再聚吧。植物们说声好,就各就各位,背圆周率去了。

植物抗疫

今天是 3 月 15 日，星期天，天蒙蒙亮时，沉睡了一晚上的植物们就苏醒过来了，伸了伸懒腰，抖了抖身子，前后左右看了看，发觉没什么异样，就狠狠地吸了几口二氧化碳，又用树根吸了几口水后，就慢慢地踱步到小区公园里，又天南地北地聊了起来。

先是枫香问沙朴："你昨天回去背圆周率，能背出几位数了？"

沙朴不好意思地摇了摇头说："看来我真的是木脑袋，背了一晚上，只记住了小数点后 6 位。"

枫香又问广玉兰，广玉兰说自己已经背出了小数点后 7 位，并且广玉兰又补充说，反正我又能胜过沙朴一筹。

沙朴正想说什么，看见香樟从公园旁急匆匆地走过去，觉得很好奇，就话锋一转，对着大家说："你们有没有发觉，我们的香樟大哥以前是公园里聚会的主角，但最近似乎来得少了，就是来了也是匆匆忙忙的，说几句就走，不知道他在忙些什么？"

垂柳、黄山栾树、无患子等树也表示很不放心，不会是出什么事了吧。

枫香说："怎么你们难道还不知道啊，香樟大哥是我们小区植物界的头啊，今年春节以来，情况特殊，他一直在忙着抗疫的事。"

一听说有疫情，植物们脸色都变了。红叶石楠壮了壮胆，问枫香："抗疫，抗什么疫，难道我们植物界出现疫病了？"

枫香急忙说："看把你们急的，不是我们植物界的疫病，而是危害人类的疫病，就是那个新型冠状病毒引起的疫情。"

红花继木长吁了一口气说:"真是吓死我了,既然是危害人类的疫病,又不会感染到我们植物头上,香樟大哥还有什么可忙的?"

雪松看了红花继木一眼,有点生气地说:"话可不能这么说,防治疫病,植物有责。人类是我们植物的朋友,我们的好日子离不开人类的呵护。前段时间人们被冠状病毒逼到室内,公园里人影儿都见不到,那时你们不是都无精打采的。现在杭州的疫情缓解了,来公园的人也多起来了,这是求之不得的好事。"

广玉兰也说:"以前我们植物界出现疫病时,人类还是想尽办法帮助我们抗病的,现在人类有难,我们也不能袖手旁观。"

"你们说了这么多,知道这个冠状病毒是怎么来的吗?"茶花插进来问。

花草树木有的说这个病毒是从蝙蝠身上传来的,有的说是蝙蝠通过穿山甲寄生再传到人类的,穿山甲是二传手。也有的为蝙蝠抱不平,说蝙蝠和我们树木是朋友,常常在我们树木身上栖息呢,也没见有树木染上病的,可别冤枉了蝙蝠。

广玉兰说:"这个病毒很狡猾,主要是针对人类的,好像不影响植物。前段时间听说过狗身上检测到病毒,最近说是发生了人传牛的事件,不知道是不是真的。"说着拿出了手机,从朋友圈里找出了一张图片,是一头牛倒在地上的照片。"

枫香看了这张照片后,笑得眼泪都流了出来。广玉兰看得莫名其妙,问他笑什么?枫香止住了笑说:"这头牛是美国华尔街的铜牛,以前确实牛得很,但最近因为那边的人得病的多了,这头牛再也不牛了,弄不好就会轰然倒下了。"

广玉兰说:"人得病和牛倒下有什么关系?"

枫香摇摇头说:"看来你是真不懂。华尔街是什么地方,是国际金融中心,华尔街的牛是美国股市的风向标。人得病了,经济受到大影响,股票就断崖式下跌了。在一周内,美国股市出现了两次熔断,那可是破天荒的,你说华尔街那头牛还立得住吗?"

广玉兰说:"什么熔断、华尔街的牛,我们哪里知道这么多。"

"那这个病毒到底是从什么时候什么地方开始发生的?"月季花怯生生地问。

枫香说:"这个谁说得清呢,外面的传说很多,有说是从野生动物那里来的,也有说是从实验室里跑出来的,更可笑的是还有说是天外来客带来的。"

沙朴说:"算了,算了,你们扯得太远了,刚才我们说什么来着……对了,刚才是说香樟大哥为什么这么忙,不是说杭州的疫情缓解了吗?"

枫香叹了口气说:"本来我们国内的疫情是缓解了,但现在国外的疫情却爆发了,韩国、意大利、伊朗等国疫情厉害得很,而中国人在世界上各地都有,在国外安全受到威胁时,这些人想想还是祖国安全有保障,所以要千方百计回国来,这样国内又受到了输入性威胁,已经缓和下来的形势又变得复杂了。香樟大哥作为我们小区植物界的代表,要带头做好防疫工作,所以格外忙碌。"

沙朴点点头说:"原来如此,也难为香樟大哥了。"

这时,银杏刚好过来,听到植物们在议论香樟,就接着话题说:"你们有些也许不知道,香樟实在太操心了。不要说现在是防疫特殊时期,就是在平时,他也有做不完的事。比如前几天红叶石楠和杜鹃花为争夺阳光权吵起来了,香樟去做了很长时间的思想工作,才算平息下来。"

银杏说到这件事,旁边的红叶石楠脸都红了,连忙向大家道歉,表示以后不能再惊动香樟大哥了。

银杏继续说:"还有,公园池塘里的菖蒲与睡莲为争夺水面,也常常闹不愉快。黄杨家族仗着家大业大,仗势欺木的事也常有发生。加上公园里新进的外来生物,像加拿大一枝黄花、水浮莲等,都让香樟担惊受怕,就是怕这些外来植物拼命扩张,入侵他植地盘,造成危害。香樟经常要去这些地方巡视监测,掌握情况,以免失控。"

雪松说:"以前我们不了解情况,现在听银杏这么一说,香樟大哥真是太不容易了。我建议我们植物界内部要团结友爱,自律自强,尽量做好自身工作,少让香樟操心。"

银杏点点头说:"雪松说得很好。我们植物内部的事还好说,植物外部的事情就更复杂,处理起来更难。比如要处理好我们植物和人类的关系,处理好我们植物和其他动物的关系,处理好我们植物和自然环境的关系。这些都是系统工程,不是简简单单就可以做好的。"

听到这里,杜英眼圈都有些红了,他感动地说:"香樟的事迹使我想起了一句话,我不知道他是谁,我却知道他为了谁。香樟为了我们这个大家庭,默默无闻地做了很多事,我们应该行动起来,为香樟大哥分忧解难。"

垂柳、黄山栾树、无患子等乔木,茶花、月季花、杜鹃花等花木,麦冬草、马尼拉等草木,都一致表示:"银杏、枫香你们说一声,我们能做什么,一定责无旁贷,积极参与。"

银杏和枫香商量了一下,对大家说:"花草树木兄弟姐妹们,大家有这份心意,我们感到很欣慰。目前是非常时期,大家保护好自己,照顾好自己,就是为植物界做贡献。"

杜英、垂柳、黄山栾树、无患子等乔木拍拍胸脯说:"我们身强力壮,可以做些什么的。"

银杏见他们态度坚决,想了想后说:"那我们成立个志愿者协会吧,组织志愿者参加小区门岗的值勤、园区的巡逻、一草一木的保洁以及公共场所的消毒等工作。"

银杏话音刚落,全场响起热烈掌声。

自此,小区植物界志愿者协会正式成立了,他们要为抗疫做贡献。

植物据典

　　小区植物界志愿者协会成立后，雪松、广玉兰、毛竹、乌桕、杜英、茶花、紫薇等花草树木都积极加入组织，为小区植物界的带头大哥香樟、银杏、枫香等分摊负担，为小区的防疫工作出了不少力。

　　这天早上，沙朴、黄山栾树、无患子等一帮花草树木又聚集在小区公园里高谈阔论，无患子就问沙朴："沙朴兄这几天背圆周率背得怎么样了？听说广玉兰去参加志愿者活动，一定没时间背圆周率了，你这次一定能胜过他了。"

　　沙朴对广玉兰连续几次压他一头心存芥蒂，一心想要反败为胜，这几天是拼命恶补，又是请家教，又是上夜校。通过努力，终于可以背到第十二位了。听到无患子问起这事，就洋洋得意地自吹自擂起来。刚巧广玉兰巡查路过这里，听到了沙朴的话，就对在场的植物们说："像沙朴这样，属于华而不实，没有用的。"

　　无患子就问广玉兰："这'华而不实'是什么意思？"

　　"华而不实是一句成语。"广玉兰回答。

　　"那成语又如何解释？"黄山栾树追问。

　　"成语是汉语词汇中特有的一种长期沿用的固定短语。来自古代经典，或名著或历史故事或人们口头相传，意思精辟，隐含于字面意义之中，往往具有典故。"广玉兰解释道。

　　听到说有典故，植物们的兴趣被吊起来了，吵嚷着要广玉兰说说"华而不实"的来历。

广玉兰没办法,只得引经据典地说起来:"华而不实中的华,是指花,开花;实,是指果实,结果。这个成语的意思是花开得好看,但不结果实。比喻外表好看,内容空虚。也指表面上很有学问,实际腹中空空的树木。左丘明《左传·文公五年》中写道:'且华而不实,怨之所聚也。'另见《晏子春秋·外篇·不合经术者》中写道:'东海之中,有水而赤,其中有枣,华而不实,何也。'另外,《尔雅》中也有提到。《尔雅》相当于古代的一本词典,对各种各样的花都有解释。《尔雅·释草》中写道:'木谓之华,草谓之荣。不荣而实者谓之秀,荣而不实者谓之英。'意思是:能开花的树木叫作华,能开花的草本植物叫作荣。不开花直接结果实的,叫作秀,只开花而不结果实的,叫作英。"

植物们听广玉兰说得头头是道,都很佩服,纷纷竖起大拇指。广玉兰谦逊地说:"我是一叶障目,不见泰山,植物界藏龙卧虎,高手如云,我献丑了。"

沙朴本就对广玉兰耿耿于怀,刚才又被广玉兰指为华而不实,心有不甘。见广玉兰提到"一叶障目,不见泰山",就起哄要他说出这个成语的典故,说不出就是徒有虚名了。

广玉兰知道沙朴是在存心看他的笑话,好在这个难不倒他。广玉兰清了清嗓子,说道:"成语'一叶障目,不见泰山'是指一片树叶挡住了眼睛,连面前高大的泰山都看不见。比喻为被局部的、暂时的现象所迷惑,看不到事情的全局、主流及本质。"

不等广玉兰说完,沙朴吵着说:"你这是望文生义,不是典故,不能算数。"

广玉兰哈哈一笑说:"我接下来正要说这个典故呢。一叶障目这个成语故事是这样的:从前有个楚国人,过着贫穷的日子,有一次读《淮南子》这本书,看到书中写有'螳螂窥探蝉时用树叶遮蔽自己的身体,可以用这种方法隐蔽自己的形体',于是就在树下仰起身子摘取树叶——就是螳螂窥伺蝉时使之隐身的那片树叶。摘取时,这片树叶落到树底下,树下原先已经有许多落叶,不能再分辨出哪片是螳螂隐身的树叶。楚人便扫取收集树下的好几筐树叶拿回家中,一片一片地用树叶遮蔽自己,问自己的妻子说:'你看不看得见我?'妻子开始总是回答说'看得见',整整过了一天,妻子厌烦疲倦得无法忍受,只得欺骗他说'看不见了'。楚人内心暗自高兴,携带着树叶进入集市,当面拿取人家的货物。于是差役把他捆绑起来,送到了县衙门里。县官审问他,听他说了事情的起因经过后大笑起来。当然最后县令还是把他放了,没有治罪。"

旁边的月季花听得哈哈大笑,笑着对广玉兰说:"那个楚人确实是一叶障目,而我们的广玉兰大哥却是满腹经纶,小弟佩服得五体投地。"

广玉兰连忙对着月季花拱拱手说:"月季花过奖了,像你这样有闭月羞花之貌的植物,我是羡慕不已啊。"

沙朴见一叶障目难不倒广玉兰,但他还不肯死心,听到广玉兰说出闭月羞花四字,又抓住不放。

广玉兰见沙朴这样没完没了纠缠也不是个办法,眉头一皱计上心来,就一把拉过月季花说:"这个闭月羞花的故事里说到月季花,由月季花来讲这个典故更形象生动,大家说怎么样?"

虽然广玉兰的提议,沙朴、月季花是反对的,但在场的大多数植物也不希望沙朴这样死缠烂打下去,就异口同声表示同意由月季花出来讲这个典故。

月季花想不到广玉兰金蝉脱壳,自己只得登台亮相。他摇了摇婀娜多姿的身躯,缓缓说了起来。

原来,这个"羞花",说的是杨贵妃。唐朝开元年间,唐明皇骄奢淫逸,派出人马,四处搜寻美女。当时寿邸县杨元琰,有一美貌女儿叫杨玉环,被选进宫来。杨玉环进宫后,思念家乡。一天,她到花园赏花散心,看见盛开的牡丹、月季……想到自己被关在宫内,虚度青春,不胜叹息,就对着盛开的花说:"花呀,花呀! 你年年岁岁还有盛开之时,我什么时候才有出头之日?"说着不禁声泪俱下,她刚一摸花,花瓣立即收缩,绿叶卷起低下。哪想到,她摸的是含羞草。这时,被一宫娥看见。宫娥到处说,杨玉环和花比美,花儿都含羞低下了头。

这件事传到唐明皇耳朵里,他便喜出望外,当即选杨玉环来见驾,杨玉环浓妆艳抹,梳洗打扮后进见。明皇一见,果然美貌无比,便将杨玉环留在身旁侍候。杨玉环深得明皇欢心，不久就升为贵妃。安史之乱发生以后，明皇携着贵妃和文武大臣西逃，安禄山率兵追赶。西逃路上，大臣们质问明皇，国破家亡，社稷难存，你要江山还是要贵妃，贵妃不死，我们各奔西东。万般无奈，明皇赐死，杨贵妃自缢于梨园的梨花树下。后来，大诗人白居易写了一首《长恨歌》，记叙的就是这段历史。

月季花绘声绘影地讲完了"闭月羞花"的典故，引得众植物一阵喝彩声。广玉兰笑着称赞月季花声情并茂，貌若天仙。说得月季花有些不好意思，听到下面植物们在起哄，月季花掩口而笑说："我是明日黄花，东施效颦了。"

不想这句话又被植物们抓住了，一定要月季花再来讲一个"明日黄花"。

月季花无可奈何，只得继续说道："这个黄花，就是菊花，在《吕氏春秋·十二纪》和《礼纪·月令篇》中都有'季秋之月，鞠有黄华'的记载，其中'鞠'就是指'菊'，'华'即是'花'。'明日黄花'原指重阳节过后逐渐凋谢的菊花，后多比喻过时的事物或消息。这个成语与苏东坡有关。他曾写过一首诗，叫《九日次韵王巩》：'相逢不用忙归去，明日黄花蝶也愁。'意思是说：朋友啊，既然已经来了就不要着急回去，还是趁这菊花盛开的重阳节日赏花为好。因为，如果等到'明日'，重阳已过，菊花凋零，那么不但连人觉得无趣，恐怕连蝴蝶看了也会犯愁的。"

广玉兰不好意思地说："原来这个明日黄花是出自大文豪苏东坡诗中，我昨天写的抗疫报告中还提到'昨日黄花'呢，真是张冠李戴了，羞死我也。"

这时，香樟刚好忙完了社区的防疫工作，路过公园听到了植物们在谈论成语典故，对此表示了充分肯定。植物们见香樟大哥来了，就异口同声地要香樟说几句。

香樟也不推辞，走到公园中心说："成语是中国传统文化的一大特色，是中华文化中一颗璀璨的明珠。每个成语代表了一个故事或者典故，有些成语本就是一个微型的句子。你们通过这种方式学习成语故事我觉得很好，如果长期坚持，大家的文化水平一定会突飞猛进。"

月季花说："香樟大哥现在忙于防疫大事，难得来与民同乐了。今天难得的机会，给我们些寄语。"

香樟说:"也谈不上寄语,我就说几句体会。我们植物一生的意义,不在于我们走了多少崎岖的路,而在于我们从生活中感悟到了多少道理及哲理。有些时候生活的收获与感悟会让我们认识真正的植生,去面对阳光明媚的今天,向往春光灿烂的明天。每个植物都有属于自己的舞台,这个舞台,是那么灿烂,美丽,只要坚韧不拔地走下去,生命从此辉煌无悔!"

香樟的话激起了阵阵掌声。香樟向大家挥挥手,又去忙他的了。植物们也心满意足地离开公园回自己居地去了。

植物说事

　　小区的花草树木最近很忙,既要学奥数,又要猜谜语,现在又被成语故事吊起了胃口。这天凌晨,植物们睡足了,吃饱了,就又陆陆续续踱步到公园,东一句西一句地扯了起来。

　　住在池塘边的垂柳这几天很风光,一上来就朗朗上口地背诵了一首诗:"碧玉妆成一树高,万条垂下绿丝绦。不知细叶谁裁出,二月春风似剪刀。"一副得意扬扬的神色。乐昌含笑见垂柳趾高气扬,就揭他的伤疤,说:"你那天和枫杨争论3×8=21还是3×8=24,被银杏打了二十大板,现在屁股还痛吗?"

　　垂柳白了乐昌含笑一眼,心想你怎么哪壶不开提哪壶,但嘴上却笑嘻嘻地说:"银杏大哥教育得好,我是山重水复疑无路,柳暗花明又一村。"

　　沙朴听到垂柳提到柳暗花明,一根筋又上来了,非要垂柳讲出柳暗花明的三六九来不可。垂柳早有准备,见沙朴逼得急,就侃侃而谈起来。

　　垂柳摇头摆尾地说:"这个'柳暗花明'是一个汉语成语,形容柳树成荫、繁花似锦的春天景象,也比喻在困难中遇到转机,由逆境转变为充满希望的顺境。出自唐代王维的《早朝》:'柳暗百花明,春深五凤城。'唐代武元衡的《摩河池送李侍御之凤翔》也提道:'柳暗花明池上山,高楼歌洒换离颜。'南宋时章良能在《小重山》中也写道:'柳暗花明春事深。'"

　　"可是我却记得'山重水复疑无路,柳暗花明又一村'是宋代大诗人陆游的名句。"乐昌含笑插嘴说。

　　垂柳又白了乐昌含笑一眼,甩了下长长的柳丝,慢条斯理地说:"你别急嘛,我正要说呢。南宋时期,陆游被免职回到故乡山阴,在故乡闲居三年,靠读书打发日子。四月的一天,春光明媚,他独自一人到西山游览,经过一山又一山,终于找到一个绿柳成荫的山村,就作诗《游山西村》:'莫笑农家腊酒浑,丰年留客足鸡豚。山重水复疑无路,柳暗花明又一村。箫鼓追随春社近,衣冠简朴古风存。从今若许闲乘月,拄杖无时夜叩门。'这首记游抒情诗,抒写江南农村日常生活,诗人紧扣诗题'游'字,把秀丽的山村自然风光与淳朴的村民习俗和谐地统一在完整的画面上,构成了优美的意境和恬淡、隽永的格调。"

垂柳一口气说到这里,说得口干舌燥,正想找水喝,抬头看到梅树款款走来,就吞了口涎液,笑着说:"梅树来得正好,我是望梅止渴。"

"望梅止渴? 这个你要解释清楚。"沙朴抓住不放,不依不饶。

垂柳看了看梅树,急中生智,对沙朴说:"望梅止渴是宣传梅树的,由他来现身说法最好不过了。"

"不管谁来说,我只要能听明白就行。"沙朴表态。

梅树朝垂柳呸了一声,说:"柳树你真坏,我一来,你就把皮球踢给我了。不过,既来之则安之,既然是提到梅子了,那我也就当仁不让了。"说着就讲起了"望梅止渴"的故事。

原来这个故事发生在东汉末年,曹操带兵去攻打张绣,一路行军,走得非常辛苦。时值盛夏,太阳火辣辣地挂在空中,散发着巨大的热量,大地都快被烤焦了。曹操的军队已经走了很多天了,十分疲乏。这一路上又都是荒山秃岭,没有人烟,方圆数十里都没有水源。将士们想尽了办法,始终都弄不到一滴水喝。将士们感觉喉咙里好像着了火,许多人的嘴唇都干裂得不成样子,鲜血直淌。每走几里路,就有人中暑倒下死去,就是身体强壮的士兵,也渐渐地快支持不住了。曹操目睹这样的情景,心里非常焦急。他策马奔向旁边一个山冈,在山冈上极目远眺,想找个有水的地方。可是他失望地发现,龟裂的土地一望无际,目光所及之处都是干旱的土地。再回头看看士兵,一个个东倒西歪,早就渴得受不了,看上去怕是很难再走多远了。曹操是个聪明的人,他在心里盘算道:这下可糟糕了,找不到水,这么耗下去,不但会贻误战机,还会有不少的人马要损失在这里,得想个什么办法来鼓舞士气,激励大家走出干旱地带。曹操想了又想,突然灵机一动,脑子里蹦出个好点子。他就在山冈上,抽出令旗指向前方,大声喊道:"前面不远的地方有一大片梅林,结满了又大又酸又甜的梅子,大家再坚持一下,走到那里吃到梅子就能解渴了!"将士们听了曹操的话,想起梅子的酸味,就好像真的吃到了梅子一样,口里顿时生出了不少口水,精神也振作起来,鼓足力气加紧向前赶去。就这样,曹操终于率领军队走到了有水的地方,脱离了险境。

听完了梅树讲的故事,沙朴恍然大悟地说:"原来如此,早就听说曹操是个聪明人,听了这个故事,果然名不虚传。"

梅树说:"曹操是利用人们对梅子酸味的条件反射,成功地克服了干渴的困难。可见我们在遇到困难时,不要一味畏惧不前,应该时时用对成功的渴望来激励自己,就会有足够的勇气去战胜困难,到达成功的彼岸。"说到这里,梅树狡黠地看了看垂柳说:"现在我投桃报李,把皮球踢还给垂柳。"

垂柳大叫道:"你这哪里是投桃报李,你这是落井下石。"

广玉兰笑着对垂柳说:"那你必须得把投桃报李说清楚。"

垂柳心中暗暗叫苦,朝四周一看,发现桃树和李树也混在植物丛中偷笑,就马上指着桃树和李树说:"有桃、李在这里,哪里还轮得到我说三道四,请桃、李还原一下投桃报李的场景好不好?"

植物们都说"好",就把桃、李推了上来。

桃树来到公园中心,笑容满面地说:"垂柳惯会使用金蝉脱壳之计,坏透了。那我班门弄斧,先解释一下'投桃报李'这个成语。它出于《诗经·大雅·抑》'投我以桃,报之以李'之句,比喻相互赠答,礼尚往来,只不过是作为报答的东西更贵重,情意更深厚。在中国传统文化中,来而不往非礼也。这是我们这个礼仪之邦的习惯和规矩。一般交往中是如此,男女交往中更是如此。当然,男女交往中的'投桃报李',已不只是一般的礼节,而是一种礼仪。礼物本身的价值已不重要,象征意义更加突出,以示两心相许,两情相悦。"

桃树停了停继续说道:"还有种说法,是《卫风·木瓜》中提到'投之以木瓜(桃、李),报之以琼瑶(瑶、玖)',生发出的成语是'投木报琼',意思是差不多的。"

李树仪态万方地补充说:"《周南·卷耳》是这样写的:'采采卷耳,不盈顷筐,嗟我怀人,置彼周行。''投我以木桃,报之以琼瑶,匪报也,永以为是好也。'解释成白话则是:他送我的是红桃,我报答他的是琼瑶,琼瑶哪能算报答,是求彼此永相好。这就是'投之以桃,报之琼瑶'的成语原产地。脍炙人口的《邶风·静女》则活脱脱写出了一对无瑕情人相约城隅的情形:'静女其姝,俟我于城隅。爱而不见,搔首踟蹰。'"

桃、李春风满面的讲解,引起了植物们的一片喝彩声。红叶石楠说:"我要把桃、李说的故事写成简报,发到植物网上去。"

杜鹃眉飞色舞地说:"你可不要把他们说的传统文化写成桃色新闻。"

杜鹃话音刚落,公园里爆发出一阵大笑。植物们这才想起了肚子饿了,就兴高采烈地离开公园回原地取食去了。

水杉提干

    三月中旬,冬去春来,花团锦簇,多姿多彩。这段时间,正是植树造林的大好时机,居民们都行动起来了,挥锄挖土,种花弄草。几天下来,小区里又多了许多花草树木的新面孔。植物们心情愉快,也没有闲着,在抓好防疫工作的同时,不忘及时培养优秀干部,经小区植物界班子成员讨论,决定提拔重用水杉。

    第二天早晨,当植物们照例来到小区公园聚会时,就看到告示栏里贴了张任前公示通知,主要内容是这样的:

    经植物界领导研究决定,拟提拔重用水杉,先在植物界内部进行公示。有不同意见的可以通过当面反映、微信留言、电话信函等方式向上投诉。下面附有一张表格,是水杉的简历。

    姓名:水杉

    学名:Metasequoia glyptostroboides Hu & W. C. Cheng

    曾用名:水桫

    性别:雌雄同株

    身份证号码:植物界裸子植物门松杉纲松杉目杉科水杉属水杉种

    籍贯:不详,只知道祖居地是四川石柱县及湖北利川市磨刀溪、水杉坝一带

    学历:植物界党校在职研究生毕业

特点:属稀有种,是土生土长的中国特产

现任职务:小区植物界三杉部(水杉、池杉、落羽杉)主任

拟任职务:小区植物界湿地部主任

植物们看到这张任前公示,就七嘴八舌地议论开了。

雪松说:"水杉确实不错,为树低调,埋头苦干,工作很踏实,早就应该提拔重用了。"

广玉兰说:"我也觉得水杉不错,适应能力强,群众基础好,团结同志,廉洁正直,是植物界不可多得的良才。"

"并且你们知道吗,水杉还是老革命的后代,有红色血统的。"沙朴神神秘秘地说。

"可是我觉得,既然是管理湿地,那里良将帅才很多,比如荷花,比如菱角,还有芦苇也不错,为什么要选用水杉呢?"水浮莲有些想不通。

垂柳说:"你们吵什么,水杉就在我们小区池塘边,我们要他来自我介绍一下不是更清楚了。"

"是啊,怎么我们这段时间每次聚会都没有看到水杉的身影。垂柳说得对,把水杉找来吧。"枫杨因为和垂柳争论 3×8=21 还是 3×8=24,害得垂柳挨了板子心有内疚,借机恭维垂柳。

过了一会,水杉听到公园里有树找他,就放下手头的工作,跑了过来。

沙朴从头到脚打量了一番水杉后说:"你还是先做自我介绍吧。"

水杉知道为任前公示的事,植物们总会说三道四的,因此不敢大意,抖了抖身体说:"我是落叶乔木,高可达 35—42 米,胸径可达 2 米以上。年幼时,树冠呈尖塔形,进入老年后则为广圆头形。树皮呈灰褐色或深灰色,裂成条片状脱落,内皮淡紫褐色。我比较喜光,耐贫瘠和干旱,喜欢生长于山谷或山麓附近地势平缓、土层深厚、湿润或稍有积水的地方,耐寒性强,耐水湿能力强,在轻盐碱地可以生长为喜光性树种,根系发达,不娇生惯养,移栽很容易成活。适应温度为 −8—38 摄氏度。概括起来就是一句话,踏遍千山万水,广植大江南北。兄弟们夸我树形优美,树干高大通直,生长快,是亚热

带地区平原绿化的优良树种,也是速生用材树种,材质轻软,适用于各种用材和造纸。"

垂柳对水杉说:"你讲的这些我们都看到了,接下来说说你的前世今生,有什么故事吗?"

水杉说:"当然有故事,下面我结合自身讲讲我的故事或传说。"水杉的故事是这样的。

水杉自然分布在武陵山区的鄂西、湘西、渝东所形成的极为狭窄的三角形地带,这个地带也是土家族的主要聚居地。土家族人一直把水杉当成宝树,当成成就土家族的天梯来珍惜和爱护。

很久以前的一年,接连不断的大雪把万物都冻死了,只剩下一对兄妹俩。哥哥叫覃阿土希,妹妹叫覃阿土贞。到处是白茫茫的大雪,为活下去,兄妹二人就走呀走,想找出路。忽然看到了一棵大树,大风刮不动,大雪埋不住,青枝绿叶,兄妹俩感到奇怪,就往这棵大树上爬,越往上爬越暖和,越往上爬越亮堂,再向上看时已经爬到了天宫。在天宫里,观音菩萨对他俩说:"世上只剩下你们俩了,你们就下凡去成亲吧。"妹妹怕羞,菩萨指着她们爬上来的那棵大树说:"它是水杉,你们可折一根树枝做一把伞,把脸遮住就不羞了"。后来,土家姑娘出嫁上轿时都兴打一把伞。兄妹成亲后,生下了一个红球,球飞起来炸成许多小块儿,落到地上就变成了人,这些人就是后来的土家族人。几百年来,当地老百姓对它顶礼膜拜,奉为神树,并在树下盖了庙,新中国建立前有好几棵水杉大树旁都建有水杉庙,后来拆除了。由于水杉对土家族的拯救得到认可和颂扬,水杉一直受到土家族的保护才繁衍至今。

"你还有什么需要补充的吗?"枫杨问道。

水杉摇摇头,他不想多说什么了。路过的银杏了解事情的缘由后,对着大家说:"既然水杉自己不肯多说,那我来补充一些。水杉属于稀有种,是世界上珍稀的孑遗植物。远在中生代白垩纪,地球上已出现水杉类植物,并广泛分布于北半球。冰期以后,这类植物几乎全部绝迹。在欧洲、北美和东亚,从晚白垩至上新世的地层中均发现过水杉化石,20世纪40年代中国的植物学家在湖北、四川交界的谋道溪（磨刀溪）发现了幸存的水杉巨树，树龄约 400 余年。后在湖北利川水杉坝与小河发现了残存的水杉林，胸径在 20 厘米以上的有 5000 多株，还在沟谷与农田里找到了数量较多的树干和伐兜。随后，又相继在四川石柱县冷水与湖南龙山县珞塔、塔泥湖发现了 200—300 年以上的大树。水杉有'活化石'之称，亦称植物界的大熊猫。它对于古植物、古气候、古地理和地质学，以及裸子植物系统发育的研究均有重要的意义。"

雪松问："那我们现在能到处看到水杉的身影，是从哪里来的？"

银杏回答："现在全国许多地区都已引种水杉，尤以东南各省和华中各地栽培最多。水杉虽为中国特产，但亚洲、非洲、欧洲、美洲、拉丁美洲等 50 多个国家和地区都已引种栽培。可以说，水杉家族已在世界各地安家落户，生根开花了。"

听到这里，月季花插进来问："以前我只知道你银杏大哥号称公孙树，属孑遗植物，活化石，现在又冒出个水杉来。那你和水杉比，谁早谁迟？"

银杏谦逊地说："我怎么能和水杉比呢。我和你们说，连宋代的皇帝宋太宗都写了首诗《缘识》，赞美水杉。诗云：'孤云野鹤镇常闲，随宜自在杳冥间。杉松高拔千万尺，寒泉引望峭青山。大道烟霞看更远，将临少峤叩玄关。知之修炼凡超圣，岁月空深不易攀'"。

听到这里，雪松就说："既然从外部看，人家皇帝如此看重水杉；从内部看，我们植物界的银杏大哥也推崇备至，那我们还有什么可多说的呢？"

雪松话音刚落，植物们一起鼓起掌来。倒弄得水杉有些不好意思，水杉说声"那我去忙事情了"，就离开了公园。其他植物也笑着陆陆续续地走开了。

植物编志

连续几天的晴朗温暖天气,把小区植物们躁动的心激发出来了,花草树木们吃饱了,喝足了,就要寻点花样经出来。这不,就在今天清晨小区公园聚会时,就有植物建议编写一本小区植物志,留作纪念。但也有植物提出异议,认为没必要,理由是植物志这种东西小区里的人类会去弄的,我们花草树木去操这份闲心干什么。

两种观点,各有各的理,植物们就争吵起来了。这时,银杏刚好路过,听到吵闹声,就走了过来。沙朴把吵闹的缘由说了一遍,请银杏大哥发表意见。

银杏想了想后说:"我支持编志,我知道他们人类是在编植物志的,但他们怎么能了解我们的内心,他们只看到一些外在的东西,只有我们植物界自己编的东西才是最真实的。"

"那我们开个会正式讨论一下吧。"桂花和银杏说。

银杏说:"等我去和香樟商量一下,看他上午有没有时间。"

到了上午九时整,小区植物界植物志编纂筹备会议在小区公园隆重举行。出席会议的有:德高望重、枝繁叶茂、留香飘逸的香樟,延年益寿、高大挺拔、白果累累的银杏,树形优雅、姿态婆娑、叶色艳丽的枫香,干苍枝劲、翠叶葱茏、冠蓄如画的五针松,花开满枝、热情奔放的樱花,碧枝绿叶、清香飘逸的桂花,花色绚丽、花容姣美的茶花,叶如翡翠、花似白玉的玉兰,枝干挺拔、果型美观的罗汉松。另外还有荷花、茶叶、菊花、蜡梅、毛竹、桃树、垂柳等,以及来自小区四面八方的乔木、灌木、藤类、草类、蕨类、地衣及绿藻类等各门类属科的代表。会议由银杏主持，香樟在会上做了重要讲话。

香樟指出："当前，在我们润园小区，植物们已经摆脱贫困，走向全面小康，在物质文明丰富的前提下，正在大力提倡精神文明。精神文明的重要体现，就是花花草草嘛，所以，我们植物界应该不甘人后，勇立潮头，敢于担当，发挥出精神文明建设的主力军作用。"

香樟喝了点水，看了看大家，继续说："志书是以地区为主，综合记录该地自然和社会方面有关历史与现状的著作，又称地志或地方志。我们编纂小区的植物专志，是植物界经济社会发展的需要，是植物界生态文明建设发展的需要，是繁荣和发展植物文化的需要，是总结植物界历史经验、掌握客观规律的需要。总之，由我们植物界自己来编纂小区植物志，既有深远的历史意义，又有重要的现实意义，是很有必要的。"

银杏接过话题说："参天大树，必有其根；怀山之水，必有其源。我的理解，盛世写志，中华传统文化博大精深，这些传统习俗流传下来，就是要我们饮水思源，不忘根本。"

枫香正想也说几句，听到下面植物群中有植物在喊："这些大道理不用多说了，我们都懂。现在既然编纂小区植物志已经定下来了，就直接讨论如何操作好了。"

枫香见此，就对着叫喊的植物改变话题说："你这样说就不对了……"

枫香还要说下去，香樟挥挥手制止了他。香樟说："我们小区的植物都是兄弟姐妹，虽然来自五湖四海，但我们没有高低贵贱之分。并且植物界是讲民主、讲平等的，允许大家发表各种意见建议。自然界中，我们植物是最脚踏实地的。现在还是防疫关键时期，大家都很忙，我觉得刚才那位植物兄弟说的是对的，我们就减少繁文缛节，直接进入下个环节吧。"

银杏说："按照惯例，编志书要成立个编委会，下面先确定编委会领导成员，余下的工作就交给编委会去做。"

经过一番讨论，大家觉得还是充分发扬民主，采用直接投票选举，并且说选就选。选举结果马上就出来了。编委会领导成员是这样的：

编委会名誉主任：香樟、银杏、枫香。

编委会主任：桂花。

编委会副主任：垂柳、荷花、毛竹、蜡梅、茶叶、桃树、松木、菊花、杨梅。

编委会领导成员共十三位，被植物们戏称为"十三太保"。

香樟看了看选举结果，对桂花说："刚巧，我和银杏、枫香要去小区业委会为防疫的事协商，接下去就由你主持召开编委会主任会议，抓具体落实吧。"说完就和银杏、枫香一起离开了。

等香樟三树走远了，桂花就马上主持召开小区植物志编委会第一次主任会议。桂花对各位副主任说："虽然我们现在同在一个小区，大家都面熟的，但这里早先是从钱塘江里围垦起来的，就是在二十多年前，这里也还是一块菜地。所以说我们都是这十多年里才从四面八方聚集到这里来的，大家有缘千里来相会，都是同事了，相互都先做个自我介绍吧。"

垂柳说："我也觉得我们之间应该有更透彻的了解，不然，这个植物志还怎么编？"

"要怎么样介绍，请桂花主任带个头吧，有了样板，我们照样画葫芦就是了。"毛竹直来直去，笑眯眯地说。

听毛竹这样说，其他几位副主任都连声附和。

桂花见大家都这么说，就喝了一口水，首先介绍起来。桂花说："我来自满觉陇，那里是杭州新西湖十景之一——满陇桂雨的所在地。满觉陇沿途山道边，植有七千多株桂花，有金桂、银桂、丹桂、四季桂等品种。每当金秋季节，珠英琼树，百花争艳，香飘数里，沁人肺腑。如逢露水重，往往随风洒落，密如雨珠，人行桂树丛中，沐'雨'披香，别有一番意趣，故被称为'满陇桂雨'。满觉陇自明代起就是杭州桂花最盛的地方，每到金秋花开时节，那里金桂飘香，道路两旁摆满了村民们搭建的茶座，游人可在此品尝香甜可口的桂花栗子羹，打牌娱乐，排遣工作的劳顿。老底子去满觉陇喝茶，市民们喜欢坐在桂花树下，因为一阵阵'桂花雨'跌落到西湖龙井茶里，茶香添了桂花香，游客心里头就更香了。有诗赞曰：'水乐洞口溪水潺，千年虎跑到山前，碎石路径通桂下，粉黛小楼绕竹栏。'我有幸被评为杭州的市花，肩负为人类飘香重任，愿与各位同仁一起努力，请大家多多包容。"说完向大家拱手行礼。

桂花介绍完,垂柳接着说:"我来自柳浪闻莺公园,那里是老西湖十景之一,位于西湖东南岸,清波门处的大型公园。我老家可是贵族,南宋时,柳浪闻莺公园就是京城最大的御花园,称聚景园。当时园内有会芳殿和三堂、九亭,以及柳浪桥和学士桥。清代恢复柳浪闻莺旧景,有柳洲之名。其间黄莺飞舞,竞相啼鸣,故有'柳浪闻莺'之称。西湖边的垂柳低垂青丝,如少女想着心事的叫'垂柳';柳丝纤细风中飘动似贵妃醉酒的,称'醉柳';枝叶繁茂树头若如狮头的,称'狮柳';远眺像少女湖水旁浣纱漂丝的,称'浣纱柳'等。百柳成行,千柳成烟,细柳丝绦其间黄莺飞舞,竞相啼鸣,形成了真正具有神韵的'柳浪闻莺'。有诗赞曰:'柳阴深霭玉壶清,碧浪摇空舞袖轻。林外莺声啼不尽,画船何处又吹笙。'"

接下去是荷花,她介绍说:"我出身于西湖十景之一——曲院风荷,位于金沙涧流入西湖处,南宋时那里就辟有宫廷酒坊,湖面种养荷花。夏日清风徐来,荷香与酒香四下飘逸,游人身心俱爽,不饮亦醉。曲院风荷有曲院、风荷、滨湖密林等景区,东接岳湖,南邻郭庄,北接竹素园、植物园、岳庙,既是观赏'接天莲叶无穷碧,映日荷花别样红'的夏游名园,也是西湖北线热点游览区休闲娱乐的好去处。宁静的湖面上,分布着红莲、白莲等名种荷花。莲叶田田,菡萏妖娆,清波照红湛碧。从水面造型各异的小桥上看去,人倚花姿,花映人面,人、花、水、天,相融,相亲,相恋,悦目,赏心,销魂。夏日清风徐来,荷香与酒香四下飘逸,游人身心俱爽,不饮亦醉。至于出淤泥而不染的事迹想必就不用我多说了。"

毛竹站起来说:"桂花之香,垂柳之柔,荷花之艳,确实佩服。但我毛竹也自有特点。我家住在云栖竹径,云栖坞位于五云山南麓,相传五云山顶飘来的五色云彩,常常飞集坞中,经久不散,坞因而得名,乃新西湖十景之一。但见今天的云栖坞,翠竹成荫,溪流叮咚,清凉无比。小径蜿蜒深入,潺潺清溪依径而下,娇婉动听的鸟声自林中传出,环境幽静清凉。古人云:宁可食无肉,不可居无竹。竹笋为上好的蔬菜,鲜美无比。除了这些,最主要的是我还有七德:身形挺直,宁折不弯,是曰正直;虽有竹节,却不止步,是曰奋进;外直中空,襟怀若谷,是曰虚怀;有花不开,素面朝天,是曰质朴;超然独立,顶天立地,是曰卓尔;虽曰卓尔,却不似松,是曰善群;载文传世,任劳任怨,是曰担当。有诗赞曰:'咬定青山不放松,立根原在破岩中;千磨万击还坚劲,任尔东西南北风。'我就说这些吧。"

蜡梅啧啧称羡说:"毛竹的七德真是太值得我学习了,我没有什么值得夸耀的,只有一个不怕冷的特点。"蜡梅笑着说了两句就坐下了。

"你这也太简单了,再补充一些吧。"桂花对着蜡梅说。

蜡梅只好站起来继续说:"我的前生在灵峰,位于西湖西部山峦灵峰山下青芝坞。古有翠薇阁、眠云堂、妙高台、洗钵池等。清嘉庆间,浙江都卫莲溪重修灵峰寺,四周植梅花一百多株。宣统元年周梦坡又植梅三百株,梅海花界,此地遂成为赏梅佳地,加上因苏东坡的喜爱和题咏而出名,故名'灵峰探梅'。改革开放后,园林部门重新辟梅园四百多亩,植梅五千余株,其中有罕见的'夏蜡'两百株。如今在那青山环抱、树木葱郁的幽谷中,草地如茵,梅林似海,楼阁参差,暗香浮动,景色十分诱人。其他的我就不说了。"

桂花说:"蜡梅谦逊,不肯多说,我来补充一些。梅有'四德'之说:'梅具四德,初生为元,开花如亨,结子为利,成熟为贞。'又说梅五瓣,象征五福,即快乐、幸福、长寿、顺利与和平。旧时春联有'梅开五福,竹报三多'。梅在冬春之交开花,耐寒开放,'独天下而春',是传春报喜的象征。梅又以'清雅俊逸''冰肌玉骨''凌寒留香'而被喻为民族精华,为世人敬重。"

茶叶说话前先给每位主任泡了杯龙井茶,待大家都称赞"好香啊"后才说道:"我来自龙井村,位于西湖西面竹茂林密的风篁岭上,有泉名龙井,附近有龙井村,龙井本名龙泓,又名龙湫。它和白鹤峰下慧禅寺内的虎跑泉、杭州植物园的玉泉被誉为杭州三大名泉,龙井问茶也是新西湖十景之一。在那里,放眼望去,但见:'不雨山长涧,无云山自明。云来山更佳,云去山如画。'"

茶副主任指了指杯中的龙井茶继续说:"龙井茶外形扁平挺秀,色泽绿翠,素以'色翠、香郁、味甘、形美'四绝著称,驰名中外。不仅那里的茶叶,就连那里的风景也身价倍增。每年清明前后、谷雨时节,茶农采茶、炒茶香溢林下。游人慕名前来问山、问水、问茶、问茶道,更问龙井情,堪称西湖春游的第一快事。"

桃副主任喝了一口龙井茶赞叹说:"好茶,好地方。什么时候带我去你老家玩玩可好?"桃树话音刚落,全场一片笑声。茶副主任马上接口说:"只要各位主任肯去,小弟随时奉陪大家。"

桃副主任笑着说:"开个玩笑,现在言归正传。要说景色,现在正是我们桃花盛开的时候,西湖白堤上,桃红柳绿,要多少漂亮有多少漂亮,我都不知道怎么来形容了。以诗为证:'去年今日此门中,人面桃花相映红。人面不知何处去,桃花依旧笑春风。'"

桂花问桃树:"其他的少说两句也算了,但你的出生地要告诉我们。"

"我的祖先住在杭州丁桥皋亭山千桃园,后来迁移到了白堤。'桃之夭夭,灼灼其华。'千桃园现在正是桃花灿烂的时节,鸳鸯碧桃、菊花桃、人面桃花、白雪碧桃……光听名称,是不是已经觉得这些桃花非看不可了?"

松木站起来说:"你们都很厉害,我是羡慕妒忌但不恨。我来自九里松,又名九里云松,在杭州西湖的北面。唐刺史袁仁敬守杭时,于行春桥至灵隐、三天竺间植松,左右各三行,凡九里,苍翠夹道,人称九里松。后即以九里松名其地,也是我的前生之地。我们松树具有坚韧的品格,是岁寒三友之一,四季常青,即使在寒冷的冬日,亦不惧风雨,依然葱绿。我还是以诗明志吧,一首是李商隐的《高松》,就是写松之品格。'高松出众木,伴我向天涯。客散初晴后,僧来不语时。有风传雅韵,无雪试幽姿。上药终相待,他年访伏龟。'另一首是刘桢的《赠从弟》,也是写松之品格。'亭亭山上松,瑟瑟谷中风。风声一何盛,松枝一何劲!冰霜正惨凄,终岁常端正。岂不罹凝寒?松柏有本性。'"

菊花扬起拿在手上的杭白菊说:"我来自杭白菊的故乡。我们菊花虽然不能和你们比,但也是品种繁多,各有特色,有的秀丽淡雅,有的鲜艳夺目。菊花盛开时,红的似火,白的似雪,粉的似霞。在秋季冰霜时节绽放,也是美不胜收。我们的花语是清净、高洁、真情。陶渊明在《饮酒》中是这样写的:'结庐在人境,而无车马喧。问君何能尔?心远地自偏。采菊东篱下,悠然见南山。山气日夕佳,飞鸟相与还。此中有真意,欲辨已忘言。'"

最后一个站起来介绍的是杨梅。他先念了一首诗:"五月杨梅已满林,初疑一颗值千金。味比河朔葡萄重,色比泸南荔枝深。"接着说:"我来自翁家山东南的杨梅岭,那里是九溪十八涧源头之一。岭下有坞,古称杨梅坞。旧时坞内盛产杨梅,分红、白两种,当地人把白的称为'圣僧梅',宋时此地有一姓金的老妪,栽种的杨梅味道特别甘美,远近闻名,被人誉为'金婆杨梅'。苏东坡诗'新居未换一根椽,只有杨梅不值钱。莫共金家斗甘苦,参寥不是老婆禅'就是说的这里。但美中不足的是,如今那一带遍布茶园,已经不见杨梅踪迹,更遑论当年的'金婆杨梅'了,不能不说是件憾事。"

听到这里,茶叶坐不住了,就对着杨梅鞠躬说:"对不起了,是我们霸占了你们的地方。"

杨梅刚要回话,桂花抢着说:"算了,过去的就让他过去了,今天在这里不论谁对谁错。刚才我们十位主任都做了自我介绍,都说得很好,把自己的特点展示出来了。现在还有谁需要补充的吗?"

荷花看了看大家说:"我发觉在座的各位基本上都来自西湖边,怎么现在又在钱塘江边碰头了,真是巧啊。"

桂花说:"这个不奇怪,杭州现在是从西湖时代迈入到钱塘江时代了,我们植物自然也要与时俱进,跟上时代的脚步。"见大家点头称是,桂花抬头看了看挂在天上的太阳说:"现在已是中午时分,大家也饿了,第一次主任会议就到这里吧。咱们择日再开会讨论编志工作分工。"

说完,各位主任就回自己的原位就餐去了。

植物对联

　　春天一来,无论是破土而出的,还是含苞待放的;无论是慢慢舒展的,还是缓缓流淌的;也无论是悄无声息的,还是莺莺絮语的,只要物候把春的帷幕拉开,植物们就会用自己独特的方式,在这里汇演出自然及神奇的活力。

　　小区公园四周的花草树木就是这样,春心荡漾,一天都不消停。既想学奥数,又要学文字,成语猜谜、抗疫议政一样都不肯落下。昨天刚异想天开地提出要自己动手编植物志,今天又有植物别出心裁地想要玩对对联的游戏。

　　对对联的话题是沙朴先提出来的,在今晨小区公园的植物聚会中,沙朴神神道道地说:"春天来了,我睡眠有些问题,总是早早就醒过来了。今晨天蒙蒙亮时,我睡不着,就四处溜达,看到几幢楼的大门左右两边分别贴着一张长纸条,上面写着红底黑字。比如'一帆风顺年年好,万事如意步步高',又比如'春临大地百花艳,节至人间万象新'。我也不知道为什么。"

　　雪松对沙朴说:"你真是少见多怪,连这个都不知道,这是对联,是中国传统文化遗产,有着悠久的历史。"

　　"算你厉害,那你倒是说说,这对联有什么讲究?"沙朴追问。

　　雪松本来也懒得理沙朴,但看到周围有许多植物看着他,也不好意思拒绝,就解释说:"对联,是汉族的传统文化之一,是写在纸、布上或刻在竹子、木头、柱子上的对偶语句。对联对仗工整,平仄协调,是一字一音的中华语言独特的文化艺术形式。对联相传起于五代后蜀主孟昶,是中国汉族传统文化瑰宝。对联又称楹联,因古时多悬挂于楼堂宅殿的楹柱而得名,有偶语、俪辞、联语、门对等通称，以'对联'称之，则开始于明代。它是一种对偶文学，起源于桃符，是利用汉字特征撰写的一和民族文体，它与书法的美妙结合，又成为中华民族绚烂多彩的艺术独创。现在对联已经列入中国第一批国家非物质文化遗产名录了。"

听到这里，植物们都对此产生了浓厚的兴趣，就要雪松讲讲关于对联的故事。

雪松说："对联的故事那实在是太多了，我就是讲三天三夜也讲不完啊。不过既然大家想听，我就先讲三个吧。"

雪松讲的第一个关于对联的故事是这样的：北宋丞相吕蒙正，河南洛阳人。相传在他年轻时，穷困潦倒，对贫富不均的社会现象十分不满。春节到了，家里空无一物，他一气之下，写了一副怪联。

上联是：二三四五。

下联是：六七八九。

横批是：南北。

怪联贴出后，穷朋友一个个都来观看。他们先是莫名其妙，待领悟过来，不由地拍手称快。原来，此联的寓意是：缺衣(一)少食(十)，没有"东西"。

雪松讲的第二个故事是这样的。

上联是：黑白难分，教我怎知南北。

下联是：青黄不接，向你借点东西。

一位富秀才与一个穷秀才是朋友，一天晚上富秀才到院中散步，外面漆黑一团，伸手不见五指。于是随口吟出上联，但却怎么也想不出下联了。此时，穷秀才前来敲门，说道："青黄不接，向你借点东西。"富秀才一听，忙说："这个好说，你先把我的上联对出来。"说完，穷秀才说："小弟进门时不是对出来了吗？"富秀才一想，果然是这样，于是乐得哈哈大笑！

雪松讲的第三个故事是这样的：唐玄宗的宠臣杨国忠，嫉恨李白的才华，心里很不服，总想奚落他一番。一天，杨国忠想出一个办法，约李白去对三步句。李白一进门，杨国忠便看着李白，讥讽道："两猿伐木山中，问猴儿如何对锯？"

"锯"谐"句"，"猴儿"暗指李白。李白听了，微微一笑说："请大人起步，三步内对不上，算我输。"杨国忠想赶快走完三步，但刚跨出一步，李白便指着杨国忠的脚喊道："一马隐身泥里，看畜生如何出蹄！"

"蹄"谐"题"，与上联对得很工。杨国忠本想占三步便宜，却反被李白羞辱了一番，刚抬脚就被讥为"畜生出蹄"，弄得他走也不是，不走也不是，十分尴尬。

雪松关于对联的三个故事一讲，植物们的兴致更高涨了。沙朴兴冲冲地说："百闻不如一见，百见不如一试，我们光听听有什么意思，不如我们自己也来玩玩这个对联游戏。"

广玉兰白了沙朴一眼说："对联讲究押韵和格律，比如平仄仄等韵律，是汉族人玩玩的，我们植物连普通话都说不好，怎么能玩这种高雅的游戏？"

沙朴对广玉兰就是不服气，反驳说："你要求不要太高好不好，我们这里的植物都是从四面八方迁移过来的，没学过汉语拼音，说实在的，连发音都不准，一口植物腔，哪里还谈得上平仄仄呢？但玩玩总可以的。"

雪松比较宽容，也说玩玩没必要太讲究，就作为一个学习的机会好了。并且我们植物也有我们自己的特色，能用植物题材出对的不要太多。

乌桕说："那雪松你出一个上联，我们来试试对下联。"众植物都拍手叫好。

雪松看了看四周，说出上联："香樟香榧香椿香气东来。"

紫薇朝紫藤、紫荆看看，报出下联："紫薇紫藤紫荆紫烟西去。"

雪松点评说："不错，不错。紫薇紫藤紫荆三种植物对香樟香榧香椿三种植物，气对烟，东对西，来对去。起码在字义上是对上了，至于韵律上，说实在的我也不是很懂。"

紫薇听雪松这样说，高兴得跳了起来。广玉兰就要雪松继续出联。

雪松想了想，又说出上联："绿茶白茶红茶三道茶。"

桂花指了指旁边，对出下联："金桂银桂丹桂四季桂。"

雪松又点评说："这个更不错。金桂银桂丹桂四季桂都是桂，绿茶白茶红茶三道茶都是茶，金银丹对绿白红，四对三，都对上了。"

接下来,雪松又出上联:"竹雨松风琴韵。"

这次是梧桐树对出下联:"茶烟梧月书声。"

雪松出的上联:"松叶竹叶叶叶翠。"被菜花对出下联:"秋声雁声声声寒。"

雪松出的上联:"丝竹同清当天合曲。"被毛竹对出下联:"山水齐朗映日生文。"

雪松出的上联:"杨柳吐翠九州绿。"被杏树对出下联:"桃杏争春五月红。"

雪松出的上联:"春雨丝丝润万物。" 被梿树对出下联:"红梅点点绣千山。"

雪松说:"很好,很好,看来大家功底不错嘛。我加点难度系数。"说着就出上联:"独览梅花扫腊雪。"并解释说,"此联的妙处在于上联急读如音阶'多来米发索拉西'。"谁知,雪松刚解释完,月季花就对出下联:"细睨山势舞流溪。"并补充说,"这句下联为方言'一二三四五六七'的谐音。"

雪松大吃一惊地说:"厉害,厉害,我来个长联。"说完报出上联,"台榭漫芳塘,柳浪莲房,曲曲层层皆入画。"雪松心里想,这下总该难倒你们了。

没想到,过了一会儿,桃树就对出下联:"烟霞笼别墅,莺歌蛙鼓,晴晴雨雨总宜人。"

雪松无比惊讶,连忙问桃树:"桃花姑娘你也太能干了,这么难的对子你也能说来就来对上来。"

桃树也不隐瞒,吃吃笑着说:"这是杭州西湖湖心亭的对联,我以前常去那里,记住了。"

雪松说:"原来如此,不过那也不简单。"

桃树掩脸一笑说:"和你比就差远了。"

"你们别互捧了,还是再出题吧。"又是沙朴在那边叫了。

雪松说:"那我再出上联:指南针指南指北,不指东西。请桃树对下联。"

桃树想,雪松果然厉害,没有点水平,这个东南西北哪里搞得灵清,不过这个可难不倒我。桃树就接上下联:"明月光明天明地,不明玄机。"

雪松见桃树接的下联,明月光对指南针,天地玄机对东南西北,合丝合缝,恰到好处,不禁连连称好。雪松又出了个上联:"烟沿艳檐烟燕眼。"要桃树对下联。桃树想了一会对出下联:"雾捂乌屋雾物无。"又是一阵叫好声。

沙朴说:"都是雪松出上联这样不公平,桃树你来出两个上联,让雪松来对下联。"

桃树想这样不好吧,正在迟疑,见雪松在那边点头,就说:"好吧,我出的上联是:画上荷花和尚画。请雪松对下联。"

雪松对的下联是:"书临汉帖翰林书。"

桃树又出了个上联是:"天若有情天亦老。"

雪松对的下联是:"月如无恨月长圆。"

桃树出的第三个上联是:"烟锁池塘柳。"雪松对的下联是:"镜涵火树堤。"

最后,桃树又出上联:"绿水本无忧,因风皱面。"指定雪松不要应对了,让在场的其他植物作对。这次,想不到沙朴说出个下联:"青山原不老,为雪白头。"沙朴说出来后,问大家这个下联怎么样,能不能过关,众植物仔细分析,都认为这是个妙对,纷纷对沙朴表示祝贺。沙朴哪里受到过这等风光,高兴得活蹦乱跳。

时间过得很快,一转眼又日当午了,植物们感觉饥肠辘辘,就恋恋不舍地离开公园,回原地补充养分去了。

植物忆苦

春分季节,大地披着柔媚的春光,让略带甜意的风从身边掠过。植物们领悟到在春的气息里,包含着一种最令人感动的柔情,也会觉得大自然就是一位奇特的母亲,她竟选择在万物萧条的冬的尽头,将千姿百态的生命孕育而出,让它们踏着那最为柔媚的第一缕春光,相拥而至,把无限的生机带给人世。

在小区的东北角落里,生长着一小片夹竹桃,因为身上自带毒素,夹竹桃有些自卑,看到公园里植物们玩得很开心,夹竹桃也很想参与其中,但一直没有勇气过来。今天早晨,在住夹竹桃旁边的冬青树的鼓动下,夹竹桃壮了壮胆,跟在冬青树后小心翼翼地来到了公园。

夹竹桃到公园时,那里已经很热闹了。又是沙朴眼尖,看到冬青树后的夹竹桃,就远远打招呼说:"这不是婀娜多姿的夹竹桃吗,怎么这么长时间了从没见你来公园聚会?"见夹竹桃没回应,沙朴仔细一瞧,发现夹竹桃眼泪汪汪的。沙朴大吃一惊,连忙问冬青,这是怎么了?

冬青说:"夹竹桃心里有苦楚,她一直不敢来这里,今天是我硬拉着她来的。"

沙朴迷惑不解地说:"有这种事,夹竹桃你告诉我,有什么苦衷,我帮你出头。"

其他植物也说:"夹竹桃你有话说出来,我们都会帮你的。"夹竹桃见植物们都很热心,就擦了擦眼泪说:"我的命好苦啊!"

沙朴急了,高声说:"你就说出来嘛!"

夹竹桃见此，就只好把自己的身世和盘托出，慢慢地说起了自己的故事。

原来在很早以前，一个小村子里生活着一户姓林的人家，只有一个老奶奶。一天，林奶奶上山捡柴，突然发现在草丛里躺着一个女婴，抱起来一看，这个女婴瘦小的额头上有一个像竹叶一样的形状的印记，便把这个女婴叫作"夹竹"，带她回了家。

林奶奶精心照顾着夹竹，夹竹在林奶奶的怀抱中渐渐长大了。她对林奶奶就像对待自己的奶奶一样亲，经常替林奶奶做一些力所能及的事。林奶奶也像对待自己孙女一样地爱她。

一天，夹竹去山上采蘑菇。正当她采得起劲的时候，看到一条蛇悄悄地向一只熟睡的小白兔逼近，她连忙放下篮子，举起一块石头，对准蛇的头部狠狠地砸去。蛇死了，小白兔也被惊醒了，它感激地看了夹竹一眼，然后跑开了。第二天，夹竹又去山中采蘑菇，又看见了那只小白兔。突然，白兔摇身一变，变成了一个头戴花环的小女孩。小女孩走近夹竹，牵着她的手说："谢谢你救了我，我是森林之王的女儿，我父王的仇人想对我下毒手，幸亏你救了我。现在，父王要感谢你，给你一样东西。"说完对着地面一指，便见地面出现了一个洞口，一排长长的楼梯直通底下。"你可以进去了。"小女孩眨着大眼睛说。夹竹摸索着走了下去，终于到了底。"啊……"夹竹张大了嘴，展现在她眼前的是一个金碧辉煌的宫殿，在中央的宝座上坐着一个留着胡子、不苟言笑的男人，看起来很威严。男人开口说话了："你救了我的女儿，我要送你一样东西。"他拿出一个水晶球，"这个可以预知天气，你拿去吧。"夹竹伸手接过水晶球。"但是，你不能把这件事告诉别人，否则会发生可怕的事。"男人警告夹竹，夹竹点点头。"呼"的一声，夹竹又回到了地面上，那个洞也不见了。

夹竹把水晶球带回家里，刚坐下，球里便浮现出明天村子要遭洪水袭击的画面。夹竹倒吸了一口气，连忙让信任她的林奶奶整理行李，并跑到村长那儿通报。村长不屑地说："洪水？你这个小孩怎么胡说八道骗起人来？""我……"夹竹欲言又止，她想到了森林之王的警告，但如果不说，那结果更难想象了。不行,我得帮助他们。她马上取来水晶球,把事情的来龙去脉都说了出来。她刚说完,便倒在地上停止了呼吸。"天啊,我做了什么?"村长流下了泪,他连忙召集所有村民离开村子。路途中,他一直背着夹竹,安慰林奶奶,不知为什么,夹竹浑身散发着清香,为村民们消除了疲劳,到了一片远离村子的空地。第二天,村长看到远处的住地,洪水淹没了原来的村庄……

没过几天,林奶奶也因思念夹竹去世了。村里的人含着泪决定将夹竹和林奶奶埋葬。村长拿起水晶球说:"是我们害了夹竹,夹竹是为我们而死的。我们没有理由再用夹竹的东西了。"于是,把水晶球也一起放进了墓中。因为林奶奶和夹竹密不可分,她俩便埋在了一起……

不久,在埋葬夹竹、水晶球和林奶奶的地方,长出了一大片树。又过了不久,树又开出了花,那花的样子,有些像桃花,但又不是桃花。村长就把它们叫作"夹竹桃"。从此,夹竹桃就静静地开在人间,因为它身上有毒,所以行人只能远远地欣赏着她的美,却不能靠近。它就像夹竹一样在告诫人们这儿危险,请快离开。

夹竹桃的身世故事讲完了,植物们听后发出一片唏嘘声。沙朴说:"没事的,你身上虽然有毒,但你的心灵是很美的,你是救人的大英雄,是我们植物界的骄傲,你可以挺起胸来做树,欢迎你多来这里参加活动,来得多了,你的心情就会开朗起来。"

杜鹃拉过夹竹桃的手,宽慰她说:"姐姐,没关系,我们植物界可歌可泣的事情多了去了,但那又有什么关系,我们就是要在平淡中活出自己的性格,在风雨中彰显自己的独特,就算某一天生命到了尽头,也从来不后悔,至少来过。"

夹竹桃感激地看着杜鹃,点了点头。

罗汉竹对杜鹃说:"杜鹃姑娘说得好有哲理。我们每天见你都是一副天真烂漫的样子,今天听你的话音,似乎也有伤心往事。"

杜鹃头一昂说:"那当然,我的身世说出来比夹竹桃还苦。"

"那今天就干脆听你讲一讲。"罗汉竹对杜鹃很有兴趣。

在植物们的期待下,杜鹃就讲起了自己的故事。

相传，古代的蜀国是一个和平富庶的国家，人们丰衣足食，无忧无虑，生活得十分幸福。可是，无忧无虑的富足生活使人们慢慢地懒惰起来，他们纵情享乐，有时连播种的时间都忘记了。当时蜀国的皇帝，名叫杜宇，他很爱他的百姓。看到人们乐而忘忧，他心急如焚。为了不误农时，每到春播时节，他就四处奔走，催促人们赶快播种，把握春光。可是，如此时间长了，使人们养成了习惯，杜宇不来就不播种了。终于，杜宇积劳成疾，最终告别了他的百姓。可是他对百姓还是难以忘怀，他的灵魂化为一只小鸟，每到春天，就四处飞翔，发出声声啼叫："布谷，布谷。"直叫得嘴里流出鲜血，鲜红的血滴洒落在漫山遍野，化成一朵朵美丽的鲜花。人们被感动了，开始学习他们的好国君杜宇，变得勤勉和负责。他们把那小鸟叫作杜鹃鸟，他们把那鲜血化成的花叫作杜鹃花。

杜鹃的故事讲完了，植物们又发出了一阵唏嘘声。这时，从植物丛中走出了合欢树，张了张嘴，似乎有话要说。雪松见了，就问："合欢，合欢，大家欢乐。今天这里在忆苦思甜，你合欢来凑热闹不合适吧？"

合欢说："你是只知其一不知其二，我的名字是有来历的，事实上，我的故事更苦情动人。"

"不会吧，愿闻其详！"雪松有些不相信。

合欢说："那我说给大家听听。"就把自己的苦情经历讲了出来。

原来这合欢花以前叫苦情花，也并不开花。苦情开花变合欢，要从一位秀才说起。秀才寒窗苦读十年，准备进京考取功名。临行时，妻子指着窗前的苦情树对他说："夫君此去，必能高中，只是京城乱花迷眼，切莫忘了回家的路！"秀才应诺而去，却从此杳无音信。

妻子在家盼了又盼，等了又等，青丝变白发，也没有等回夫君的身影。在生命即将到了最后的时候，妻子拖着病弱的身体，挣扎着来到那株印证她和丈夫誓言的苦情树前，用生命发下重誓："如果夫君变心，从今往后，让这苦情开花，夫为叶，我为花，花不老，叶不落，一生同心，世世合欢！"说罢，气绝身亡。

第二年，所有的苦情树果真都开了花，粉柔柔的，像一把把小小的扇子挂满了枝头,还带着一股淡淡的香气,只是花期很短,只有一天。而且,从那时开始,所有的叶子居然也是随着花开花谢来晨展暮合。人们为了纪念妻子的痴情,也就把苦情树改名为合欢树了。

合欢的故事刚讲完,公园里响起一阵植物们的哭泣声。杨树早已泣不成声,他走出来,哽咽着说:"今天一不做二不休,我也来倒倒苦水。"

旁边的无患子实在受不了了,他擦去了满脸热泪,大声叫道:"够了,再听下去我要昏倒了。我宁可要阿Q,也不要祥林嫂。"

沙朴好奇地问:"这个阿Q是谁? 祥林嫂又是谁?"

广玉兰就是和沙朴过不去,就怼他说:"你连阿Q和祥林嫂是谁都不知道,还有没有一点文化? 我看你倒有点像阿Q。"

沙朴正要回怼,紫薇插进来说:"沙朴、广玉兰你俩不要吵了。要论忆苦,我祖先吃过的苦不会比夹竹桃、杜鹃、合欢的少,但我们现在的日子甜啊。你们想想,我们在这寸土寸金的钱塘江边的地方占有一席之地,那是何等的幸福,我们还有什么不满足的呢?"

这时,香樟、银杏、枫香刚从小区业委会开完防疫会议回来,听到了植物们的议论。银杏就接过紫薇的话说:"是啊,紫薇说得对。我生在旧社会,长在红旗下。过去的苦也吃过,现在的甜也尝到了。我们要珍惜今天来之不易的大好形势,努力工作,开最美的花,结最实的果,报答人们对我们的栽培关怀之情。"

香樟总有宏论,他说:"植物们,谁都有烦恼,谁都会遇到难事,只不过乐观的植物少些抱怨,多些行动。植生漫漫,我们无法回避悲伤和难过,但至少可以选择热气腾腾地活,不把时间留给负能量。久而久之,你的内心就会充满阳光。"

枫香见香樟、银杏都说了,也想说几句,但一下也不知道该怎么说好,想起了刚才开会时听到的消息,就神神秘秘地说:"大家注意了,我们刚刚得知,现在我们国内疫情虽然是完全控制住了,但国外呈现出大爆发的趋势,所以我们一定要严防境外病毒卷土重来。过去的就让它过去了,大家打起精神来,精神足了,免疫力强了,就不容易得病,就是为抗疫做贡献。"

沙朴追问:"你们开会得到了什么最新消息?"

枫香刚要回答,被香樟打断了。香樟说:"时间不早了,大家回去吃中饭吧。有需要告知大家的,我们会在这里公园的公告栏里贴出来。注意了,网上流传的消息不要去信。"说完,就和银杏、枫香匆匆忙忙地离开了。

见此,公园里的植物也各就各位地走回去了。

植物诗社

春分一过，气温越来越高，加上连续地下了几场雨，但见春色满园，花团锦簇，东风好作阳和使，逢草逢花报发生。沙朴早晨起来，环顾四周生机勃勃的大自然环境，按捺不住激动的心情，提笔写下了几句诗：

> 春日春时赏春色，
>
> 春风春光见春树，
>
> 春花春草催春情，
>
> 春思春想悟春意。

写好后，沙朴就兴冲冲地来到小区公园，扬起手中的纸条，洋洋得意地向在场的植物们宣读自己原创的诗。

广玉兰开始看到沙朴兴高采烈的样子，以为是他买彩票得了大奖，后来听完他朗诵完诗作，就哼了一声后说："沙朴你得意什么，像你这样的句子也能算成为诗？"

沙朴被广玉兰浇了一盆冷水，反唇相讥说："我是不会写诗，好像你广玉兰多少厉害似的，有本事你现在就写一首出来，让我学习学习。"

广玉兰没防到沙朴反将一军，就应付道："我懒得和你多说，我是大学生，不想和小学生过招。"

在场的植物们都无聊着呢，正愁没有话题，就借机起哄："广玉兰这样不对的，我们觉得沙朴的诗写得不错的，除非你写出更好的诗来，不然我们就认为你是在吹牛。"

广玉兰被逼得没有办法了，只好抖擞精神，沉思片刻，吟诵出以下四句：

春分时节万物苏，

原野尽飘粉黛香。

毛笋拱土节节高，

花蕾破苞瓣瓣红。

吟完了，植物们仔细品味了一番，有的说好，有的说也不怎么样。黄山栾树说："不论沙朴、广玉兰的诗水平高低，起码他们这种爱学习、肯尝试的精神是值得我们学习的。特别是沙朴，平时看着有点二，但今天的表现还是出乎我意料的。"

雪松走上前来说："一花独放不是春，百花齐放春满园。为了丰富我们小区植物的精神生活，同时提高大家的文化素养，我提议我们成立个'诗社'怎么样？"

雪松的建议得到了大多数植物的支持。无患子想得比较多，他说："这个'诗社'算不算民间团体，是不是要到民政部门去审批过的？"

雪松说："你想得太多了，我们就是玩玩的，先这样弄起来，如果以后玩出名堂来了，要想有个名分，再去申报不迟。"

沙朴最爱热闹，首先拍手叫好说："那说干就干，现在就报名参加吧。"

"我觉得要有门槛的，不是谁想参加就可以参加的。"广玉兰有自己的想法。

雪松说："第一批诗社成员不宜太多，我设想先定十八个会员好了。至于这些会员如何确定，大家有什么好的建议？"

"我提议可以先确定三个名额，雪松是诗社的倡导者，必须得参加，沙朴、广玉兰是植物诗坛的开创者，也应该优先加入。其他十五个名额，要通过竞争方法产生。"垂柳提议道。

月季花说："那就通过比赛来竞争吧，就是谁能先作一首诗出来，谁就先入围。"

桃花补充道："我认为要加一个条件，就是这首诗一定要结合自身的特点来写的。"

"那这首诗是一定要原创呢，还是可以选用名家的作品？"迎春花问。

月季花回答:"我们还是学习阶段,名家名作当然比我们自己写的水平高多了,我觉得可以选用名家的作品。"

雪松综合以上意见,强调要围绕植物本身,量身定做,可以是原创,也可以是选用,以时间先后为标准,取前十五名入围。说完了这些,雪松宣布:"公园赛诗会现在开始。"

只见垂柳打头阵:"碧玉妆成一树高,万条垂下绿丝绦。不知细叶谁裁出,二月春风似剪刀。"

荷花挺挺腰:"毕竟西湖六月中,风光不与四时同。接天莲叶无穷碧,映日荷花别样红。"

月季花扭扭身:"已共寒梅留晚节,也随桃李斗浓葩。才人相见都相赏,天下风流是此花。"

杜鹃花耸耸肩:"火树风来翻绛焰,琼枝日出晒红纱。回看桃李都无色,映得芙蓉不是花。"

贴梗海棠挥挥手:"东风袅袅泛崇光,香雾空蒙月转廊。只恐夜深花睡去,故烧高烛照红妆。"

垂丝海棠眨眨眼:"枝间新绿一重重,小蕾深藏数点红。爱惜芳心莫轻吐,且教桃李闹春风。"

紫荆花隆隆鼻:"自古唯闻棠棣咏,后人多感紫荆回。固知天理随机触,亦本诗人起兴来。"

樱花摇摇头:"春雨楼头尺八箫,何时归看浙江潮?芒鞋破钵无人识,踏过樱花第几桥?"

李花晃晃耳:"庄里李花何似生,山头转处最分明。轿中举首聊东望,不见花枝见雪城。"

迎春花扭扭身:"金英翠萼带春寒,黄色花中有几般。恁君与向游人道,莫作蔓菁花眼看。"

丁香拍拍手:"楼上黄昏欲望休,玉梯横绝月中钩。芭蕉不展丁香结,同向春风各自愁。"

桃花点点脚:"桃花嫣然出篱笑,似开未开最有情。茅茨烟暝客衣湿,破梦午鸡啼一声。"

杏花笑眯眯："应怜屐齿印苍苔，小扣柴扉久不开。春色满园关不住，一枝红杏出墙来。"

茶花掩脸笑："东园三月雨兼风，桃李飘零扫地空。唯有山茶偏耐久，绿丛又放数枝红。"

紫薇光着膀："一丛暗淡将何比？浅碧笼裙衬紫巾。除却微之见应爱，人间少有别花人。"

接下来菊花、无患子、含笑等都争着要念诗，沙朴大手一挥说："停，我发觉已经有十五种植物出场了。"再仔细一数，果然有十五首诗朗诵出来了，十五名选手也就产生了。

雪松宣布，按时间先后，垂柳、荷花、月季花、杜鹃花、贴梗海棠、垂丝海棠、紫荆花、樱花、李花、迎春花、丁香、桃花、杏花、茶花、紫薇胜出，加上雪松、沙朴、广玉兰，由这十八名成员组成的小区植物界诗社正式成立。全场爆发出热烈的掌声。

诗社成立后，要看这十八罗汉捣鼓出什么作品出来，植物们满怀希望地期待着。

植物开店

　　随着气温的升高,加上疫情趋于缓解,住在小区四周的植物来中央公园聚会聊天的越来越多了,公园里显得异常热闹。有时聊着聊着,植物们突然感觉肚子饿了,或者嘴巴干了,要想喝点水,或者吃点零食,就要跑到自己的原位去,很是不便。小区植物的领导层及时看出了这个问题,他们想植物所想,急植物所急,并且也敏锐地感觉到这是个很好的商机,因为树气旺了。香樟、银杏、枫香等上层植物就坐在一起商量,一致同意在中央公园合适位置开办一家商店,或者叫小卖部,专门供应植物们临时的吃喝拉撒物品。谈到这家店的掌柜,植物界领导层的意见出现了分歧。

　　香樟说:"这次是我们植物界在小区里首次搞经营,意义重大,而这个商店能不能搞成功,有一个优秀的掌柜很重要,大家可以推荐合适的对象。"说完,香樟推荐了香字头植物,银杏推荐了银字头植物,枫香推荐了枫字头植物,一时统一不起来。

　　香樟见推荐制不成,就说:"我们植物界向来是很讲民主的,我们不搞推荐制了,我们搞竞选制。小区里每种植物都可以来应聘,但必须通过招聘专家组的面试考核,综合评判,择优录用。"

　　银杏说:"这个办法好,我们小区植物界藏龙卧虎,人才济济,通过这种竞选一定能找到优秀店长。就是这个招聘专家组如何确定?"

　　枫香建议:"我们选择五种植物组成专家组,具体操作就交给专家组好了,等专家组确定了优胜者,报上来批一下就行了。"

　　香樟说:"我和银杏防疫事务繁忙,这个专家组组长就由枫香担任,其他再物色四位专家吧。"

枫香说:"根据最近一段时间植物们在公园的表现,我觉得月季花、广玉兰、毛竹、雪松表现突出,知识面广,适合当专家。"

"那就这样定吧!"香樟说完,就和银杏忙其他事情去了。枫香就又是召集专家组拟方案,又是写招聘告示,忙得不可开交。

第二天清晨,植物们就早早地聚在公园里,都想看看这个现场招聘是怎么回事。六点整,坐在公园正中间的五位专家都到齐了,组长枫香就宣布:公园商店店长公开招聘现在开始。然后枫香介绍了选拔程序,由选手自荐,自我介绍,五位专家各出一个题目考试,录用综合成绩优秀者。

枫香介绍完了,植物们就你看看我,我看看你,都觉得很好奇,但都没有勇气出来应聘,这样等了一刻钟左右,还是没有动静,专家们有点急了。枫香正要做动员,这时乌桕刚从外面买菜回来,看到这么多植物围在一起,也就挤了进去。当知道是这样一回事后,乌桕就说:"我来应聘好了!"

听说有树木来应聘了,植物们都"哇"的一声叫了起来,专家们也眼前一亮,仔细一看,但见这乌桕也是敦厚壮实,仪表不凡。枫香就要乌桕先自我介绍一下。

乌桕说:"我是大戟科的乌桕,属落叶乔木,也是一种色叶树种,春秋季叶色红艳夺目,不下丹枫。已有一千四百多年的栽培历史。我的适应性较强,在各种条件下都能生长。并且具有很高的经济和园艺观赏价值……"

枫香打断了乌桕说:"这些都是你的生物学和生理学特性,我们都知道,不必多说。因为这次是招商店的店长,要有经营头脑,你有这方面特长吗?"

乌桕马上接口说:"有啊,我原来长期在食堂里买菜,接触商贩们多,也学会了几招,开个小店那是不在话下的。"

枫香说:"既然如此,那很好,我们进入下一步,由专家给你出题考试。月季花,你先来吧。"

月季花站起来提问说:"我们前几天听到过对联的知识,我就来出个上联,请你对出下联。"

乌桕说:"没问题。"

月季花抬头看到水杉、池杉、柳杉正往公园走来，就随口说出上联是：水杉池杉柳杉姗姗来迟。

乌桕听到这个上联，觉得月季花别出心裁，有点不按常理出牌，就将将头皮，看了看周围，看到白杨、黄杨、枫杨正看着自己发笑，就马上对出下联："白杨黄杨枫杨洋洋得意。"

月季花见乌桕的下联白杨黄杨枫杨三植物对水杉池杉柳杉三植物，成语洋洋得意对成语姗姗来迟，题意贴切，就满意地点点头，表示第一关通过了。全场一阵掌声为乌桕加油。

广玉兰站起来说："下面进行第二题考试。我出一道推理题，题目是这样的：甲、乙、丙三树中，有一位医生、一位教师和一位警察。已知乙比警察年龄小，丙和医生不同岁，医生比甲年龄大。请你判断甲、乙、丙分别是什么职业。"

不想广玉兰出题后不到一分钟，乌桕就报出了答案："甲是教师，乙是医生，丙是警察。"广玉兰大为吃惊，心想会不会是乌桕蒙出来的，就要乌桕解释是怎么推理出来的。

乌桕说："根据已知条件，丙和医生不同岁，医生比甲年龄大，通过这二条，可立即得到医生是乙的结论；然后凭医生比警察年龄小，医生比甲年龄大这二条，可以得到警察年龄最大，是丙；那剩下的就是教师，只能是甲了。"

广玉兰频频点头，连说："对的，对的。我这一关也过了。"全场又是一阵欢呼声为乌桕鼓劲。

毛竹是第三位出题的专家，他有点不相信乌桕，就说我出一道题，看你要花多少时间解出来。

乌桕说："好啊，请出题。"

毛竹说："题目是，鸡和兔共15只，共有40只脚，鸡和兔各几只？"

等毛竹的题目刚说完，乌桕就立即给出了答案，说兔子有5只，鸡有10只。

这边一些植物还拿了一张纸，想设 X、Y 的，刚列好方程，乌桕已算好了。毛竹还是不相信，问乌桕怎么算的。

乌桕说:"很简单,我的想法是,假设鸡和兔都训练有素,吹一声哨,抬起一只脚,40-15=25。再吹一声哨,又抬起一只脚,25-15=10,这时鸡都一屁股坐地上了,兔子还两只脚立着。所以,兔子有10÷2=5只,鸡有15-5=10只。你们说对不对?"

毛竹说:"不光答案是对的,就是你的解法也匪夷所思啊。"

乌桕说:"这对做生意的植物来说都是小意思。"

毛竹连连称赞说:"我这里通过了,通过了。"全场掌声雷动,看热闹的植物们高声叫喊"乌桕,好样的! 乌桕,好样的!"

雪松挥挥手,要大家静下来,对乌桕说:"我袋里只有10元钱,去某店喝矿泉水,店里规定每瓶2元,每2个空瓶可换1瓶,每4个瓶盖可换1瓶。请你帮我算一算,我最多能喝几瓶矿泉水?"

乌桕说:"你最多能喝20瓶矿泉水。"

"有这么多吗? 请解释清楚。"雪松追问。

乌桕说:"我给你说一件我小时候的往事吧。"

故事是这样的。有一年夏日,天气炎热,七岁的乌桕跟着父亲爬了一天山,又累又渴,见山脚有一小店,急忙奔入店内。

父亲问:"老板,有啤酒吗?"老板答道:"有啊,客官要几瓶?"父亲问道:"价钱几何?"

老板说:"每瓶2元,每2个空瓶可换1瓶,每4个瓶盖可换1瓶。"父亲摸摸口袋,只剩10元钱,就对老板说:"拿5瓶上来吧。" 乌桕知道父亲酒量大,就对老板说:"5瓶太少,拿20瓶吧。"

父亲朝乌桕挤挤眼,意思是没有那么多钱。乌桕说:"父亲尽管放心喝就是,到时我自有办法。"

老板看乌桕和父亲穿着破烂,满头大汗,有点犹豫。乌桕拍拍口袋,对老板说:"你还怕我们不给你钱不成? 快上酒。"老板有点不情愿地将20瓶啤酒放在桌上。

父亲于是就急不可耐地喝了起来,不到一个时辰,就将20瓶啤酒喝了个精光。父亲低声说:"老板算账。"老板说:"客官,请付40元。"

乌桕就大叫:"你这黑店,欺负我父亲喝醉了吗?给你20个空瓶,抵10瓶;20个瓶盖,抵5瓶;还差5瓶,付你10元。"乌桕一边说一边将10元钱往桌子上一放。"我们不差钱,不会少你一毛钱。"说完,乌桕大摇大摆地拉着父亲走了,留下老板一人在那目瞪口呆。

乌桕的故事说完了,全场是一片尖叫声。雪松恍然大悟地说:"怪不得啊,原来乌桕从小天赋异禀,我没话可说了。"

最后一个专家是枫香,并且他又是专家组组长,举足轻重。大家都为乌桕捏一把汗。枫香站起来说:"乌桕前面几关表现很好,我也不为难你,我就出一道算术题,我觉得开个小店会这些算术题就够了,我们要的是实用。"下面的植物在叫:"别说空的,快亮出题目吧!"

枫香的题目是:有若干个苹果和梨,苹果的个数是梨的个数的3倍,如果每天吃2个梨和5个苹果,那么梨吃完时还剩20个苹果,问有多少个梨?多少个苹果?

乌桕说:"因为苹果是梨的3倍,当梨和苹果都吃完时,梨吃2个,苹果就得吃2×3=6个,而实际每天只吃了5个,说明每天少吃了一个苹果,剩下20个苹果,说明吃了20天,这样就知道了梨的个数是40个,苹果的个数是120个。"

植物们一验算,发现完全正确,一齐高呼起来。见此,枫香也很激动,他和其他几位专家交流了几句后,就当场宣布:经过五轮考试,乌桕表现都很完美,专家组一致通过乌桕的应聘,待申报、公示程序走完后,就发红头文件任命。到那时,乌桕就可以走马上任了。

枫香的话音刚落,公园里的植物就欢呼起来,几个大个子过来,把乌桕抬起来抛上抛下,庆祝乌桕凭实力取得店长之位。现场气氛达到了高潮。

不久后,公园旁的商店就开始营业了,乌桕也整天笑嘻嘻地迎候着大家。

土豆修谱

　　这段时间,小区植物界很热闹,各种新鲜事物层出不穷,前几天刚决定要编小区植物志,并且植物志编委会都已经成立了。在今天早晨的公园聚会上,有些植物就议论开了。

　　黄杨先说:"我认为,要编好植物志,先要编好家谱,因为连一草一木自己的家底都没有摸清,怎么能编清楚植物志呢?理不顺啊。"

　　雪松说:"没有那么复杂吧。当然你们黄杨家大业大,有银边黄杨、金边黄杨、银心黄杨、金心黄杨、瓜子黄杨、豆瓣黄杨、雀舌黄杨、毛果黄杨、皱叶黄杨、日本黄杨……"雪松有些说不清楚了。

　　黄杨说:"不光我们黄杨家族,每家每户都是很有故事的,像睡莲家族、鸢尾家族、玉兰家族等,家家有本难念的经。"

　　"家谱?黄杨你先说说什么叫家谱?"沙朴对新鲜事物总是很好奇。

　　黄杨解释说:"家谱,又称族谱、家乘、祖谱、宗谱等。一种以表谱形式记载一个以血缘关系为主体的家族世系繁衍和重要植物事迹的特殊图书体裁。家谱以记载父系家族世系、植物为中心,是由记载古代树王草侯世系、事迹而逐渐演变来的。家谱是一种特殊的文献,就其内容而言,是中国五千年文明史中最具有平民特色的文献,记载的是同宗共祖血缘集团世系植物和事迹等方面情况的历史图籍。"

　　"那既然你对家谱这么有感情,那你们家族就先编起来吧。"沙朴对黄杨说。

　　黄杨叹了口气说:"我在家族会议上提了好多次了,但因为我们家族太复杂了,谁都不敢挑这个担子,因此,这个修谱的事一直悬而未决。我倒希望能有其他家族带个头,弄个样板出来,供我们参考。"

听了黄杨的话,植物们七嘴八舌地议论开了,有表示理解支持的,有表示怀疑反对的。月季花就说黄杨这个主意不错,她准备和家族里的同伴商量一下。紫薇却说:"你们是不是咸吃萝卜淡操心,想得太多了。"紫薇此话一出,萝卜不高兴了,说:"你尽管可以有不同意见,但不要把话说到我身上来。"一时间你一言我一语的,公园里闹得不可开交。

小区植物志编委会主任桂花正好也在场,听到这里,就出来说:"黄杨说得对,要编植物志,先要摸清每家每户的关系,我也希望每个家族都能编出家谱,如果那样,我们编植物志就简单多了。"

沙朴就对着大家高叫:"有哪种植物出来先带个头?"

过了好一会,都没有植物吱声,桂花两手一摊说:"可惜没有植物愿来打头阵,说了也是白说。"

说完话,桂花正要离去,植物丛中走出了西红柿。沙朴问:"西红柿,你可是愿意首先来修家谱?"

西红柿说:"我自己没有这个想法,但我想推荐我的邻居土豆,他一直有这个念头的,如果这次能在小区立个项,一定能把这件事做起来。"

"土豆? 他在哪里,怎么从来没有看到他来公园聚会过?"桂花急忙问。

"我们属于蔬菜群,是个小群,在小区的西北角上,相对比较独立,所以很少参加大群的活动。"西红柿回答。

"那快去请土豆过来,当面锣敲锣鼓打鼓地说说清楚。"桂花说。

过了一会,土豆就由西红柿带着来到了公园。桂花和土豆握了握手,就要土豆先介绍介绍自己。土豆也不客气,就说了起来:"原来,我们在中国有很多种称呼,有叫山药蛋的,有叫洋番薯的,有叫薯仔的,植物学家根据我们地下块茎呈串状,像马脖子上的铃铛,给我们起了个通用的学名叫'马铃薯',但我还是希望你们叫我土豆,显得亲切自然一些。"

桂花问土豆:"你的原生地在哪里?"

土豆说:"我的原生地在高寒的安第斯山脉,是远古印第安人发现的。

印第安人尊称我为'丰收之神'。到了16世纪末,当老家在南美的土豆首次抵达欧洲时,没几个人待见我们,找个落脚地儿都难。原因竟然是我的'呆头呆脑'的长相,还有'不开化、被征服种族的主要食物'的身世。一句话,说我没文化呗。然而,朴实的我凭借自己的高产和丰富的营养,很快征服了饥饿中的爱尔兰人,因为在两三公顷贫瘠的土地上,就能生产出养活一大家人和牲畜的土豆。从前不怎么长小麦的耕地,从此可以养活多得多的人口。要知道,当时的良田大都被英国地主霸占,爱尔兰人面黄肌瘦,过着食不果腹的日子。我的'善解人意',让爱尔兰人如获至宝。种小麦,需要在收割、脱粒、磨面、和面、揉面、烘烤等一系列繁复的工序后,才成为面包。而我,如同种植一样容易,挖出来直接扔进锅里或火里就可以了。爱尔兰人还发现,我除了能保证优质淀粉所具有的能量外,还富含蛋白质、维生素B和维生素C,唯一缺乏的维生素A,喝点儿自家奶牛的产品就可以弥补。内秀的我和爱尔兰人日渐强壮的体质,让欧洲权贵也摈弃了对我的不屑,普鲁士的腓特烈大帝、俄罗斯的叶卡捷琳娜女王,纷纷开始下令让本国农民种植土豆。法国国王路易十六在推广土豆这件事上,也不忘展示法国人的浪漫。他先让玛丽王后在头顶戴上白色和蓝紫色的土豆花环,又在王室的菜园里种植了一大片,白天派士兵看守,晚上悄悄撤走。低贱的土豆,转眼间便荣升为植物贵族。这该是我的生命史上骄傲辉煌的一刻吧。现在有土豆片、炸薯条、土豆泥、土豆酱,哪里还少得了我吗?"

西红柿说:"我听说以前在英文中有个词组,叫'沙发土豆',意指整天蜷在沙发上吃零食看电视,极其懒惰的人。"

土豆说:"是的,这是对我的大不敬,所以英国农民不干了,认为这损害了我的光辉形象。2005年,英国土豆协会的农民为抗议而游行,要求将这个词从牛津词典中剔除。"

土豆说到这里,头一昂,又加了一句:"我还有个荣誉是和共产主义事业都有关系。"

这下子植物们都炸锅了,说你土豆知道吹牛不上税,到外面去吹吹也就罢了,不要在我们朝夕相处的伙伴这里吹好不好。

土豆委屈地说："看来你们对历史知识知之甚少,我和共产主义的关系是苏联布尔什维克的伟大创举,苏联的布尔什维克曾经用土豆烧牛肉把人们带入共产主义的伟大理想之中,这是有档案资料可以查的。"

沙朴说："算了,谁有闲工夫去查档案资料,你就说说什么时候来到中国的?"

土豆说："我是明朝的中期来到中国的,传播途径已经没有办法考证。前段时间,华北的山药蛋和广东的薯仔都发信息来,说要编一本家谱,问我有什么意见。我说这个太难了,中国这么大,我们的祖先进来的时间先后不一,连名称都五花八门,怎么能统一地编得了家谱呢?最多也是你们华北的山药蛋先编一本山药蛋的分谱,或者你们广东的薯仔先编一本薯仔的分谱,取得经验后再推而广之,把各地的分谱搞起来,为以后搞总谱打下基础。"

听到这里,桂花就说："那就巧了,现在有一个很好的机会,我们小区要编植物志,在这之前,最好能够将每个植物家族的家谱先编起来,我们想选择你作为试点,先把土豆家谱修起来,取得经验后再推广。为了表示我们的重视,我们可以把这件事情作为今年小区植物界的重点项目,在资金上给予适当扶持。不知你意下如何?"

土豆听说有资金扶持,当即一拍大腿,愉快地答应了。桂花就以小区植物志编委会的名义和土豆现场签约。公园里爆发出植物们的热烈掌声。

山、水、田的故事

　　某县是九山半水半分田的地形,山占了绝大多数,无疑是老大,水和田各占半分,不相上下。山、水、田是个生命共同体,相互依赖,相互包容,很久很久以来,一直都这样过下来了。

　　山的头儿叫山头,水的头儿叫水头,田的头儿叫田头。这山头、水头、田头是哥仨,常常在一起谈天说地。哥们儿就是这样,好的时候天天黏在一起,好得不得了;有时候又会因一语不合而争论不休。这不,有一天,哥仨又聚在一起聊开了。

　　山头仗着自己是老大,常常趾高气扬,说话口气很大。这天聊到人与自然的关系,山头先说:"你们看看仙字,人立于山峰就是仙,瞭望的是星河壮阔,天地广袤;再看看俗字,人委身于谷底就是俗,目之所及都是鸡毛蒜皮之事。"

　　水头比较秀气,他说:"水是生命之源,人一刻都离不开水。木边上有水就是沐,谷里有水才能浴,每天有水就能成海,反之水少就变成沙了。"

　　田头讲究实在,他说:"你们山、水都是大自然的产物,只有我们田是人们通过劳动改造出来的。田能产粮,粮就是食物,没有田,人们早饿死了。所以你们看看富字,只要家有一口田就算富。"

　　听田头这样说,山头倚老卖老地说:"造物主造出我们山、水时,到处都是野果子,后来慢慢地有了人类的祖先——猿人,那时野果子吃都吃不完,哪里还需要开垦田地?"

　　田头反唇相讥说:"那怎么说那时是蛮荒时代,而现在是文明社会呢。"

水头对山头一股独大也心有不满，就支持田头的观点，说："正是因为人类的出现，在改变着这个世界的面貌，比如对待水，从放任自流到积水成渊，对待田则是积田成丘。"

山头见田头和水头结团反对他，大为生气，就指着他俩说："我山是宽宏大量不来说你们，你们倒得寸进尺了。先说说你水，你仗着人类的势力，在山谷口子上筑一道大坝，建成一个大水库，淹没了我多少山的面积，扩充了你多少水的实力；还有你田，你们在我山的范围内开挖了多少田地，你们自己心里清楚，用不着我一块块举例说明吧。你们这是在蚕食我，想动摇我的老大地位吗？"

水头耸耸肩膀对山头说："你错怪人类了，他们这样做也是为了你好。像过去天上下来的雨水哗啦啦地从你山上就白白流走了，大旱年的，你身上的植物们想喝点水都困难。人们兴建水利工程，拦坝蓄水，也是为了你着想。你占着那么多的地盘干什么？"

田头也委屈地对山头说："你以为是我们要贪图你们山的地盘，我们是迫不得已啊。人类现在经济发展了，建设项目用地越来越多了，他们把我们平地里的田用去了不少，但是要占补平衡啊，只得在你山上动脑筋，下面用了多少田（地），就要在山上挖出多少田（地）。我们的数量其实是没有增加的，你不要多想。"

山头听到这里，气平息了不少，他说："我也不是舍不得我的地盘，为人民服务我也是义无反顾的，并且我也怕冷清，喜欢在我身边能够热闹些。我就搞不懂了，那他们为什么不直接在我山上搞建设呢，非要占用了下面的良田后再来我身上敲敲打打。"

水头摇摇头对山头说："你在山上待着真是傻了，在平地里造房子和在山上造房子能是一个价吗？一点经济头脑都没有。"

山头指了指山下的大片荒地对水头说："你聪明，你倒是说说，那里大片的农地上长着杂草，一片荒芜，为什么非要在我的身上挖出许多田来，这些田能产出多少粮呢？"

听山头这么一问，水头一时语塞，回答不上来。就用手指了指田头说：

"关于田的事情,还是田头来说吧。"

田头说:"事情都是一分为二的,改革开放后,经济大发展了,人民生活水平提高了,建设项目占用的土地就会增加,我们做出一些贡献也是应该的。但耕地是关系到国家安全的大事,全国耕地保有量是一条红线,用了就要补上,这也是没有办法的事。你们还记得吗,在改革开放前,这里经济极为落后,山上光秃秃的,植被都被砍去烧火用了,造成严重的水土流失,山也受伤,水也吃苦。后来经济发展了,烧火用煤气了,山上的植被保护起来了,绿水青山才能变成现实。"

山头说:"反正不管你们怎么改来改去,我这里的山还是那个山,换一套龟甲也还是山。"

水头说:"我也觉得,人类要和大自然和谐相处,就要顺应自然,减少干预。山有山的雄伟,水有水的灵秀,田有田的朴实。我们就是一个综合体,谁也少不了谁,谁也离不开谁。"

田头说:"这里的人们已经认识到了这一点,所以已经改变了过去唯GDP考核的做法,改为绿色GDP考核。就是在山区,保护生态环境就是最重要的事,生态好了,发展旅游业等第三产业,老百姓的日子可以过得越来越红火。"

山头说:"我希望人们守着山都能成仙,而不要成为俗人。"

水头和田头见山头气消了,就相互做了个手势,各自回家去了,原野里又恢复了宁静,只有风吹树叶发出的沙沙声。

树　论

　　狮子湖水库是Ａ城的饮用水源,这些年,Ａ戒经济大发展,人口大增长,城区大扩张,饮用水就紧张了。为此,Ａ城决定扩建狮子湖水库,提高蓄水位高度50米,需拆迁的红线范围划出来了,这几天正在公示。

　　水库边位于拆迁红线内的一株大香樟得知这个消息,连续几天闷闷不乐,茶饭不思。住在香樟附近的枫香、枫杨、金钱松、沙朴、香榧、广玉兰等植物界的弟兄们就结伴去看望大香樟。

　　枫香等围绕在大香樟四周,见大香樟情绪低落、精神萎靡,就七嘴八舌地说起来。

　　枫香先说:"樟哥,怎么几天不见,你精神气差了不少,所为何事?"

　　香樟眼泪汪汪地说:"枫弟啊,难道你还不知道吗,我现在所在的位置马上就要被淹了,我是不得不搬迁了,所以心中闷闷不乐。"

　　枫香说:"樟哥,乔迁新居是件高兴的事啊,一般的树一生也蹚不到一次,你又何必伤心落泪呢?"

　　香樟说:"我是舍不得离开大家啊,我是看着你们长大的,想这么多年来,我们大家和谐相处在一起,过得多舒心,现在要离开你们了,我能不难过吗?"

　　住在湖边的枫杨忿忿不平地说:"你算好的啦,这里不能住,可以进城里去住,换个环境而已,我的命运就惨了,到时一定是落得个腰斩的结局。"

　　金钱松就呛枫杨说:"你能和樟哥比吗? 你才几岁,樟哥都活了几百年了,人家把樟哥当宝贝,像你这样松垮垮的树有什么用,能享受到樟哥的待遇吗?"

香樟忙制止金钱松说:"话可不能这么说,树各有志,枫杨有枫杨的优点,只是各树有各树的适应环境,枫杨就适合在潮湿的地方住,进城怕会水土不服。"

沙朴说:"樟哥啊,你这次搬到城里住,吃香的喝辣的,过上了灯红酒绿的生活,换成我是求之不得啊,你到了那里可别忘记我们了。"

香樟说:"朴弟啊,俗话说,人挪活树挪死,我这一去,伤筋动骨不说,一路颠簸,到了那里,还要丢人现眼的,是不是能够挺得过去都难说,哪里还谈得上过灯红酒绿的生活。"

广玉兰说:"这个樟哥你尽管放心,人类现在对移树是很有经验了,对你这样的国宝级古树,那可是不惜代价的。"

沙朴继续说:"樟哥,等你在城里站稳脚跟,有机会时就推荐推荐我,我也想去城里看看。"

香樟正要回答,香榧握着香樟的手说:"老哥,你别去听沙朴、枫杨等那些乱七八糟的说法,反正我是过不惯城里那种快节奏生活的,我还是在这里静静地过吧。"

香樟说:"我又何尝不是这样想呢,只是你住得高,这次碍不到你,我是没有办法啊。我走后,你和银杏、枫香等遇事要多商量,不要意气用事,要切实负起责任来。"

香榧说:"你就放心去吧,这里穷乡僻壤的,能有什么事?"

香樟说:"不是这样的,这里山清水秀,赛过金山银山,你没看到这几年到这里来的人越来越多了吗? 况且富在深山有远亲,穷在闹市无人问,像你香榧这样的财神树,恐怕是想静都不可能的。"

这时远远地传来了人说话的声音,植物们知道是工作组的人又要上来踏勘了,树们又该回到自己的位置上去了。

广玉兰说:"时间快到了,香榧、香樟哥俩在一起就有说不完的话,我看这样好了,现在流行建微信群,我们也建一个群吧,这样交流起来也方便。"

香樟说:"广玉兰是年轻树,与时俱进,这个建议很好,那就请你当群主拉一个群起来吧。"

广玉兰就马上拿出手机,建了个"狮子湖水库植物群",把香樟、枫香、枫杨、金钱松、沙朴、香榧、广玉兰等植物界的弟兄们都拉了进来。

拆迁人员的脚步声近了,枫香等各位弟兄就一一上来,和大香樟依依不舍地握手道别。几分钟后,树林里又恢复了静寂,只有风吹树叶发出的沙沙声。

下乡记

　　深秋的午后,走在乡间的小路上,阳光暖融融的,晒着山坡,晒着田野,晒着村庄。原野里传来了秋虫的鸣唱,如潮似的一波又一波。

　　小路的左边是成片的水田,成熟的晚稻颗粒饱满,黄澄澄、沉甸甸地随风摇曳,飘散出醉人的清香,翻腾着滚滚的金波。那沉甸甸的稻谷垂着头,弯着腰,仿佛挂着一垄垄金黄的珍珠,见我走来,向我微笑,鞠躬。

　　稻谷说:"先生,你好,你看我美不美?"

　　我走下田埂,捧起了结结实实的几条稻穗,闻了闻说:"你太美了,民以食为天,今年又是个丰收年,这里有你的一份功劳,我要点赞你。"

　　小路的右边是一片小丘陵,地上种满了柑橘树。秋天到来了,一个个橘子由绿变黄,由黄变红,树上缀满了一盏盏小红灯笼,把树枝都压弯了腰。有的橘子躲在茂密的树叶中,就像害羞的小姑娘;有的露出全身,在枝头上摇来晃去,就像调皮的小男孩。

　　橘子见我夸赞稻穗,就向我眨眨眼说:"你来看看我啊,我比起稻穗来怎么样?"

　　我跨过田埂,走向小丘,对橘子说:"你也很美啊,你不光样子美,你的味道也已经馋得我直流口水了。"

　　橘子说:"那你就亲亲我,亲口尝尝我的味道。"

　　我摘下一个橘子,剥开皮,掏出一瓣,那橘瓣就像一个弯弯的月亮,放在嘴里咬一口,甜津津的,汁水很快就充满了我的嘴巴。

　　我一边吃一边竖起大拇指,连声说好。

对面小山坡上,一夜寒露风,柿子挂灯笼。柿子树听到了我和稻穗、橘子的对话,怕我不会注意到它,就摇了摇躯干,竟脱光了全身的叶子,少了绿叶的遮挡,索性大大方方地疏影横斜着,红彤彤的柿果高低错落地挂在细枝树梢,三五株相约着挤挨在一起斗艳争红,红红黄黄的,极富视觉冲击力。

柿子树远远地看着我不作声,揣摩着自己都这样了,看能不能引诱到你。

我得承认自己是好色的,当发现满山满坡的柿子悬在枝头,那盘曲硬朗的柿树枝干,褪去了绿叶的包裹,延伸着直指天空的边缘。柿子俏立枝头,或累累然,或垂垂然,晴空丽日下,鲜艳夺目。

我不由自主地走向柿林,站在树底下,赞叹道:"墙头累累柿子黄,人家秋获争登场。长碓捣珠照地光,大甑炊玉连村香。"

柿树知道我在夸它,它笑了,笑得很开心。

当然,在这金秋季节,稻谷丰收了,橘子熟透了,柿树开心了。沐浴在这样的环境里,我们不是应该放声歌唱吗?

三杉应聘

自从杭州西溪湿地公园建起来后,人们想在钱塘江口建一个更大的湿地公园,现在,这个想法马上要变成现实了,杭州大江东国家级湿地公园要开建了。

由于公园面积大、范围广、投资多,项目建设不仅引起了动物界的关注,也得到了植物界的高度重视。植物界管理小组决定任命出淤泥而不染的荷花为湿地公园园长,荷花清正廉洁,众望所归;任命芦苇为湿地公园第一副园长,芦苇手下兵多将广,在公园里势力很大,便于搞好团结,平衡关系;任命菱角为湿地公园第二副园长,因为菱角是生态效益与经济效益相结合的典范。

湿地公园领导班子一成立,荷花园长就带着班子成员大刀阔斧地干了起来,勤勤恳恳,任劳任怨。荷花园长身先士卒、敢于担当,芦苇、菱角密切配合,各负其责。公园工作顺利推进,得到了植物界的一致好评。

按照公园的总体布局,三位园长落实了公园各功能区块的植物配置。湿生、水生植物主要有荷花、睡莲、芦苇、菱角、鸢尾、旱伞草、茭白、水葫芦,灌木主要有蜡梅、含笑、南天竺、红花继木、茶梅、金丝桃、木槿、木芙蓉、海桐、八仙花、绣线菊、黄杨、夹竹桃、金钟花、小蜡,竹类主要有孝顺竹、四季竹、凤尾竹、刚竹、紫竹、淡竹、方竹、佛肚竹,草坪和地被植物主要有狗牙草、结缕草、马蹄金、葱兰、酢浆草、吉祥草,藤本植物主要有薜荔、野蔷薇、紫藤、爬山虎、常春藤、凌霄、忍冬、藤本月季、络石、葡萄、木香、美国地锦,多年生花卉主要有兰花、葱兰、韭兰、芍药、金盏菊、美人蕉、萱草、月季。

就在大家都以为大功告成,可以歇一口气时,荷花园长总觉得哪里不对,他左思右想,终于想出来了,笑着对芦苇、菱角说:"我把植物界的兄弟们都想到了,却唯独忘了陆生植物中唱主角的乔木大哥,我们这里虽然是湿地公园,乔木不是主角,但缺少了乔木大哥,终是玉不住阵脚。那选择什么样的乔木树种呢?我还要和两位仔细商量商量。"

芦苇副园长说:"我们这边是湿地公园,盐碱性较重,恐怕适合的乔木不多,就是有合适的,也不知道它们肯不肯来。"

荷花园长说:"我们都是湿生、水生类,对乔木类确实了解不多,要选出一位乔木树种的头儿来,由它负责招兵买马就可以了。这带头大哥选谁呢?"

还是菱角副园长脑子转得快,他提议道:"我们采用公开招聘的方式吧,这样显得公开、公平、公正。"

荷花园长连忙说:"这个办法好。"

三位园长于是连夜拟定了招聘方案:先报名,符合基本条件的参加理论考试,理论考试前三名参加面试。面试第一名者就是乔木类的带头大哥,将被授予挑选其他乔木兄弟的大权。

经过报名、初审、理论考试三个环节,考试结果出来了。今天是面试的日子,荷花园长和芦苇、菱角两位副园长一早来到了面试地点。

上午8时30分,面试正式开始。第一位进来的是水杉,水杉是落叶乔木,胸径粗壮、高大威猛、虎虎生风。荷花园长让其自我介绍一分钟。

水杉说:"我是稀有树种,起源于冰川时期、素有'活化石'之称,为中国特有,亦称'植物界的大熊猫'。树形优美,树干高大通直,高可达35—41.5米,胸径可达1.6—2.4米,多生长于地势平缓、土层深厚、湿润或稍有积水的地方,耐寒性强,耐水湿能力强,在轻盐碱地可以生长,喜光,根系发达,生长速度快,树干基部通常膨大、有纵棱,是平原、湿地、城乡绿化的最佳选择。"

第二位进来的是池杉。池杉也是落叶乔木,树形婆娑,枝叶秀丽,婀娜多姿。池杉的一分钟陈述是这样的:"我乃池杉,源自美国,后被引进到杭州、武汉、庐山、广州等地;主干挺拔,树冠呈尖塔形;速生树种,强阳性,耐寒性较强,极耐水淹,也相当耐干旱,适生于水滨湿地,特别适合在水边湿地成片栽植,可孤植或丛植作为园景树。可在河边和低洼水网地区种植,或在园林中孤植、丛植、片植配置,亦可列植作道路的行道树。木材纹理通直,结构细致,具有丝绳光泽,不翘不裂,工艺性能良好,是造船、建筑、枕木、家具的良好用材。"

第三位进来的是落羽杉,落羽杉也是落叶大乔木,树干圆满通直,气宇轩昂,树冠呈圆锥形。落羽杉的一分钟陈述是这样的:"我是落羽杉,原产于北美及墨西哥,现在中国广州、杭州、上海、南京、武汉、福建均引种栽培;主干挺拔,树冠呈圆锥形或伞状卵形;速生树种,长势旺盛,树形优美,可作庭园观赏树种;根系特别发达,可深入3米以上土层,通常有数条主根和大量细根,在低湿地或河湖滩地、堤岸上生长时,会在根部向上长出伸出地面的'根膝','根膝'高矮不等,能起到一定的呼吸、通气、固着和贮藏养分等作用;耐水湿,可作为固堤护岸的首选树种;木材材质优良,有'永不腐朽之木'的称号,是造船、建筑、枕木的上好用材。"

三位应聘者的面试结束了,最终成绩是:水杉91分,池杉90分,落羽杉89分。荷花园长当即宣布:水杉为乔木树种的带头大哥,待公示程序结束后,正式发文确认。考虑到池杉、落羽杉也相当优秀,荷花园长当场指出:水杉当选带头大哥后,一定要不计前嫌,优先将池杉、落羽杉纳入团队,共同为湿地公园的发展做出贡献。水杉当即表示:"感谢三位园长的信任,我一定不辜负领导的期望,把乔木类树种的配置工作落实好。"

招树引材

　　四十多年前中国开始改革开放,香樟王带着银杏、水杉等植物界同行去美国等西方国家招树引材。那边的同类一听说是中国,就连连摇头,不是说对中国一无所知,就是说那里穷苦,谁愿意到那里去受苦受难?

　　香樟王费尽了口舌做工作,宣传中国地大物博,文化底蕴深厚。银杏、水杉还现身说法,说他们家族在那里生活了几万年,现在不是长得很好吗?最后,池杉、落羽杉这些有点文化背景的小后生想去中国见见世面,于是就跟着香樟王来了中国。

　　三十年前,香樟王带着植物界同行又去了一次,这次就容易多了,因为香樟王带了一封介绍信。信是池杉、落羽杉写的,大意是:他们初到中国,正在创业,不能分身回家乡,中国是礼仪之邦,香樟王值得信任。有了这封信,香樟王很快就完成了任务,带着新引进的物种回国了。

　　二十年前,香樟王又去了一次。这一次,香樟王、银杏、水杉等国内同行一下飞机就游山玩水去了,因为跟着他们来的池杉、中山杉红光满面、神采奕奕地回老家去了。他们见到家乡父老,跟他们介绍中国发生的巨大变化,说时还不停地竖起大拇指,说道:"中国,绿水青山,是个好地方。"这就是最好的宣传,香樟王他们什么都不需要做,就满载而归了。

　　十年前,香樟王再一次去时,一下飞机就傻眼了,因为他们被异国的花花草草包围了。这些家伙斯文也不讲了,争先恐后地介绍自己,都不想失去这个机会。但是,此一时彼一时,香樟王这次来引进树种要执行严格的挑选标准:一是要求掌握标准,择优录用,杜绝讲人情、开后门的情况出现;二是要求提高警惕,严防国外的有害植物渗透进来,因为在国内已经发现有加拿大一枝黄花、喜旱莲子草这样不怀好意的杂类混进来,严重威胁到国内植物界的平衡。所以,出国前,香樟王他们还专门集中去党校学习了半个月。不过还好,这次任务还是顺利完成了。

今年,香樟王是偷偷摸摸地去的,因为他们吸取了上次的教训,怕被堵在机场脱不了身。并且,植物界高层有交代,回去时要实行严格的审查制度,各种物品都要进行检疫,防止把松材线虫病这样的害群之马带进来,也要防止把转基因植物带进来。所以香樟王觉得,他们是老同志遇到了新问题,现在生活条件好了,工作反而越来越难了,要学的东西太多了。好在现在有互联网,不懂的东西可随时上网查询,香樟王算是勉强完成了任务。

但回来后,香樟王向植物界领导打了个报告,说他老了,已经跟不上现在日新月异的发展形势,下次让年轻的树带团去吧。植物界领导批没批准,到现在也没有定论。

三 紫吹牛

　　紫薇、紫荆、紫藤是哥们儿。有一天,吃饱喝足后,他们又聚在一起瞎吹牛,吹着吹着就起了争执,谁也不服谁,于是就把香樟王请来。

　　香樟王来了后,就请他们各自说说自己的特点。

　　紫薇年轻气盛,抢先说道:"我的名字也叫'猴刺脱',意思是我身上很滑,连猴子都爬不上去。请问世界上千树万木之中有几种树是没皮的? 我们长大以后,树干外皮落下,光滑无皮。如果人们轻轻抚摸一下,我们立即枝摇叶动、浑身颤抖,甚至会发出微弱的'咯咯'的响声。这就是我们'怕痒'的一种全身反应,你们说奇不奇怪?"

　　香樟王连连说:"奇怪,奇怪。"

　　紫荆接着说道:"我们紫荆是先开花后长叶,早春时节,因开花时叶尚未长出,树枝、树干上布满了紫色的花朵,叶片呈心形,圆整而有光泽,光影相互掩映,颇为动人。我们的树皮和花梗可入药,有解毒消肿之功效,种子可制农药,有驱杀害虫之功效,并且我们对空气中的有害气体有特别的抗性,你们说绚不绚丽?"

　　香樟王点点头,说:"绚丽,绚丽。"

　　接着,紫藤不慌不忙地说了起来:"我们紫藤是攀缘缠绕性藤本植物,对气候和土壤的适应性特强,又耐寒,耐水湿,在瘠薄的土壤中也能生长,生长速度快,寿命长,缠绕能力强。姿态优美,风采迷人。暮春时节,正是我们吐艳之时,但见一串串硕大的花穗垂挂枝头,紫中带蓝,灿若云霞。灰褐色的枝蔓如龙蛇般蜿蜒。古往今来,画家们都视我们为花鸟画的好题材。你们说可不可爱？"

香樟王拍拍手，说道："可爱，可爱。"

听完他们的介绍，香樟王仍分不出高下，于是又让他们说说各自的故事。

紫薇说道："在远古时代，有一种凶恶的野兽名叫'年'，它伤害人畜无数，于是紫微星下凡，将它锁进深山，一年只准它出山一次。为了监管年，紫微星便化作紫薇花留在人间，给人间带来平安和美丽……"

紫藤接着说道："有一个美丽的女孩爱上了一个白衣男子。可是白衣男子家境贫寒，他们的婚事遭到了女方父母的强烈反对。可女孩心意已决，非白衣男子不嫁。最终两个相爱的人双双跳崖殉情。后来，在他们殉情的悬崖边上长出了一棵树，那树上居然缠着一棵藤，并开出朵朵花穗，紫中带蓝，灿若云霞，美丽至极。后人称那藤上开出的花为紫藤花，紫藤就是那女孩的化身，树就是白衣男子的化身。紫藤为情而生，为爱而亡。"

紧接着，紫荆开始讲述他的故事："很早以前，田真与弟弟田庆、田广三人商议分家，别的财产都已分妥，只剩下堂前的一株紫荆树没分，兄弟三人商量决定将紫荆树截为三段。第二天，田真去截树时，发现树已经枯死，好像被火烧过一样。他感到十分震惊，就对两个弟弟说：'这树本是一条根，听说我们要把它截成三段，它就枯死了，人还不如树木。'兄弟三人都非常悲伤，决定不再分树，紫荆树竟然立刻复活了。他们深受感动，于是把已分开的财产又放在一起，从此不再提分家的事。后来，人们把紫荆作为家庭和睦、兄弟情深的象征。"

听到这里，香樟王哈哈大笑道："人类把紫荆作为团结的榜样，难道我们植物界还不如他们吗？你们不要争了，你们哥仨都是最奇怪、最绚丽、最可爱的树。"

紫薇、紫荆、紫藤听香樟王这样说，顿时自觉惭愧，于是连忙齐声谢过香樟王，愉快地回各自的领地去了。

三花比美

　　牡丹、月季、杜鹃是小姐妹,小姐妹就是这样,好的时候天天黏在一起,好得不得了,有时候又会因一语不合而争议不休,还常常会相互攀比。

　　这不,前段时间闲极无事,三姐妹又聚在一起,想着弄出点什么事来,说要搞什么公开比赛,非要决出高下来。

　　这一天是比赛日,牡丹、月季、杜鹃早早来到了会场。评委席上坐着兰花、茶花、桂花,这三位评委在花界可谓大名鼎鼎。此时,台下已座无虚席,花山花海,红彤彤一片,佛指花、牵牛花、狗尾草都来了。

　　比赛开始后,兰花首先讲述了这次比赛的重要意义。接着,茶花介绍了比赛规则:比赛共分5轮,第1轮是选手自我介绍,分值为25分;第2轮是花语,分值为10分;第3轮是作诗,分值为20分;第4轮是才艺展示,分值为20分;第5轮是讲故事,分值为25分。5轮得分相加,得分高者胜出。接着,评委桂花问三位选手:"准备好了吗?"三名选手齐声说:"准备好了。"评委桂花宣布比赛正式开始。

　　比赛先进行第1轮——选手自我介绍。

　　牡丹的介绍词是:"我叫牡丹,品种繁多,为多年生落叶小灌木。花色艳丽,玉笑珠香,富丽堂皇,素有'花中之王'的美誉,因花大而香,故又有'国色天香'之称。我曾被选作中国的国花,还被评为中国十大名花之一。"

　　月季的介绍词是:"我叫月季,又称'月月红'、玫瑰,蔷薇科,常绿、半常绿低矮灌木,四季开花,一般为红色或粉色,偶有白色和黄色,被称为'花中皇后'。我的原产地在中国,我是很多城市评选出来的市花。我的红色切花更成为情人必送的礼物之一,也是爱情诗歌的主题。"

杜鹃的介绍词是:"我叫杜鹃,又称'映山红',系杜鹃花科落叶灌木。中国是杜鹃花分布最多的国家,我的种类繁多,花色绚丽,花叶兼美,地栽、盆栽皆宜,是中国十大传统名花之一。我的特点是环境要求低、分布广,漫山遍野都是。"

评委点评道:"牡丹富贵华丽,月季四季开花,杜鹃量多面广接地气。本轮投票结果如下,牡丹20分,月季21分,杜鹃22分。"第1轮后杜鹃领先。

接着进行第2轮——花语。

牡丹是百花之王,高洁、端庄、秀雅,仪态万千,国色天香,有圆满、浓情、富贵、雍容华贵之意。

月季是爱情的信物,是爱的代名词,表示纯洁的爱、热恋或热情可嘉等。

杜鹃的花语:第一,永远属于你;第二,代表爱的喜悦,喜欢杜鹃花的人纯真无邪;第三,满山杜鹃盛开之时就是爱神降临的时候。

第2轮投票结果,牡丹10分,月季9分,杜鹃8分,第二轮后三位选手得分相同,不分上下。

接下去进行第3轮——作诗。

牡丹张口就来:"庭前芍药妖无格,池上芙蕖净少情。唯有牡丹真国色,花开时节动京城。"

月季随口接上:"牡丹殊绝委春风,露菊萧疏怨晚丛。何以此花容艳足,四时长放浅深红。"

杜鹃毫不示弱:"蜀国曾闻子规鸟,宣城还见杜鹃花。一叫一回肠一断,三春三月忆三巴。"

至此,台下一片叫好声,有叫"牡丹,牡丹,你真美"的,有叫"月季,月季,我爱你"的,有叫"杜鹃,杜鹃,好可爱"的,第3轮的得分很快就出来了:牡丹19分,月季20分,杜鹃19分,3轮过后月季以微弱优势领先。

紧接着是第4轮——展示才艺。

牡丹作了一幅牡丹画,造型写实,笔墨写意,水墨淋漓苍润,色彩艳而不俗,既有传统笔墨底蕴,又合乎现代花的审美要求,色、光、态、韵,各臻其妙,清纯感人,雅俗共赏,自成一格。

月季弹了一支钢琴曲,经过简练的前奏,钢琴高音区清脆悦耳的音色和泛音奏法形成短促有力的音响,组成了一连串生动逼真的鸣响。接下来,月季继续用钢琴高音区的音色特点,奏出了不同节奏的乐声。交替变奏形成了高难度的辉煌华丽的段落。最后乐曲运用舞曲的体裁特点,在热烈欢快的歌舞气氛中结束。真是"此曲只应天上有,花间哪得几回闻。"

杜鹃唱了一首歌,她轻启朱唇,乐音从皓齿间缓缓飘出,入耳有说不出的妙境,五脏六腑仿佛被温柔地抚摸过一样,平静而安详。渐渐地,杜鹃越唱音量越高,忽然拔了一个尖儿,又戛然而止,引得众花一阵叫好。

第4轮的得分出来了,牡丹19分,月季18分,杜鹃20分,4轮过后杜鹃排到了第一名。

激动人心的最后一轮开始了,这一轮是选手讲述自己的故事。

牡丹的故事是这样的:天寒地冻,万物萧条,百花凋谢,武则天到后苑游玩,见此情景,心里十分懊恼,于是对百花下令,速来开花。百花仙子接到诏令后,惊慌失措,众仙子聚集一堂商量对策。有的说:这寒冬腊月要我们开花,不合时令,怎么办? 有的说:武后的圣旨怎么能违背呢? 不然,一定会落个悲惨的下场。众花仙不敢违命。只见后苑中,五颜六色的花朵真的顶风冒雪,绽开了花蕊。武则天目睹此情此景,高兴极了,逐一清点,却独缺牡丹花,武则天闻听大怒,马上要把这些胆大包天的牡丹逐出京城,贬到洛阳去。谁知,这些牡丹到洛阳,随便埋入土中,马上就长出绿叶,开出花朵,娇艳无比。武则天闻讯,气急败坏,派人即刻赶赴洛阳,要一把将牡丹花全部烧死。无情的大火映红了天空,棵棵牡丹在大火中痛苦地挣扎、呻吟,然而,花们却惊奇地发现,牡丹虽枝干已焦黑,但那盛开的花朵却更加夺目。牡丹花就这样获得了"焦骨牡丹"的称号,牡丹仙子也以其凛然正气,被众花仙拥戴为"百花之王"。从此以后,牡丹就在洛阳生根开花,名甲天下。

月季的故事如下:很久以前,神农山下有一高姓人家,家有一女名叫玉兰,年方十八,温柔沉静,很多公子王孙前来求亲,玉兰都不同意。因为她有一老母,终年咳嗽、咯血,多方用药,全然无效。于是,玉兰背着父母,张榜求医:"治好吾母病者,小女愿以身相许。"一位名叫长春的青年揭榜献方。玉兰母亲服药后,果然痊愈。玉兰不负约定,与长春结为秦晋之好。洞房花烛夜,玉兰询问什么神方如此灵验,长春回答说:"月季月季,清咳良剂。此乃祖传秘方:冰糖与月季花合炖,乃清咳止血神汤,专治妇人病。"玉兰点头,记在心里。后人把月季作为爱情的信物,作为爱的代名词。

杜鹃的故事是这样说的:相传,杜鹃和谢豹为结拜兄弟,谢豹因无意中伤了人被判死罪,关进死牢。杜鹃带了酒菜去看他,谢豹诡称要理发,让杜鹃代他坐一会牢,杜鹃欣然同意,哪知谢豹一去不回。杜鹃伤心地哭了三天三夜,第四天就被推出去斩首。杜鹃死后变成一只冤鸟,从这山哭到那山,想找谢豹,却怎么也找不到。日复一日,年复一年,啼出的血泪洒在山间,滴到之处便长出小树,春天一到,便开出了血红色的花,这就是杜鹃花的由来。

牡丹、月季、杜鹃三位选手的故事讲完了,台下掌声雷动,连见多识广的三位评委都感动了。评委兰花挥挥手,示意大家静下来,并大声叫道:"你们的分还没有打出来呢。"

过了一会儿,最后一轮的分终于出来了,评委茶花用颤抖的声音报出得分:"本轮得分如下,牡丹24分,月季24分,杜鹃23分。"同时,评委桂花宣布了最后的总得分:"牡丹92分,月季92分,杜鹃92分。"

最后的总得分一报出来,大家都呆住了,一片哗然,比了半天,出来个平分,怎么办?

连久经沙场的兰花、茶花也不知如何是好,台下是一片吵嚷声,有说抽签的,有说加赛的,还是桂花老到,心想:"何不留下悬念,择时再赛一场?"她和另两位评委商量后,又和三名选手沟通。牡丹、月季、杜鹃本就是为了图个热闹,听了评委的决定后,齐声说:"好,好,好。"

最后,评委兰花宣布本次比赛结束,下次比赛时间待定,欲知最终排名,还要看下次比赛结果。

三佬争先

　　原来香樟、银杏、枫香都是植物界的大佬，常常聚在一起吹牛皮。有一天，都吃饱喝足了，爷们儿仨又聚在了一起瞎吹，吹着吹着就起了争执，谁也不服气谁，非要分出个高低上下来，就把土地公公请了来。

　　土地公公来了后，就请爷们儿仨各自用三句话说说自己的特点。

　　香樟说："我是常绿大乔木，高大威猛，冠幅华盖。我的树冠广展，枝叶茂密，气势雄伟。我是优良的绿化树、行道树及庭荫树。"

　　银杏说："我是落叶大乔木，高大挺拔。气势雄伟，树形典雅，葱郁庄重。我是中国四大长寿观赏树种之一，俗称'公孙树'。"

　　枫香说："我是落叶大乔木，雄伟高大。分布于漫山遍野的土地上。随着季节变换叶子会变色，枫叶红时格外美丽。"

　　土地公公又要爷们儿仨各自说说自己的主要价值。

　　香樟说："我是生产樟脑的主要原料；我的材质上乘，是制造家具的好材料；我对净化环境、绿化大地功不可没。"

　　银杏说："我的果实俗称白果可食用；我的枝叶药用价值大，可提取抗癌成分；我的木材洁白光滑坚硬，属上等品。"

　　枫香说："我的木材坚硬，可制家具及贵重商品的包装箱；我的树脂供药用，能解毒止痛，止血生肌，根、叶及果实亦入药；我的观赏价值也特别大。"

　　土地公公接着要爷们儿仨各自朗诵一首写自己的诗。

　　香樟张口就来："樛枝平地虬龙走，高干半空风雨寒。春来片片流红叶，谁与题诗放下滩。"

银杏毫不示弱："等闲日月任西东,不管霜风著鬓蓬。满地翻黄银杏叶,忽惊天地告成功。"

枫香朗朗上口："远上寒山石径斜,白云生处有人家。停车坐爱枫林晚,霜叶红于二月花。"

土地公公问："那你们的适应能力如何？请用一句话来说明。"

香樟说："我的适应能力强,所以各地的古树名木花名册里我们香樟往往最多。"

银杏说："我的适应能力强,在中国的名山大川、古刹寺庵到处都有我古银杏的身影。"

枫香说："我的适应能力强,所以山上成片成片分布的往往都是我们枫香。"

土地公公见说了半天还是分不出高低来,就指了指刚爬上树去的松鼠问："你们谁能像松鼠一样爬上爬下吗?"

爷们儿仨都摇了摇头。

土地公公又指了指旁边的月季花问："你们谁能像月季花一样四季开花吗?"

爷们儿仨又一起摇了摇头。

土地公公再次指着地上的番薯问："你们谁能像番薯一样将全身奉献出来给人们食用吗?"

爷们儿仨再一次摇了摇头。

土地公公笑着说："所以你们不要吵了,我是看着你们一点点长大起来的,你们都很优秀,都各有特色,但树各有志,每个生命体都有他存在的价值。没有土壤,没有雨露,没有小草,没有微生物,哪有你们茁壮成长的今天。你们要怀有一颗报恩之心,为花草挡风遮雨,为人类尽心尽力。为什么非要争出个高低上下啊?"

听了土地公公的一席话,香樟、银杏、枫香的脸都红了,连忙向土地公公鞠躬道歉,然后分别回到自己的领地去了,从此再也没有为这事争论不休。

高速公路听故事

　　周六的早上，我坐车奔驰在去宁波的高速公路上，也许因为是清晨，路上车不多，较以往宁静多了。忽然感觉窗外传来说话的声音，侧耳细听，原来是杭甬高速公路沿线绿化树种在开联谊会，主要内容是结合自身讲故事或传说。

　　第一个开讲的是水杉，水杉的故事是这样的。

　　1941年冬，植物学家干铎在谋道溪发现一株较为奇特而不常见的大树。一到万县，便托人代采标本。1943年7月，王战在神农架考察森林。经过谋道溪时，采到水杉的枝叶、果实标本。1945年夏，王战将一小枝水杉和两个果实送给了吴中伦带回学校，交给树木学教授郑万钧鉴定。郑万钧见到这份标本，认为在现存的杉松类中应该是一个新属。1946年2月、5月间，郑万钧派研究生薛纪如两次前往，采到有花与幼果、枝叶的水杉标本对其形态、特征进行进一步的了解。1946年秋，郑万钧将一份标本寄交胡先骕博士。胡先骕确定，这应属于化石属的一种。1947年秋，郑万钧又派助教华敬灿前往谋道溪和水杉坝一带采集标本，为水杉的研究和正式发表提供依据。1948年5月，胡先骕和郑万钧联名发表《水杉新科及生存之水杉新种》一文，确定了学名，明确了水杉在植物进化系统中的重要位置，得到了国内外植物学、树木学和古生物学界的关注、重视和高度评价。水杉正式命名后，受到中国和世界的重视。1948年5月，在南京中央博物院正式成立"中国水杉保存委员会"，同年7月，筹设"川鄂水杉保护区"。中华人民共和国成立之后，水杉的保护和发展进入了一个新的发展时代。

接下来开讲的是柏树,柏树的传说是这样的。

有一名叫赛帕里西斯的少年,爱好骑马和狩猎,一次狩猎时误将神鹿射死,悲痛欲绝。于是爱神厄洛斯建议总神将赛帕里西斯变成柏树,不让他死,让他终身陪伴神鹿,柏树的名字即从少年的名字演变而来,柏树于是也就成了长寿不朽的象征,这个故事也就是柏树这个名字的由来。柏树斗寒傲雪、坚毅挺拔,乃百木之长,素为正气、高尚、长寿、不朽的象征。

中国人喜欢在墓地种植柏树,起源于一种民间传说。相传古代有一种恶兽,名叫魍魉,性喜盗食尸体和肝脏,每到夜间,就出来挖掘坟墓取食尸体。此兽灵活,行迹神速,神出鬼没,令人防不胜防,但其性畏虎怕柏,所以古人为避这种恶兽,常在墓地立石虎、植柏树。

第三个出场的是杨树,杨树的故事比较长。

水星从小父母双亡,由爷爷抚养。一晃,水星长成了一个大小伙子。有一天老爷爷将水星叫到身旁,对他说:"水星啊,我总算把你拉扯大了。如果我死了,你要将我埋在江边上,坟上栽一棵小杨树,每日早晨起来在杨树上打一百拳,踢一百脚,再浇上一些江水,这样才算对我尽了孝心。"不久,老爷爷死了,水星按老爷爷的嘱咐一一办了。一晃,又过了几年,水星在老爷爷坟上栽的那棵杨树,长成了三人才能围得住的大杨树,树身上,水星每日打百拳的地方,渐渐长出了一个大陀,在他练脚的树下面,也慢慢成了一个脚尖大小的口,水星天天向小口里灌一些江水,每灌一次水就要流一次泪。泪滴进水里,水流进树里,又经树根流进了老人的坟基。有一天,水星正从岸边提水上岸,忽见爷爷的坟基裂开了一条大口,两股青烟冲出来。原来水星每天浇灌江水,把龙王的珍珠灌进了爷爷的口里,爷爷因此变成了青龙上天了。

就在这一年,天遇大旱,田里冒青烟,长江能见底,水星再也无法弄到水灌到爷爷坟上的杨树了,以后连喝的水也难搞了,正在水星为难时,杨树下的小口流出水来。水星就跪在爷爷坟前喝了两口杨树中流出来的树浆水,顿觉清甜爽口,肚内不饥。水星一见树浆水能解渴充饥,高兴万分。急忙挨家挨户地告诉贫苦百姓,要他们都来这里接水解渴充饥。

这件奇事一传十、十传百，传到十里外的一户大财主家里。财主知道后，忙赶着几辆大马车，装上十多口大缸，带着家丁恶奴来到这里，赶走百姓，用他们自己的大缸去接树浆水。可是，当财主接水时，树浆水却不流了。财主一见，气得要死，吩咐家丁恶奴挖树刨根。树是水星爷爷的葬身之地，又是方圆几十里百姓的救命树，一见财主挖树，水星忍无可忍，冲上前去和挖树的奴仆们拼起命来，当场打死了两个恶奴。由于寡不敌众，最后被财主家的家丁们打伤在地。财主命家丁将水星绑在杨树上，周围放上一大堆枯木柴，点火烧起来。周围的百姓一见都纷纷上前救水星，可是这些家丁个个手持棍棒刀枪，如狼似虎，百姓们只得含泪啼哭。正在这个时候，突然天空乌云滚滚，一条青龙从天而降将水星托上龙背，腾空而去。又有一条黄色火龙将火全部吸入肚内，然后喷出一股火焰，将财主和恶奴一个个烧成灰烬。可是，杨树也被烧焦了。

百姓为了纪念水星，在杨树旁修建了一座庙，取名水星庙，还天天为烧焦了的杨树培土浇水。过了几年，杨树终于复活了，不过再不流树浆了。

杨树刚说完，紫薇就接着说上了。

天宫中住着一位俊美的王子，天庭所有的仙女都倾心于他，也包括了平凡的紫薇仙子。可是她的爱是那种沉默的爱，没有像其他仙女那样整天围绕着王子团团转。有一次，王子路过了紫薇仙子的紫薇园，紫薇仙子很开心，脸上堆满了笑容。可是她却紧张得不知该说什么好，看着王子远走的背影，紫薇仙子很失落，突然又看见牡丹仙子出现在王子的身边，原来王子和牡丹早已互相倾慕，约好来这里相会。看着美丽的牡丹，紫薇心里既有欢喜，又有苦涩和无奈，因为紫薇仙子只要看见王子是幸福的，就感到开心，但王子的这份幸福不是由自己给予的，所以紫薇仙子感到苦涩和无奈。虽然，紫薇仙子对王子的这份爱得不到什么回报，可紫薇仙子却仍然在天宫和人间默默地付出着她的爱……

第五个出来的是夹竹桃，夹竹桃的故事是这样的。

在远古的时候，一个叫桃的美丽女孩，她爱上了一个性格刚强的叫竹的长工小伙。父亲由于门户之见，不同意这门婚事，并将竹活活打死。竹死后,桃也跟着为自己心爱的人殉了情。当他们的灵魂到了天国,上苍为他们的真情所打动,答应满足他们一个要求,桃说她一生就喜欢桃花的纯洁,而竹却希望保留他像竹子一样的坚韧。于是,这世界上就产生了有着竹子一样的叶子,开着像桃花一样的花的植物——夹竹桃。

……

我坐在车里,听树木们讲故事,听得如痴如醉,直到下了杭甬高速,故事声才听不到了,但我还意犹未尽。我经常跑杭甬高速,也常在欣赏沿途的水杉、夹竹桃、紫薇花等,没想到还有这么多动听的故事,不知下次重走这条路时,还能不能再次听到。

时间和空间

　　小区植物界里,银杏的年龄最大、资格最老。空闲时,银杏常常会思考一些哲学问题,比如最基本的"我是谁?""我来自哪里?""我将到哪里去?"等问题,但想来想去始终也没有想明白。当然,成绩也是有的,银杏将所思所想记录下来,形成笔记,如果以后有机会,能结集出版那是最好不过。

　　今天早上,银杏将其中的一篇笔记挂在小区植物界的微信群里,全文如下:

时间和空间

时间和空间既是形影不离的伙伴,

又是针锋相对的对手。

它们都有着历史悠久、源远流长、无穷无尽、无边无际的共同点,

又有着各不相同的特点。

时间喜静:默默无闻、稍纵即逝、不急不躁、万古千秋。

空间喜动:海阔天空、前呼后拥、地动山摇、上蹿下跳。

时间和空间常常在一起促膝谈心,

有时和蔼可亲,有时唇枪舌剑。

两者兴高采烈的时候,

空间就在朋友圈点赞时间:

说时间是一身正气、一视同仁、勤勤恳恳、兢兢业业。

时间也在朋友圈点赞空间：

说空间是高瞻远瞩、浩瀚无垠、虚无缥缈、空前绝后。

到了垂头丧气的时候，

空间就在QQ群贬低时间：

说时间是一成不变、墨守成规、循规蹈矩、枉费日月。

时间也会在QQ群反戈一击：

说空间是坐吃山空、空穴来风、藏污纳垢、好高骛远。

有时候，空间又会夸奖时间，

说时间是：一寸光阴一寸金，寸金难买寸光阴，

又说时间机不可失时不再来，

是在劝慰人们珍惜光阴，惜时如金，难能可贵。

这时候，时间也会表扬空间，

说空间是：大肚能容，容天下难容之事，

又说空间海纳百川，有容乃大，

是在劝慰人们宽容大度、包和并蓄、宰相肚里能撑船，是传统美德；

有时候，空间讽刺时间虚度光阴，

时间就责怪空间偷吃空饷。

又有时候，两者又自我吹捧，

空间说自己能左右开弓、上下颠倒、前后夹攻、高抛低吸。

时间说自己能一往无前、刚正不阿、不偏不倚、夜以继日。

又学会了相互恭维，

空间对时间说：离开了你，我是茫然若失，飘忽不定。

时间对空间说：没有了你，我是空空荡荡，无的放矢。

有一天，时间偷偷摸摸地对空间说，

我耳闻目睹了爱因斯坦在研究相对论，

当速度达到风驰电掣的时候，

空间是会压缩变形的，

所以你不要横冲直撞了，

有没有听说孙悟空一个跟头可以十万八千里，

真是山外有山、天外有天啊。

空间就神神道道地对时间说，

我也道听途说了相对论的厉害，

当速度达到瞬息万变的时候，

时间是可以伸缩拉长缩短的，

所以你不要直来直去了，

有没有听说天上方一日，地上已一年，

真是物换星移、时过境迁啊。

说到这里，两者不约而同地一拍大腿，

茅塞顿开，恍然大悟，

我们不能只徒有口舌之争了，

应该携手共进，共创未来。

空间说，我是三维的，

时间说，我是一维的，

两者异口同声地说：我们来个时空叠加，

就是三维空间加一维时间等于四维时空，

这样每时每刻的活动轨迹就刻印下来了。

于是乎，两者握手言和，签订盟约，合作共赢，

不久，谷歌导航、百度导航、高德导航等如雨后春笋般涌现出来，

北斗系统也就不甘示弱，横空出世。

时空如鱼得水，如虎添翼，

人间车水马龙，井井有条。

焕然一新的时空观福泽东海，寿比南山。

　　小区里的植物们看了后，议论纷纷。雪松点赞说："银杏这个《时间和空间》，用到了大约96个成语，把时间和空间的关系说得通俗易懂，并且很有

哲学思维,有意思。"

　　沙朴说:"雪松你不要光是点赞,你也出来写一篇。"沙朴这样一提,后面很多植物跟着起哄。雪松无奈,只得答应下来。

山和海

小区里的植物看到银杏发到植物界微信群的《时间和空间》,纷纷点赞。沙朴用激将法,要雪松也来一篇。雪松回家后,想了一个晚上,第二天早上,将其新作发到群里。文章是这样写的:

山和海

山和海既是山盟海誓的兄弟,
又是海沸山裂的对手。
它们都有着山呼海啸、山高海深、山容海纳、山珍海味等共同点,
又有着山南海北的不同点。
山喜静:高山仰止、泰山磐石、三山五岳、深山长谷。
海喜动:海阔天空、翻江倒海、百川赴海、漂洋过海。
山和海常常在一起枕山襟海地聊天,
有时寿山福海,有时排山倒海。
两者誓山盟海的时候,
山就在朋友圈点赞海:
说海是学海无涯、志在四海、才大如海、情深似海。
海也在朋友圈回敬山:
说山是开山鼻祖、安如泰山、猛虎出山、恩重如山。
到了火海刀山的时候,
海就在微信群里开门见山地贬低山:

说山是日薄西山、逼上梁山、坐吃山空、名落孙山。

山也会在微信群眼空四海地反击海：

说海是石沉大海、泥牛入海、瞒天过海、侯门似海。

有时候,海又会海纳百川地夸奖山,

说山是:山摇地动、崇山峻岭、深山老林、南山铁案。

这时候,山也会漫山遍野地表扬海,

说海是:四海升平、五湖四海、春光如海、桑田碧海。

有时候,海责怪山啸聚山林、堆积如山、剩水残山、水漫金山。

这时候,山就讽刺海醋海翻波、海市蜃楼、苦海无边、海中捞月。

又有时候,两者又自我吹捧,

山说自己能军令如山、调虎离山、执法如山、寿比南山。

海说自己能扬名四海、金翅擘海、精卫填海、福如东海。

又学会了相互海北天南地恭维,

海对山说:离开了你,我是浩若烟海、宦海沉浮、四海飘零、沧海横流。

山对海说:没有了你,我是山崩地裂、坐山观虎、庐山面目、醉山颓倒。

终于有一天,山山栖谷隐地对海说:

我以前是隔行如隔山,有眼不识泰山,这山望着那山高,

不知道山外有山、天外有天,真的是一叶障目,不见泰山。

海也就量如江海地对山说:

我以前也不理解人不可貌相,海水不可斗量,八仙过海,各显神通的
道理,

真的是四海之内皆兄弟也。

说到这里,两者不约而同地恩山义海,

积土为山,积水为海,

我们不能只是挟山超海了,

应该回山转海、山包海容、连山排海、山行海宿。

海说,我是海枯石烂。

山说,我是山枯石死。

山海异口同声地说：我们来个海约山盟，

一起山海相连、涉海登山、山陬海噬、堆山积海，

焕然一新的新山海经横空出世，

从此山青海绿、渔海樵山。

雪松写的《山和海》晒出来后，植物们普遍叫好，只有广玉兰不以为然，认为这也没什么特别的。沙朴就对广玉兰说："你不要在这里说大话，有本事你也出来写一篇，我才服你。"

广玉兰说："写一篇就写一篇，明天你们会看到的。"说完就去构思去了。

水和火

广玉兰夸下海口,要与雪松一比高下。回到家中,广玉兰冥思苦想,无从下手,想了一会,感觉口干舌燥,就去厨房间找水喝,他往茶壶里加满水,放在煤气灶上烧,随着火焰燃起,广玉兰猛然一拍脑袋,说声:"有了,我就写一写水和火吧。"回到书房,广玉兰奋笔疾书,一会儿,他的《水和火》就写出来了。全文如下:

水和火

水和火既是火耕水种的伴侣,
又是水火不容的对手。
它们都有着水火无情、水深火热、水火无交、势如水火等缺点,
又有着火耕水耨、救民于水火的优点。
水流湿,火就燥。
水对火夸夸其谈:
我是青山绿水、如鱼得水、行云流水、水天一色、水光山色、水涨船高。
火对水自吹自擂:
我是火树银花、火眼金睛、烈火真金、万家灯火、香火不绝、洞若观火。
兴高采烈的时候,
水就在QQ群里赞美火:
说火是星火燎原、如火如荼、赴汤蹈火、薪火相传、炉火纯青。

128

火也会在QQ群里点赞水：

说水是：跋山涉水、千山万水、上善若水、细水长流、出水芙蓉。

垂头丧气的时候，

水又会在朋友圈里贬低火，

说火是：火上浇油、煽风点火、性烈如火、惹火烧身、黑灯瞎火、火中取栗。

这时候，火也会在朋友圈里讽刺水，

说水是：山穷水尽、水中捞月、浑水摸鱼、落花流水、洪水猛兽、清汤寡水。

有时候，水责怪火：明火执仗、以火止沸、飞蛾扑火、隔岸观火、玩火自焚、趁火打劫。

这时候，火就指责水：拖泥带水、蜻蜓点水、竹篮打水、水漫金山、清水衙门、拖人下水。

水说火是只许州官放火，不许百姓点灯。

火说水是远水不解近渴，远水救不了近火。

又学会了相互恭维，

火对水说：你能够遇山开路，遇水架桥。

水对火说：你能够上刀山、下火海。

火对水说：你能够水来土掩，兵来将挡。

水对火说：你能够真金不怕火炼。

说着说着又相互对掐起来，

火对水说：你是水来伸手，饭来张口。

水对火说：你是不食人间烟火。

火对水说：你是水可载舟，亦可覆舟。

水对火说：你是风高放火，月黑杀人。

火对水说：你不要逆水行舟，不进则退。

水对火说：你不要心急火燎、大动肝火。

火对水说：你说话滴水不漏，心若止水。

水对火说:你说话怒火冲天、急如星火。

火满腔怒火地对水说:你要一碗水端平,不要流水无情、水土不服。

水不显山露水地对火说:我是望穿秋水,吹皱一池春水,你不要火冒三丈、怒火中烧。

火对水说:我那边是炮火连天、战火纷飞、烽火四起、十万火急。

水对火说:我这边是车水马龙、游山玩水、水泄不通、水落石出。

火七窍冒火地对水说:我已经干柴烈火、电光石火、骄阳似火、烟断火绝。

水顺水推舟地对火说:我也是杯水车薪、萍水相逢、饮水思源、水枯石烂。

水劝火说:你不要抱薪救火、顺风吹火,以免火烧眉毛。

火劝水说:你不要水性杨花、泼水难收,不做顺水人情。

水和火争论不休,不分高下,就去问土。

土对水和火说:

山外有山,天外有天,

积水为海,积火为薪,

水火不辞,判若水火,

水能灭火,火能烤水,

四海之内皆兄弟也。

你们应该水火相连、兄弟相称。

水和火觉得土说得有理有据,

频频点头称是,

遂握手言欢,昂首阔步地加入五行当中,

为黎民百姓尽心竭力,

奋斗不息,战斗不止。

广玉兰将《水和火》发到小区植物界微信群后,在群里引起了很大反响。植物们对《时间和空间》《山和海》《水和火》这三篇文章翻来覆去地进行比较,有说《时间和空间》好的,有赞赏《山和海》的,也有肯定《水和火》的,众说纷纭,莫衷一是。沙朴见大家争论不休,没个结果,就去把香樟找来,要香樟做个决断。

香樟认真细致地看了又看,点点头,笑着说:"依我愚见,银杏、雪松、广玉兰写的这三篇作文,都写得不错,如果从气场上来说,银杏的《时间和空间》更胜一筹,雪松的《山和海》屈居第二,广玉兰的《水和火》排名第三;而如果从使用成语数量上来说,则是广玉兰的《水和火》独占鳌头,他用到了近120个成语,雪松的《山和海》还是位居老二,银杏的《时间和空间》略逊一筹;另外从文章的结构与文采方面来说,那是旗鼓相当,不相上下。"

沙朴插嘴说:"你说来说去,说了这么多,还是没有能分出一二三来。"

香樟说:"我觉得银杏是老当益壮,雪松是中流砥柱,广玉兰是后起之秀。为什么一定要分出高低上下来呢?"见植物们都静静地听着,香樟继续说:"一花独放不是春,百花齐放春满园。在这里,我在表扬银杏、雪松、广玉兰的同时,更希望小区的广大花草树木都能积极行动起来,掀起爱学习、勤思考、多动笔、出佳作的高潮。"

香樟的话音刚落,全场掌声雷动,植物们异口同声地表示,要响应香樟的号召,为繁荣小区植物文化舞文弄墨,添枝加叶。

竹子家族会议

　　这几天因工作上的事连日奔波,昨晚受到东道主的盛情招待,并安排在山脚下的农庄居住。

　　也许是疲累之故,或是环境清静的原因,反正晚饭后我很早就进入梦乡了。

　　约莫后半夜时分,突然被窗外发出的声音惊醒,起身披衣推窗一探虚实,发现窗外是一个毛竹园,密密麻麻地长着满园的翠竹,却并没有看到有什么人影,侧耳再一细听,竟听到了竹子的说话声,原来是毛竹家族在开家庭会议。

　　开始是竹爷爷帮竹笋儿在量身高,竹爷爷(三度竹)乐呵呵地说:"昨晚孙儿们都长高了,笋儿甲(一度竹)长高了15厘米,笋儿乙(一度竹)长高了12厘米,笋儿丙(一度竹)长高了8厘米。"

　　笋儿甲高兴得蹦蹦跳跳,笋儿乙也兴高采烈的,只有笋儿丙有些不高兴,就找到竹爸爸(二度竹),问:"为什么甲、乙能长十多厘米,我却只长了这么一点?"

　　竹爸爸摸摸笋儿丙的头说:"竹儿啊,不是我们偏心,也不是你不努力,而是我看到了昨天傍晚时,竹园主人过来,在笋儿甲那里施了肥,浇了水,在笋儿乙那里松了土,除了草。主人待我们不错,不会忘了你的,也许天亮后主人就来服侍你了。"

　　这样一说,笋儿丙就转啼为笑了。

　　这时,笋儿甲又探头过来问:"当我还在娘胎里的时候,就看到我有很多哥哥姐姐出生,现在怎么没有看到他们,他们到哪里去了?"

竹爸爸说:"它们被竹园主人挖去当作美味佳肴了。"

竹笋儿甲、乙、丙一齐吐吐舌头说:"啊,太可怜了,那还好我们出生迟一点,不然可能也会落得这个命运。"

刚才默不作声的曾祖父(四度竹)清了清喉咙,颤巍巍地说:"儿孙们啊,今天我就来给你们好好说一说吧。我们要摆正自己的位置,调整自己的心态,牢固树立起为人民服务的理念。因为我们生长的目的和意义就是为了人类能够生活得更美好。你们的兄弟姐妹们或被当美食了,或当竹制品了,那都是竹尽所能,是竹生最值得骄傲的,是一种奉献精神。告诉自己,我们可以不完美,但一定要真实;我们可以不富有,但一定要快乐。"

竹爷爷也接着说:"是啊,人类现在对我们确实不错,他们有句名言,宁可食无肉不可居无竹,这是对我们的充分肯定,是我们赢得的最大荣誉。"

竹爸爸插嘴:"现在主人对培育竹笋很有心得,为了春笋冬出,赶在春节前提前出笋,卖个好价钱,会用笼糠覆盖的方法促进我们儿孙生长。我们不能辜负他们的期望,该出笋时就出笋,该成材时就成材,为大地营造一个良好的生活环境,茂林修竹,竹姿婆婆,固碳保水。比如这个民宿农庄,也和我们相得益彰,难分难舍。只有人类高兴了,我们才会有好日子过。"

听竹祖父、竹爷爷、竹爸爸这样一说,

竹笋儿甲、乙、丙齐声说:"我们懂了。"

听到这里,我十分惊讶,深深被这四世同堂的竹林世家所感动。心里想,我们人类,自认为是地球上最高级的动物,有思想,有觉悟,能主宰世界,但其境界竟比不上植物界的毛竹。想到这里,不觉一声长叹,却是惊动到了竹林,毛竹祖孙朝我扮个鬼脸,说声:"不好意思,惊扰到你了。"说完,就归于平静了。

我朝他们深深地鞠了一躬,平时见惯了的竹园,在我面前觉得又高大了许多。

三 将设防

　　杭城某地造了条路,路两旁照例要种些花花草草。建设方是个高大上的单位,要求也自然是高大上的。说是为了把对环境的影响减少到最低,必须通过绿化,构筑三道防线,既要抗污染,又要美观,还要有层次。

　　为此,这些天我是冥思苦想,搞得精疲力竭,还是不能定下妥善方案。今天上午又来办公室思索,想着想着就躺在沙发上闭目养神,不知不觉间竟睡了过去。在梦里,先是听到了"吃吃吃"的笑声,我睁开眼睛问:"你是谁啊?"

　　来者笑着回答:"我是黄杨。"

　　我问:"你来做甚?"

　　黄杨说:"听闻你为某路两旁的绿化配置伤透脑筋,我们黄杨家族特来毛遂自荐,愿意挑起第一道防线的重任。"

　　我一听来了兴趣,就问:"你们有何特点?"

　　黄杨说:"我们黄杨家族包括大叶黄杨、雀舌黄杨、瓜子黄杨等,家族兴旺,形态各异,有金心的,有银边的。我们属灌木或小乔木,可以修剪成不同的形状,低矮,不会遮挡视线。我们十分抗污染,对二氧化硫、氯气、氟化物等都有很好的抗性,是第一道防线的最佳选择。"

　　我说:"是啊,不错呀,那第一道防线就拜托你们家了。"

　　黄杨欣喜若狂地离开了。

　　过了一会,门外探头探脑的好像有动静,我问:"是谁啊,进来吧!"

　　进来的是夹竹桃。

我说:"你也是来应聘的?"

夹竹桃笑着说:"我是来应聘担当第二道防线大任的。我属于常绿直立大灌木,高可达5米,花色以深红色或粉红色为多,也有白的、黄的,五颜六色,花期几乎持续全年,花大、艳丽,所谓红花灼灼,胜似桃花,是用作观赏的上品。我用插条、压条繁殖,极易成活,成本低。我还有很强的抗烟雾、抗灰尘、抗毒物和净化空气、保护环境的能力,即使全身落满了灰尘,仍能旺盛生长,被人们称为'环保卫士',是担任第二道防线的理想选择。"

我点点头说:"你也确实不错,原也是在我的备用库里的,听你这么一说,我就下决心了,第二道防线就用你了。"

夹竹桃千谢万谢,表示一定不辜负我的期望,把第二道防线守卫好。

又过了一会,听到门外"咚咚"的敲门声,开门一看,是仪表堂堂的银杏。银杏也不客气,昂首挺胸地走了进来。我说:"银杏你难道也是来找工作的?"

银杏说:"我是不放心啊,听说你在物色三关主将,并且第一第二两关主将已定,那第三道关口至关重要,不容有失。放眼树界,舍我其谁,所以我不请自来,愿担此重任。"

我说:"凭你这份勇气,就已经让我感动了,不过你还是自我介绍一下。"

银杏说:"我为落叶大乔木,气势雄伟,树干虬曲,葱郁庄重,寿命特长,现存有3000年以上的古树。我高大挺拔,叶似扇形,叶形古雅,树干通直,姿态优美,春夏翠绿,深秋金黄,且无病虫害,不污染环境,树干光洁,是著名的无公害树种。我抗烟尘、抗火灾、抗有毒气体,被列为中国四大长寿观赏树种(松、柏、槐、银杏)之一。我的果子俗称白果,有很好的医疗保健作用,曾被列为皇家贡品。好了好了,其他优点还有很多,我也不多说了,反正我是最理想的园林绿化、行道树种。"

我对银杏说:"我原来也考虑过水杉、杨树、香樟等,你认为怎么样?"

银杏说:"水杉、杨树、香樟等,都是我的好兄弟,他们也确实都不错,都各有所长,但和我比起来,还是欠缺那么一点。"

我说:"既然你这么有信心,那第三道防线就交给你了。"

银杏一个立正敬礼："保证完成任务！"说完就退出去了。

正在这时，一阵电话铃声把我惊醒，才知道原来是做了个梦。忙起来，摊开图纸，按图索骥，很快将方案定了下来。在电话里和高大上的委托方做了沟通，没想到是异常的顺利。对方连连说这三员大将选得好，抗污染，美观，有层次。得到对方的肯定，我才放心了。一放松就想起肚子饿了，看了看日历，才知道今天是端午节，就急忙忙地赶回家吃粽子去了。

紫薇花

　　小区公园里有一角落,种植了许多紫薇树,每当夏天少花的季节,这里就会盛开出五颜六色的紫薇花。红的、白的、黄的、紫的,迎着夏风顶着烈日,开得艳丽无比。愈是高温酷热,花丛愈是爆发,凭着蓬勃的生命力极致怒放,盛夏绿遮眼,此花红满堂。每一朵花,都诠释着怒放的生命;每一片叶,都演绎着燃烧的激情。她挺着洁白的身躯,带着一股消暑的芬芳之气,点亮了夏季的色彩,柔软了炙热的心灵。在酷暑中任凭暴日花依然,摇曳生姿如云霞;在晚风中似痴如醉丽还佳,露压风欺分外斜。

　　纵使生活多风雨,但请无畏向上;纵使环境多荒凉,也要展示芳华。独占芳菲当夏景,不将颜色托春风,如此温柔质朴花,教我如何不爱她?

公园晨练

　　秋分季节的清晨，我照例去公园遛弯儿。来到公园草坪处，听到传来"嘻嘻"的欢笑声，我前后左右看了看，奇怪，没有人啊。再侧耳细听，原来是旁边的青草地上发出的声音。

　　我问："你是谁啊？叫什么名字？"

　　青草回答："我是无名小草。"

　　我问小草："你认识我？"

　　小草答："当然认识，你不是常来这里遛弯儿吗，还时不时拿出手机拍拍照，吟吟诗。"

　　我大为惊异，不禁对小草肃然起敬，我说："谁言寸草心，报得三春晖。你太可爱了，虽然是无名小草，但却是那么的娇艳欲滴，朴实无华。"

　　小草摇了摇头，似乎有点难为情地隐退了。

　　我又来到了转角的那片紫薇树处，受刚才小草的启发，想听听紫薇树的声音，便静心细听，果然听到了紫薇在打招呼。

　　紫薇说："先生早上好，能为你做点什么吗？"

　　我说："我就欣赏一下你那美丽的花姿。"

　　紫薇就盛开出红的、白的、黄的、紫的各色花朵。当我用手指挠她的枝干时，紫薇就发出阵阵痒痒的声音，笑得满树摆动。

　　公园的中心，有几棵大垂柳，垂柳树底下有两条木制长椅。我迎面走去，这次听到了垂柳在那里打招呼了："先生早上好，很高兴见到你！"

　　我忙说："垂柳老朋友，早上好！以前忽略了你们这些草啊、花啊、树啊，没想到你们是这么的通人心,真是对不住你们了。"

垂柳哈哈大笑说:"能为人类服务是我们的荣幸,今天需要我表演什么?"

我说:"你就唱首歌吧。"

垂柳说来就来,扭动柳丝,随风起舞,唱一段《江南颂》。但见柳树启朱唇,发皓齿,乐曲有说不出的妙境,传到五脏六腑里,像熨斗熨过,无一处不服帖。像吃了人参果,全身毛孔无一个不畅快。我听得如痴如醉,连连拍手叫好。

晨练结束了,我浑身轻松地离开了公园,回头一望,草还是那个草,花还是那些花,树还是那棵树。但那是调皮的草,但那是知心的花,但那是有灵性的树。

清明感怀

　　清明时节，万物生长至此时，皆清洁而明净，故谓之清明。清明为仲春的结尾，是季春的开头。阳光在此刻逐渐地蔓延开来，风也随着天宇的召唤，不再徐徐而过，而是调皮地时快时慢，撩拨着花枝，抚弄着草叶。

　　雨水从遥远的海洋长途跋涉而来，因暖风失去了大半的重量，又羞答答地遇见遍野的花朵，最终还是淅淅沥沥地飘洒至人间。

　　此刻，风暖人间，雨润大地。雨后春笋，田间油菜，原野杜鹃，一齐迸发。

　　绿占了江南大半土地，那是赋予了新生命的鹅黄绿，是积蓄了阳刚气的嫩绿，是吐故纳新的深绿。无论哪种绿，经细雨涤荡了尘埃，全身沾染上点点水珠，便又是一番生机与能量——清与明。

　　这清明也拂扫着人的心灵，让人只想闭上双眼，沉浸在这安和平静之中。

　　春是一年的开篇，也是轮回的节点。春季最为眼花缭乱的时节，便落在清明季节上。此时阴阳交替，盈虚有数，自有变化万千，引人夺目。时不我待，此刻还有什么理由不去探访春日呢？

　　暖阳和风，披着渐薄的衣衫，褪去冬日的繁重与清冷。和着蝶舞蜂鸣，轻快的脚步走向山野，走向河边，走向田埂。去看漫山遍野的杜鹃花，去看灿烂金黄的油菜花，去寻找山樱，沉醉在桃花林中，去品香高味醇的明前茶，最后伴着风月，戴着柳条花环，满心欢愉地回到家中，只留一路的花香。

　　清明，清生命之惑，明生命之理。祖先把清明节定在了生机勃勃、繁花似锦的春日里，不就是想告诉我们，要学会热爱生命，珍惜生活。面对生命的无常,生起无畏;面对生命的轮回,生起敬畏。我们会在风清景明的日子里,采一朵花,种一棵树,放一只风筝,仰望一朵流云。

在这样的日子里,我们的灵魂就能和所有的亲人在天上相逢。这就是祖先的寄托,也就是清明的意义。

小　草

　　清明季节，一阵雨水过后，毛笋儿又蹿高了一截。小草仰头朝毛笋儿看看，羡慕地说："你怎么会长得这么快呢？"

　　毛笋儿回答："你只看到我长得快，可知道我们的先辈为了我们积蓄了大半年的养分？"

　　到了夏季，向日葵迎着太阳结出了一圈圈的果实，小草仰头朝向日葵看看，羡慕地说："你怎么能结出这么多果实呢？"

　　向日葵回答："你只看到我们果实累累，可知道我们为了多吸收阳光，每天都在跟着太阳转呢？"

　　秋天来了，月季花经过一轮修剪，又长出了嫩叶鲜花，小草仰头朝月季花看看，羡慕地说："你怎么能一年四季都开这么漂亮的花呢？"

　　月季花回答："你只看到我们花朵漂亮，可知道我们需要经常的伤筋动骨，努力不断地浴火重生？"

　　寒冬腊月，梅花抖擞精神，傲然挺立，小草仰头朝梅花看看，羡慕地说："这么冷的天，怎么人们都喜欢你呢？"

　　梅花回答："你只看到人们喜欢我，可知道在这种严寒季节，你们小草都躲到地下去了，只有我们不畏寒冷，傲霜凌雪，全身都绽放出灿烂的花朵？"

　　小草听了毛笋儿、向日葵、月季花、梅花的话，仔细想了又想，终于想明白了。是啊，要想成功，一要靠天赋，二要靠努力，三要吃得起苦，四要有奉献精神。小草觉得自己虽然天赋没得比，但努力、吃苦、奉献还是可以做到的。

从此小草不怨天尤人了,而是脚踏实地,任劳任怨,甘做配角,甘为花后,有一分光发一分热,在自己的工作岗位上做到尽善尽美,终于赢得了植物界的一致好评。

微风吹拂,小草开心地笑了,笑得是那么的阳光灿烂。

江边树语

清晨,照例去江边锻炼,累了,找了把木椅子休息,静下心来,突然就听到了树丛中的说话声。

只见桂花仰着头对黄山栾树说:"栾兄,你太漂亮了,头上全挂着红灯笼,人们又叫你摇钱树,我是羡慕嫉妒,但不恨。"

黄山栾树叹了口气说:"你桂花已经是杭州市的市花了,古往今来有多少文人墨客为你吟诗作画的,哪像我这样,有多少人知道我呢? 你还有什么可不满意的?"

桂花说:"我招人喜爱,是因为我开花时香飘飘的,等花期过了,他们就忘了我了。"

黄山栾树说:"那我更惨,我开花结果时是好看,可是到冬天落叶了,又有谁能想起我呢?"

旁边的香樟听不下去了,对他们说:"亏你们住在钱塘江边,你们看看冉冉升起的太阳,每天都是朝起夕落的,哪一天懈怠过,总是努力燃烧着自己,为大众带来光和热;再看看钱江潮水,哪一天偷懒过,总是竭尽全力地向上冲,直到用尽了最后一点力。阳光雨露给予我们太多太多,我们还有什么可不满足的呢?"

听了香樟的话,黄山栾树难为情地低下了头说:"樟兄说得对,春夏秋冬,四季轮换,我要利用冬天的休眠,积蓄能量,在来年发出更绚丽的叶,开出更美艳的花。"

桂花也不好意思地说:"是啊,我得到的荣誉太多了,我现在马上行动起来,今年就开更多的花,开更长的时间。"

这时,树下面的月季花、菊花,以及许多不知名的小草小花们都鼓起掌来,连声叫好。

我站起身来,向这些可爱的植物们敬了个礼,心想,植物们的觉悟都这么高,我还赖在这里干什么,赶快回去工作吧。

绣球花开

　　六月初的杭城,百花争艳,公园里、道路旁、小区内的林荫下,随处可见各种颜色的花朵。有的一小丛,有的一大蓬。有的是乔木,迎风招展;有的是灌丛,亭亭玉立;有的是草本,风姿绰约。

　　香樟王发来信息,说是位于城东公园的绣球花开了,不妨去看一看。

　　城东公园离我上班的地方很近,我就利用中午的休息时间前去踏看。绣球花大概是接到了香樟王的通知,知我要来,已经在公园门口等着我了。绣球花说我们进园内边走边看吧。看到少女心满满、多彩鲜艳的绣球花,我自然是满心欢喜,就问绣球花为何会变各种颜色。

　　绣球花告诉我,这跟土壤的酸碱度有关。园林工人常常会通过调整土壤的酸碱度来实现对绣球花花色的调节。

　　我点点头说:"就是说只要掌握规律,人们是可以控制花花草草的颜色的。这不就是我们领导交给我了解的任务吗?"

　　正想着,我来到了公园里绣球花最集中的区域,几千平方米的范围内,种植着90多个品种的绣球花,有无尽夏、珍贵、白玉、银边绣球、粉色回忆等品种,一簇簇粉的、蓝的、红的、紫的小花球簇拥在一起,放眼望去,壮观、震撼。园丁们严格按照要求布局,通过对绣球花进行修剪、施肥等精细化养护后,近3000株绣球花在公园内竞相绽放,扮靓公园。真是美极了!

　　我随口吟出元代诗人张昱赞绣球花的诗:"绣球春晚欲生寒,满树玲珑雪未干。落遍杨花浑不觉,飞来蝴蝶忽成团。钗头懒戴应嫌重,手里闲抛却好看。天女夜凉乘月到,羽车偷驻碧阑干。"

绣球花听到这里,有点不好意思地说:"过奖了,你们人类看着舒服了,就是我们最大的愿望。"

　　我听了大为感动,连连赞叹绣球花不仅花美,而且心灵更美,朴实的语言里透出的是满满的爱心。相比之下,我们人类是不是自叹不如呢?

　　这时我看了看表,见下午上班时间快到了,就和绣球花握手道别。并对她说:"这段时间的中午,我会每天来欣赏这里的美景。"

　　绣球花送我到园门口后说:"我们随时欢迎你的到来。"

　　说完,依依不舍地告别,转身返回到公园里去了。

植物玩诗

　　小区植物界在公园里热闹过一阵后，静寂了几天，因为植物们大多在自己的地盘扎根，看书的看书，作文的作文，一方面吸收春日阳光雨露茁壮成长，另一方面通过充电补充精神食粮。

　　沙朴最先耐不住，静思苦学了几天后，感觉有些头昏脑涨，今天清晨就出来放风，先是沿着小区四周溜达了一圈，东看看西望望，然后来到公园中心，大声吟诵道："紫藤紫薇紫荆，杜英杜仲杜鹃，桃李桔柿柚枣，兰桂含笑，无花果睡莲荷。"

　　他这样一吵嚷，把旁边的植物都吵醒了。紫藤、紫薇、紫荆就发问："沙朴你大清早的叫唤我们干什么？烦不烦啊？"

　　沙朴头一昂，得意扬扬地说："我又没有叫你们，我是在朗诵我刚想到的一首诗呢。"

　　紫藤、紫薇、紫荆忍俊不禁，笑着说："你这也算得上是诗？简直笑掉我们大牙了。"

　　沙朴反唇相讥道："你们的大牙在哪里？有本事你们也来吟几首。"

　　吵闹声惊动了四周的植物，大家都围了过来。紫藤正要说话，被桂花抢先了。桂花说："我来说句公道话，沙朴刚才吟的，虽然算不上什么诗作，但这几句每个字都是植物名，我数了一下，里面竟然写到了18种植物，说明沙朴也算是用心了。"

　　杜英也接上来说："我也觉得沙朴精神可嘉，通过这短短几天的静思苦学，水平是突飞猛进，我都要刮目相看了。"

听到这里,紫藤、紫薇、紫荆也不说话了。沙朴则乐呵呵地笑了。

月季花说:"受到沙朴的启发,那我也来几句。"说着摇晃着身躯吟道:"我是月季你是桂,桃李橘柿都含笑,紫薇紫藤紫荆花,杜英杜鹃仙客来。"

麦冬草探了探头也吟出四句:"鸡爪马褂牛蹄草,金橘银杏铁莲花,红枫黄杨蓝莓果,香椿臭椿兄弟俩。"

麦冬草一说完,引得众植物一阵大笑。

香椿笑了笑说:"你们这些诗,植物名倒是写了不少,但都有打油诗的味道,上不了台面啊。"

黄杨不同意香椿的说法,他说:"我们就是在这里自娱自乐的多好,一定要想着去上台面有什么意思?"

"青菜萝卜各有所爱,我们植物界一直以来都是百花齐放、百家争鸣的,我觉得这样挺好的。"雪松竖了竖大拇指说。

迎春花说:"既然这样,那我也来献丑吟上几句,给大家捧场。"说着吟诵道:"迎春花开,桃红柳绿,红杏出墙。李梨闹春风,石榴花陪;樱花含笑,油菜花伴。采月季花,摘杜鹃花,玉兰并开姐妹花。芙蓉花,牡丹倾国色,荷桂争艳。紫荆紫薇紫藤,赛过薰衣含羞薄荷。扶桑仙客来,茶花茉莉;凌霄栀子,赠人玫瑰。百合合欢,瑞香木香,梅花佛子牵牛花。君子兰,天门勿忘我,四季海棠。"

迎春花一吟完,现场一片叫好声,垂丝海棠说:"士别三日当刮目相看,想不到迎春花才辟谷学了几天,就能写出这一曲《沁园春》来,佩服佩服!"

迎春花讪讪笑着说:"我哪里懂《沁园春》这些阳春白雪的玩意儿,我就是下里巴人地胡乱侃几句。"

雪松说:"这样好,不要往《沁园春》这种平仄仄的套路上去靠,那些是文人玩玩的,不是我们植物学得会的。"

广玉兰也说:"我们植物来自五湖四海,南腔北调、五音不全的。我们玩我们自己的,就是要玩出我们植物的特色来。"

"我们植物是采日月之精华,春观百花,夏乘凉风,秋望明月,冬听飘雪。我们要做大自然的主人……"无患子雄心勃勃地说。

桂花打断了无患子的话,他说:"可别这样想,我们还是要立足于自己的定位,甘做配角,以为人类做奉献作己任,心态一定要放正。我想起了四句话:'树生如弯弯曲曲水,世事如重重叠叠山。小时既高高兴兴来,老了就快快乐乐去。'"

桂花的话引起了植物们的共鸣,杜鹃花说:"我看到过下面几句话:翠翠红红处处莺莺燕燕,风风雨雨年年暮暮朝朝。水水山山处处明明秀秀,晴晴雨雨时时好好奇奇。这就是我们向往的生活,我们现在也基本实现了,反正我是知足了。"

黄山栾树正要说话,沙朴看到香樟、银杏、枫香急匆匆地从旁边走过。沙朴抢着说:"香樟他们急匆匆的在忙什么啊?"

雪松说:"还不是为防疫的事忙。"

"防疫不是基本结束了吗,现在不是提复工复产了吗?"沙朴疑惑不解。

雪松说:"事情没有你想的那么简单,有些情况我也不清楚,要不等下香樟他们回来时,你问问他们吧。"

这时,一阵细雨飘来,植物们抖了抖身上的雨点,才想起还没有吃早餐呢,就相互挥了挥手,回自己原位取食去了。公园又复归宁静。

植物论疫

　　小区公园里的植物离去后,只有沙朴还留在那里,他要等香樟、银杏、枫香回来,将疫情当面问个清楚才放心。

　　一个时辰后,枫香急匆匆地走了过来,路过公园时,被沙朴一把拉住了。枫香眼一瞪,厉声问:"沙朴你这是要干什么? 我有急事要去办。"

　　沙朴说:"我就是想问一句,你们几个急匆匆的在忙什么,能告诉我们吗?"

　　枫香说:"我还以为你要干啥呢,这有什么不能告诉的,还不是为了控制新冠疫情的事。早上我和香樟、银杏一起去社区开会,接受新的任务,现在会还在开着呢,我是先出来要去买些防护用品。"

　　"国家有难,匹夫有责。我沙朴虽然不才,但跑跑腿、干些体力活什么的还是可以的,用得着我的地方,你们一定不能忘了我。"沙朴拍拍胸脯说。

　　"好,知道了,谁不知道你的赤胆忠心呢?"枫香说着就要走开,但沙朴还是拉着不放手。

　　沙朴说:"现在杭州已经全面复工复产了,学校也马上要开学了,连武汉都解除封城了,你们怎么还要为这件事忙个不停呢?"

　　这时,住在公园边的植物听到声响,也都关切地围了上来。枫香一看这阵势,叹了口气,说:"也好,既然大家关心,我就和你们多说几句。刚才在会议上又谈到了,现在我们国内的疫情是基本控制住了,但国外的疫情却正在大暴发,形势处于危急之中。"

　　沙朴说:"各人自扫门前雪,我们把自己的事情做好就行了,国外的事我们怎么管得过来？"

枫香摇了摇头说："现在全球一体化，谁都不能独善其身。我们现在的防控主要就是针对国外输入性病例，只要国际上这个疫情没制止住，我国随时有二次暴发的可能，所以，防疫的弦是一刻都不能松。"

"那不是很简单，我们只要把陆路、水路、空路的大门一关，国门外的病毒还怎么进得来？"植物丛中，不知是谁说了一句。

枫香说："怎么能这样做呢？一方面，中国是一个负责任的大国，帮助世界各国取得抗疫胜利，我们责无旁贷。另一方面，在世界各地有大量的华人、华侨、留学生等，现在我们国内是最安全的地方，这些华人、华侨、留学生等要回来，我们不能拒之门外啊。所以，今天开会布置的着重点也在于此。"

"那现在全球的疫情到底怎么样了？"沙朴追问。

"据刚刚得到的消息，全球新冠肺炎确诊病例已达170万，死亡人数超过10万。其中美国确诊超过50万，死亡人数超过18000人。这两天，每天的死亡人数在2000以上。"枫香唉声叹气地说。

"听说到现在西方还是有很多人不肯戴口罩，是这样吗？"桂花插进来问。

枫香说："是的，在西方的潜意识里，他们的月亮比我们圆，他们怎么能学我们中国样呢？现在西方国家依然不主张戴口罩，其中原因之一就是中国主张戴口罩。问题是，中国的事实证明戴口罩对控制疫情意义重大，这是科学不是意识形态。可是，在西方一些领导人眼中，意识形态比人命还重要。"

雪松说："血淋淋的现实会教训他们的，病毒可不买你意识形态的账。"

桂花说："都是心态在作怪，说到戴口罩，记得在北京奥运会时，西方不少国家的运动员还煞有介事地戴着口罩，说是防雾霾，其实就是被宣传洗脑了，意识上的问题。现在的病毒难道不比雾霾问题严峻？真是无话可说了。"

枫香说："美国两党、中央政府与地方政府没有在团结一致抗疫，而是在互相推诿、指责，或依然在为竞选做准备。这就是西方的自由民主生活的写照。"

停了一下,枫香继续说:"反观中国,在疫情发生后,第一时间就确定了'把人民的生命安全与身体健康放在第一位'的中心思想。在政策上,一开始就瞄准阻击病毒,防止更多人感染和想尽一切办法救治患者,不但通过封城、全国上下居家隔离、调动全国力量支援武汉等措施,彻底阻断了病毒快速传播的通道,把原来传播系数超过3的新冠疫情的传播系数降到了0.04。这些举措控制了武汉疫情,到后来,死亡率也降到了很低。短短两个月时间,国内的疫情就得到了全面控制。这一切的取得,首先就是靠中国的党和政府,是把人民的核心利益作为自己最重要的责任,也体现了我们举国体制的优越性。"

沙朴若有所思地说:"真是不比不知道,一比吓一跳。我现在总算是看明白了,原来西方人标榜的自由民主生活是这么一回事。通过这次疫情的检验,我对中国的社会制度是彻底信服了。"

旁边的植物也七嘴八舌地说"生活在中国好啊!""我为中国自豪啊!"。枫香看了看手表,一拍大腿说:"我得走了,他们还等着我的防护用品呢。"说完就急步离开了。众植物也都回原位思索去了。

植物励志

谷雨节气马上就要到了,天气也渐渐地热了起来。通过一段时间的宣传教育,小区里的植物已完全活动开了,他们从冬末春初的恐慌中走了出来,读书的读书,作文的作文,总体上呈现出一派欣欣向荣的景象,但也有少部分植物做一天和尚撞一天钟,无所事事,不求上进,影响了小区植物界的整体形象。

今天早上,又有一些植物聚集在小区公园里闲聊,聊着聊着话题就转到现在的热点疫情问题上。沙朴先说:"我刚刚得知,美国新型冠状病毒感染者已达65万,死亡人数超过3万人,听听都害怕。"

广玉兰接上来说:"也不知道他们怎么想的,在这样一团糟的情况下,他们还要断供世界卫生组织,那不是屋漏偏逢连夜雨吗?"

雪松说:"这不是很明显吗,这是美国政府恼羞成怒,想'甩锅'啊。"

杜英说:"我们还是想想自己吧,世卫组织说了,尽管新冠肺炎大流行已历时数月,但目前仍处于早期阶段。就是说这个病毒还会长期折腾,我们该怎么办?"

杜英提出这个问题,植物们面面相觑,议论纷纷。有的说我们飞到天上去,有的说我们钻到地下去,莫衷一是。

沙朴说:"我观察人类的疫情状态,发现了一个有趣的现象。"众植物忙问沙朴发现了什么。

"我发现在疫情来时,无论是高大上,还是白富帅,都不如免疫力来得重要,免疫力成了核心竞争力了。"沙朴神神道道地说。

"这个有证据吗?"广玉兰有疑问。

沙朴说:"英国首相约翰逊算高大上吧,得病了;美国地产大佬算富翁吧,得病去世了。还有很多例子呢……"

"不用多说了,我就问一句,我们怎么提高免疫力呢?"麦冬草有些急了。

桂花说:"不要紧张,我们多晒晒太阳,多喝些水,多吸几口二氧化碳,把根扎得更深些,把叶长得更茂些,把花开得更艳些,就会增强免疫力,就不怕疫病缠身。"

月季花说了句富于诗意的话,他说:"只要有大地在、岁月在,就会有树在、花在、草在,现在能够你在、我在、他在,你还要怎样更好的世界?"

植物们对月季花竖起了大拇指,夸赞他成了哲学家了。这时,银杏走了过来,月季花就拉住银杏,对植物们说:"我算什么哲学家,银杏大哥见多识广,才是我们学习的榜样,我们还是听听银杏大哥怎么说吧。"

植物们鼓起掌来,银杏说:"月季花高夸我了,我也不客气,谈些体会,不对的地方你们提出批评。"

沙朴说:"你就直截了当地说吧。"

银杏说:"你若盛开,清风自来;你若精彩,天自安排。你的心态就是你的方向,你的经历就是你的资本,你的信仰就是你的根基。美好是属于懂得满足的植物,机会是属于懂得珍惜的植物。跟谁在一起舒服就和谁在一起,包括朋友也是,累了就躲远一点。"

沙朴插进来说:"且慢,后面这句话我听不太懂,能不能解释一下?"

银杏说:"沙子是废物,水泥也是废物,但他们混在一起是混凝土,就是精品;大米是精品,汽油也是精品,但他们混在一起就是废品。是精品还是废物不重要,跟谁在一起,很重要。"

"你能否举些我们植物界自己的例子?"沙朴说。

银杏说:"植物的例子多得很。比如丁香住在铃兰香的旁边,会立即萎蔫。丁香的香味会危及水仙的生命。将丁香、紫罗兰、郁金香、勿忘我养在一起,彼此都会受害;又比如薄荷、月季等能分泌芳香物质的花卉,对临近花卉的生态有一定抑制作用;桧柏与梨、海棠不能种在一起,以免后者患上锈病,导致落叶落果;玫瑰花和木樨草如果种在一起,前者会排挤后者,使后者凋谢;而木樨草在凋谢前后又会放出一种化学物质,使玫瑰中毒死亡;夹竹桃的叶、皮及根部分泌出夹竹甙和胡桃醌,会伤害其他花卉;绣球和茉莉、大丽菊和月季、水仙和铃兰、玫瑰和丁香种在一起,会使双方或其中一方受害;松树不能和接骨木共处,他不但能强烈抑制松树生长,还会使临近接骨木下的松子不能发芽;松树同白蜡槭、云杉、栎树和白桦等都有对抗关系,结果是松树凋萎。柏树和橘树也不易在一起生长。"

沙朴说:"你刚才说的这些都是相克的,那相生的情况呢?"

银杏笑了笑说:"植物如果都是相克的那就糟了,我们植物界大多数情况下是相生的。有些植物在一起,会互为利用,共生共荣,相得益彰。比如葡萄园里种紫罗兰,结出的葡萄会又大又甜;百合和玫瑰种养或瓶插在一起,可延长花期;山茶花、茶梅、红花油茶等与山茶子放在一起,可明显减少霉病;朱顶红和夜来香、山茶红葱兰、石榴花和太阳花、泽绣球和月季、一串红和豌豆花种在一起,对双方都有利;松树、杨树和锦鸡儿在一起,都有良好作用;欧洲云杉同树莓榛、花椒都能很好地生活在一起,当他们的根紧密交织在一起时,更能促进生长。"

沙朴说:"我听明白了,将两种植物种在一起,有些表现得'相亲相爱',相互助长;有些则是冤家对头,'八字相克',搞得不是一方受害,就是两败俱伤。这不是和人类社会同出一辙了吗?这些现象是怎么引起的呢?"

银杏说:"因为很多植物会从体内分泌出某种气体或汁液,影响或者抑制了其他植物的生长。但也有些植物的分泌物对某些病毒、细菌和害虫有很强的杀伤力,植物间能相处甚密,相得益彰,互惠互利,长期共存。各种植物间的这种相生相克的关系是极其复杂的,研究植物之间的相互关系及其奥秘,是很有意义的。"

雪松说:"我们植物界是这样相生相克,他们人类也是这样相生相克,难道人类和我们是一样的?"

银杏说:"人类比我们复杂多了,因为他们穿插进了'意识形态'这种东西。我们不要去学他们,我们还是做好我们自己吧。"

听到这里,植物们齐声叫好,对银杏佩服之至,称赞银杏是专家。银杏说:"复杂的事情简单做,你就是专家;简单的事情重复做,你就是行家;重复的事情用心做,你就是赢家。草木有本心,何求美人折,你是大自然创造的唯一真品,请好好珍惜度过这美好的一生。"

"愿你依旧生如夏初活如夏花,望你依然喧闹如初笑如温阳。"桂花也补了一句。

植物们频频点头,若有所思。这时,艳阳高照,大家觉得身上暖融融的,就三三两两地回自己的原位去了,只留下公园里的一地树叶。

植物野营

　　谷雨时节到了,柳絮飞落,杜鹃夜啼,牡丹吐蕊,樱桃红熟,自然景物昭示着时至暮春了。小区里的植物天天在公园里聚会,也有些腻了,很想在"雨生百谷"的季节里去森林里野营一次。香樟、银杏、枫香得知后,想群众所想,急群众所急,就利用今天双休日,带着大家来到了杭州北高峰的森林里回归大自然。

　　山岳原野,植物们吹着暖阳和风,披着渐薄衣衫,褪去冬日繁重与清冷,和着蝶舞蜂鸣,轻踏着脚步,看到了漫山遍野的杜鹃花,看到了灿烂金黄的野樱花。撒欢了一阵后,沙朴提出了一个问题:"前几天听到思想,说人类有思想,思想即意识,那对于我们植物来说,有没有意识呢?"

　　香樟摸着一棵木荷树说:"当然有了,例如,一些聪明的老母树会用液态糖喂养树苗,还会在危险来临时警告相邻的树。而鲁莽的幼年树总喜欢冒险,抖落身上的叶子,无休止地追逐阳光或是过量饮用雨水,这通常会让他付出生命的代价。排在老二位置的树则等着老大树倒下,这样他们就能取而代之,享有阳光的全部荣耀。这一切都正在发生,只不过是以一个超慢的速度,可以称之为'树的时间',慢得让人们觉得它们是静止的。"

　　沙朴惊讶地说:"这是真的吗,你是不是在说故事?"

　　香樟说:"是真的,树木比人们以为的更警觉、更具社会性、更复杂,甚至更智能,这是肯定的。人类已经认识到了这一点,所以他们一直想派人来和我们谈,我们总是抱有戒心,还没有和他们有实质性的交往。"

　　广玉兰问:"你能举例说说吗?"

香樟指了指旁边两棵已经凋零了的树的树冠,说:"这是两棵毗邻生长的大树,这两棵树似乎生长得非常小心,以免侵犯到了对方的空间。他们是老朋友了,在分享阳光方面非常体贴,他们的根系也紧密相连。在这样的情况下,当一棵树死了,另一棵通常也会很快死去,因为他们互相依赖。"

雪松说:"我看过达尔文的进化论,自从进化论出来后,人们普遍将树木当作努力生长、互不联系的孤独个体,认为树木争夺水、养分和阳光,而获胜者总是遮挡住失败者的阳光并吸干他们的养分。也就是说,树木之间总是一种竞争关系。"

香樟摇了摇头说:"那是人们只知其一不知其二,事实上,同一物种的树是群居的,并且常常与其他物种的树结成联盟。森林中的树能进化出某种合作的、相互依赖的关系,他们依靠互相沟通和集体的智慧维系着这一关系,这和昆虫群落类似。这些高大的树将人们的关注点吸引至展开在空中的树冠上,但真正的行动却发生在地下,距离我们的双脚只有短短几厘米。"

听到这里,植物们都朝脚下看了看。沙朴的好奇心起来了,他说:"我们这次就是来寻根的,所以我要问根究底,树与树之间的关系是如何维系的?"

香樟看了看四周,轻声说:"这里都是我们自己植物界的植物,和你们说说也无妨,但你们要注意保密,特别是不要让人类知道得太多。"见树们点点头,香樟王指了指前面的树木继续说:"这里所有的树以及每一片没有受到太多破坏的森林,都是通过地下真菌网络相互连接的。树木通过网络共享水分和养分,并借此进行交流。例如,他们会发送有关干旱和疾病的求救信号,或是有关昆虫攻击的信号,其他树木在收到这些信息时会改变他们的行为。这一系统就是菌根网络,纤细的、如发丝般的树木根尖与微小的真菌丝缠绕在一起,形成了基本的网络连接。这似乎形成了一种树木与真菌间的共生关系,或者说利益交换。作为一项有偿服务,真菌消耗约30%的树木光合作用生成的糖。当真菌在土壤中寻觅氮、磷和其他矿物质养分(这些养分之后会被树木吸收和消耗)时,糖就是真菌的燃料。"

广玉兰说:"这听起来有些不可思议,但仔细想想又是那么的合情合理。"

香樟接着说:"对于活在树荫中的幼树来说,这一网络实际上是一条生命线。由于缺乏阳光进行光合作用,幼树的生存主要是依赖大树(包括他们的父母)通过网络将糖分送到其根部。母树'哺乳着他们的孩子'。"

"这一比喻十分生动,应该是这样的。"雪松说。

香樟指了指前面巨大的一个树桩,他的桩基直径有1.2—1.5米,这棵树在大约几十年前就倒下了。香樟用小刀刮掉树桩的表面后,树们发现了一个令人吃惊的事情:树桩在叶绿素的作用下还是绿色的。对于这一现象,香樟解释说:"周围的同类树一直在延续着那个树桩的生命,他们通过木维网将糖运输至树桩中,使树桩能维持生命。树木这样做是不是像动物中的大象,大象们都不愿意放弃死去的同伴,尤其当她是一个巨大的、年长的、受人尊敬的女性家长时。"

木荷点点头说:"不光是大象,动物中这种情况很普遍。"

香樟继续说:"为了通过网络交流,树木会发出化学信号、荷尔蒙信号、缓慢跳动的电信号。这种电压信号系统与动物神经系统惊人得相似。警示和求救是树之间谈话的主要话题。"

沙朴问:"当没有危险和感到满足的时候,树木之间会说些什么呢?这是我很想知道的。"

香樟指了指空中说:"这些树也可以通过空气交流,还会使用信息素和其他的气味信号。当动物开始咀嚼一些树的树叶时,树注意到了伤害并能发出求救信号,就是一种乙烯气体。在探测到这种气体后,邻近的同伴开始向他们的叶片运送鞣质。若大型食草动物摄入的鞣质足够多,就会生病甚至死亡。这就是树木的自我保护功能。"

"树木可以通过叶片探测气味,这可以称得上是树的嗅觉。树也有味觉。当榆树和松树受到吃叶子的毛毛虫的攻击时,他们能探测到毛毛虫的唾液并释放吸引寄生蜂的信息素。黄蜂会在毛毛虫体内产卵,之后黄蜂幼虫会从内向外吃掉毛毛虫。当然树木这么聪明,毛毛虫一定感到非常不愉快。"香樟开玩笑地说。

广玉兰说:"我越来越觉得树的智商太高了,还有什么吗?"

香樟又指了指空中说："树木知道动物唾液的味道,当一只鹿在咬树枝时,这棵树就会分泌防御的化学物质,让树叶尝起来很糟糕。当一个人用手折断树枝时,树知道人与鹿之间的区别,他会分泌治愈伤口的物质。另外树木还富有母爱,母树是森林中最大、最老的树,有着最多的真菌连接。他们不一定是雌性的,他们承担了培育、支持、照料的角色。他们有很深的根系,可以吸水,帮助扎根不深的幼苗获取水分。他们通过向周围的树木运输营养物质来帮助邻居,当邻居在'挣扎'时,母树会察觉到他们的求救信号,并相应地增加养分的流动。一对有亲属关系的树可以区别无关的树苗根尖和他们年幼亲属的根尖,他们还能通过菌根网络输送碳给他们年幼的亲属。"

沙朴说："听你这样一说,我觉得树木太伟大了,难怪你香樟如此博大精深,你是树木之王啊。"

香樟说："我不是树木之王,我只是很平常的一棵树,我们植物界是讲究平等的。森林赋予了我一种精神、一种完整性、一种存在的理由,而我现在所做的一切就是一种回馈森林的方式。"

树们纷纷竖起大拇指。银杏说："我们都是好样的,我们这次来森林里野营,寻根探祖,太值得了,不光探寻到了我们祖先遗留的优良传统,还学习到了植物的美德,这种精神食粮我们要带回小区,去发扬光大。"

"独木不成林,三木才是森。自然界中,天时地利人和,缺一不可,顺之者昌,逆之者亡,相互融合是王道。"香樟总结道。

枫香很兴奋,说："我来朗诵左河水的一首诗:雨频霜断气清和,柳绿茶香燕弄梭。布谷啼播春暮日,栽插种管事诸多。"

植物们拍手叫好。这时,香樟见天色已暗下来了,就说："我们还是回去吧,以后还可以再来。"

小区植物界组织的第一次森林野营就这样结束了。

植物搬家

　　前几天,小区里迎来了一棵苦槠树,是从远处的森林里搬家过来的。等到苦槠树把新家安顿妥当,立足稳了,沙朴就热情地邀请他到小区公园来参加聚会。苦槠正想着自己初来乍到,要和邻居们搞好关系,就跟着沙朴一大早来到了公园。

　　小区里的植物们听说今天有来自森林的新树在,都很感兴趣,起来后顾不得洗刷就陆续聚集到了公园。过来一看,但见这苦槠长得高大魁梧,高约20米,树皮深灰色,纵裂,幼枝无毛。叶椭圆状卵形或椭圆形,长5—15厘米,宽3—6厘米,顶端渐尖或短尖,基部楔形或圆形,边缘或中部以上有锐锯齿,背团苍白色,有光泽,螺旋状排列。大家见了后满心欢喜,一见如故,就七嘴八舌地聊了起来。

　　沙朴热心地把老住户一一介绍给苦槠,然后问苦槠:"我们这些植物离开森林久了,对那里的现状很关心,你刚从那里搬家过来,熟悉情况,给我们说说吧。"

　　苦槠说:"我刚来这里,谢谢邻居们关照。说到森林,现在人类很重视,他们将森林分成两大类,一类是公益林,另一类是商品林。"

　　广玉兰不解地问:"森林就是由树木组成的,树总是树,怎么还要分公益性和商品性呢?"

　　沙朴对广玉兰看不惯,就对苦槠说:"你别去理他,我倒是关心人类是怎么划分这两大类的?"

　　苦槠说:"他们是按主导功能不同将林地分为公益林地和商品林地。公益林地是以保护和改善人类生存环境、维持生态平衡、保存物种资源、科学实验、森林旅游、国土保安等需要为主要经营目的的森林（林地），包括防护林和特种用途林。商品林地是以生产木材、竹材、薪材、干鲜果品和其他工业原料等为主要经营目的的森林、林木和林地，包括用材林、薪炭林和经济林。公益林的经营是以保护为主，商品林的经营是以经济利用为主。"

"你在那里时是属于哪一类？"旁边的雪松问。

"我是被划为商品林的。"苦槠回答。

"那你怎么来到这里的？"雪松继续问。

苦槠心有余悸地说："我是福大命大，因为我是商品林，又长得高大，本来是要被采伐的，刚巧城里有人去森林里采购风景树，我被选中了，就避免了被截断的命运，被挖起来搬到这里来了，真是好险啊。"

"那你原来那些弟兄们会怎么样？"沙朴关切地问。

苦槠说："人们会选择性地采伐一些树木，针对的是森林中的一些直径大、木质优良并且商业价值特别高的树种。人们对这些树种进行砍伐，而其他的一些树木会被留存下来。从生态学的角度说，这样的采伐将影响森林和森林里的生物多样性。从树木的角度来说，由于伐木针对的是森林中的'巨人'，是森林中体型最高大的树木，那么他们被砍伐掉之后，森林原本密闭的顶冠就会被破坏掉。这样就会造成大量的阳光进入到森林的底部，而原本在森林底部由于缺乏阳光而生长受限的树种，包括在阳光之内的这些生存空间就会突然打开，那些小树们就会抓紧机会，迅速生长。从这个角度看，也是有利有弊的。"

无患子说："我突然想到一个问题，就是择伐后对动物有没有影响？"

苦槠说："随着时间的推移，可以看到，在择伐过的森林里面，很多较小的树木会迅速地生长起来。这和原来森林里面有比较大的树木存在、比较空旷的林下结构有着非常大的不同。而这样的不同对于动物来说影响也是很大的。择伐树木之后的森林里，许多原本依赖于原始森林生境的动物物种会逐渐消失，或者数量减少。但是与此同时，会有一些喜欢开阔生境的物种迁入森林。总体来说，在森林里面的物种的数量和优势会有一个明显的洗牌。"

"那森林里的动物会做何应对?"无患子好奇心上来了。

苦槠说:"如何避免被天敌吃掉,是自然界主导动物进化的一个非常重要的生态因素。当生境变化时,动物首先想到的就是迁移,另外,动物们很聪明,各有妙招,其中之一是拟态。'拟态'是什么意思呢? 简单来说,拟态就是一个生物他穿了别人的马甲,变成了别人的样子。比如分布在同一个地区的蛇,叫'同域分布'。同一个地方分布着一种人畜无害的无毒蛇,他居然会穿上有毒蛇的'马甲',他的长相是模仿这个毒蛇的形态,因为这样的拟态能够帮助他躲避很多天敌的捕捉。其中之二是装死。动物在近处被天敌抓住的时候,如果无法逃生,他们会使用装死,来逃过一劫。这种行为是利用了很多天敌不愿意吃已经死掉的猎物这种习性。其中之三是繁育后代。天敌危险如果升高,动物繁育后代的数量就会降低。其中之四是利用社会网络。就是在天敌的危险下,动物之间甚至会形成相互能够沟通、合作的让人惊叹的社会网络。比如,如果一只黑顶山雀遇到的是对他来说危险不是很大的灰林鸮,那他可能就会叫一声 chick-a-dee。但是如果他遇到的是一只危险程度很高的棕榈鬼鸮的话,他可能就会说 chick-a-dee-dee-dee-dee-dee。所以这是一个非常精细的语言的编码系统。这样一个语言的编码系统,不仅是黑顶山雀自己能够听懂,甚至连远亲的红胸和连远亲都算不上的灰松鼠,他们也能够听个一字不差,还能根据这样的信息做出适当的行为反应。"

听到这里,植物们都啧啧称奇,惊叹不已。雪松说:"亲缘关系这么远的动物,居然能够听懂相互的语言,我觉得这是一件非常神奇的事情。这后面的生态原因可能是,这些动物的体型都差不多大小,所以他们面对的其实是同一类的天敌。在漫长的进化过程中,其实对他们来说,能够听懂别人发出的、事关自己生死的声音和信息,这是件非常必要的事情。所以可以说,他们是在进化的过程中'学会'了这样的语言编码系统。这样的社会网络,它的好处其实不光是能够提供信息,甚至还能够对参与它的个体提供一些实实在在的帮助。"

无患子问苦槠："你在森林里还发现了动物的什么秘密吗？"

苦槠说："在森林里，有一种叫作'鸟浪'的普遍现象，是指许多种不同的鸟类混到一起，形成一个觅食的群体。这种现象也是鸟类对于天敌的一个防御行为。许多鸟凑到一起来，他们有很多双不同的眼睛都在观察天敌，这样就能够相互给对方提个醒，给团队成员提供多一些的安全，也能够帮助他们提高觅食效率。另外还有一种'聚扰'防御行为，具有'暴民群起攻击'的意思，其实就是动物聚集到一起对天敌发起攻击，希望能够把天敌轰走。比如很多种不同的小体型鸟类集群起来，联合攻击猫头鹰，连体型比较大的猫头鹰都只能撤退了。这跟人的暴民攻击形式类似，这些小鸟的'暴民'中间也分成带头的大哥和跟随的小弟。有个别胆大的带头做出要攻击猫头鹰的样子，有些鸟已经离猫头鹰非常近了，有一些就在这个带头大哥的后面加油呐喊，还有一些在远处密切地观察。聚扰行为被认为是小型鸟类应对天敌的一个重要方式。弱势的群体通过集合到一起来，猝不及防攻击天敌，可以很好地起到把天敌驱逐出境的效果。"

无患子惊讶地说："原来是这样，怪不得我常常见到小鸟是成群结队的，没想到他们这么聪明的。"

雪松对无患子说："你以为就你聪明，真是夜郎自大。"又对着苦槠说："前面讲到采伐树木，对生物多样性肯定是有破坏性的，但这个必要的破坏，多大程度是可以容忍的？换句话说，我们保护森林，保护多少就算是够了呢？"

苦槠说："保护森林，就是保护自然，也是保护人类自己。这次人类发生新冠疫情是在野生动物身上开端的就说明问题。人类对自然栖息地的挤占和改变，以及对野生动物的直接消费，是这次疫情感染人类、造成灾难的根源。这样的症结如果不解，新的疫病再次感染世界，只是时间问题。因此从人类自己的角度出发，也必须重新拷问人类与自然的关系。疫情在全世界的蔓延让世界停摆，付出了巨大的社会经济代价，全世界没有哪个国家能够独善其身。巨大的社会经济机器的停摆和暂停，塞翁失马之处，其实也许是提供了一个原本不可能有的契机，让人类重新审视和计划下一步他们该何去何从。"

这时,香樟走上前来说:"这段时间我和人类在一起抗疫,我觉得中国人已认识到:关照自然、自然中的动物,还有植物。这是我们的星球,但同时也是他们的星球。是以万物之灵的高高在上,把一切为我所用?还是对这些生命持多一点谦卑的态度,更多地尊重他们在这个世界上生存的权利?这两者之间,人们的选择是在什么地方?人类只有按照适合大自然的方式去生活,不浪费大自然的恩赐,才是可持续发展之路。"

苦槠问香樟:"这是不是绿水青山就是金山银山的道理。"还没等香樟回答,公园里响起了植物们热烈的掌声。苦槠欣喜地笑了,他知道自己已经融入了小区的植物大集体当中。

植物过节

　　四月芳菲尽，五月笑艳开。今天是五月一日，天蒙蒙亮时，沙朴就在小区四周转了一圈，慢慢地来到中央公园，对着周围的植物们叫喊："起来了，起来了，起来劳动了。"

　　公园旁的紫薇用手擦了擦眼睛，没好气地说："沙朴，你在吵嚷什么啊，鸡都没叫呢，我看你比周扒皮还厉害。"

　　"周扒皮？周扒皮是谁？"沙朴莫名其妙地问。

　　旁边的紫荆笑得花枝招展，他说："没文化真可怕，沙朴，你连周扒皮学半夜鸡叫都不知道？"

　　沙朴说："我以前在乡下时，经常可以听到鸡叫声，前几年进城后，连活鸡都见不到了，哪里还能听到鸡叫声？"

　　"沙朴，你太朴实了，你别听紫薇、紫荆的，他们在取笑你呢。不过话说回来，今天是五一国际劳动节，是放假休息的日子，你一大早的叫唤大家起来劳动是不合时宜。"紫藤帮沙朴说话了。

　　沙朴乐呵呵地说："你们紫薇、紫荆、紫藤三兄弟，我就喜欢紫藤，为树公道。但我就不明白了，既然是劳动节，应该劳动才对啊，怎么又放假休息了呢？"

　　"我只知道劳动节是劳动者争取来的休息的权利，详情我也说不出来。"紫藤正说着，看见雪松走过来，就话锋一转说，"雪松见多识广，知识渊博，听雪松怎么说。"

　　雪松听明是问这个，就说："五一国际劳动节，又称国际劳动节、劳动节，

167

是世界上大多数国家的劳动节。在18世纪末，美国和欧洲等许多国家，逐步由资本主义发展到帝国主义阶段，为了刺激经济的高速发展，榨取更多的剩余价值，以维护这个高速运转的资本主义机器，资本家不断采取增加劳动时间和劳动强度的办法来残酷地剥削工人。资产阶级和无产阶级的矛盾日益激化。终于在美国芝加哥城的工人率先举行大罢工，为纪念这次伟大的工人运动，1889年7月，在恩格斯组织召开的第二国际成立大会上宣布将每年的5月1日定为国际劳动节，简称'五一'。这一决定立即得到世界各国工人的积极响应。1890年5月1日，欧美各国的工人阶级率先走向街头，举行盛大的示威游行与集会，争取合法权益。从此，每逢这一天，世界各国的劳动人民都要集会、游行，以示庆祝。这就是五一国际劳动节的由来。"

沙朴啧啧称奇道："原来还有这么多故事，这是劳动人民争取来的休息的权利，应该休息，我错了，吵醒大家了。"说着向大家鞠了一躬。

这时，天色已大亮了，月季花、桂花、垂柳、广玉兰等都围了过来，月季花有文艺范儿，他说："五月是劳动的季节，五月是青春的季节，五月是山花烂漫的季节。岁月因劳动而充实，因青春而梦幻，因山花烂漫而心情舒畅！祝劳动节快乐！"

广玉兰说："既然是节日放假，我们也难得休闲，就忘却烦恼，不如组团去游游西湖，逛逛西溪，爬爬西山，走走西泠，你们看怎么样？"

"这你就不懂了，你不知道从昨天下午开始，外面就堵得一塌糊涂，一些地方，平时十五分钟的车程，竟要花去两个小时。"垂柳甩了甩一头长发，叹了口气说。

"没这么严重吧？"广玉兰有些将信将疑。

垂柳说："当然严重了，我给你看看我在各地的朋友发来的微信，你就知道了。"

沙朴说："垂柳，你就读给大家听听。"

垂柳说："也好，甲朋友是这样说的：我数一二三，游人十卅卅。景区人从众，山上木林森。湖边水沝淼，园地土圭垚。美味口吕品，来日牛牪犇。乙朋友是这样写的：晨雾日昍晶，原野田畕畾。路旁石砳磊，生物子孖孨。

168

茶香又双焱,艳阳火炎焱。今时吉喆嚞,它日马骉骉。"

垂柳一念完,众植物拍手叫好。桂花说:"垂柳,你朋友有两下子,不说别的,就是这人从众结构的诗,也算别具一格了。"

枫杨开玩笑道:"那当然了,不然,怎么配做垂柳的朋友?"一句话,大家听了都笑得前仰后合。

垂柳知道枫杨在笑话他,正要回击,看见香樟、银杏、枫香匆匆忙忙地从旁边走过,就调转话题问:"他们这是怎么了,节假日还这么忙碌的?"

"他们还在忙着抗疫的事。"桂花说。

"我听说现在武汉新冠肺炎感染者已经清零了,天气也热起来了,昨天我们这里气温都升到30摄氏度以上了,防疫工作可以松口气了吧?"沙朴说。

雪松说:"松不得,现在国内是完全控制住了,但国外一些国家的疫情还在蔓延,全球新冠肺炎确诊病例累计已超过320万例,已有200多个国家和地区报告了确诊病例。特别是美国,得病人数都要突破百万大关了。外防输入压力很大啊。"

黄山栾树见此,插进来说:"今天大过节的,说这些不开心的干什么,何况又没听到这个病毒会毒害我们植物,我们去多操那份心干吗?"

雪松说:"话可不能这么说,现在的世界就是一个命运共同体,谁都不能独善其身。只有联合抗疫才是出路,也只有在全球范围内,病毒都控制住了,我们才能完全放心。"

"雪松说得对,我也只是心疼香樟、银杏、枫香他们,没日没夜地奋战在抗疫战线,太累了。"黄山栾树说。

杜英接着说:"香樟他们是真英雄,为大家默默奉献。我们应该向他们学习。"

这时,不知哪个植物在树丛里说:"香樟、银杏我是信服的,但枫香没有什么了不起的,他做这些事是想图出名吧,或者说是想成为网红吧。"也有一些杂音附和着说:"他们就是想成为英雄。"

听到这些,雪松很生气,他高声说:"是谁在那里胡言乱语,你们会用圣人的标准衡量别人,却用贱人的标准来要求自己。"

沙朴马上补上一句:"这就是对人马列主义,对己自由主义的典型表现。"

"我们不可能全都做英雄,总得有人坐在路边,当英雄经过时为他们鼓掌也好。"桂花接着说。

广玉兰说:"正因为只有那极少数的植物能成为英雄,我们更要善待英雄,不要让英雄被来往的鬣狗撕咬。"

月季花摇了摇身子,对着大家说:"四月再见,五月已来! 不为往事忧,只愿余生笑;植生何其短,过得分外甜;愿大家懂得放下,活得自在! 还是祝节日快乐吧。"

众植物见月季花如此说,频频点头,说着:"同乐,同乐!"就三三两两地离开公园玩自己的去了。

公园里又恢复到往日的宁静。

柳郎怀旧

　　五一假期的第二天，一大早，住在小区公园池塘边的枫杨、水杉、沙朴就醒来了，几种植物相互打了个招呼，约好一起去公园和大家聚会。这时，枫杨发觉平时起得很早的垂柳今天没有动静，就摇了摇垂柳的树身，这才把垂柳从梦境中拉了回来。垂柳揉了揉眼睛，甩了甩一头长发，痴痴地看着枫杨。

　　枫杨仔细一看垂柳，发现垂柳两眼通红，眼眶边挂着泪珠，大吃一惊，连忙问："垂柳，你这是怎么了？哪里不舒服吗？"

　　垂柳不好意思地笑了笑，说："没事，没事，刚才做了个梦，梦见自己回到故乡见亲人去了，却被你们给吵醒了。"

　　"每逢佳节倍思亲，这是树之常情。可不是吗，我昨晚也梦到湖北利川磨刀溪了，不知这次湖北遭此大难，我的家乡父老一切可好？"水杉和垂柳心有灵犀一点通。

　　枫杨和垂柳是一对冤家，平时常常拌嘴，但感情却很深。枫杨对水杉说："去去去，这里没你的事。"又转身问垂柳，"我们做了这么多年的朋友，也没听你说起过你老家的情况，今天你就说说，我很想知道。"

　　垂柳正要开口，沙朴就抢先说："柳郎且慢，谁都知道你有'碧玉妆成一树高，万条垂下绿丝绦。不知细叶谁裁出，二月春风似剪刀'这样的名句盛赞，我们是羡慕得很，今天垂柳要讲，也要当着大家的面讲，植物们都乐意分享的。"

　　沙朴说着，也不管垂柳答应与否，跑到公园中间，对着植物们，用沙哑的声音高叫："大家快来啊,听柳郎讲怀旧故事了。"

垂柳苦笑着摇了摇头,表示对沙朴无可奈何。枫杨就劝垂柳说:"沙朴这样先入为主是不好,不过他就是天生的这样一副热心肠。既然如此,你还是去公园里讲吧。"

垂柳说:"那允我梳妆打扮一下。"

"柳郎天生丽质,碧玉妆成,哪里还用得着装扮?"沙朴等不及了,上来拉着垂柳的手就走。

来到公园台上,垂柳发现台下已黑压压地挤满了花草树木。垂柳捋了捋长发,抖擞起精神,就讲了起来。

原来搬到小区前,垂柳是住在柳浪闻莺的。柳浪闻莺公园占地约21公顷,分友谊、闻莺、聚景、南园四个景区。园区布局开朗、清新、雅丽、朴实,是欣赏西子浓妆淡抹的观景佳地,临水眺望,视野开阔,空气清新,令人心旷神怡。游人倚栏望湖,闻莺听歌,但见垂柳扭动柳丝,随风起舞,唱一段《江南颂》,宛如阳春白雪、天籁之音,真是此曲只应天上有,人间能得几回闻啊!让人陶醉在优美的音乐旋律里而沉醉不知归路。明代万达甫作诗赞道:"柳阴深霭玉壶清,碧浪摇空舞袖轻。林外莺声啼不尽,画船何处又吹笙。"

听到这里,沙朴插嘴说:"有这么美的地方,我心里痒痒的,好想去看看,柳郎什么时候带我们去你老家见识见识?"

"别打岔,先听柳郎说完。"枫杨制止了沙朴。

垂柳笑了笑,抖动着长发,柔声继续说下去:"柳浪闻莺原称聚景园,宋末元初,改名为散景园,其南侧一带,被辟为随蒙古铁骑南下迁居杭州的回族人墓地。其中段之地,荒芜淤塞成为一片七零八落的沼泽水塘,其北部地段原有的灵芝寺、显应观等显赫堂皇的寺庙,也随园景一起难逃厄运。到明代中叶,当年蔚然大观的柳浪闻莺胜景,只剩下柳浪桥、华光亭两处破旧陈迹。清初,更是一派凄凉景象,清中期逐步恢复柳浪闻莺旧景。到1949年,柳浪闻莺仅存景名碑、石碑坊、石亭子和沙朴老树各一。经过最近四十多年不断的开发和建设,由当年帝王享受的御花园,演变为普通老百姓的大乐园。以青翠柳色和婉转莺鸣作为公园景观基调,在沿湖长达千米的堤岸上和园路主干道路沿途栽种特色柳树。"

雪花插问:"说到特色柳树,都有哪些?"

柳郎说:"西湖的垂柳品种来源于天津,属于稀有品种节节垂,现在北方都几近绝迹。他低垂青丝,如少女想着心事的叫'垂柳';柳丝纤细风中飘动似贵妃醉酒的,称'醉柳';枝叶繁茂树头若如狮头的,称'狮柳';远眺像少女湖水旁浣纱漂丝的,称'浣纱柳'等。百柳成行,千柳成烟,细柳丝绿其间黄莺飞舞,竞相啼鸣,形成了真正具有神韵的'柳浪闻莺'。"

"既然是公园,群体文化活动一定很多吧?"杜英问。

"那当然。"垂柳说,"公园东南辟为群众游园文娱活动场所,建起了露天舞台,成为杭州市民和八方游客晨间锻炼、假日休闲和节日庆典的好去处。每到夏秋季节,这里又是消暑纳凉的'夜花园',歌舞、戏曲、电影,内容多样,形式丰富。不定期举办的各种各样的花展、灯会、民俗风情表演等,吸引着人们。

"在园中部主景区辟闻莺馆,又在距闻莺馆不远处置巨型网笼'百鸟天堂',营造烟花三月、柳丝飘舞、莺声清丽的氛围。闻莺馆东面,以草坪和密林带为主形成友谊园景区,引种了一批日本樱花,草坪北侧铺石砌台,矗立着日中不再战纪念碑。闻莺馆西侧,是柳浪闻莺重建时填平水荡沼泽而营造的大草坪,草色遥连西湖碧波青山;大草坪北侧,是迁建来此的康熙御题柳浪闻莺景亭碑;南侧种植了一片高大的乔木树林,与草坪、柳岸及湖光山色构成富于层面、角度变化的生动图景。

"公园北部早先的钱王祠,改建成江南私家园林风格,布局的庭院景区,沿用'聚景园'旧称命名。园内亭台楼榭,假山泉池,小桥流水,矮墙漏窗,奇花异草,各据其位,合为胜景,全园曲径通幽,别有天地。"

"如此美景,文人墨客一定留下了不少佳作。"无患子猜想。

"那还用说,赵汝愚作词写道:水月光中,烟霞影里,涌出楼台。空外笙箫,云间笑语,人在蓬莱。天香暗逐风回,正十里荷花盛开。买个小舟,山南游遍,山北归来。"

垂柳吟毕《丰乐楼柳梢青》词,觉得意犹未尽,就又朗诵了扬眉写《柳浪闻莺》的一段诗："早春的三月,翠绿的莺鸟放开了婉转的歌喉,颂扬着暖融明媚的春光,穿梭在柳帘花丛的眸光中。舒缓的轻音乐从钱王祠中传出,带着远古质朴的韵律,缠绕在青灰色的殿阁楼宇,给人们以无尽的冥思遐想。伴随着清扬悠韵的旋律,在青石板搭砌的水坞上,舞动着的是舒缓流畅的脚步;在垂绿飘丝的柳荫下,挑动着的是青光寒影的剑风;在桃红樱素的花丛中,热吻着的是那依依恋人,香了一湖的春光。杭州西湖·柳浪闻莺,就像英格兰风情。"

垂柳的诗一朗诵完,台下爆发出一阵叫好声。黄山栾树啧啧称羡道:"既然柳浪闻莺是这么好的地方,柳郎为何要到我们这个小区来?"

"树各有志,我们垂柳家族身在西湖,志在四方。据我所知,在西溪湿地、华家池畔,到处都有我的兄弟姐妹。我们的宗旨是将其优秀品质发扬光大。"垂柳自豪地说。

枫杨竖起大拇指,连连点赞。接着说:"原来柳郎来自柳浪闻莺风水宝地,渊源深厚,倒让我刮目相看了。也难怪你如此怀旧,我理解了。"

这时,银杏走上台来,紧紧握住垂柳的手,对他表示感谢。回过头来,银杏对着大家说:"今天柳郎讲得很好,你们谁愿意讲的,今后都可以上台来介绍。我们都来自五湖四海,为了一个共同的目标,走到一起来了。在这里,我们就是一个大家庭。我们植物,不分花草树木,不论高低贵贱,都是平等的,都是植物界大家庭里的一员。让我们携起手来,共创未来。"

银杏话音刚落,现场爆发出雷鸣般的掌声。垂柳跟着银杏走下台来,受到植物们的热烈欢迎。今天早上的聚会也就结束了。

茶姑寻亲

　　垂柳在小区公园讲述了自己的怀旧故事后,在小区植物界引起了很大反响,植物们掀起了一股思乡怀旧热潮。住在小区东北角的茶叶也不例外。茶叶听说垂柳来自柳浪闻莺,也很想知道自己来自哪里,自己的亲人又在哪里。这样想着心事,茶叶就整天愁眉不展。

　　住在茶叶旁边的樱花看在眼里,急在心里,就想方设法劝导茶叶。樱花说:"茶姑啊,银杏大哥不是说了吗,我们虽然都来自五湖四海,但是既然现在住到一起来了,我们就是一个大家庭,我们之间就都是兄弟姐妹,你又何苦纠结呢?"

　　茶叶擦了擦眼泪,哽咽着说:"话是不错,我也知道,在这里,大家对我都很好,不愁吃的,不愁穿的,我也该满足了。但十指连心,骨肉亲情是怎么也割舍不下的,我不弄清楚我来自哪里,我的亲人又怎么样了,我就是心里不安。"

　　住在另一旁的毛竹闻了闻茶叶,闻到了一股馨香。毛竹说:"茶姑啊,我来自云栖竹径,那里虽然以竹闻名,但邻近就是产茶的地方,所以我对茶叶也知道一二。我闻一闻你身上的清香,就知道你属于龙井茶系列,你的家乡应该在西湖边上的龙井村一带。"

　　茶姑闻言大喜,连忙止住抽泣,向毛竹问清龙井村的方位,跑到小区植物管理办,向值班的植物请了假,径直奔往龙井村寻亲去了。

　　茶姑来到了龙井村,放眼望去,但见:不雨山长涧,无云山自明。云来山更佳,云去山如画。

茶姑觉得这里的一山一水、一草一木是那么的亲切，一切都似曾相识。正在茶姑陶醉于龙井山水时，龙井茶会长迎上前来，茶姑一见茶会长，一股亲情油然而生。茶会长也是一见如故，拉着茶姑的手左瞧瞧、右看看，脸上露出慈祥的微笑。一番交谈后，茶会长热情地请茶姑到龙井山庄里一上等茶座坐定。庄主马上捧上沏好的龙井茶来，茶会长就用手一指请茶姑品茶。

茶姑一边道谢，一边看茶。但见这茶在洁白如玉的瓷碗中，片片嫩茶犹如雀舌，色泽墨绿，碧液中透出阵阵幽香。这些茶的叶子有的是细长的，像一个绳子一样，也有的是一个圆形的，好像一个个小小的球，还有的是细长的上面还加上了一个圆，好像一个音符。也许是沾染了龙的灵性，龙井茶色绿、香郁、味甘、形美。茶叶泡进水里颜色由浅变深，最后变成翠绿色。只尝了一口，一股清香味直入心田，只觉得浑身很是舒坦。一杯茶落肚，茶姑连声赞叹："好茶，好茶！"

庄主将茶姑杯中茶满上，茶姑就和茶会长围绕着龙井茶聊了起来。

茶姑说："这么好的龙井茶，可有什么来历？"

茶会长说："当然有了，我给你仔细说来。"

原来在早先时，龙井是个荒凉的小村庄。山岙里，稀稀拉拉地散落着十来户人家。人们在远山上栽竹木，在近山上种六谷，一年到头过着苦日子。村边有间透风漏雨的破茅屋，里面住着个老大妈。老大妈没儿也没女，只孤苦伶仃一个人。她年纪大了，上不了山，下不了地，只能照管自己屋子后边的十八株茶树。这些茶树还是她老伴在世的时候栽的，算起来也有几十年啦。老茶树缺工少肥，新叶出的很少，每年只能采到几斤老茶婆。

老大妈是个好心的人，她宁愿自己日子过得苦点，每年总要留下一些茶叶，天天烧镬茶，在门口凉棚下摆两条板凳，给上山下岭的过往行人歇力时解渴。

有一年除夕，天落大雪，左邻右舍多多少少都办了些年货，准备过年。老大妈家里实在穷，米缸也快空了，除了瓮里剩的几把老茶婆，别的什么也没有了。但她仍旧照着老规矩，清早起来，抓把茶叶在镬里，发旺火，坐在灶前烧茶。这时，忽听"咿呀"一声，茅屋的门被推开了。进来一个老头儿，身上落满雪花。老大妈忙站起身来招呼:"老大伯呀,这山上风雪大,快进屋里坐。"

老头儿掸掸身上的雪花,走进屋里,一面向灶洞烤火,一面跟老大妈搭话:"老大妈,你镬里烧的啥东西呀?"

"镬里烧茶呢!"

"今天除夕,明天就新年啦。人家都忙着彔三牲福礼,你家怎么烧茶呢?"

老大妈叹口气,说:"哎,我孤老太婆穷呀,办不起三牲福礼供神,只好每天烧镬茶给过路人行个方便。"

老头儿听了哈哈笑道:"不穷,不穷,你门口还放着宝贝哩。"

老大妈听了很奇怪,伸出头去向门外看看,仍旧是松毛搭的凉棚底下两条旧板凳,还有墙角落头一只破石臼,破石臼里堆满陈年垃圾,一切还是老样子。

老头儿走过来指指那只破石臼,说:"喏,这就是宝贝!"

老大妈只当老头儿跟她寻开心,就笑着说:"一只破石臼也算宝贝! 你喜欢,就把它搬走好啦。"

"哟,我怎么好白拿你的宝贝! 把它卖给我吧,我这就去叫人来抬。"老头儿说完,就冒着大雪走了。

老大妈望望破石臼,心想,石臼这么脏,叫人家怎么搬呀! 便把里面盛的陈年垃圾扒在畚箕里,埋到屋后那十八株老茶树的根头。又到龙井拎来一桶清水,把破石臼洗刷得干干净净,洗下来的污水也泼在老茶树的根头。

她刚把破石臼弄清爽,那老头儿带着人来了,他到门口一看,竟大声叫起来:"哎呀,宝贝呢? 哎呀,宝贝呢?"

老大妈被弄得越发糊涂了,指着破石臼说:"这,这不是好好摆着吗?"

"哎,你把里面的东西弄到哪里去了?"

"我把它倒在屋后的老茶树根头了。"

老头儿绕到屋后,一看果然如此,不禁连连跺脚道:"可惜,可惜,这破石臼的宝气就在那陈年垃圾上,既然把它埋在茶树根下了,就成全这十八株老茶树吧。"他说完话,便领着人走了。

过了除夕过新年,很快,春天到了。这年,老大妈屋子后边那十八株老茶树,竟密密麻麻地生出一片葱绿的嫩芽来。采下的茶叶,又细又嫩又香。

邻居见老大妈的茶树长得这样好,大家就砍掉竹木,收了六谷,用这十八株茶树的籽,在远远近近的山头上发起茶树来。一年一年,越发越多,越发越旺。到后来,龙井这一带地方漫山遍野都栽遍了茶树。

因为这一带地方出产的茶叶又细又嫩又香,吃起来味道特别美,所以"龙井茶"便在各地出了名。

直到现在,茶农们都说,那老大妈屋后的十八株茶树,是龙井茶的祖宗哩。

茶会长说完了,茶姑听入迷了,还沉浸在故事的情景之中。过了一会,见茶会长静静地看着自己,才醒悟过来,就不好意思地笑了笑,又问起其他问题来。

茶姑从一踏进龙井村,就清楚了,这里的土壤,这里的空气,这里的炊烟,这里的民风,这里就是自己的故乡,这里漫山遍野的龙井茶就是我的父老乡亲,就是我的兄弟姐妹。想起缕缕乡情往事,回忆是剪不断的乡愁,是理还乱的怀旧。童年里玩乐的那山那狗,年少时憧憬的诗和远方,年长了的心灵回归地,抬头时的一片云彩,时节里的蔬果,都是曾经的美好时光,在这里,都可以一一找回来。茶姑看到这里的龙井茶已被列入重点保护区域,乡亲们都过着幸福生活,心里是说不出的舒畅。茶会长见茶姑痴痴的样子,心中明白,只是没有点破。

茶会长说:"现在我们这里生活富足,茶们安居乐业,我们随时欢迎在外面的游子多来家乡看看。"

茶姑笑着对茶会长说:"谢谢茶会长招待,今天来过后,我的心定了,我会常来看望你们。"说着,茶姑觉得眼眶里泪珠又要挂出来,连忙拿了张湿巾纸擦了擦,生怕忍不住,茶姑就借机向茶会长告别,去山上自拍了几张照片后,心满意足地回小区去了。

枇杷还乡

　　小区东南角住着一棵枇杷树,是常绿小乔木,高约十米;枝上生有绒毛;叶子呈长圆形,边缘有锯齿,上表面呈绿色或棕色,较光滑;下表面被黄色绒毛覆盖,主脉突出,叶柄极短。花朵是白色的,花序多而密,味道清香,花瓣内有绒毛,根部有爪。枇杷花跟别的花不一样,它是秋季开花夏季结果。枇杷果柔软多汁,风味甘甜,肉质细腻,每年春末夏初为盛果季节,现在又到了成熟季节。

　　果实累累的枇杷树,前两天听到了垂柳的怀旧故事,已经有些心动,昨天又得知茶叶到龙井村寻亲成功,看到茶叶回小区后一副眉飞色舞的样子,枇杷就更坐不住了,思乡之情愫油然而生。

　　枇杷知道自己的娘家在塘栖,那是五年前的某一天,小区植物界派代表去塘栖,在成片的枇杷树中选中了自己,并迎娶到小区。一晃五年过去了,枇杷已把这里当成了自己的家,这几天,小区植物界掀起的怀旧思乡潮,把枇杷已经平静的心绪又搅动了。

　　晚上,枇杷翻来覆去睡不着觉,干脆披衣下床,来到小区东北角,找小姐妹茶姑聊心事。茶姑见枇杷半夜三更来找自己,已知道来意。茶姑就开门见山地对枇杷说:“你深更半夜不睡觉来找我,一定是想娘家了吧。”

　　枇杷见自己的心事被茶姑识破,有点不好意思,还想遮遮掩掩的。茶姑说:“你啊,就是这样,难怪人家在说你是‘犹抱琵琶半遮面’的,这有什么不好意思的,塘栖又不远,想娘家了就回去一趟呗。”

　　枇杷说:“你说的琵琶和我这个枇杷不是一回事。”

茶姑哈哈一笑说："你啊，都这个时候了，还和我咬文嚼字。想去的话，明天一早就去吧。"

"我还没有请过假呢。"枇杷支支吾吾的。

"你就放心地去吧，明天我帮你去办请假手续。"茶姑爽快地说。

第二天，枇杷起了个大早，连走带跑地来到塘栖。塘栖属杭州临平区副中心，位于杭州市北部，与湖州市的德清县接壤，著名的京杭大运河穿镇而过，使其成为苏、沪、嘉、湖的水路要津，历朝历代以来，塘栖均为杭州市的水上门户。是闻名遐迩的"鱼米之乡、花果之地、丝绸之府、枇杷之乡"。

枇杷到达塘栖后，先在古镇转了一圈，重温了当地的风土人情、民俗文化，体验到了乡村的特色，望得见山、看得见水、记得住乡愁、吃得到美食。看着晚霞下的炊烟、倒影中的瓦房、手里的糯米团……这样一幅幅原汁原味的景象，枇杷觉得这里的一切是那么的亲切。正在街上左顾右盼时，忽然听到身后传来熟悉的声音："这个不是小枇杷吗，你怎么在这里？"

枇杷转身一看，原来是枇杷王站在对面朝自己招手。枇杷眼含泪水，连忙跑过去向枇杷王鞠躬致意。

枇杷王拉着枇杷的手，亲切地说："果然是小枇杷，五年不见了，小枇杷长成大枇杷了，我都快不认识了。你在那里过得可好？"

枇杷说："我在那里过得很好，只是时刻想念家乡的父老乡亲，不知我离开后这几年，大家过得怎么样？"

枇杷王说："这几年，塘栖枇杷的知名度越来越大了，我们的待遇是好得不得了，我们自己都有些受宠若惊。"说到这里，枇杷王突然停住了，一拍脑袋后，笑着说，"你到了这里怎么不先来找我，是不是把我忘了？"

"我是怕你身在景区，名气又大，忙都忙不过来，所以尽量少占用你时间。"枇杷说。

枇杷王说："看你说的，你回娘家来，又见到你现在长得亭亭玉立的样子，我们高兴还来不及呢。闲话少说，我带你去见兄弟姐妹吧。"

来到一大片枇杷地旁，枇杷王就高声叫道："小的们，你们看谁来了？"地里的枇杷们抬起头来，看到是几年前出嫁的枇杷姐姐回来了，不约而同地鼓掌欢迎。枇杷挥手致意,连声说:"谢谢! 谢谢!"

枇杷王从路旁的枇杷树上挑了几个熟透的枇杷果,递给了枇杷,枇杷剥开一个枇杷果的皮,露出了嫩黄色的果肉,枇杷肉放入口中一咬,诱人的、黄色的汁水渗出来了。"嗯……真好吃啊!"枇杷一边称赞,一边说:"我来念几句诗:已熟枇杷挂枝头,抬头只见枇杷树。口水直流三千尺,一看树上已没果。"

枇杷王领着枇杷一边沿着田埂走,一边问:"你这次回来,一定是有什么事吧?"

枇杷说:"主要是想念娘家了,还乡来探望亲人。另外,最近我们小区植物界掀起了怀旧风,追根究底,我也想弄个明白。"

枇杷王说:"这样啊,那你听我说。塘栖是中国著名的枇杷产区。塘栖枇杷,因其品种多、质量佳而闻名,如今已获得国家原产地域产品保护。每逢五月,塘栖处处树满金,枇杷已成了塘栖的一张金名片。塘栖枇杷的出名,得益于其悠久的栽种历史。早在一千多年前,塘栖这地方就开始种有枇杷了,那时的当地人称其为黄金果。"

"黄金果? 有意思,这个一定有渊源的吧?"枇杷的好奇心上来了。

"当然有,听我慢慢说。"枇杷王接着就说起了关于枇杷来历的传说。

那是在很久以前,塘栖的东南面小村坊,有一个小伙子名叫阿祥。这阿祥自幼便死了父亲,他母亲既做爹又做娘,艰难辛苦地将他养大。阿祥大起来后十分懂事,对娘非常孝顺,是个十里八村都出了名的孝顺儿子。

这一年,阿祥的娘突然得了一种哮喘病,整日里咳个不停,特别是到了夜里,咳起来像敲毛竹罐头一样,特别厉害。阿祥眼见娘病得这个样子,不由心痛得要命。为了给母亲治病,阿祥动足了脑筋,访遍方圆百里的老中医。可铜钿花掉了很多,母亲的毛病还是没治好。眼看母亲的病越来越厉害,这天晚上竟然都咳出血来了,把阿祥急得团团转。

夜深了,阿祥服侍了母亲一整天后,感到疲倦,倒头就睡过去了。可睡在床上,阿祥却还在想母亲的病。想着想着,就这样做起梦来。在梦中,有一个白胡子老头来到他的身边,那老头一股仙风道骨,白胡子飘到了胸口,他笑眯眯地摸摸阿祥的脑袋，说道："阿祥呀，你不要急，你母亲的毛病不要紧，有一种东西好治的。"阿祥一听，高兴得差一点跳起来。他当即一把拖住那白胡子老头，既兴奋又焦急地说："老爷爷，快告诉我，那是什么东西？在什么地方？我又要如何才能够得到？"

那白胡子老头子微微一笑，说："阿祥，那是一种野果子，到现在还没有名字，我给它取了个名，叫'黄金果'。这'黄金果'到现在还没有被人发现，你的孝心感动了我，所以我特地来告诉你。"

阿祥听了那白胡子老头的话，真是高兴极了，看来母亲的病是有救了。于是，他一把拉住那白胡子老头的手，激动地说："老爷爷，你快告诉我，这黄金果它长在哪里？"

白胡子老头捋捋胡须，笑着说："这'黄金果'长在超山的山坳里。你去把它连果带叶都摘来，果子鲜吃，树叶拿来煎汤吃。告诉你，'黄金果'对付咳嗽称得上是百发百中，吃后你娘的毛病保证好。"说完，那白胡子老头冲着阿祥"哈哈哈"地大笑三声，突然离地而起，一下子便无影无踪了。"老爷爷，老爷爷……"阿祥当即叫了起来。这一叫便惊醒了，这才发现，原来是做了一个梦。

虽然这只是个梦，可阿祥却当了真。他认定这是自己的孝心感动了神仙，仙人才托梦给他。于是，第二天一早，他天不亮就起了床，匆匆带了点干粮，便带着一些工具，直奔超山而去。

超山离塘栖不远，只有几里路就到了。可是这超山太大了，那黄金果又不知道长在哪里，怎么找呀？阿祥静静地想了一下，还是先从北面上山，一处处地找过去，不找到黄金果决不罢休。

这么大的超山要去找一棵树也实在是太难了点。阿祥在超山找得好苦，爬上爬下，差不多把整个超山找了个遍，可就是找不到那老爷爷说的黄金果。怎么办呢？阿祥不由头痛起来了。

这天，北面的山坡几乎跑遍了，阿祥腰酸腿痛，依旧一无所得。怎么办？回去吧，可回去的话娘怎么办？阿祥一想到娘，浑身就有了力气，于是，鼓足信心，翻到南面山坡上继续东爬西找。

当天下午,阿祥又把南面的山坡跑了个遍。眼看天色快暗下来了,筋疲力尽的阿祥又爬到最后一个山坡上,也许是累了吧,突然,阿祥一脚踩了个空,竟然从一个山岙里摔了下去……阿祥跌下去时,中途正好有一棵大树把他给挂住了,大难不死的阿祥抬头看了看那棵救了他生命的树,不由得惊呆了。天呀,这棵树上竟然真的长满了一颗颗金黄金黄的果子,这不就是那白胡子老爷爷所说的"黄金果"吗?

阿祥顿时高兴极了,这可真应着了"踏破铁鞋无觅处,得来全不费功夫"这句古话呀。他当即爬到树上,随手便摘了几个黄金果尝尝,只觉得那野果子酸甜可口,味道真是好极了。于是,兴高采烈的阿祥当即手忙脚乱地在树上采了一大筐野果子。然后,又摘了许许多多的树叶,这才用根绳子捆在树上,小心翼翼地攀着绳子滑下了山,匆匆直奔家中而去。顾不上休息,阿祥一进门,就直奔他娘的床头而去。跑到母亲的床头,他当即从那筐里取出了几个黄金果,用双手捧着递给了他娘,一边动情地说道:"姆妈,你快吃吧,这是能治你毛病的黄金果,只要你吃了这个黄金果,你的毛病就会马上好起来的。"

阿祥母亲当即眼泪汪汪地接过阿祥递给她的黄金果,点了点头,连皮也不剥,塞进嘴里就大口吃了起来。阿祥他娘本来已经咳得快支撑不住了,连医生也说没啥办法好想了,可是当她吃了阿祥摘来的那些黄金果后,马上就感到气不太急了,人也舒服多了。阿祥看见娘吃了黄金果后气真的不急了,兴奋得难以言表。顾不得煮饭吃,当下就去灶间,将摘来的黄金果的叶子放在药罐里,煎汤给他娘吃。阿祥母亲一边吃黄金果,一边喝用黄金果树叶煎成的汤。一连喝了七天,奇迹出现了,那四邻八乡的医生都认为看不好的咳嗽毛病,竟然一下子完全好透了。

这个消息很快就在村子里传开了,村里的乡亲们纷纷前来探望阿祥的母亲,问她是吃了什么灵丹妙药。得知是一种神奇的黄金果治好了她的咳嗽毛病,人们都觉得奇怪,不是太相信。为了日后乡亲们咳嗽时也能治疗,在母亲的指点下,阿祥叫了几个小伙子到超山把那棵黄金果树给掘回来了。而村里的乡亲也纷纷来讨黄金果吃。之后,纷纷来向阿祥讨黄金果的种子。

一时间,在阿祥的带动下,这个小村庄里家家户户全都种上了黄金果。时间一长,人们见这黄金果的树叶长得像琵琶,便开始把黄金果叫作"枇杷"了。后来,四邻八乡的乡亲也看他们的样,纷纷在自家的田头地角种起了枇杷。就这样,枇杷慢慢地遍植整个塘栖,日复一日,年复一年,塘栖一带便形成了"五月塘栖树满金"的景象了。

现在的枇杷,已成了塘栖的一种著名特产,塘栖枇杷成了枇杷中的名品,塘栖也成了国内著名的枇杷之乡。到现在,塘栖枇杷已拥有软条白沙、红毛丫头、大红袍、杨墩种、夹脚种等五大品种。

枇杷听得津津有味,听完了,枇杷说:"原来是这样,我想起了杨万里写《枇杷》的一首诗:大叶耸长耳,一梢堪满盘。荔支分与核,金橘却无酸。雨压低枝重,浆流水齿寒。长卿今尚在,莫遣作园官。"

枇杷王朝枇杷竖起大拇指,点赞道:"想不到原来的小枇杷不仅长大了,还变成才女了,到底是城里来的,就是不一样。"

"您这不是在取笑我吗?"枇杷说完,和枇杷王不约而同地哈哈大笑起来。微风吹拂,田野里飘来阵阵枇杷香味与欢笑声。

与儿书

樟儿：

晨观钱江之水，浩浩荡荡，顺之者昌，逆之者亡。盖中华文明五千多年，秦皇汉武，唐宗宋祖，明君清帝，一脉相承。虽一路逶迤曲折，然终究螺旋前行，势不可挡。史记铁证，概莫能外。

直至新中国诞生，人民当家做主，方挺直腰杆，屹立东方。借改革开放，四十余年，国富民安。现今天下大势，纷纷扬扬；群魔乱舞，帝力日衰；斗转星移，乾坤轮换；华夏儿女，挥洒青春；建功立业，正当其时。

逢此盛世，儿当脚踏实地，磨炼其意志，强健其体魄，沉淀其思想，落实其行动。刘师云：山不在高，有仙则名。水不在深，有龙则灵。吕师说：文章盖世，孔子厄于陈邦；武略超群，太公钓于渭水。又谓：万丈高楼平地起，百尺竿头进一步。春播一粒粟，秋收万颗粮。在平凡中见浪漫，在创造中显精神。既能谈笑有鸿儒，往来无白丁。又能富贵不能淫，贫贱不能移。记住一个道理，只有自己变得优秀了，其他的事情才能跟着好起来。

钱潮奔涌，后浪推前浪。值此青年节日，当记青春由磨砺而出彩，人生因奋斗而升华。顺应自然的规律，乘着歌声的翅膀，迎着时代的步伐，讲好自己的故事。老夫不才，愿与子共勉。

香　樟

2020 年 5 月 4 日

植物研学

    小区植物界响应香樟的号召,掀起了学习、钻研、写作的热潮。植物们有的学生物技术,有的学生态文化,也有的研究起了时辰八字。其中杜英学习积极性特别高,通过一段时间的钻研,杜英发现,中国古代是个农业社会,人们需要了解太阳的运行情况以指导农事生产。

    人们在长期的社会实践中慢慢地积累了丰富的经验,比如古人将一年分成四季,分别是春夏秋冬。将每个季节分成六个节气,一年就是二十四个节气。节气是中国古代确立的一种用来指导农事的补充历法,是汉族劳动人民长期的经验总结和智慧的结晶。

    这二十四个节气分别为:立春、雨水、惊蛰、春分、清明、谷雨、立夏、小满、芒种、夏至、小暑、大暑、立秋、处暑、白露、秋分、寒露、霜降、立冬、小雪、大雪、冬至、小寒、大寒。

    现在,二十四节气已被正式列入联合国教科文组织人类非物质文化遗产名录。每个节气时长约半个月,劳动人民还编制了简单易记的节气歌:"春雨惊春清谷天,夏满芒夏暑相连。秋处露秋寒霜降,冬雪雪冬小大寒。每月两节不变更,最多相差一两天。上半年来六廿一,下半年来八廿三。"

    古时候的中国人将一昼夜划分成十二个时段,一个时段叫一个时辰,一个时辰刚好是今天的两小时。从西周起,人们就为每个时辰取了优雅别致的名字,又以地支来表示。时辰名,或描绘天地间一景,或阐明起居作息的道理。十二时辰是中国先民们的大智慧,如今,人们已习惯于二十四小时制,但也别忘了这些中国传统文化。所谓"生辰八字",表示的是一个人出生时的具体时间。

杜英利用空余时间,首先从一天中的十二个时辰研究起,这十二时辰是这样的。

子时:23:00—1:00,称"夜半",是今明两天的临界点,又名"子时""子夜""中夜",意为"孕育"。子时为十二时辰中的第一个时辰。"古历分日,起于子半",此时的天空像婴儿的眼眸,黑得纯粹,人早已歇下,老鼠悄悄出洞活动。

丑时:1:00—3:00,又称"鸡鸣""荒鸡"。丑是"扭"的本字。此时,天地间似有一双大手把夜幕与白天互相扭转。守时的公鸡会发出清啼,棚户里的牛正咀嚼着青草,人处于熟睡状态。

寅时:3:00—5:00,称"平旦",又称"黎明""早晨""日旦"等。处于夜与日的交替之际。此时,太阳虽还未出地平线,但遥远的天际早已显现一线生机,老虎蠢蠢欲动,是为寅时。黑暗即将过去,终于要迎来晨光。天蒙蒙亮的时刻,属于所有坚持着的饱含希望的人。

卯时:5:00—7:00,称"日出",又名"日始""破晓""旭日"。指太阳刚刚露脸,冉冉初升的那段时间。先民们告诉我们,要日出而作。在古代,官员们这会儿要上早朝、清点人数,称为"点卯"。

辰时:7:00—9:00,称"食时",又名"早食"。这是吃早餐的时候。辰时,也是神话中的群龙行雨时。此时,"早宜粥,宜淡素,饱摩腹,徐行五六十步",意思是早餐宜喝粥,宜淡素,吃饱后徐徐行走五六十步,边用手摩挲肚子,另外要"就事欢然,勿以小故动气",人要心情愉悦地做事,不要为一些小事动气。

巳时:9:00—11:00,称"隅中",又名"日禺"。此时临近中午,艳阳当空,蛇正潜伏在草丛中,是为巳时。这是一天中的第一个黄金时刻,工作效率最高。所以,人要以最饱满的精神状态做最重要的事。

午时:11:00—13:00,称"日中",又名"日正""中午"。此时,太阳正运行到天宇之中,光线最强烈。阳气达到顶点,阴气将慢慢增加。相传,这时候的动物们都躺着休息,只有马还站着,所以午时是属于马的。

未时:13:00—15:00,称"日仄",又名"日昳""日央""日跌"。过了正午,太阳开始往西偏移。这时的太阳位置与隅中相对。午时人们会有些盹困，但未时，人们要从困倦中醒来，慢慢调整状态，这是一天中的第二个黄金时刻，人要抓住时机高效地工作，机不可失，时不再来。

申时：15:00—17:00，称"哺时"，又名"日铺""夕食"。据说，这时猴子的叫声最清亮，是为申时。古人常常以一个"哺"字，代替哺时。杜甫诗云："整履步青芜，荒庭日欲哺。"白居易诗云："但惜春将晚，宁愁日渐哺。"

酉时：17:00—19:00，称"日入"，又名"日落""日沉"。意为"太阳落山的时候"，这是白天进入黑夜的标志。酉时，人们开始收工返家，鸡开始归巢，飞鸟也回到了丛林里的窝。"日出而作，日落而息"，是先民留传给后人的智慧。酉时，"宜晚餐勿迟，量饥饱勿过"。

戌时：19:00—21:00，称"黄昏"，又名"日夕""日暮""日晚"。太阳已经落山，天将黑未黑。天地昏黄，万物朦胧，故称"黄昏"。

亥时：21:00—23:00，称"人定"，又名"定昏"。这是一昼夜的最后一个时辰。据说，猪这时候睡得最香甜，发出的鼾声最响亮，是为亥时。人定，即人静，这时候人应该安抚心情，切勿心浮气躁，宜好好休息。

杜英对十二时辰的研究发现，十二时辰表时独特、历史悠久，是中华民族对人类天文历法的一大杰出贡献，也是灿烂的中华文化瑰宝之一。十二时辰后来和人的十二生肖连在一起，子鼠、丑牛、寅虎、卯兔、辰龙、巳蛇、午马、未羊、申猴、酉鸡、戌狗、亥猪。

杜英越学越来劲，又发现古时表示时间的方法还有另外一种：

一日有十二时辰（一时辰合现在的两小时），

一时辰有八刻（一刻合现在的十五分钟），

一刻有三盏茶（一盏茶合现在的五分钟），

一盏茶有两炷香（一炷香合现在的两分三十秒），

一炷香有五分（一分合现在的三十秒），

一分有六弹指（一弹指合现在的五秒），

一弹指有十刹那（一刹那合现在的半秒）。

杜英越研究越感兴趣，中国古代文化源远流长，里面的奥秘太多了，杜英对此充满了好奇,他决定将研学心得写成科普文章,在小区植物微信群发表。

植物论花

　　小区里的植物闲来无事,也许是看电视看得多了,竟有模有样地学起了人类,要搞什么访谈节目。今天清晨,植物们早早就聚集在公园里,现场观看红叶石楠和香樟之间论名花的访谈。

　　红叶石楠:"各位植物朋友们,大家早上好! 今天我们邀请到了小区里德高望重的香樟来做一期访谈节目,主题是'论十大名花'。有请香樟上台。"

　　香樟快速走上台来,一边走一边向台下的植物们挥手示意。

　　香樟:"主持人好! 观众朋友们好!"

　　红叶石楠:"香樟好! 大家都知道,你很长一段时间来,为防疫的事情奔忙,今天好不容易抽出点时间,给大家论述名花知识,我首先代表植物们向你表示感谢。"

　　香樟:"不必客气,我们随意聊吧。"

　　一阵掌声过后,访谈开始。

　　红叶石楠:"时间的脚步常常走得很匆忙,转眼间,春天已逝,夏天已至。与其心浮气躁,不如静下心来,好好欣赏大自然给予我们的恩赐,学会从一朵花中得到领悟,刹那便成为永恒。听闻小区里有十大名花,你今天就给我好好介绍介绍。"

　　香樟:"好的,我觉得,欣赏名花,离不开中国传统文化的精髓——诗歌,可谓一花一诗,惊艳千年。"

　　红叶石楠:"那自然更好不过,你快说来我们听听。"

香樟:"我先说说梅花,那可是花中之魁。林逋的《山园小梅》是这样写的:众芳摇落独暄妍,占尽风情向小园。疏影横斜水清浅,暗香浮动月黄昏。霜禽欲下先偷眼,粉蝶如知合断魂。幸有微吟可相狎,不须擅板共金樽。"

红叶石楠:"我记得梅花的花语是坚强、傲骨、高雅。"

香樟:"是的,当百花盛开的时候,你找不到梅花的身影,她不喜欢凑热闹。但当百花凋谢,大雪纷飞时,她才兴致勃勃地顶着风冒着雪而来。"

红叶石楠:"正是,我赞赏梅花的品格,不畏艰险,独树一帜。"

香樟:"下面说说牡丹,那可是花中之王。刘禹锡的《赏牡丹》是这样写的:庭前芍药妖无格,池上芙蕖净少情。唯有牡丹真国色,花开时节动京城。"

红叶石楠:"我还记得牡丹的花语是圆满、浓情、富贵、雍容华贵。"

香樟:"是的,折一枝牡丹,送给你,带着沧海月明的柔情。从年少到古稀,如果你愿意,我将尘埃落定。"

红叶石楠:"看来你也被感染了。"

香樟:"可不是吗,近朱者赤,近墨者黑,我长年累月和他们在一起,听文人墨客吟唱得多了,多少也学会了一些诗情画意。"

红叶石楠:"你还是继续介绍名花吧。"

香樟:"接下来说菊花,那可是冰霜绽放。陶渊明的《饮酒》是这样写的:结庐在人境,而无车马喧。问君何能尔?心远地自偏。采菊东篱下,悠然见南山。山气日夕佳,飞鸟相与还。此中有真意,欲辨已忘言。"

红叶石楠:"菊花的花语是清净、高洁、真情。"

香樟:"菊花品种繁多,各有特色,有的秀丽淡雅,有的鲜艳夺目,有的昂首挺胸。但菊花的花儿红的似火,白的似雪,粉的似霞……"

红叶石楠:"你说得我心里都痒痒的了。"

香樟:"那我再来说荷花吧,那可是水中芙蓉。周敦颐的《爱莲说》是这样写的:予独爱莲之出淤泥而不染,濯清涟而不妖,中通外直,不蔓不枝,香远益清,亭亭净植,可远观而不可亵玩焉。"

红叶石楠:"荷花的花语是清白、坚贞纯洁、忠贞和爱情、自由脱俗。"

香樟："是的,在翠绿的荷叶丛中,亭亭玉立的荷花,像一个个披着轻纱在湖上沐浴的仙女,含笑伫立,娇羞欲语;嫩蕊凝珠,盈盈欲滴,清香阵阵,沁人心脾。"

红叶石楠："听你这样一说,我也手痒,班门弄斧,写几句:荷苞初绽掩娇羞,层层花瓣裹莲蓬。微风荡漾绿叶丛,拂袖亭立百媚生。"

香樟："不错不错,看来你还是有潜质的。"

红叶石楠："你这样说我好开心,不过还是先听你介绍名花吧。"

香樟："下面要介绍的是月季,被称为花中皇后。杨万里在《腊前月季》中说:只道花无十日红,此花无日不春风。一尖已剥胭脂笔,四破犹包翡翠茸。别有香超桃李外,更同梅斗雪霜中。折来喜作新年看,忘却今晨是季冬。"

红叶石楠："月季的花语是持之以恒、等待希望、美艳长新。"

香樟："当我仰着粉红的小脸,羞涩地微笑着,花蕾姹紫嫣红,在碧绿发亮的嫩叶衬托下显得生机勃勃……

红叶石楠:停、停、停,太美了,我也陶醉了。"

香樟："现在我说下一种名花,杜鹃,那可是繁花似锦。大诗人李白在《唐宣城见杜鹃花》中写道:蜀国曾闻子规鸟,宣城还见杜鹃花。一叫一回肠一断,三春三月忆三巴。"

红叶石楠："我知道杜鹃的花语是爱的欣喜,永远属于你。"

香樟："杜鹃花又名映山红,它风姿绰约,它灿若云锦,令人炫目,有花中西施之美誉。它能唤起人们对生活热烈美好的感情,是自强不息、生命力顽强的象征。"

红叶石楠："杜鹃花我太熟悉了,春季时漫山遍野都是,我喜欢得不得了。"

香樟："还有一种名花是茶花,俗称花中娇客。陆游的《山茶》是这样写的:东园三月雨兼风,桃李飘零扫地空。唯有山茶偏耐久,绿丛又放数枝红。"

红叶石楠："茶花的花语是理想的爱、谦让。"

香樟:"茶花四季常青,叶片翠绿光亮,冬春之际开红、粉、白花。茶花宛如牡丹,绚丽多娇,给人带来无限生机和希望。"

红叶石楠:"小仲马的《茶花女》我看过,印象很深。"

香樟:"你扯到哪里去了,我还是再介绍兰花吧,那是君子之花。刘伯温的《兰花》写道:幽兰花,在空山,美人爱之不可见,裂素写之明窗间。幽兰花,何菲菲,世方被佩资籁施,我欲纫之充佩韦,袅袅独立众所非。幽兰花,为谁好,露冷风清香自老。"

红叶石楠:"我记得兰花四季常开,花语是美好、高洁、贤德。"

香樟:"兰生深山中,馥馥吐幽香。偶为世人赏,移之置高堂。兰花那绰约多姿的叶片,高洁淡雅;神韵兼备的芳香,沁人肺腑。"

红叶石楠:"接下去还有什么名花要介绍?"

香樟:"还有一种名花是桂花,号称十里飘香。王维在《鸟鸣涧》中写道:人闲桂花落,夜静春山空。月出惊山鸟,时鸣春涧中。"

红叶石楠:"桂花是杭州的市花,我记得桂花的花语是友好、吉祥。"

香樟:"桂花素雅、大方、充满生机,它浓郁的幽香,熏得人都要醉了。它是崇高、吉祥、贞洁、荣誉的象征,是人们美好祈愿的祝福。"

红叶石楠:"不光是人,就是神都要醉的,去月宫旅游的神仙,没有一个不被吴刚捧出的桂花酒熏醉的。"

香樟:"你又夸大其词了吧,神仙难道会这么不胜酒力?"

红叶石楠:"这个是前几天在做节目时,有仙人亲口告诉我的,难道会是假的?"

香樟:"我们把话说回来,来说一说十大名花的最后一种水仙花,被称为凌波仙子。刘邦直在《水仙花》中写道:得水能仙天与奇,寒香寂寞动冰肌。仙风道骨今谁有,淡扫蛾眉篸一枝。"

红叶石楠:"水仙的花语是多情、想你。"

香樟:"绿裙青带,清香馥郁,亭亭玉立于清波之上。水仙花素洁的花朵,超尘脱俗,高雅清香格外动人,宛若凌波仙子踏水而来。"

红叶石楠:"听了你说的小区十大名花,听得我是如痴如醉,不同的花语,各自蕴含着美好的祝福。在忙碌的日子里,若能持一朵盛开的名花游走世间,细细品尝生活的美好,是何等幸福的事!"

香樟指了指窗外说:"古诗名花木葱茏,长廊幽径庭院行。清风绕屋拂人醉,繁花丛中摇风铃。"

红叶石楠拍手称快,连声说:"痛快痛快。今天和香樟一起谈论十大名花,受益匪浅。这是小区植物界的首次访谈节目,大家觉得这种形式可以的话,以后可以经常举行。再次感谢香樟,观众朋友们再见!"

香樟:"植物们再见!"

在热烈的掌声和欢歌笑语声中,小区植物界的首次访谈节目结束了。

植物访谈

小区里植物首次访谈节目播出后，在植物界引起了很大反响。植物们趁热打铁，马上组织了第二次植物访谈，并且是在小区公园里现场直播。这次访谈节目的主持人还是红叶石楠，邀请到的嘉宾是枫香。早上，红叶石楠看了看台下黑压压的都是花草树木，静悄悄地等待着访谈节目开始。

红叶石楠："各位植物朋友们，大家早晨好！前两天，我们请香樟一起来做了一期访谈节目，主题是'论十大名花'。今天，我们邀请到了另一位赫赫有名的嘉宾，他就是枫香。下面有请枫香老师上场。"

在一阵热烈的掌声中，枫香一路小跑地上台来。和红叶石楠握手后，又向台下的观众鞠了一躬，然后坐了下来。

红叶石楠："大家知道，植物是有品格的，关于这些品格，很多名人有不少论述，当然，他们研究得再透，总不如我们植物自己心中有数。另一方面，人类在研究植物，我们植物也要探索人类，所谓知己知彼百战不殆。枫香老师，你觉得我这样说对吗？"

枫香："当然对。事实上，大自然本来就是一个生命共同体，你中有我，我中有你。我们植物和植物之间，植物和动物之间，都有个适应、容纳、关联、利用的过程。我们对人类的探索由来已久，并且取得了丰硕的成果，可以毫不夸张地说，人类的发展变化尽在我们的掌握之中。"

红叶石楠："是这样吗？你能不能举例说说。"

枫香："这涉及的内容实在太多，我就是讲几天几夜也讲不完啊。"

红叶石楠："好的，讲不完才好啊，那我这个节目就有得做了。话说回来，我们先选择冰山一角，今天要谈的主题是树木和诗词的亲密关系，请枫香老师先从这个问题讲起。"

枫香："好的，在诗词中，树木是一种常见的意象。不同的树木，代表着不同的诗情思想，如柳树寓意离情别意，松柏象征坚韧的品质……古代诗歌的现实主义源头是《诗经》，浪漫主义源头是《离骚》，在那里就有大量咏花草树木的诗。"

红叶石楠："且慢，你就来几句。"

枫香："比如《诗经》中出自先秦的《国风·陈风·泽陂》：彼泽之陂，有蒲与荷。有美一人，伤如之何？寤寐无为，涕泗滂沱。彼泽之陂，有蒲与蕑。有美一人，硕大且卷。寤寐无为，中心悁悁。彼泽之陂，有蒲菡萏。有美一人，硕大且俨。寤寐无为，辗转伏枕。《离骚》中屈原咏菊花的诗：朝饮木兰之坠露兮，夕餐秋菊之落英。苟余情其信姱以练要兮，长顑颔亦何伤。都是很有意境的。"

红叶石楠："你提到了柳树喻意离情别意，松柏象征坚韧品质，能不能展开来说明？"

枫香："说到离情别意的意境，柳树是经常用到的。在诗词中，柳树是最常见的树木之一，古人在送别时，有折柳相赠的风俗。它代表着思念、离情别意。诗人们喜欢用柳树，抒发着内心的思念与不舍。"

红叶石楠："这是为什么？"

枫香："我认为这可能是因为柳条在风的吹拂下，依依飘扬，代表着友人之间依依惜别的不舍之意吧！例如，白居易的《青门柳》：青青一树伤心色，曾入几人离恨中。为近都门多送别，长条折尽减春风。还有王维的《渭城曲》：渭城朝雨浥轻尘，客舍青青柳色新。劝君更尽一杯酒，西出阳关无故人。这些诗歌都是用柳树来寄托送别友人的不舍。当然，因为柳树在春天抽芽，在诗词中，柳还代表着春天到来，用春风拂柳来代表春天的美景。例如，贺知章的《咏柳》：碧玉妆成一树高，万条垂下绿丝绦。不知细叶谁裁出，二月春风似剪刀。还有高鼎的《村居》：草长莺飞二月天，拂堤杨柳醉春烟。儿童散学归来早，忙趁东风放纸鸢。都是写柳树的春景的。"

红叶石楠:"说了柳树,那么松树呢?"

枫香:"松树具有坚韧的品格,是岁寒三友之一,他四季常青,即使在寒冷的冬日,亦不惧风雨,依然葱绿。古代的文士十分敬慕松树高尚的品德、品格。"

红叶石楠:"这方面又有哪些诗写过?"

枫香:"李商隐有首《高松》,就是写松之品格:高松出众木,伴我向天涯。客散初晴后,僧来不语时。有风传雅韵,无雪试幽姿。上药终相待,他年访伏龟。刘桢的《赠从弟》,也是写松之品格:亭亭山上松,瑟瑟谷中风。风声一何盛,松枝一何劲!冰霜正惨凄,终岁常端正。岂不罹凝寒?松柏有本性。"

红叶石楠:"那除了柳、松,其他树又怎么样?"

枫香:"现在再来说说梧桐,我发觉梧桐也是诗人常常歌咏的对象。在诗词中,梧桐代表着至死不渝的夫妻情深、忠贞的爱情、孤独的忧愁。诗人常借梧桐抒发内心的怅惘、孤独之情。我发觉古代传说梧为雄,桐为雌,梧桐同长同老,同生同死,有'梧桐相待老,鸳鸯合双死'之说,因此,诗文中常以梧桐表示男女之间至死不渝的爱情。比如李煜的《相见欢》:无言独上西楼,月如钩。寂寞梧桐深院锁清秋。剪不断,理还乱,是离愁。别是一般滋味在心头。还有李清照的《声声慢》:寻寻觅觅,冷冷清清,凄凄惨惨戚戚。乍暖还寒时候,最难将息。三杯两盏淡酒,怎敌他、晚来风急?雁过也,正伤心,却是旧时相识。满地黄花堆积。憔悴损,如今有谁堪摘?守着窗儿,独自怎生得黑?梧桐更兼细雨,到黄昏、点点滴滴。这次第,怎一个愁字了得!引起了后世多少断肠人的共鸣。"

红叶石楠:"你这两首词一念,我的眼泪都止不住要流下来了。"

枫香:"你别伤心,接下来我们谈谈桑梓,桑梓代表着故土家乡,在古代,人们喜欢在住宅周围栽植桑树和梓树,后来人们就用物代处所,因为桑树都是父母种的,所以桑梓借指故乡。而桑麻则代表农事,在诗词中,诗人常以桑或桑麻代表农事或农家,或者抒发对田园生活的喜爱和向往。又如在住宅周围栽植枣子表示希望早生贵子,在住宅周围栽植榉树表示希望能一举成名。以桑梓代故乡,见《诗经·小雅》载:"维桑与梓,必恭敬止。"意谓家乡的桑树与梓树乃父母所栽,对他要表示尊敬。所以后人常以桑梓指代故乡。"

红叶石楠:"有什么代表作吗?"

枫香:"这个很多了,如孟浩然的《过故人庄》:故人具鸡黍,邀我至田家。绿树村边合,青山郭外斜。开轩面场圃,把酒话桑麻。待到重阳日,还来就菊花。又如王维的《渭川田家》:斜阳照墟落,穷巷牛羊归。野老念牧童,倚杖候荆扉。雉雊麦苗秀,蚕眠桑叶稀。田夫荷锄至,相见语依依。即此羡闲逸,怅然吟式微。都是表达了这个意思。"

红叶石楠:"现在我们聊一聊芭蕉,芭蕉有什么说法?"

枫香:"在古代诗人眼里,芭蕉常常与孤独忧愁,特别是离情别绪相联系,古人把伤心、愁闷借着雨打芭蕉一股脑儿倾吐出来,写下了许多脍炙人口的不朽诗篇。如李煜的《长相思》,是这样写芭蕉的:云一缃,玉一梭,淡淡衫儿薄薄罗。轻颦双黛螺。秋风多,雨相和,帘外芭蕉三两窠。夜长人奈何! 而李清照的《添字采桑子·芭蕉》,又通过芭蕉树将离愁别绪推进了一步:窗前谁种芭蕉树? 阴满中庭,阴满中庭,叶叶心心,舒卷有余情。伤心枕上三更雨,点滴凄清,点滴凄清,愁损离人,不惯起来听。"

红叶石楠:"怎么又是李煜和李清照,我刚刚平息的心情又起波澜了。"说着,红叶石楠用湿巾纸擦了擦眼泪。

枫香:"不好意思,没想到你久经风雨,什么世面没有见过,竟还有一颗少女般的心。"

红叶石楠不好意思地说:"不是我多愁善感,实在是古代的诗人太煽情了。"

枫香:"看来我们常说的'人非草木,孰能无情'要改一改了,事实上,我们草木比他们人类是更有情的。"

枫香看到红叶石楠眼圈还是红红的,就说:"好了好了,我们还是说点开心的,来说说竹子吧。"

红叶石楠听到要说竹子,就来精神了,忙问竹子有什么特别的。

枫香:"竹子是虚怀若谷的榜样。在植物学中,竹子其实是草类植物。

但竹在诗词中,十分重要。竹子有一大堆优点,包括竹子坚韧、挺拔,宁折不弯,不惧严寒酷暑,被文人们誉为君子。竹还有七德。"

红叶石楠:"是哪七德?"

枫香:"竹身形挺直,宁折不弯,是曰正直。竹虽有竹节,却不止步,是曰奋进。竹外直中空,襟怀若谷,是曰虚怀。竹有花不开,素面朝天,是曰质朴。竹超然独立,顶天立地,是曰卓尔。竹虽曰卓尔,却不似松,是曰善群。竹载文传世,任劳任怨,是曰担当。"

红叶石楠:"既然说了竹子七德,可有写竹的名篇?"

枫香:"这可太多了,如郑燮的《竹石》:咬定青山不放松,立根原在破岩中。千磨万击还坚劲,任尔东西南北风。又如薛涛的《酬人雨后玩竹》:南天春雨时,那鉴雪霜姿。众类亦云茂,虚心宁自持。多留晋贤醉,早伴舜妃悲。晚岁君能赏,苍苍劲节奇。都是歌颂竹子的高尚品格的。"

红叶石楠:"今天我们谈到了柳树、松树、梧桐、桑、梓、芭蕉、竹子等树木,其他更多的树木一定也有可圈可点之处。"

枫香:"是的,我告诉你,事实上,我们植物界的一草一木都是有灵性的,你只有赏识他、读懂他了,和他心灵有感应了,你才能进入他们的世界,他们也才会把心里话告诉你。反过来,我们对人类的探索也是如此。"

红叶石楠:"那你现在能算是了解到人类的内心世界吗?"

枫香:"我今天一激动,话就多了,说漏嘴了。但话已至此,我也不瞒你说,我们现在还是一只脚在门里,一只脚在门外。"

红叶石楠:"那要怎么样才能两只脚都跨进人类的内心世界呢?"

枫香:"这个是秘密,不方便在现场直播节目里讲。"

红叶石楠:"我和你开个玩笑的。今天和枫香老师一起谈论树木和诗词的亲密关系,学到了很多知识。因为时间关系,今天的访谈就到这里。再次感谢枫香老师,观众朋友们再见!"

枫香:"植物朋友们再见!"

在阵阵掌声和欢歌笑语声中,小区植物界的第二次访谈现场直播节目也结束了。

植物溯源

今天早晨,小区里的植物又组织了一次访谈节目,照常规还是在小区公园里现场直播。红叶石楠继续主持采访,今天的受访嘉宾是银杏。

红叶石楠:"各位植物朋友们,大家早晨好!欢迎大家观看我们的访谈节目。今天这第三期,我们要追根溯源,来谈谈我们植物的老祖宗。坐在我旁边的嘉宾银杏,就是一位长老级树木,大家都熟悉的,用不着我多介绍了。"

银杏站起来,先向大家挥挥手,坐下来后,说:"植物朋友们,大家好!离离原上草,一岁一枯荣。野火烧不尽,春风吹又生。说明小草的生命力是很旺盛的,我们植物界是没有高低贵贱之分的,所以我也不能称之为长老级树木,这一点是和人类不一样的。"

红叶石楠:"你的意思是人类处处要分个上下高低,而我们植物不会?"

银杏:"我没有这样说,但你难道不这样认为吗?"

红叶石楠:"我可听说有花草灌木在抱怨,说你们高大乔木霸占空间,独享阳光,这不公平。"

银杏:"这个我不否认,但你没看到我们为那些花草灌木在挡风遮雨吗?"

红叶石楠:"这倒也是。另外一点,生活在你们树底下的小草小木枯死后,默默地为你们提供了肥料,这是不是一种奉献精神?"

银杏:"是的,当然,大树身上也附生着许多小草小木小生命,抚养着他们成长。"

红叶石楠："这说明了一个什么道理？"

银杏："我的理解是，我们植物界，个体有大小，寿命有长短，容颜有鲜暗，功能有差别。但分工明确，团结协作，乔灌草搭配合理，都是为了一个共同的目的，就是为大自然增光添彩。所以我们值得为自己自豪。"

红叶石楠："听说人类在很多方面是从我们植物身上获得灵感的，是这样吗？"

银杏："那当然，人类才出现多少年，和我们植物相比，他们才是小弟弟。当然，他们进化得快，现在比我们发达了，在很多方面也是值得我们学习的。"

红叶石楠："就是说人类在我们植物身上取得知识，我们植物也从人类那里得到养分，各取所需。"

银杏："是的，世界本来就是一个生命共同体，不进则退，谁都不能独善其身。"

红叶石楠："我懂了。现在我们回过头来，先问一个概念问题，什么叫森林？"

银杏："森林一般是指在一较大面积的区域内，以树木为主体构成的植物群落及生态系统，各个国家、地区、组织对于森林的详细定义是不一样的，一般的森林主要指木本植物组成的群落，也包括一些较为高大的草本植物群落，属于较为广义的森林概念。设想一下，在一片土地上，当树木多达千万棵时，将会是怎样一幅画面？也许如同树的阵列，漫山遍野严阵以待；也许是巨木撑天，万千利剑直指苍穹；也许是绿荫如盖，遮天蔽日只留下斑驳的光影。是的，这样的形象便是森林。"

红叶石楠："森林好美啊，太诱人了。那这样的森林是如何而来的呢？"

银杏："这个说来就话长了。俗话说'十年树木'，如果将时间拉长至数十亿年，又会是怎样一番景象？在这段漫长的岁月中，环境由此改变，生命因此繁衍，文明就此诞生，一曲森林之歌在大地上奏响。"

见底下的植物静静地听着，银杏继续说："早在数十亿年前，那时陆地上是一片荒凉，只有风与水，日复一日地冲刷着裸露的地表，但在广阔的海洋中,众多微小的生命却欣欣向荣,这便是地球的微生物时代。"

红叶石楠:"就是说微生物是地球上最先出现的生物?"

银杏:"在浅海环境下,微生物密密层层、交叠生长,即便在数十亿年后的今天,我们仍能在海边发现其痕迹,从中一窥当年的盛况。比如现代叠层石,就是当年微生物的遗迹。"

红叶石楠:"那微生物时代以后是怎么演化的?"

银杏:"微生物时代的繁盛,持续了超过10亿年,其中一些微生物,能够通过光合作用产生氧气,从而逐渐改变地球大气的组成。直到4亿多年前,陆地植物的祖先才离开海洋,开启了进击陆地的征程。"

红叶石楠很好奇地问:"那又会是什么生物呢?"

银杏:"那种生物叫苔藓。苔藓作为植物先锋之一,率先征服地表,将第一抹绿色铺满裸露的岩石,随后,在匍匐的苔藓之上,一类新植物闪亮登场。"

红叶石楠兴奋不已,追问:"苔藓以后又出来了什么?"

银杏:"苔藓以后出来的是蕨类植物,他们体内如吸管一般的维管束,不仅能够源源不断地传输养分,还足以支撑身体向空中生长,尽管最初的身形仅有几厘米高,却是当时陆地上唯一的'森林',地球自此进入了蕨类时代。这也可以说是森林的起源。"

红叶石楠:"如此说来,蕨类植物是我们的祖先了?"

银杏:"蕨类植物的祖先被称为原蕨植物,他们体型微小,成片聚集在河湖岸边。而随着地球环境的改变,陆地变得越来越温暖湿润,植物的生命力也愈发旺盛,曾经低矮的原蕨植物不断向上生长,演化成真正的参天大树。像香樟这样的大树就是这个时代的产物。"

红叶石楠:"银杏老师快继续说下去。"

银杏:"这个时期,其中有一种为石松植物,另外一种为节蕨植物,第三种是真蕨类,就是今天我们所看到的蕨类植物,但较之今日,当时的他们则更加高大魁梧,目前仍生长在亚热带、热带地区的桫椤,其树干粗壮、高耸、挺拔,伞盖般的枝叶遮天蔽日,一如蕨类时代的盛世景象。石松、节蕨、真蕨,组成了茂密的蕨类森林。林下湖沼纵横、水汽氤氲,众多古老奇异的物种,纷纷在此寻得一片天地,巨大的蜻蜓在空中游荡,笨拙的蝾螈缓慢爬行,爬行动物的祖先身形小巧,藏身枯木中探头探脑。"

红叶石楠:"太有趣了,你的意思,是因为森林的出现,才慢慢地出现了动物。"

银杏:"那当然,自然界的演化总是从低级向高级转变。先有微生物,然后是植物,再有动物,动物中的一类进化为人类。"

红叶石楠:"这个我不能完全认同,难道我们植物就比动物低级?不要说普通动物,就是人类,自认为是动物中最高级的,做出来的有些事情,我看就很低级,有时还不如我们植物有灵气呢。"

银杏:"对不起,我这里没有看不起植物的意思,只是从自然演化的进程中做这样的划分,可能这样的表述是不恰当的。"

红叶石楠:"我觉得大自然的演变是循环往复的,也可以说是螺旋形的,或者说是轮回的,就是人类也不要高兴得太早,万一有个三长两短,还不知道和我们植物相比,谁能坚持到最后呢。"

银杏:"是这个道理,这也是在提醒人类,对大自然要有敬畏之心,因为在大自然面前,人类还很渺小。"

红叶石楠:"我们有点扯远了,还是继续谈森林的起源发展之路吧。"

银杏:"那我继续前面的话题,反正森林中的树木是有生命的,有生就有死,一代代树木死亡后,则沉入林下的沼泽中,经过缓慢的地壳沉降运动,让沼泽环境得以长期存在,植物遗骸也越积越厚,历经复杂的微生物作用,加之温度和压力变化,最终形成煤炭。那个时代形成的煤层,分布范围如此之广,储量如此之大,以至于整个时期被命名为石炭纪。"

红叶石楠喔了一声说:"原来煤炭是这样来的。"

银杏:"但蕨类植物虽然身躯高大,生殖细胞却十分脆弱,离开水体则容易干燥死亡,直到距今3.8亿年前后(泥盆纪中、晚期),一种新的繁殖方式,终于在物竞天择中脱颖而出,新的'森林'即将登场。"

红叶石楠一副期待的样子:"那又会是什么样子的呢?"

银杏："这种先进的繁殖方式便是种子的出现。种子外披'盔甲'——种皮,自带'食物仓库'——胚乳,能够适应更加复杂的环境,大大提高了繁殖的成功率。于是利用种子繁殖的裸子植物,迅速代替蕨类,占领地表,地球自此进入了裸子植物时代。在因恐龙而闻名的侏罗纪和白垩纪,最古老的裸子植物之一苏铁,在连成一体的大陆上几乎无处不在,如今四川攀枝花的苏铁自然保护区内,仍生长着20万余株苏铁,堪称地球上现存最古老的森林之一。而与苏铁同时繁盛的银杏,则更偏爱温带环境,在侏罗纪时期的中国北方,比今天种类更丰富的银杏家族,成为森林中最主要的树种。"

红叶石楠惊讶地说:"原来苏铁和银杏年代这么久远了,难怪说他们是远古孑遗植物,或者说是活化石了。这样说来,我一开始介绍你为长老级,一点没错啊。"

银杏："随你说吧。另外三类裸子植物,松、杉、柏,则在人们的生活中非常常见,他们虽然出现稍晚,却持续繁盛至今,甚至以65%的占比撑起了中国森林总量的半壁江山。无论是温暖湿润的环境,还是高纬度的寒冷地区,都有他们生生不息的影子。在气候严酷的大兴安岭北部,落叶松、樟子松等裸子植物,形成面积超过700万公顷的森林。在小兴安岭和长白山地区,多种云杉、冷杉傲然挺立,形成茫茫林海。在西北的阿勒泰山区,和大兴安岭所处纬度几乎相当,松林形成一面面密不透风的墙。高纬度地区日照角度低,树木为了获取更多阳光,必须极力向上生长,形成了这里遮天蔽日的森林景象。此外,天性'高冷'的松、杉、柏,同样偏爱高山,他们或是密布整个山坡,或是铺陈雪山脚下。凭借先进的种子繁殖,裸子植物帝国到达鼎盛时期。"

说到这里,银杏停了下来,若有所思,接着话锋一转说:"然而,生命演化的车轮依旧滚滚向前,森林帝国势必再次'改朝换代',但令人意想不到的是,下一个帝国的建立,竟起源于几朵小花。"

"什么?几朵小花能推动森林帝国'改朝换代'?"红叶石楠惊呼起来,觉得这太不可思议了。

银杏："这些不起眼的小花,属于植物界最年轻的类群——被子植物。

花朵的子房，如同一个天然庇护所，避免种子受到外界的破坏。当雄性配子通过雌蕊结构，精准地进入子房后，子房便发育为包裹着种子的果皮，而在人类眼中，便是花朵凋谢，代之以累累硕果。"

红叶石楠："这个我知道，这就是所谓的开花结果的过程了。"

银杏："果皮不仅有效地保护着种子，还是除了胚乳外，种子发育的又一重要'粮仓'。于是，被子植物的繁衍效率突飞猛进，从白垩纪开始便席卷全球，令地球进入崭新的被子植物时代。"

红叶石楠："那这个时代有什么特点？"

银杏："被子植物的种类格外丰富，仅中国就有近2.9万种，是裸子植物的100多倍。多样的物种带来更广泛的适应性，让被子植物几乎占领地表的任何角落。在中国东北，兴安岭的寒冷山地中，被子植物的先锋白桦，与裸子植物落叶松并肩而立。到了中部，秦岭的山坡深谷之间，被子植物组成的阔叶林，与裸子植物组成的针叶林杂居而处，形成五彩斑斓的针阔叶混交林。在万木葱茏的神农架林区，以水青冈为主的树木漫山遍野，将山体覆盖得不留一丝缝隙。胡杨则生长在西北大漠戈壁，其耐旱能力远超裸子植物。中国南方的热带地区，由于气候湿润、降雨充沛、日照强烈，更加适宜被子植物的生长。东南沿海的红树林则更为特别，他们生长在海湾和滩涂之间，错综复杂的根系，能从盐渍的土壤中汲取养分。广西、云南等地的热带雨林，均是被子植物的天堂。"

红叶石楠："组成森林的植物，都是木本吗？"

银杏："那可不一定。组成森林的虽然大多是木本植物，一般具有木质的坚实茎干，以此区别于身躯柔弱的草本植物。但某些种类的'花草'，体内纤维紧密缠绕，足以形成媲美木本植物的高大茎干，比如椰树，便是这种意料之外的草本植物，他们凭借种子的漂流，成功占领其他植物难以到达的荒岛，成片成片的生长起来。另一种'草'——竹子，则以'独木成林'之势，在中国南方形成无边的竹海。就是说，木本和草本都是组成森林的重要组成部分。"

红叶石楠："我明白了，植物是从微生物——苔藓植物——蕨类植物——裸子植物——被子植物,这样一个过程演化过来的。"

银杏:"森林是各种生物及其环境的综合体,微生物、苔藓植物、蕨类植物、裸子植物、被子植物不是相互排斥的,也不是你死我活的,他们之间是相互依存,可以共生共荣,。这一点我觉得就比人类强。"

红叶石楠抬头看看,发现已是日上三竿,就站起来紧紧握住银杏的手说:"非常感谢银杏老师接受我的访谈,为我们提供了许多科普知识,因时间关系,本期访谈就直播到这里,植物朋友们,下次访谈时再见!"

银杏朝台下鞠躬施礼,台下掌声阵阵,今天的访谈直播节目就结束了。

植物分类

　　小区植物界连续举办了几次访谈节目后,在小区的花草树木中引起了很大反响,植物们纷纷点赞这个节目办得好,希望能继续办下去。红叶石楠一方面心中高兴,这是植物们对自己工作的肯定;但另一方面又有些忧心,感到身上的担子很重,有压力。香樟、银杏、枫香知道后,就鼓励红叶石楠大胆干下去,有困难找他们解决就是。

　　既然群众欢迎,领导支持,红叶石楠就放下包袱,振作精神,专心致志地投入到节目中去。今天早晨,第四次访谈节目又在小区公园里现场直播了。小区里的植物聚集在一起,想知道这一次红叶石楠和嘉宾会聊些什么。

　　红叶石楠:"各位植物朋友们,大家早晨好! 欢迎大家观看我们的访谈节目。今天是第四期了,在第三期节目里,我们追根溯源,请银杏来谈了我们植物的老祖宗。节目播出后,有植物朋友来问我,说我们植物有三大终极问题"我是谁,我从哪里来,我到哪里去",希望我们这个访谈节目能讲讲清楚。我告诉他们,既然是终极问题,哪有几期节目能讲清楚的,不过,银杏已经谈了一些植物的来源及发展过程的问题,今天我们要重点聊的是植物分类的问题。这些问题都是和'我是谁'有关的。下面请本次访谈嘉宾雪松上场。"

　　在台下植物们的欢叫声中,雪松快步走上来,和大家挥挥手,和红叶石楠握手后,坐在红叶石楠对面。

　　红叶石楠:"雪松老师好,感谢你百忙之中来参与这档访谈节目。我先问一句,最近在忙些什么?"

雪松："植物朋友们好！主持人好！大家知道,百姓百心,或者说家家有本难念的经,每种植物的想法都不一样的,我近段时间处理小区里各种植物的烦琐事,就闹得焦头烂额。"

　　红叶石楠："有这样的事,能说来听听吗？"

　　雪松："你也知道,前段时间,柳树去柳浪闻莺探亲了,茶姑到龙井村寻根了,枇杷也去了塘栖娘家。他们回来后是眉飞色舞,到处宣扬,而有些敏感的植物就心中闷闷不乐了,老是找我诉苦。要知道,快乐分享过了头,就成了显摆;难过分享过了头,就成了矫情。这些问题,要我如何解决？"

　　红叶石楠："原来是这样,也确实难为你了。不过,植物们愿意找你倾诉,说明你为树正直、公道、有威望,我要为你点赞。"

　　雪松："谢谢！过奖了。只是我觉得,物以类聚,人以群分。我们植物种类繁多,每个种类个性千差万别,如何能够捏得到一起去？"

　　红叶石楠："是啊,植物种类太多了,就是在我们小区,也有几百种吧,有些种类我到现在还不认识,路上见到,他们向我打招呼,我却叫不出他们的名,怪难为情的。"

　　雪松："那当然,你现在是主持人,是网红了,还有谁会不认识你。而你是不可能把他们都认全的,能归类到科级就不错了。"

　　红叶石楠："什么叫科级,快教教我。"

　　雪松："好吧,我谈些粗浅看法。自然界可分为生物界和非生物界,生物界又可分为动物界、植物界、微生物界三类。现在我重点讲植物界。植物是生命的主要形态之一,并包含了如乔木、灌木、藤类、青草、蕨类、地衣及绿藻等熟悉的生物。种子植物、苔藓植物、蕨类植物和拟蕨类等植物,据估计现存大约有35万个物种。至今,其中的约30万个物种已被确认,有约26万种开花植物,1.5万种苔藓植物。绿色植物大部分的能源是经由光合作用从太阳光中得到的。"

　　红叶石楠："我连小区里几百种植物都分不清,不要说那几十万种了,你就告诉我该如何去分类。"

　　雪松："将自然界数量繁多的植物种类按一定的分类等级进行排列,并以此表示每一种植物的系统地位和归属,将植物分为界,门,纲,目,科,属,种七个等级。其中界是最大的分类单位,种是基本的分类单位,由亲缘关系相近的种集合为属,由相近的属组合为科,如此类推。在每个等级单位内,如果种类繁多,还可划分更细的单位,如亚门、亚纲、亚目、亚科、族、亚族、亚属、组、亚种、变种、变型等。每一种植物通过系统地分类,既可以显示出其在植物界的地位,也可表示出他与其他植物种的关系。"

红叶石楠:"你能不能举例说明?"

雪松:"我以小麦为例,说明他在植物分类上的各级单位。植物界(Regnum vegetabile),被子植物门(Angiospermae),单子叶植物纲(Monocot - yledoneae),颖花亚纲(Glumiflorae),禾本目(Graminales),禾本科(Gramineae),小麦属(Triticum),小麦种(Triticum aestivum L.)。比如你红叶石楠,就是一个种名。"

红叶石楠:"这样啊,你前面讲到乔木、灌木、藤类、蕨类、地衣及绿藻,又讲到种子植物、苔藓植物、蕨类植物和拟蕨类等植物,搞得我糊里糊涂了,他们是怎么分的呢?"

雪松:"这个说来就话长了。要说植物大的分类法,主要有下面几种。一是以植物茎的形态来分类,可以分为乔木、灌木、亚灌木、草本植物、藤本植物等。有一个直立主干且高达5米以上的木本植物称为乔木,与低矮的灌木相对应。通常见到的高大树木都是乔木,如木棉、松树、玉兰、白桦等。乔木按冬季或旱季落叶与否又分为落叶乔木和常绿乔木。而主干不明显,常在基部发出多个枝干的木本植物称为灌木,如玫瑰、龙船花、映山红、牡丹等。亚灌木为矮小的灌木,多年生,茎的上部草质,在开花后枯萎,而基部的茎是木质的,如长春花、决明等。草本植物的茎含木质细胞少,全株或地上部分容易萎蔫或枯死,如菊花、百合、凤仙等。又分为一年生、二年生和多年生草本。茎长而不能直立,靠倚附他物而向上攀升的植物称为藤本植物。藤本植物依茎的性质又分为木质藤本和草质藤本两大类,常见的紫藤为木质藤本。藤本植物依据有无特别的攀缘器官又分为攀缘性藤本,如瓜类、豌豆、薜荔等具有卷须或不定气根,能卷缠他物生长;缠绕性藤本,如牵牛花、忍冬等,其茎能缠绕他物生长。"

红叶石楠:"这种分类比较直观,容易掌握,其他的分类方法呢,你还能说出几种呢?"

雪松:"等我继续说下去吧。第二种大的分类法是以植物的生态习性来分类,分为陆生植物、水生植物、附生植物、寄生植物、腐生植物。陆生植物是指生于陆地上的植物。水生植物是指植物体全部或部分沉于水的植物,如荷花、睡莲等。附生植物是植物体附生于它物上,但能自营生活,不需吸取支持者的养料为生的植物,如大部分热带兰。寄生植物是指寄生于其他植物上,并以吸根侵入寄主的组织内吸取养料为自己生活营养的一部分或全部的植物,如桑寄生、菟丝子等。腐生植物是生于腐有机质上,没有叶绿体的植物,如菌类植物、水晶兰等。"

红叶石楠指了指台下的芦苇,开玩笑问:"那芦苇君属于哪一类?"

雪松知道红叶石楠的意思,也朝芦苇看看,笑着说:"芦苇君本来属于水生植物的,可是他不要好,到陆地上来也能生存了,这叫中不中,洋不洋。"

芦苇在下面发急道:"什么叫不要好,水里能生存,离开了水面,到岸边也能生存,这叫适应性强。有本事你们去水里生活一段时间试试。"听到这里,台上台下都是哄堂大笑。

雪松继续按照自己的思路说:"这第三种分类法是以植物的生活周期来分类,分为一年生植物、二年生植物、多年生植物。先讲一年生植物,是指植物的生命周期短,由数星期至数月,在一年内完成其生命过程,然后全株死亡,如白菜、豆角等。 再讲二年生植物,是指植物于第一年种子萌发、生长,至第二年开花结实后枯死的植物,如甜菜等。而多年生植物是指生活周期年复一年,多年生长,如常见的乔木、灌木都是多年生植物。另外还有些多年生草本植物,能生活多年,或地上部分在冬天枯萎,来年继续生长和开花结实的。"

红叶石楠:"你前面讲了三种分类方法,我还听说过有一种自然分类法,是指的什么?"

雪松:"现代的植物分类法采用的就是自然分类法,这种分类方法是以植物的外部形态为分类依据,以植物之间的亲疏程度作为分类的标准。判断亲疏的程度,是根据植物之间相同点的多少.如小麦与水稻有许多相同点,于是就认为它们比较接近,而小麦与甘薯、大豆相同的地方较少,于是就认为它们比较疏远。这样的分类方法就叫自然分类法,这样的分类系统就是自然分类系统。从进化论学说得知,类型众多的植物种类,实际上是大致同源的。物种之间相似程度的差别,能够显示出他们亲缘关系上的远近。例如,小麦与水稻之所以比较接近,是由于他们有一个年代较近的共同祖先,而小麦与甘薯、大豆比较疏远,是由于他们有一个年代较远的共同祖先。按照自然分类法,植物可分为被子植物、裸子植物、蕨类植物、苔藓植物等。"

红叶石楠:"那要请你分别解说一下。"

雪松:"先说说被子植物,被子植物是植物界中进化水平最高、种类最多、分布最广、适应性最强的类群。全世界被子植物约30万种,占植物界种类数的一半,中国约有3万种。被子植物广泛分布于世界各地,与人类有着极为密切的关系。人类的大部分食物都来源于被子植物,如谷类、豆类、薯类、瓜果和蔬菜等;被子植物还为建筑、纺织、医药等提供原料;此外,被子植物在与人类的文化、艺术发展,社会文明的进步上有着千丝万缕的联系。与蕨类和裸子植物相同,被子植物体内有维管组织,因此它们被称为维管植物;被子和裸子植物都是通过产生种子来进行有性繁殖的,因而也被称为种子植物;与蕨类、裸子植物以及苔藓植物相似,被子植物在有性生殖过程中,精、卵受精结合并发育成胚,因而也被称为有胚植物或高等植物。被子植物与其他植物相比,在地球上出现得最晚,但是发育最完善、进化最高等,自新生代以来在植物界占领绝对优势。"

红叶石楠:"听完了被子植物,接下去请你讲讲裸子植物。"

雪松:"裸子植物多为多年生木本植物,出现于古生代,中生代最为繁盛,后来由于地史的变化逐渐衰退。裸子植物的科、属、种数虽远比被子植物少,但覆盖面积却大致相等,广泛分布于世界各地,很多裸子植物为重要林木,尤其在北半球,许多森林80%以上是裸子植物,如落叶松、冷杉、云杉、欧洲云杉等。与蕨类和被子植物相同,裸子植物体内有维管组织,因此它们被称为维管植物;裸子和被子植物都是通过产生种子进行有性繁殖,因而也被称为种子植物;裸子植物与蕨类、被子植物以及苔藓植物相似,在有性生殖过程中,精、卵受精结合并发育成胚,因而也被称为有胚植物或高等植物。目前全世界生存的裸子植物大约850种,隶属于15科和79属。据统计,中国的裸子植物有10科34属约250种,是世界上裸子植物最丰富的国家。在中国的裸子植物中有许多是北半球其他地区早已灭绝的孑遗种,如银杏、水杉、水松、银杉、金钱松、台湾杉和多种苏铁。裸子植物大部分为旱生植物。中国能够适应湿地环境条件生长的裸子植物仅3科10种,分别为松科的湿地松、落叶松、海岸松,杉科的水松、水杉、池杉、落羽杉、墨西哥落羽杉和北美红杉,以及柏科的美国尖叶扁柏。其中,水松和水杉为国家一级保护植物,也是中国的特有植物,其他种类均引自国外。"

红叶石楠:"那蕨类植物又是怎样的?"

雪松:"蕨类植物又称羊齿植物,是一群进化水平最高的孢子植物,广布全球,尤以热带、亚热带为最丰富,它们大都喜生于温暖阴湿的森林环境,成为森林植被中草本层的重要组成部分,不仅对森林的生长发育有着重大影响,同时可以作为敏感地反映环境条件的指示植物。蕨类植物是一类最原始的维管植物,有根茎叶的分化,有专门起输导作用的维管束,形态多样,从高不到5毫米的微小草本,到高可达10米的乔木状植物,但多数蕨类植物为草本植物。蕨类植物有明显的世代交替现象,孢子体比配子体发达,两者均可独立生存;受精过程离不开水,受精卵发育成胚。蕨类植物不开花结果,有性繁殖单位为孢子,属孢子植物,也称隐花植物。蕨类植物是最古老的陆生植物,在生物发展史上,3.5亿年到2.7亿年的泥盆纪晚期到石炭纪时期,是蕨类最繁盛的时期,为当时地球上的主要植物类群,高大的鳞木、封印木、芦木和树蕨等共同组成了古代的沼泽森林。二叠纪末开始,蕨类植物大量灭绝,植物体埋藏地下,形成煤层。全世界蕨类植物约有71科381属1.2万种,中国有63科224属约2400种。中国湿地蕨类植物大约有32科92种。"

红叶石楠:"下面轮到苔藓植物了。"

雪松喝了一口水,接着说:"苔藓植物是生态系统的重要组成部分,种类繁多,全世界约2万种。它们的踪迹遍布除海洋和温泉以外的各种生境,在高海拔和高纬度地区,甚至成为优势类群。虽然苔藓植物的直接经济价值较低,但是他们在植物界的系统演化、保持生态平衡等方面,担当着极为重要的功能。与蕨类和种子植物不同,苔藓植物体内没有维管组织,因此他们也被称为非维管植物。没有维管系统,缺少机械支撑,因而植物体普遍体态矮小。它们不会开花、结果,而是通过产生孢子进行有性生殖,因而也被称为孢子植物或隐花植物。与蕨类和种子植物相似,在有性生殖过程中,精、卵受精结合后发育成胚,进而长成孢子体,所以也被称为有胚植物或高等植物。与维管植物相反,苔藓植物生活史中以配子体占优势,孢子体较为退化,不能独立生存。在温带和高海拔地区的湿地,苔藓是最主要的初级生产者之一。虽然物种多样性不算太丰富,但生物量不少。中国有湿地苔藓植物大约59科170种。"

红叶石楠:"到此,雪松老师终于把被子植物、裸子植物、蕨类植物、苔藓植物都说完了,你也累了,休息一下。"

红叶石楠倒了一杯水递给雪松,继续说:"听了雪松老师说这么多,我今天算是又长见识了,原来植物分类里面有这么多名堂。"

雪松正在喝水,听到红叶石楠这样说,连忙插嘴道;"我今天讲的只是点皮毛,要仔细说起来,三天三夜也说不完。"

红叶石楠:"好,感谢雪松的敬业精神,也敬佩雪松的博学。因时间关系,本期访谈到此结束。植物朋友们,再见!"

雪松:"主持人,再见! 植物们,再见!"

植物沙龙

　　小区植物界的访谈节目举办了四次后,植物们总体评价还不错,但也有植物认为一对一访谈形式略显单调,不够活跃。红叶石楠听到了这些议论,虚心接受,马上调整,在第五期节目里,就做了改版,以植物沙龙的方式现场直播。

　　今天早晨,第五次访谈节目又要开始了。植物们听说这期节目有新花样,一早就聚集在公园,叽叽喳喳地议论开了,都期待着红叶石楠和嘉宾出场。五点半时,红叶石楠领着紫薇、绣球花、向日葵三位嘉宾走上台来,台下掌声雷动,红叶石楠及嘉宾向大家挥挥手,示意大家静下来。

　　红叶石楠:"各位植物朋友们,大家早晨好! 欢迎大家来现场观看我们的访谈节目。今天是第五期了,这次节目,我们邀请到了紫薇、绣球花、向日葵三位嘉宾,以沙龙的形式随便聊,希望植物们能喜欢。下面先请各位嘉宾自我介绍一下,紫薇先来吧。"

　　紫薇:"植物朋友,大家好! 我是紫薇,我的特点是身上无皮,如果人们轻轻抚摸一下,立即会枝摇叶动,浑身颤抖,甚至会发出微弱的'咯咯'响动声。请问世界上千树万木之中有几种是无皮和"怕痒"的?"

　　红叶石楠走到紫薇旁,用手摸了摸紫薇的枝干,紫薇果然浑身颤抖起来。红叶石楠惊讶地说:"这倒真是奇怪。接下去请绣球花做介绍。"

　　绣球花:"各位朋友,大家好! 我是绣球花,别名八仙花、紫阳花,虎耳草科绣球属。原产于中国、日本和朝鲜。花期在5—7月份。花序大而密集,多为扁平花序、球状花序这两种类型。由于边缘的花大多为8—10枚,好似八仙聚首,八仙花之名由此而来。常见花色有红、粉、蓝、白等多种,花开时节,花团锦簇,令人赏心悦目,是极好的观赏花木。并且更为特别的是,我的花瓣会变色,初开时白色,后为黄绿色,渐转蓝色或粉红色,最后变为蓝色或红色。"

红叶石楠:"听说过有变色龙,今天又见识到变色花了。向日葵,轮到你介绍了。"

向日葵:"各位兄弟姐妹们,早上好！我是向日葵,是菊科向日葵属的一年生草本植物。高1—3.5米,茎直立,圆形多棱角,质硬被白色粗硬毛。广卵形的叶片通常互生,头状花序,直径10—30厘米,单生于茎顶或枝端。总苞片多层,叶质,覆瓦状排列被长硬毛,夏季开花,花序边缘生中性的黄色舌状花,不结实。花序中部为两性管状花,棕色或紫色,能结实。矩卵形瘦果,果皮木质化,灰色或黑色,称葵花籽。籽常炒制之后作为零食食用,味美,也可以榨葵花籽油用于食用,油渣可以做饲料。"

红叶石楠:"刚才三位嘉宾都做了简单的自我介绍,各有特色。我觉得每种植物的生命都一样,只是其一生的轨迹不同,即使再平凡,也有平凡的精彩,只要你足够坚强。有些事,也许让你无能为力;有些事,也许让你苦不堪言;有些事,也许让你痛哭流涕。但是,无论这些事是因为什么,既然发生了就必然有它发生的原因,而我们首先想到的不应该是逃避,而是应该怎么去面对。"

紫薇:"主持人送给我们鸡汤喝,那我也回敬大家一碗。上帝安排了每种植物不同的出身,每种植物也都选择了不同的生活,所以,每种植物所希望的或所渴望的也就不同。然而,无论希望的是什么或渴望的是什么,都离不开努力。"

绣球花:"那我来接下去说几句。一种植物可以没有梦想,可以不去追寻理想。一种植物可以让自己懒惰,可以让自己安闲自在。但是,不能没心没肺地活着,也不能没有信念地活着,否则,只会让自己变得堕落颓废,失去了面对生活的勇气。"

向日葵:"所以,自我坚强才是我们植物一生最大的依靠。如果一种植物不坚强,他的世界只会被黑暗笼罩着,让自己陷入惶恐之中。反之如果一种植物足够坚强,他就可以在黑暗中拥抱自己,驱逐所有的不安。"

红叶石楠:"我们一开始送给大家四碗鸡汤喝,你们说鲜不鲜?"

台下植物们齐声高叫:"鲜。"

红叶石楠:"鲜就好。我们回过头来随意聊。紫薇,我在早上起来晨练的时候,看到小区里有一角落,种植了许多紫薇树,每当夏天少花的季节,这里就会盛开出五颜六色的紫薇花,红的、白的、黄的、紫的,迎着夏风顶着烈日,开得绚丽无比。你谈些感想吧。"

紫薇:"我是夏日精灵,愈是高温酷热,花丛愈是爆发,凭着蓬勃的生命力极致怒放,盛夏绿遮眼,此花红满堂。每一朵花,都诠释着怒放的生命;每一片叶,都演绎着燃烧的激情。我挺着洁白的身躯,带着一股消暑的芬芳之气,点亮了夏季的色彩,柔软了炙热的心灵。在酷暑中任凭暴日花依然,摇曳生姿如云霞。在晚风中似痴如醉丽还佳,露压风欺分外斜。纵使生活多风雨,但请无畏向上;纵使环境多荒凉,也要展示芳华。"

红叶石楠:"紫薇说得太好了。独占芳菲当夏景,不将颜色托春风,如此温柔质朴花,教我如何不爱他。"

紫薇听到红叶石楠这样夸他,又"咯咯咯"地笑了。

红叶石楠:"我一看到少女心满满、多彩鲜艳的绣球花,就满心欢喜,我要问绣球花,你为何会变出各种颜色?"

绣球花:"这跟土壤的酸碱度有关。当土壤的pH值呈酸性时,会促使土壤中的铝离子更多地游离出来,我们吸收的这些铝离子,会与花瓣中含有的一种称为飞燕草素的色素结合,从而产生化学反应后呈现出蓝色。而当土壤的pH值为碱性时,由于铝离子游离量减少,我们则呈现出飞燕草素的本色粉红色。在承受范围内,土壤越呈酸性花色越深蓝,越呈碱性则越红。因此园林工人在栽培中,常常会通过调整土壤的酸碱度来实现对我们花色的调节。"

红叶石楠:"原来如此,就是说只要掌握规律,我们是可以控制花花草草的颜色的。那我下次要试一试。我记得元代诗人张昱有一首赞绣球花的诗:绣球春晚欲生寒,满树玲珑雪未干。落遍杨花浑不觉,飞来蝴蝶忽成团。钗头懒戴应嫌重,手里闲抛却好看。天女夜凉乘月到,羽车偷驻碧阑干。"

绣球花:"过奖了,只要你们大家看着我舒服了,这就是我们最大的愿望。"

红叶石楠:"太感动了,绣球花不仅花美,而且心灵更美,朴实的语言里透出的是满满的爱心。接下来我要问向日葵,为什么你叫'向日葵'?"

向日葵:"我因花序随太阳转动而得名。我的特点是具有向光性,因为是随太阳回绕的花,故也称为太阳花。我们是太阳神的象征,因此我们的花语是太阳。另外,因我们和人类的日常生活息息相关,是一种和人类相当投缘的植物。因此,我们的花语也叫投缘。"

红叶石楠:"你每天迎着阳光转,这个可有什么来历?"

向日葵:"这里面有个故事,和我的出身有关,但说出来有些伤心。"

红叶石楠:"伤心的事说出来可能会好受些,你就说给我们听听吧。"

紫薇、绣球花也用期待的目光看着向日葵。

向日葵:"好吧,既然大家想听,我就说说。古代有一位农夫,女儿名叫明姑,她憨厚老实,长得俊俏,却被后娘'女霸王'视为眼中钉,受到百般凌辱虐待。一次,因一件小事,明姑顶撞了后娘一句,惹怒了后娘,后娘便用皮鞭抽打她,可一下失手打到了前来劝解的亲生女儿身上。这时后娘又气又恨,夜里趁明姑熟睡之际挖掉了她的眼睛。明姑疼痛难忍,破门出逃,不久死去。死后在她坟上开着一盘鲜丽的黄花,终日面向阳光,她就是向日葵,表示明姑向往光明、厌恶黑暗之意。这传说激励我们痛恨暴力、黑暗,追求光明,我们向日葵便繁衍至今。"

向日葵的故事说完了,听得红叶石楠是泪流满面,旁边的紫薇、绣球花也拿出湿巾纸擦着眼泪。

紫薇:"我曾经在一个海滨湿地公园里看到过大片的向日葵花海,开着很多品种的向日葵花。看着他们沐浴在夏日温暖的阳光下,自信而又大方地出现在我们面前,实在是景区一道靓丽的风景。"

绣球花:"紫薇你如此富有情怀,那应该吟一首诗应景啊。"

紫薇："我哪里会吟诗啊,这个我们还是听主持人吧。"

红叶石楠："你们这不是在看我出丑吗?也罢,我今天清晨去江边,触景生情,写了四句歪诗:雾重千米锁钱江,水深百尺藏怒潮。花艳十朵迎晨客,椅坐一翁表寸心。"

红叶石楠念完,话锋一转说:"我就是抛砖引玉,向日葵诗情画意,我们还是听她的。"

向日葵擦去了脸上的泪水,不好意思地说:"我太激动了,让你们见笑了,今天我一不做二不休,干脆再显摆一次。"说着,低声吟诵道,"啊,向日葵,虽然我并不总看得清,你蹙眉或苦笑背后的心情;并不常对你说,我内心所有的欢喜与伤痛,却在彼此生命中互为激赏,不断地相逢再离别,相拥然后目送,把你赐予我的种子,种在天边。你温暖的注视,像太阳明亮灿烂,伴我一路泥泞,挣扎跌倒反复爬起,生根发芽,依然不挠不屈顺从天意。当我经历过喜怒哀乐,想和你分享,请让我牵你手,陪你晒晒太阳,在不同时空对视冷静而缄默如常,我明白你深沉目光背后所有的守望,你带着爱慕、信念的花语,向暖绽放。你是我的温柔与浪漫,从童年蔓延到成年的点点滴滴记忆,都是沉默的爱,虽然什么都不必说,我们已读懂对方。但这一次我想好好表达,你永远是我的阳光。"

向日葵吟完了,台上台下掌声响成一片。红叶石楠对着向日葵高声赞叹:"向日葵,你是万神喜爱的植物女王。"

在植物们的尖叫声中,红叶石楠拉着紫薇、绣球花、向日葵三位嘉宾的手,走到台前,向大家鞠躬致谢。这一期的植物沙龙结束了,植物们相约下期再见。

五朵金花

　　小区植物界的访谈节目采用沙龙形式后，大部分植物是肯定的，也有少数植物建议形式可更多样化，让更多的植物上台来参与。红叶石楠听取了这些意见，在第六期节目里，就请来了小区里的五朵金花。

　　一大早，在小区公园里，第六次访谈节目马上要开始了。红叶石楠领着梅花、菊花、荷花、桂花、茶花五位嘉宾走上台来，台下植物们期待已久，见主宾上台，掌声雷动，红叶石楠及嘉宾向大家挥挥手，示意大家静下来。

　　红叶石楠："植物朋友们，大家早晨好！欢迎大家来现场观看我们的访谈节目。今天我们邀请到了小区里的五朵金花来做嘉宾，下面请各位嘉宾做个自我介绍。"

　　红叶石楠话音刚落，台下就有植物在大叫："这五朵金花都属于我们小区里的十大名花，还有哪个植物不知晓，用不着介绍了。"

　　红叶石楠看看五朵金花，她们也都摆摆手，表示不用介绍了。

　　红叶石楠："那好吧，五位嘉宾都位列十大名花，要说争奇斗艳，那是个个姹紫嫣红、灿若云锦。每朵花都有自己的特色，花语也诗情画意、清雅脱俗。我们今天不谈花容，也不论花语，我们来些特别的？"

　　梅花："我很好奇，有什么特别的可聊的。"

　　红叶石楠："各位平时可会写诗？"

　　荷花："写诗谁不会，我们身为名花，名人雅士吟唱我们的诗歌不要太多，我们再无才，听得多了，不会吟诗也会吟了。"

　　其他几朵花也点点头，表示同意荷花的说法。

　　红叶石楠："我知道五位嘉宾学识渊博，诗琴书画样样精通，一般的诗歌你们是不在话下，但如果对诗体提一些特别的要求，并且是要求命题作诗，这就有难度了。"

桂花:"有什么特别的要求?你举例来说明一下。"

红叶石楠:"好,我以春字为例,作一首诗如下:

春

春梦

春月柳

春意盎然

春江花月夜

春水吹皱一池

春宵一刻值千金

春风桃李绿肥红瘦

春色满园关不住

春雷夏雨秋月

春眠不觉晓

春暖花开

春莺啼

春耕

春

我将其重新排列一下,变成下面的形式:

春

春梦

春月柳

春意盎然

春江花月夜

春水吹皱一池

春宵一刻值千金

春风桃李绿肥红瘦

春色满园关不住

春风夏雨秋月

春眠不觉晓

春暖花开

春莴帏

春耕

春

你们看看这首诗有什么特点。"

菊花："这首诗词意很一般,没什么值得说的。但我也发现三点特别之处,第一处是每句中都有一个春字;第二处是每句字数从1、2、3、4、5、6、7、8到7、6、5、4、3、2、1,是按照规律排列的;第三处是诗体形状,上面的是三角形,下面的是菱形体。"

茶花："没错,你们再来看,这种结构的诗体的字数,按横行算是$1+2+3+4+5+6+7+8+7+6+5+4+3+2+1=64=8^2$;按竖列算是$15+13+11+9+7+5+3+1=64=8^2$。同样,如果这种体是一句、三句、五句、七句,其总字数分别是

$1=1^2$

$1+2+1=4=2^2$

$1+2+3+2+1=9=3^2$

$1+2+3+4+3+2+1=16=4^2$

……

这种体的字数分别是1、4、9、16……,就是1的平方、2的平方、3的平方、4的平方……,是很有规律的,这就是数列的神奇之处。"

五朵金花反复核算了一遍,确实是这样,都啧啧称奇,七嘴八舌地说:"想不到诗词还和数学有这么多奇异的联系。"

红叶石楠："你们看看,这个三角体结构和菱形体结构是哪个更有意思?"

五朵金花一致认为,还是菱形体结构更有美感。

红叶石楠："那好,接下来你们五位就以菱形体结构为样板,分别写一首诗吧,看看谁写得最好。"

梅花："你不是说命题作文吗,以什么为题呢?"

红叶石楠:"对啊,你不说我倒忘了。那就以"雨""云""风""明""光"为题,你们每个选题作诗吧。你们谁先来?"

五朵金花你看看我,我看看你。过了一会,荷花说:"那我先来吧,我选择《雨》,作诗如下:

雨

淅沥

哗啦啦

噼里啪啦

雨滴的声音

一声声连起来

仿佛扬琴独奏曲

听着这美妙的乐律

心灵就此安静了

欣赏绵绵春雨

是一种享受

终于悟透

最深处

心灵

美"

荷花的诗刚写完,大家一阵叫好。红叶石楠说:"荷花的雨字诗看似平淡,却是深含意境,不错不错。下面哪位以'云'字为题,来一首吧。"

菊花也不多说,摆开架势,作云字诗一首。

云

飘荡

披轻纱

千姿百态

如一个女郎

随风缓缓移动

222

去往蔚蓝的远山

云山相连接的地方

有着五彩的画布

那里就是故乡

堆积的棉絮

内芯深处

保留着

纯洁

爱

大家哇的一声,齐声喝彩。红叶石楠满意地点点头说:"好的我就不说了,接下来请茶花以'风'字为题写一首菱形体诗吧。"

茶花说声看我的,挽起袖子,拍了拍手,提笔写下:

风

清风

西北风

风云际会

无风不起浪

听见风就是雨

五洲震荡风雷激

万事俱备只欠东风

山雨欲来风满楼

天有不测风云

任凭风浪起

和风细雨

吹暖风

微风

风

红叶石楠:"好的好的,接下去是以'明'字为题作诗,梅花你来吧。"

梅花说:"'明'字太熟悉了,看我的。"

明

日月

有三明

自知之明

且先见之明

还要知人之明

就是明生命之理

在风清景明的日子

品尝香醇明前茶

明人不做暗事

清明的寓意

简单明了

证明着

明日

明

红叶石楠:"梅花说明是日月之明,寓意深刻,有意思。现在只剩下'光'了,就看桂花怎么写。"

桂花口中念念有词:"光字好,光字巧,光来了。"

光

阳光

暖暖地

照在大地

灿烂了世界

在阳光中成长

无私奉献给人类

阳光正是浓浓的爱

一束清晨的阳光

如诗意的歌谣

洒在小草上

勃勃生机

唤起了

满园

景

大家看了《光》，不约而同地竖起了大拇指。红叶石楠点评说："这首《光》，不仅诗美，还富有爱心，好诗好诗。"

五朵金花说："我们五位的菱形体诗都写出来了，主持人你觉得哪个写得最好？"

红叶石楠："这个我说了也不算，还是听听台下植物们的看法吧。"

红叶石楠走到台前，把话筒对向观众，植物们七嘴八舌，众说纷纭，也没有个一致意见。

红叶石楠："这样吧，今天的直播结束时间也到了，等下我让后台导播统计下植物们的反馈意见，在下次节目中宣布结果。"

红叶石楠说完，就和五朵金花一起向台下植物们挥手告别。植物们也说笑着离开了公园。

植物杂谈

　　昨天晚上，红叶石楠在小区植物群里发了一条消息，预告明天早晨将直播小区植物界第七次访谈节目，欢迎大家到时积极参与。不知哪个植物在群里问了一句，意思是听气象预报，明天早晨要下雨，这个直播节目还搞不搞。

　　沙朴看到这条提问，很是气愤，厉声责问道："是哪个植物在问，怎么学得像人类一样娇滴滴的了。我们植物何时怕过风风雨雨了，亏你问得出来。"

　　沙朴这样一说，大家都明白了。广玉兰又提问了一个问题，就是明天来的嘉宾是哪几位。

　　红叶石楠留言："几期访谈节目后，我听取了一些植物的意见，提到我们是大众化的节目，不能都请名树名花当嘉宾，也要请些普通老百姓，这样更有代表性。我觉得这些意见很好，所以明天你们会见到一些新面孔。"

　　黄山栾树说："红叶石楠你别卖关子了，告诉我们是谁不就得了。"

　　红叶石楠说："这个还是明天早晨见分晓吧。"

　　有昨晚的铺垫，今天早晨来到公园里看直播的植物特别多，虽然下着雨，但台下是黑压压的一片，都是花草树木。早上五点半，红叶石楠领着杜仲、夜来香、加拿大一枝黄花三位嘉宾走上台来，台下植物们看清楚了是他们三位嘉宾，"哗"的一声叫了起来。在一阵掌声中，红叶石楠宣布第七次访谈节目开始。

　　红叶石楠："植物朋友们，大家早晨好！欢迎大家来现场观看我们的访谈节目。今天我们邀请到了小区里的几位普通植物来做嘉宾,说他们普通,是因为他们的大名也许并不是那么赫赫有名,但他们也是各有特色的。我先来介绍一下杜仲,说到请杜仲来做嘉宾,我可是三顾茅庐,做了许多工作才请来的。"

杜仲:"不好意思,我不喜欢抛头露面。"

红叶石楠:"杜仲,恕我直言,我早先就已耳闻,说你性格比较孤僻,不太合群,你自己觉得呢?"

杜仲:"我不知道其他植物背后怎么评论我,我也不在乎。就算是说我骄傲,我也有值得骄傲的资本。"

红叶石楠:"你有值得骄傲的资本,这个资本在哪里?"

杜仲:"因为我全身都是宝啊。"

红叶石楠:"全身是宝?愿闻其详。"

杜仲:"早在《神农本草经》里就有介绍,谓我'主治腰膝痛,补中,益精气,坚筋骨,除阴下痒湿,小便余沥。久服,轻身耐老'。就是说我是中国特有药材,其药用历史悠久,在临床有着广泛的应用。存在于中国的杜仲是杜仲科杜仲属仅存的孑遗植物,不仅有很高的经济价值,而且对于研究被子植物系统演化以及中国植物区系的起源等诸多方面都具有极为重要的科学价值。现已作为稀有植物列入《中国植物红皮书——稀有濒危植物》。"

红叶石楠:"原来是这样,但这和你性格孤寂有关系吗?"

杜仲:"当然有关系,正因为我全身是宝,人们拼命找寻我,我躲还来不及,如果我一张扬,还不是连树皮都被剥光了。"

红叶石楠:"我理解了,原来你还有这样的苦衷,也难为你了。"

杜仲:"你现在知道我不肯来参加直播节目的原因了吧。"

红叶石楠:"知道了,我向你表示歉意。还有个问题要问一下,你的树名杜仲,像个人名,可有来历?"

杜仲:"有来历,今天一不做二不休,就都告诉你们吧。在很多年以前,湖南洞庭湖货运主要靠小木船运输,船上拉纤的纤夫由于成年累月低头弯腰拉纤,以致积劳成疾,他们当中十个有九个患上了腰膝疼痛的顽症。有一个青年纤夫,名叫杜仲,心地善良,他一心只想找到一味药能解除纤夫们的疾苦。为了实现这一愿望,他告别了父母,离家上山采药。有一天,他在山坡上遇到一位采药老翁,于是满心喜悦地走上前拜见,可老翁连头也不回地就走了。杜仲心急如焚,屈指一算离家已经三七二十一天,老母所备的口粮也已吃光,可至今希望渺茫。于是,他又疾步追上前去拜求老翁,诉说了纤夫们的疾苦。老翁感动泪下,连忙从药篓中掏出一块能治腰膝疼痛的树皮递给杜仲,指着对面的高山叮嘱杜仲:'山高坡陡,采药时可要小心性命啊!'杜仲连连道谢,拜别了老翁,又沿山间险道攀登而去。半路上,他又遇到一位老樵夫,老樵夫听说杜仲要上山顶采药,连忙劝阻:'孩儿,想必你家还有老小,此山巅天鹅也难以飞过,猿猴也为攀缘发愁,此去凶多吉少啊……'杜仲一心要为同伴解除病痛,毫不动摇,他千辛万苦地爬到半山腰时,只听见乌鸦悲号,雌鹰对着雄鹰哀啼,好像也在劝他快快回去。杜仲身临此境,真是心慌眼花,肚子也饿得咕咕作响,突然一个倒栽翻滚在山间,万幸的是身子悬挂在一根大树枝上。过了一会儿,他清醒过来,发现身边正是他要找的那种树,于是拼命采集。但终因精疲力竭,又昏倒在悬崖,最后被山水冲入八百里洞庭。洞庭湖的纤夫们,听到这一噩耗,立即寻找,找了九九八十一天,终于在洞庭湖畔一山间树林中找到了杜仲的尸体,他手上还紧紧抱着一捆采集的树皮,纤夫们含着泪水,吃了他采集的树皮,腰膝痛果真好了。为了纪念杜仲,人们从此将此树皮正式命名为杜仲。"

听到这里,不只是台上,台下植物们都是一阵慨叹声。红叶石楠见此情景,马上切换话题,指着旁边的夜来香对台下的植物说:"你们认识这是谁吗?"

台下有植物说:"这谁不认识,不是夜来香吗?"

红叶石楠:"是的,这位夜来香也很有特点,可以说是活出了自己独特的个性和价值来。还是请夜来香自己来说说吧。"

夜来香:"朋友们好,因为我只在夜晚开放,所以大家都叫我夜来香。主持人,你知道我为什么不在白天开花,而只在夜晚开花吗?"

红叶石楠摇了摇头,表示不知道。

夜来香笑着说:"夜晚开花,并无人注意,我开花,只是为了取悦自己。"

红叶石楠吃了一惊:"取悦自己,此话怎讲?"

夜来香笑道:"白天开放的花,都是为了引人注目,得到他人的赞赏。而我,在无人欣赏的情况下,依然开放自己,芳香自己,我只是为了让自己快乐。我们有许多植物,总是把自己快乐的钥匙交给别人,自己所做的一切,都是在做给别人看,让别人来赞赏,仿佛只有这样才能快乐起来。其实,许多时候,我们应该为自己做事。"

红叶石楠笑了笑说:"我懂了。你的意思是,一个植物,不是活给别人看的,而是为自己而活,要做一个有意义的自己。"

夜来香笑着点了点头,又说:"一个植物,只有取悦自己,才能不放弃自己;只有取悦自己,才能提升自己。要知道,我在夜晚开放,可你们许多植物,是枕着我的芳香入梦的。唐代张九龄有诗:'草木有本心,何求美人折。'草木求美本是自然的天性,又何须求美人的采撷呢?我有才华、有美貌,那是为了我自己,而不是为了求你欣赏、求你喜欢。悦人,不如悦己。你若盛开,清风自来;你若精彩,天自安排。取悦自己,不是自私,是记得初心,才知道去往哪里。取悦自己,不是为了抵抗他人,抵亢世俗,而是让自己变得美好的同时,让身边的植物、身边的事、也变得快乐和美好。取悦自己,不是自私的,但是私人的,因为首先要让自己在寂寞中独自绽放,在孤独中微笑以待。只有学会在独自的世界里生活,才能怡然自得地面对他人,善待自己。取悦自己,是高高兴兴地接纳自己,不仅包括对自我价值的肯定,还包括对自己不足甚至残缺的接纳,对失败挫折的包容。即使自己不够英俊或美丽,不够高大或靓丽,仍能欣赏自己的可爱之处。"

红叶石楠:"你的意思是,任何一位有追求、有品质、有生活品位的植物,都应该是一个悦己者。生活是过自己的,应该喜欢自己,也不要太在意别的植物怎么看,或者别的植物怎么想。"

夜来香:"是这个意思,我是不是说得太多了?"

红叶石楠:"听君一席话,胜读十年书,你说得太好了,这里面还包含着许多哲学观点呢。"

夜来香："是吗，这我倒没有想过。"

红叶石楠看了看时间，就对着第三位嘉宾说："这位是加拿大一枝黄花，顾名思义，是外来植物。他那种金黄色很艳丽，很夺目，在草地的中央绝对是一道靓丽的风景。这种植物属于菊科，他们的头状花序很小，在花序分枝上单面着生，多数弯曲的花序分枝与单面着生的头状花序，形成开展的圆锥状花序。那茂密的花散发出一股浓烈的香味，引来许多蜜蜂，围着他们忙个不停。他们在微风中摇曳着，就像无忧无虑的孩子，从没有想过自己的遭遇。"

听到这里，加拿大一枝黄花得意扬扬地朝大家挥挥手，算是打招呼了。

红叶石楠话锋一转，说："我不是个排外主义者，可老兄你也太不像话，扩张得太厉害了，你这是要把其他植物赶尽杀绝啊。"

加拿大一枝黄花："我知道，在很多植物的心目中，我是一个臭名昭著的外来物种，可是我也是有苦难言。"

红叶石楠："植物界现在很头疼，因为自从你进来后，繁殖力特别强，又具有攻击性，一落地就四处扩散，攻城略地。一开始的时候，也没有觉得你特别厉害。园丁们就是看到了，以为拔掉就没事了，没想到一年又一年过去了，现在许多地块已经完全被你占领了，要把这些地块弄弄干净，还真不容易。听说在农村，对于地里的农民来说，你简直是痛苦的梦魇，每年都必须花大量的精力去铲除你们，而效果往往不甚理想。"

这时，夜来香问："他怎么会落得个臭名昭著的骂名的？"

红叶石楠："加拿大一枝黄花，一听名字就知道他来自遥远的北美洲，因为他们的花色泽亮丽，在花市上被称为幸福草、金棒草，经常用于插花中的配花。1935年，作为观赏植物被引入中国。不知道从什么时候起，他们从公园里逃了出来，来到了野外，这种植物的危害实在太大了，具有极强的繁殖能力，能够快速占领空间，在那些被搁置的空地上，第一年长出几株或几簇，第二、三年即连成片，与周围植物争阳光、争肥料，直至其他植物死亡，从而对生物多样性构成严重威胁，可谓是黄花过处寸草不生。而且要铲除加拿大一枝黄花也是一件很费劲的事情，这种多年生植物，根状茎发达，繁殖力极强,传播速度快,要想铲除他们,需要将地上部分和块状茎拔出,之后将这些尽快集中焚烧干净,让他们彻底化为灰烬。但就是这样,他们也呈现出野火烧不尽,春风吹又生的架势。"

杜仲:"这就是所谓的霸王植物了,蛮不讲理的侵略性会引起大家的公愤。"

加拿大一枝黄花一肚子委屈,他说:"我们自己也不愿意这样,但由于不掌握计划生育技术,控制力不够,繁殖能力又强,所以就失控了。"

红叶石楠:"今天我们请来的三位嘉宾,代表着三种类型,各有各的特点,有优点,也有缺点。我们通过进化,怎么样扬长避短,更好地为大自然服务,这是一个值得深思的课题,当然,这是一个漫长的过程。因时间关系,今天的直播到此结束,植物朋友们下次再见。"

三位嘉宾也向大家拱手行礼,然后各自离去了。

植物析数

　　小满一过，天气一天天闷热起来。今天凌晨，小区笼罩着薄薄的浓雾，太阳还没有出来，空气里带着潮湿的凉意。这段时间，小区里的植物们静寂了几天，他们的注意力都被北京的"两会"吸引住了，又是看电视，又是听广播，对国家大事很关心。"两会"结束后，雪松想起来，已经好多天没有去钱塘江边散步了，今天一早就独自沿着江堤去走了一圈，走得累了，在城市阳台找了把椅子坐了一会，回来时，一边走，一边还吟了几句："雾重千米锁钱江，水深百尺藏怒潮。花艳十朵迎晨客，椅坐一翁表寸心。"

　　回到小区门口，见沙朴正在那里等他。沙朴看到雪松，急忙忙地说："你总算回来了，我找你找得好苦。"

　　雪松惊讶地问："有什么事吗，你为何急匆匆地找我？"

　　沙朴拉住雪松的手，说："你跟我到小区公园去吧，那里已经有好多植物聚在一起了，正等着你呢。"

　　雪松说："都有哪些植物在？"

　　沙朴说："我用一首诗来说明吧：石榴合欢夹竹桃，樟桂枫樱月季花，银杏杜英麦冬草，橘李含笑马褂木。"

　　雪松数了数，已经有15种植物在了。就赶紧跟着沙朴来到了公园，沙朴大喊："雪松回来了。"

　　雪松感到很奇怪，连忙问："你们在一起聊得好好的，为什么要等我回来呢？"

　　杜英走上来，对着雪松说："事情是这样的，前面大家在谈论数学问题，说不清楚,有植物说你在研究经济数学,想必理解会深刻得多,所以要请你过来。"

雪松说:"原来是这样,要说数学知识,银杏大哥在这里,他可比我强多了。"

银杏摇摇头说:"那不一样,我擅长奥数,和经济相关的数字,还是你敏感些,你不必谦虚,放开说就是了,我们也就是闲聊,说错也没有关系。"

"既然如此,那我就根据自己的理解分析分析,但还不知道你们要说的是什么问题。"雪松见银杏这样说,就表明了态度。

杜英说:"刚才大家提到了二八定律,不是很明白。"

雪松说:"二八定律又叫马太效应、累积效应、滚雪球效应、规模效应、长尾效应。这是在 1897 年,意大利经济学者帕累托提出的。他在研究财富和收益抽样调查中,发现大部分财富流向了少数人手里,而且在数学上呈现出一种稳定的微妙关系。最后,帕累托从大量具体的事实中发现:社会上二成人占有八成社会财富。其实不仅仅是帕累托,古人很早就发现了社会中存在这样的规律:有权力者会越有权力;有财富者会越有财富;有名的人会越有名;有美貌者会越被人关注;有智慧者获得更多智慧;国家一旦强起来,会越来越强。"

沙朴听得呆了,不住地点着头,见雪松停下来喝水,就见缝插针说:"雪松懂得真多,这么复杂的问题,被你一解释,连我这样不懂数学的树也听明白了。"说着连连点赞。

雪松也不理会,放下水杯,擦了擦嘴角继续说:"严格来说,这个二比八只是抽象描述,它并非准确的数学表达。你们再看看身边,相当多的企业组织,20% 的员工贡献了 80% 的价值;小部分国家控制着地球上的大部分资源;大部分独角兽企业在核心大城市;全球金融资源集中在美国纽约、英国伦敦、中国香港、新加坡等少数城市、国家。所以,社会科学家和统计学家一直致力于把二八定律数量化、模型化、几何化。当然,这些模型化尝试都比较粗糙,直到物理学家巴拉巴西的出现。"

"巴拉巴西是谁? 他和二八定律有什么关系?"沙朴问。

雪松说:"巴拉巴西是美国物理学家,在1999年,他通过对网络结构的研究,确定幂律分布背后的无标度网络。在统计学上存在各种分布,常见的有正态分布、泊松分布、二项式分布等。还有一种分布不太为人熟知:这就是幂律分布。幂律分布的英文名称是权力规律,即越有力量的一方会在博弈中越来越有力量。幂律分布的形成是来源于生活,因为人类网络结构非常特殊,20%左右是网络超级结点,这些超级结点接入社会80%的资源。巴拉巴西发现,凡是在无标度网上传播、分布的资源、权力、信息、知识都遵循着幂律(二八)分布。"

听到这里,银杏的兴趣也上来了,他问:"那这个无标度网有什么特点?"

雪松说:"无标度网的特点包括:第一是自相似性(数学分形的社会学特点)。自相似性又叫规模不变性,动态增减不影响结构特点,如圆的大小不影响圆周率 π。无论社会网络增大还是缩小,二八分布不会改变,自己与自己保持相似性,与网络的尺度大小无关,所以才叫无标度。第二是偏好连接。所谓偏好连接,无论自然事物还是生物行为,都会偏好中心节点,如雨滴的形成需要核心处有一个微粒灰尘作为凝结核;星系也需要至少一个核心恒星;生态中一棵大树周围会聚集一批小型生物。其实物理学中的最小作用量原理、经济学上的节约原理、博弈论的弱者搭便车原理也是同样的表现。第三是两极分化。中心节点的连接越多,资源也就越集中,于是,大部分网络节点只能占据20%左右的资源,在曲线图上形成一个长长的尾部。"

银杏说:"我知道生物学中出现得最多的现象是正态分布,正态分布和幂律分布的最大区别是什么?"

雪松想了一想后回答:"如果我们将正态分布看成是平民主义,那么幂律分布就像是精英主义。一个崇尚平等和公正,一个爱好自由和效率。一个偏向于公共治理,一个更偏向于市场自组织。到底哪一种选择更好,这应该由历史来回答。"

见植物们陷入沉思,雪松接着说:"前面说的是宏观社会现象,看到的是一个20%'超级中心'的结点网络。但每个人单独是零乱的,是无序的。只有形成一种整体时,它才会形成一种有序的中心结点。"

杜英问:"那为什么有的人是中心结点,有的人是零散结点呢?"

雪松说:"这里面是有几种生物效应在起作用。一种是搭便车(抱大腿效应)。搭便车式的占便宜是形成无标度网和二八分布的关键。新加入社会网络的人,为了自己的利益,首先会选择加入已经占据优势的节点,实现利益最大化。一旦每个人都想和中心节点相连,就会增加中心节点对其他小节点的吸引,形成累积效应,最后形成强者越强的幂律分布。社会关系网、金融网、互联网社交软件是最显著的幂律分布,名人、金融中心、微信会聚集大量资源,而且轻易不能取代。能够抱住大腿的人,确实也得到了更多的回报。很多时候,第一名和第二名的差距很小,但是大部分人仍然会去投资第一名,导致第一名拥有的资源数量远远超过第二名。"

杜英问:"那第二种效应是什么?"

雪松说:"第二种效应是乌合之众心理。从众心理和集体无意识其实也是占便宜的表现。跟随大众的选择,即使错了,错误的成本也会被平均分担,所谓法不责众。当大部分人都说皇帝穿了衣服,跟着说就是最优选择;购买东西时,看见已经有很多人购买,至少说明品质有保证,即使品质有问题,打官司时也人多势众。大部分人的知识和判断能力都比较差,面临着信息不足和信任问题,从众对他们而言不是非理性的盲目屈从,并非全是愚昧,而是个体利益最大化的理性选择。"

杜英问:"还有吗?"

雪松说:"还有就是模仿与创新。当某个坚持己见的人创新成功,就能打开一片天地;原先只是轻微地反对的人就会选择观望策略,然后从观望变成模仿者和山寨者。模仿的成本低,收益却有保障。模仿是绝大多数人绝大多数时候的博弈策略,新技术一旦发明出来,传播速度会非常快。不想付出代价又想得到好处的搭便车行为是人的固有本性。这种有意识的行为迫使后来者总是倾向于依附之前的强者,却恰好产生了强者越强的结果。"

沙朴说:"我听得云里雾里的,你能不能举例说明?"

雪松说:"好,比如你高中没有毕业,稀里糊涂地跟随自己的表兄来到杭州,然后稀里糊涂地找了一份工作,对于你个人来讲,你并无明确目标。但从宏观上来讲,因为你的加入,杭州强化了它的中心结点的力量。这就是强者越强的道理。"

月季花说:"听来听去,我总觉得这强者越强是不道德的,也是不合理的。"

雪松说:"也不能这样说,比如我们不能因为你月季花月月开花鲜艳夺目而起来造反革你的命。同样道理,虽然社会中的强者定律随处可见:几个大公司占据了绝大部分市场份额;几个国际金融城市吸收了绝大部分国际资本;几个大国操控世界局势;少数富人占有了大部分资产;甚至在演艺界也是如此,少数明星吸引了大部分流量,大量德艺双馨的演员不为人知。但事实上,大部分二八定律都是自发形成的,是普通人搭便车、抱大腿、从众、模仿的结果。因为大家都想和最优秀的节点连接,想从核心节点获得更多的回报,这是普通人利益最大化的理性化选择。两者是互利的。大型公司的垄断并不一定是坏的,它可能是消费者自发促成的自然垄断。城市金融中心的成形,因为它提供了最好的金融服务,大家都趋之若鹜。把80%的资源花在能出关键效益的20%的方面,这20%的方面又能带动其余80%的发展。所以不能武断认为二八定律是不道德的。"

月季花说:"那在我们中国,该如何理解这个二八定律?"

雪松说:"我的理解是这样的,二八定律不仅是一种社会规律,也是一种自然规律。自然形成的二八定律应该尊重。社会形成的二八定律应该有一个前提条件:它是在公平公正的环境下形成的。而这种公平公正的环境:一是健全的法制,二是契约精神。如果这两个前提不具备,那它很难形成一种健康的'二八定律'。1978年改革开放至今,中国整体上走的是一条市场化的道路。邓小平说的让一部分先富起来就是遵循了这样的规律。40多年过去了,从财富上形成二八定律,这是符合设定的。当然,如果将财富集中到少数人手里了,那就不是二八定律了,就变成了一个畸形的网络结构。就要审视这个环境到底是否公正,是否公平。"

这时,一直在旁默默听着的香樟走上前来说:"雪松分析得很透彻,我受益匪浅。但你们想必也知道,中央为什么要将欠发达地区脱贫致富作为一项攻坚战,就是为了解决二八定律失衡等社会问题,要让大家都过上好日子,相信过不了多久,这些问题会解决的。"

这时,一轮红日已高高地挂在天空,植物们也觉得肚子饿了,就三三两两地离开了公园,回原位取食了。只有沙朴还在缠着雪松,要向他学习数学知识。

植物赞荷

今天是6月5日,农历芒种,时值梅雨季节,空气湿闷。小区里的植物们一早就苏醒过来了,不约而同地来到小区公园里,你一言我一语地闲聊起来,也没有个主题。

沙朴眼尖,一眼看到了植物丛中的红叶石楠,就拉着红叶石楠的手,走上前来。沙朴说:"红叶石楠现在出名了,你主持的植物访谈节目收视率很高,我是每期必看的。今天正好你也在这里,现在大家说话乱糟糟的,不知所云,你是金牌主持,还是你来引导大家,说些有意义的话题。"

红叶石楠摇摇头说:"沙朴过奖了,我是最普通的一种植物而已,并且我今天是以观众身份来和大家凑热闹的,不是什么主持人。"

广玉兰说:"不管怎么说,你红叶石楠有主持经验,我们信得过你,你就客串一下,做个临时主持人吧。"其他一些植物也随声附和。

见此,红叶石楠觉得也不好再推辞,就说:"那就恭敬不如从命。不过以前的访谈节目,都是事先准备好的,今天没有任何准备,说些什么好呢?"

花草树木们七嘴八舌地表示,没有关系,说什么都行,你看着办吧。

红叶石楠想了一会说:"今天是世界环境日,我们就从这里说起吧。"

沙朴插进来问:"世界环境日?你先解释一下。"

红叶石楠说:"每年的6月5日是世界环境日,它的确立反映了世界各国人民对环境问题的认识和态度,表达了人类对美好环境的向往和追求。它是联合国促进全球环境意识、提高政府对环境问题的注意并采取行动的主要媒介之一。联合国每年6月5日选择一个成员国举行'世界环境日'纪念活动,发表《环境现状的年度报告书》及表彰'全球500佳',并根据当年的世界主要环境问题及环境热点,有针对性地制定'世界环境日'主题,总称世界环境保护日。"

停了一下,红叶石楠见植物们都静静地听着自己说,就抖擞精神,继续说:"今年世界环境日的主题是'关爱自然,刻不容缓',这是一项紧急呼吁,旨在制止人类活动造成的物种加速灭绝和自然世界的衰退。"

雪松见红叶石楠停顿了,就接上来说:"环境好不好,我们植物心中最有数。物种是用生命来提示人类环境的变化,比如桃花水母,对水环境的要求极高,适宜其生存的水域必须无毒无害,没有任何污染。"

红叶石楠指了指公园旁的池塘说:"反过来,我们植物对环境有很好的净化作用。你们看,池塘里的荷花、芦苇、菱角等,都在为净化水质做贡献。"

池塘里的荷花听到红叶石楠在夸自己,探了探头,兴奋地含苞待放。此时的荷花虽只是花骨朵儿,但荷叶是异常茂盛,如蒲扇般伸展着,毛茸茸的荷叶如绿色平绒布般显得特别厚实。因为茎是细细的,因而他迎风摇曳时也有一股妖娆的味道。荷叶的中心聚集着一洼水,好奇地拨弄荷叶,一洼水顿时打破了宁静,化作大珠小珠在叶面上打起滚儿来,就像欢快的小孩子在草地上玩耍一般的。"扑嗤",一大颗水珠不小心离叶坠落在地上,溅起水珠点点。荷花的娇艳动人激起了植物们的阵阵喝彩。

红叶石楠见多识广,见植物们被荷花吸引,立即话题一转说:"要说夏天最美的那抹风景,那'出淤泥而不染,濯清涟而不妖'的荷花绝对当之无愧。从古至今,我们对荷花的喜欢向来是有增无减。那一首一首闪耀在历史中的荷花诗词,就是最好的证明。"

沙朴问:"荷花我也非常喜欢,但不知道有哪些诗词是赞叹荷花之美的。"

红叶石楠说:"接下来我们就以古人吟荷花诗词为题,请大家踊跃朗诵,看看能吟出多少清扬悠远的诗篇,做个评判。下面谁先来?"

只见垂柳打头阵,他甩了甩长长的柳丝,低声吟了清代石涛写的《荷花》:"荷叶五寸荷花娇,贴波不碍画船摇;相到薰风四五月,也能遮却美人腰。"

吟完后，垂柳补充说："夏风微掠，荷叶密密地贴在水面，一朵朵荷花静静地开在水面，更显娇艳。美人坐在画船上，向着荷花深处划去，那满池的荷花，渐渐地遮住了美人的细腰。这首诗里，有风，有花，有美人，在这一幅绝美的风景里，竟然分不清是荷花美还是美人娇。"

在一片喝彩声中，海棠眨眨眼说："我来一首唐代李白的《采莲曲》：若耶溪傍采莲女，笑隔荷花共人语。日照新妆水底明，风飘香袂空中举。岸上谁家游冶郎，三三五五映垂杨。紫骝嘶入落花去，见此踟蹰空断肠。李白眼中的采莲女，犹如一朵朵娇艳的荷花，清香四溢，明媚照人。荷叶田田，芙蓉朵朵。诗人笔下生风，写一曲采莲，景因情而媚，情因景而浓，而毫无堆砌之嫌，清新自然，仍是一如既往的浪漫。但时光易逝，繁花易凋。诗人'踟蹰空断肠'，也终究无法挽回。所以，愿我们都能留住生命中所有看花赏景的时间，珍惜身边的美好风景。"

杜鹃花说："那我也来一首《采莲曲》，是唐代王昌龄写的：'荷叶罗裙一色裁，芙蓉向脸两边开。乱入池中看不见，闻歌始觉有人来。'荷花清丽，美人娇羞。诗人别出心裁地将荷花比作美人。碧罗裙、芙蓉面，醉了整个夏天。听到有人经过的声音，慌忙躲入荷花丛中。这样生动活泼的画面，你们心头有没有荡起涟漪呢？"

紫荆花说："我吟一首《江南》，也不知道是谁写的：'江南可采莲，莲叶何田田，鱼戏莲叶间。鱼戏莲叶东，鱼戏莲叶西，鱼戏莲叶南，鱼戏莲叶北。'全诗没有一字说到采莲的愉悦，却让人读来愉悦不已；没有一处说到花的娇美，只在赞叹荷叶的可爱。但荷叶尚且如此可爱，花的美好自然就不言而喻了。"

樱花摇摇头，沉浸在诗情画意里，他吟的是杨万里的《小池》："泉眼无声惜细流，树阴照水爱晴柔。小荷才露尖尖角，早有蜻蜓立上头。"樱花继续说，"杨万里在不知不觉中，写出了四时的奇妙变幻。而这些含苞待放的荷花，更是让我们无限期待，想必他日盛开，一定是盛况空前。其实生活之美，都在于热爱。我们常常听说：'世界并不缺少美，只是缺少一双发现美的眼晴。'小到一支新荷，大到繁花似锦，只要你热爱，生活处处是惊喜。"

迎春花扭扭身，接上来说："宋代周邦彦的《苏幕遮·燎沉香》写道：燎沉香，消溽暑。鸟雀呼晴，侵晓窥檐语。叶上初阳干宿雨，水面清圆，一一风荷举。故乡遥，何日去？家住吴门，久作长安旅。五月渔郎相忆否。小楫轻舟，梦入芙蓉浦。词中对荷花的传神描写被评为'真能得荷之神理者'，为写荷之绝唱。其次，诗人巧妙地将思乡情绪融入其中，更是让人折服。"

杏花笑眯眯地说："杨万里还有一首《晓出净慈寺送林子方》，也很有名，是这样写的：'毕竟西湖六月中，风光不与四时同。接天莲叶无穷碧，映日荷花别样红。'杨万里写荷花诗确有独到之处，他的这首诗更是千古传唱、家喻户晓。以'毕竟'开篇，看似突兀，实则大气，让人瞬间领悟到了西湖之美。后两句，层层叠叠的荷叶、明丽娇艳的荷花、晴空万里的蓝天，诗画结合，令人叫绝。"

桃花拍拍手说："好，好，好。我来吟一首宋代周敦颐的《爱莲说》：'水陆草木之花，可爱者甚蕃。晋陶渊明独爱菊。自李唐来，世人甚爱牡丹。予独爱莲之出淤泥而不染，濯清涟而不妖，中通外直，不蔓不枝，香远益清，亭亭净植，可远观而不可亵玩焉。予谓菊，花之隐逸者也；牡丹，花之富贵者也；莲，花之君子者也。噫！菊之爱，陶后鲜有闻。莲之爱，同予者何人？牡丹之爱，宜乎众矣！'"

吟完后，桃花继续说："荷花，是花中君子。喜爱荷花的植物，自然也是植物中的君子。周敦颐笔下的荷，既美而又空灵，可远观而不可亵玩，让人暗自折服于这份气节。我以为，《爱莲说》是当之无愧的吟荷冠军。"

这时，紫薇、乌桕、芦苇纷纷举手，表示也有赞美荷花的诗词要念。红叶石楠看了看时间，已经日上三竿，想必大家肚子也饿了，就挥了挥手说："描写荷花的诗句数不胜数，荷花是'田田多少，几回沙际归路'；荷花是'一朵芙蕖，开过尚盈盈'；荷花是'兴尽晚回舟，误入藕花深处'；荷花是'不及芙蓉，一片幽情冷处浓'……一下子也念不完。夏荷又要开了，在你们的心里，哪一首荷花诗词才是当之无愧的榜首呢？这个问题，因时间关系，留待下回分解。"说着，红叶石楠自己先笑了起来。

植物们见红叶石楠卖关子,都哈哈大笑,想想反正有的是时间,来日方长,也就不计较,陆陆续续地离开公园,回住地取食去了。

植物组诗

合欢知道

合欢知道，
世界是多彩的，
赤橙黄绿青蓝紫，
只有适应这个环境，
才能更好地开创未来，
由此绽放出五颜六色的花朵。

合欢知道，
一年是四季轮换的，
春季百花齐放，
合欢不去凑那热闹；
秋季硕果累累，
合欢退避三舍甘做配角。
只在兄弟姐妹歇夏时，
它才出来填补空白。

合欢知道，
月有阴晴圆缺，

人有悲欢离合，

唯有知足才能长乐。

论花团锦簇，

自己比不过左边的绣球花；

论娇艳欲滴，

自己比不过右边的月季花；

但合欢自有其粉柔的特色，

它欣赏的就是不一样的自己。

合欢知道，

努力不一定成功，

但不努力是注定失败的。

自己没有银杏那样显赫的家世，

也没有牡丹那样高贵的血统，

唯有埋头苦干才有灿烂的明天，

在合欢的词典里，

只有勤奋、朴实、低调、认真等词汇。

合欢知道，

有志者事竟成。

你来或者不来，

它都在等待。

你去或者不去，

它都在那里。

朝霞升起，

满怀希望迎接新的一天。

生活就是这样，

一生同心，世世合欢，

大家欢才是真的欢，
这就是合欢。

含笑

含笑是一种植物，
它苞润如玉,香幽若兰,
花开而不放,似笑而不语,
看起来总是那么含蓄和矜持。
在它淡薄内敛、甘于寂寞的内心深处,
却有着高标独立,
不惧狂风暴雨,
永远绽放着笑脸的精神世界。
因为它懂得,
素面容颜淡雅妆,
自有芳心蕴慧真。

含笑是一种灌木,
它没有高大的身躯,
也没有显赫的家世,
但它空凝巧倩如羞面,
晴吐浓薰已透肌。
纵然严寒酷暑,
即使风霜雨雪,
经得起岁月摧残,
耐得住长夜寂寞,
总是迎着阳光积极向前。

因为它明白，
含笑是沁透生活后的优雅柔情，
是克服困难勇往直前的灵丹妙药。

含笑是脚踏实地的，
从来不好高骛远。
俯瞰庭前花开花落，
仰望天上云卷云舒，
含笑是那么纯洁清雅，
总是含笑视之。
珍惜每一份拥有，
拥抱每一缕阳光，
张开全身的枝干，
决不吝啬微笑。
因为它知道，
围绕在身边的花草树木，
就是自己的诗和远方。

向日葵

啊，向日葵，
虽然我并不总看得清，
你蹙眉或苦笑背后的心情；
并不常对你说，
我内心所有的欢喜与伤痛；
却在彼此生命中互为激赏，
不断地相逢再离别，

相拥然后目送，

把你赐予我的种子，

种在天边。

你温暖的注视，

像太阳明亮灿烂，

伴我一路泥泞，

挣扎跌倒反复爬起，

生根发芽，

依然不屈不挠顺从天意。

当我经历过喜怒哀乐，

想和你分享，

请让我牵你手，

陪你晒晒太阳，

在不同时空对视，

冷静而缄默如常，

我明白你深沉目光背后的所有守望，

你带着爱慕、信念的花语，

向暖绽放。

你是我的温柔与浪漫，

从童年蔓延到成年的点点滴滴记忆，

都是沉默的爱，

虽然什么都不必说，

我们已读懂对方。

但这一次我想好好表达，

你永远是我的阳光。

我爱紫薇花

我爱紫薇花，
花开百日红。
红白紫黄淡，
轻抚全树动。

我爱紫薇花，
耐干旱寒冷，
适不同环境，
抗强力污染，
具药用价值，
长百岁寿龄，
造百姓万福。

我爱紫薇花，
没牡丹富贵，
无月季鲜艳，
没银杏高大，
无香樟粗壮。
挺光滑身躯，
披灿烂花冠，
任风吹雨打，
自闲庭信步。

我爱紫薇花，
低调又质朴。
不矫揉造作，

不喧宾夺主，
不虚荣攀比，
不折腾懈怠。
撸袖子实干，
甩膀子向前。
立平凡大地，
展树类品格。

植物论居

　　进入梅雨季节后,天气是说变就变,一会儿下雨,一会儿出太阳,空气里总是湿漉漉的。中午,天公渐渐开了眼,从云朵边上露出几片阳光,扫视着地上一切。满天发黑的云朵,一簇挨着一簇,在快速地运动。对小区里的植物来说,这是一个滋润的季节。挺拔的身躯,翠绿的枝叶,在雨中轻舞缠绵、招摇作秀。嫩枝抓住充沛的雨水,疯狂地伸长。尽管缺少阳光,有些先天不足,也还是娇稚可爱。匍匐在地面的草本植物们,让过度的雨水浸得苦不堪言,底下的叶子已枯黄谢世。藤科植物似乎在进行着一场比赛,大家都伸长着脖子,想要与乔木比个高低,遗憾的是他永远先天缺钙,只能依附在大树上。

　　沙朴午睡了一个小时后,坐不住了,就围绕着小区四周优哉游哉地闲逛起来。转了一圈后来到公园,发现雪松、广玉兰、杜英正在这里晒太阳。沙朴就神神道道地说:"我在小区里看来看去,发现了一个奇怪的现象。"

　　雪松、广玉兰、杜英眯着眼睛,也懒得搭腔。沙朴见没有植物理他,很是没趣,就分别推了雪松、广玉兰、杜英一把。杜英揉了揉眼睛,伸了伸懒腰,没好气地问:"你吵嚷嚷的,发现了什么好玩的?"

　　沙朴见杜英接他话了,就来了精神。他说:"我在看这些居民们院子里种的植物,发现桃树、枣树、石榴、榉树、五针松等树木种得较多,而没有看到田野上常见的杨树、柳树、桑树等树木,这是为什么?"

　　杜英听到沙朴问这个问题,朝他看看后说:"你连这个都不知道?这个院子里种什么树是很有讲究的,俗话说'前不种桑,后不栽柳,院里不种鬼拍

250

手',这是人人都知道的。"

"人人知道,我是树,又不是人,怎么会知道?"沙朴觉得很委屈,又补了一句,"那你说说,为什么要'前不种桑,后不栽柳,院里不种鬼拍手'"。

杜英说:"人们一般认为,'桑'与'丧'谐音.房前种桑,意为招丧引祸;'柳'与'流'谐音,屋后栽柳,表示家财外流;'鬼拍手'指杨树,风吹过叶子哗哗作响,像是鬼怪在拍掌,会招致鬼怪。另外对于为什么屋后不栽柳树,老一辈的农民是这样说的,因为柳树不结籽,如果栽于屋后,寓意无后,在农村最忌这种事,所以屋后都不栽柳树。"

沙朴摇摇头,表示不可理喻,说这没有科学依据。沙朴又说:"我记得书上有记载,刘备涿州老家,种有一棵如楼阁般高大的桑树,而这棵桑树不但没让刘备触霉头,还让他自带仙气,得以青史留名,现在刘备故里就被称为'大树楼桑村',这你又如何解释?"

杜英认为沙朴这是以偏概全,挂一漏万。两树就吵了起来。沙朴见吵不出结果,就问广玉兰如何理解这个问题。

广玉兰说:"杜英这种说法是古人的一种求吉避害的心理,有迷信的成分,但也有一定的道理。事实上,因为中国位于北半球,大部分陆地位于北回归线以北,一年四季阳光都从南边射入。且中国多南北季风,夏季有太平洋的凉风,冬季有来自西伯利亚的寒风,为了便于采光和通风,所以房屋一般坐北朝南。这一点,沙朴你懂的吧?"

沙朴点点头,表示房屋坐北朝南为主,他接受的。

广玉兰继续说:"而桑树高可达15米,枝条伸展如伞盖,叶片宽大茂密,植于屋前容易遮挡光线,阻碍空气流通。当然,所有的高大乔木枝叶过多都可能会影响采光和通风,要视具体情况而定。另外,桑树的果实也会引起小麻烦。当桑葚成熟时,行人一不小心就会被掉落的桑葚砸中脑袋,而且紫黑色的桑葚落地后,很容易弄脏地面,清洁起来很麻烦,虽不至于招丧,但肯定很招虫。"

听到这里,沙朴频频点头,认为这是事实。

广玉兰停了一下后,又说:"桑树不适合种在庭院里,不是说他没有价值,恰恰相反,中国的桑树文化、桑林文化源远流长,扶桑树是神话中的太阳神树,传说东海有两棵同根相依、互相扶持的大桑树,太阳神鸟金乌就栖息于此。桑树也是人们祭祀祈福的神树,后来慢慢演变为桑社、春社,成为人们活动聚会的场所,出现大量关于'桑间濮上'的文学作品。从先民种桑养蚕开始,桑树就成了古代重要的经济林木,因为能解决人们衣食住行的头等大事,受到全社会的重视。皇帝和皇后'劝农课桑','桑麻'一词专指农事,'桑梓'则代指故乡,孟子说家中只要有五十棵桑树,就可衣食无忧了。"

沙朴说:"桑树的道理我懂了,那柳树又如何解释?"

广玉兰说:"柳树易遭虫蛀,枝条容易折断,所以屋后不种柳树。但柳树也具有很好的经济价值,农谚'家有百株柳,吃穿不用愁',当然,每户人家院子里想种什么树,最终还是由自己说了算。

"杨树和柳树一样都属于速生树,根系浅,遇大风容易倒伏,可能会砸伤行人,或砸到建筑物,存在安全隐患。此外,杨树叶的声响会打扰人休息。还有一种说法是,如果家中进贼,杨树叶的声响也易为盗者遮音。故家中一般不种杨树。"

沙朴说:"庭院里不适宜种桑树、柳树、杨树的道理我明白了,那为什么喜欢种桃树、枣树、石榴、榉树、五针松等树木呢?"

杜英看着广玉兰,对他说:"这个问题还是你来说吧。"

广玉兰也不客气,对沙朴说:"桃树,在中国古代神话中属于神树。传说,上古时,海上有座度朔山,山上有株大桃树,树下住着神荼和郁垒,这两个人物专管捉鬼,神人住桃树下,导致鬼都惧怕桃木,所以衍生出桃树能辟邪驱鬼。隋代杜台卿《玉烛宝典》记载,元日有门旁立桃人,悬桃板于户,饮桃汤等风俗。正月初一,人们就用桃木制成木雕立于门前,用桃木板置于门上,画上神荼、郁垒、猛虎,以求家门清静、辟邪安稳,王安石写出'千门万户曈曈日,总把新桃换旧符',就是描绘这一场景的。桃符寄托了人们追求幸福生活的美好愿望。"

"那枣树、石榴、榉树、松树呢,又有何讲究?"沙朴追问。

广玉兰说:"'枣'同'早',寓意早生贵子;'榉'同'举',寓意中举,现在的中考、高考竞争多激烈你们该是知道的;石榴寓意多子多福;松树长寿,有延年益寿的寓意。"

见沙朴静静地听着,若有所思。广玉兰喝了口水,继续说:"在原始社会,人类社会就出现了'神本崇拜',因为人类已经知道,社会的秩序不能只想到自己,还必须要考虑到其他动物、植物、精灵的想法和利益。人们普遍抱有万物众生平等的朴素信仰,虽然人类为了生存也猎杀动物、砍伐树木,但是人类知道,要善待大自然,才能与世间万物和谐共生。"

沙朴插进来说:"哇,原始社会,人类就知道要善待大自然,难道现代的人类认识水平还不及过去?"

杜英说:"现代人类社会科技是进步了,但竞争压力却越来越大。大自然时不时要考验与教训一下人类。今年全球发乇的新冠肺炎疫情就是个证明,这应该是大自然发出的警告。"

广玉兰接上去说:"经历今年的疫情,人类会认识到,对于野生动植物的保护应该更加重视。地球是我们共同的栖息地,让人类对自然多一分敬畏,对生命多一点尊重,保护自然,就是保护人类自己。正如有个广告说得好,人类的小家需要幸福团圆,人类的大家更需要和谐共生。"

这边广玉兰、杜英、沙朴一问一答说得起劲,只有旁边的雪松顾自闭目养神,不来参与。沙朴看不下去了,就摇了摇雪松的树身,说:"你今天怎么了,默不作声的。"

雪松挺了挺腰杆,说:"我都在听着呢,你们都说得挺好的。"

"那不行,你雪松光听不说不行。"沙朴缠上了雪松。

雪松没有办法,就狠狠地用树根喝了几口水,又吸收了些二氧化碳,吐了一些氧气出来,全身舒服了,就走上前来,说:"刚才你们说的庭院绿化配置,这里包含着丰富的文化内涵。中国传统文化是古人长期生活实践的智慧结晶,虽不可过于较真,但也别不当一回事。抛开文化、审美的因素,庭院植树更多还是要顺应自然、因地制宜,只有充分认识和了解树木的习性,才能更好地与之相处,更好地利用它的价值。"

沙朴说:"雪松就是不一样,不鸣则已,一鸣惊人。"

"你这样说我，我就不说了。"雪松假装生气了。

"别别别，我不说了，你快说下去吧。"沙朴求着雪松。

雪松说："在农村，大多数人家都有自己的小院子，不能让院子里空着，成了农民的心事。那院子里能干点啥呢？栽树成了一个不错的选择。农村老人们认为，植物是有灵性的，对人的事业和健康，以及家庭运势等都有很大影响。吉祥的植物能起到保护住宅、呵护健康的作用，不吉祥的树木是不宜栽种在房前屋后的。如果种得太随意就会出现一些问题，不是寓意差就是影响日常的生活。前面你们讲过的'前不栽桑，后不插柳，中间不栽鬼拍手'，就是这个意思。"

杜英说："不光是农村，现在城里人有钱了，很多家庭都有别墅，带院子的，也有同样的问题。"

"别打断雪松的思路。"沙朴对杜英说，又转身请雪松说下去。

雪松说："我归纳了一下，以下三种树木不适宜庭院种植。一是太高大的树种。如果在房前屋后栽种一些比较高大的树木种类，等到这些树木长大以后，冠幅比较大，而且又比较高，很容易会影响房子的采光，有些甚至直接就长到了窗户旁边，风大的时候会触碰到窗户或者墙上，有可能会对建筑物或者窗户造成损坏，树木的根系长了后还会破坏地基。还有就是枝叶在风的作用下，还会发出奇怪的声音，对人们睡眠和生活都会造成不好的影响。种树的时候也要和房子保持一定的距离，不要种得太靠近房子。

"二是寓意不好的树种。比如桑树里面的'桑'与'丧'同音寓意不好，桑树果实成熟时也会惹来很多虫子，故在屋前不宜种植；柳树因为不结籽，有无后之意，而且柳絮对人体健康也不好；'鬼拍手'指的是杨树，由于杨树枝叶多了之后，在风的作用下会发出令人不适的声响，犹如鬼拍手一般，所以也不适宜种在房前屋后。

"三是杨树或梧桐此类的。因为雌性杨树在杨树果实快要成熟的时候，果实开裂会有大量的杨絮四处飞散，早些年杨树数量少时农民也都不太在意，可近几年随着农村和城市种植量的增加，每年春天四处都会漂浮着大量的杨絮，这些杨絮不仅导致各种呼吸道疾病，同时也是火灾的重要隐患。柳树的危害同杨树一样,会产生大量的柳絮,而随风飘扬的柳絮在数量少时可能是一道美景,数量多了就是灾难,同样对人的呼吸道危害严重,会引起过敏体质人打喷嚏甚至呼吸急促的症状。每年的5、6月份随处飘扬的梧桐絮照样让行人苦不堪言,随处飘扬的梧桐絮不仅会对呼吸道有严重的损伤,还会钻到衣服里对皮肤造成较大的刺激,引起刺痛和过敏反应。

"除了这三点,庭院里也不宜种植一些有刺激性气味的树种,比如盆架子、石楠等树种就会在开花的时候散发出刺激性气味,那气味闻过的人都会印象深刻。另外,毒性较大的树种,如夹竹桃、曼陀罗、相思子等植物也不适宜种在院子里面,以免误食对人体造成伤害。"

说到这里,雪松感觉有些气急,就说:"我就说这些吧。"

沙朴走过去,扶雪松坐下来,连连对雪松竖起大拇指夸赞。雪松大口大口地吸了些二氧化碳,一会儿后,气急缓和了下来。沙朴就扶着雪松,回原住地休息去了。

见此,广玉兰和杜英也离开了公园。

植物学数

到了六月中旬,天气虽然越来越热了,小区里的植物们还是每天早上要聚集在公园里闲聊,只是为了躲避高温,植物们聚会的时间更早了。这不,今天清晨五点不到,花草树木们就陆陆续续地汇集到公园来了。

沙朴是公园聚会的积极分子,几乎每天都要来。今天他一到公园,向四周瞧了一瞧,发现银杏从住地慢慢地走过来,就连忙向他招手。沙朴说:"银杏大哥快过来,你已经很多天没有来公园聊天了,我们大家都很想念你呢。"

"这么早,公园里都有谁在啊?植物多不多啊?"银杏边走边问。

沙朴看了看公园四周,报出了雪松、广玉兰、无患子、黄山栾树、杜英、月季花、紫薇、茶花、麦冬草等名字。

广玉兰要捉弄沙朴,就对他说:"银杏大哥问你植物多不多,你要报个数出来才是啊。"

沙朴就1、2、3、4、5、6、7、8、9地数了起来,数到9后,他就数不下去了,只好说:"很多很多,我数也数不过来。"

雪松取笑他,说:"我看你也只知道从1到9这几个阿拉伯数字,再往后你就数不清楚了吧。"

沙朴哈哈笑了笑,拍拍脑袋说:"这数字一多,我这木脑袋还真转不过来。"紧接着又问,"雪松,你刚才说从1到9是几个阿拉伯数字,为什么叫阿拉伯数字呢?"

雪松正要回答,发现银杏已经来到了公园中心,就把球踢给银杏。雪松说:"银杏大哥是孑遗植物,见多识广,这个问题还是请银杏来回答吧。"

银杏说："雪松真坏，这个问题对你来说，还不是小菜一碟。"

沙朴扳着自己的手指头，数来数去也没有数清楚，就拉着银杏的手，说："大哥，你就教教我吧。"

银杏朝现场的花草树木看了看，说："那好吧，这里我年龄最大，我就倚老卖老说一说。不过这些都是人类弄出来的花样经，我也是道听途说得来的，不一定是全部对的。"

沙朴说："人类的弯弯肚肠，哪里是我们木脑袋弄得清楚的？"

"所以我们要多向人类学习，最起码这些数字总要搞搞清楚，不然会被他们看不起的。"雪松说。

"你怕人类看不起我们，我还觉得是我们植物看不起人类呢，我们这样木头木脑不是很好吗，不要学人类那样，整天神神道道，压力山大。"月季花不以为然。

"你们不要争论开去了，还是请银杏给我们教授数学吧。"杜英提醒雪松和月季花。

银杏说："那我们言归正传，说起 1、2、3、4、5……这些简单的数字，虽然名为阿拉伯数字，但其实它们最早是在 6 或 7 世纪时起源于印度的。阿拉伯人从印度人那里学到了这些数字，然后在 12 世纪左右，中东国家的数学家将这些数字的书写方法带到了欧洲。别看这是些简单的数字，它们是人类文明得以向前推进的关键要素，有着非凡的意义。到了 13 世纪初，意大利数学家斐波那契开始在他的工作中使用阿拉伯数字。随后，西欧的定量科学取得了巨大的进步。为何在此之前罗马人没能做出富有创造性的定量科学？有种观点认为，这是因为用罗马数字进行复杂计算并不是一件方便简洁的事，因此阿拉伯数字的出现代表了计数方法上的重大突破，为代数的发展铺平了道路。如果没有这些数字，数学或许会一直被困在黑暗时代。"

"阿拉伯数字里还有个 0，是刚才沙朴没有数到的，我们应该如何理解？"无患子提出了一个新问题。

银杏说："0 代表什么也没有，沙朴当然不会数到。在人类历史上，人们在很久以前就理解了'无'或'没有'的概念，有记录以来第一次使用代表了零的符号,可以追溯到公元前3世纪的古巴比伦;到了公元350年左右,玛雅人的日历上也出现了与之类似的符号。但0的概念实际上到了5世纪左右,才在印度充分建立起来。在此之前,数学家只能尽量进行最简单的算术计算。

"这些早期的计数系统只把0看作一个占位符,而不是一个有自己独特值或属性的数字。直到7世纪,人们才充分认识到0的重要性。终于在9世纪时,0才以一种与我们今天所使用的椭圆形类似的形式,进入了阿拉伯数字系统。经过几个世纪后,0随着阿拉伯数字系统,在12世纪左右传到了欧洲。从那时起,像斐波那契这样的数学家便将0的概念引入到主流思想中,这在后来的笛卡尔、牛顿和莱布尼茨的微积分发明中均有突出的体现。现在,0既是一个符号,也是一个概念,从物理学和经济学,从工程学到计算机的发展中,0都发挥着重要作用。"

"0代表什么也没有,那应该是最小的数了,没有比0更小的数了。"沙朴自信不疑地说。

银杏摇摇头,对沙朴说:"假如你和月季花一起出去玩,你们两个原来都带着10元钱,过了两天,你胃口大,消耗多,把10元钱用光了,这时你身上的钱就是0,而月季花消耗少,还剩下6元钱。回来的路上,你只得向月季花借了4元钱。这4元钱就要你以后想办法还给他。这就是所谓的负债了,负债是不是比没有钱还要穷,也就是说,比0小的数是有的,人们叫它负数。"

"负数原来是这样子来的,我终于明白了,我就是个负翁。"沙朴拍拍脑袋,恍然大悟的样子。

银杏继续说:"说到负数,这个概念的第一次出现可追溯到公元前200年的中国。《九章算术》这本书上讲到,因为要求解一组联立方程组,就出现了负数。7世纪时,印度天文学家婆罗摩笈多是第一个赋予负数意义的人。他就是用'财富'和'债务'的概念来表示正数和负数。这时的印度已经拥有了一个含有0的数字系统。婆罗摩笈多用一种特殊的符号表示负号,并写下了一些关于正、负的运算规则。欧洲使用负数是在15世纪,自此开启了一个建立在前人思想基础上的研究过程,并掀起了求解二次方程和三次方程的数学热潮。"

"这样看来,银杏大哥比婆罗摩笈多还厉害,你刚才也是用借钱还钱理论来指导我的。"沙朴对银杏竖起大拇指。

银杏说:"我怎么能和他们人类比,我是偷偷地从他们那里学来的。他们现在讲究知识产权,知道我们在偷偷学习,要向我们收钱的。"

"他们人民币,我们植民币,我们的钱给他们也没有用。"沙朴觉得这个不必担心。

"你植民币给他们没用,他们就来割你的肉。"黄山栾树也插了一句。

麦冬草探了探头,怯生生地说:"你们不要吵了,我有个切身利益问题,不知道能不能问?"

银杏笑眯眯地对麦冬草说:"当然可以问了。我们植物界最讲民主了,花草树木都是平等的。"

"麦冬草,你别怕,尽管放开说,有我给你撑腰呢。"沙朴拍拍胸脯说。

麦冬草说:"刚才你在点数的时候,分明没有把我点进去,因为我知道,我们麦冬草不能算是树木,不能作数的。"

"这个,这个……"沙朴脸涨得通红,结结巴巴地说,"你一簇一簇的,一根根数吧,数都数不过来,要说不作数吧,也不合理,如果拼起来算一个,但这个数如何表达我又不懂,真是难死我了。"

银杏说:"这个也是有办法的,像这样要将1分成几等份的数,叫作分数,比如1的一半叫二分之一,1分成三等份,每份就是三分之一,依次类推,这是小于1的数,也叫小数。"

见大家都很认真地听着,银杏继续说:"分数一词来源于拉丁语'fractio',意思是'断裂'。在1585年出版的一本小册子中,荷兰数学家斯蒂文向欧洲的读者介绍了十进制小数的概念,表示他要教授'在商业中遇到的所有计算都可以不用分数,只用整数来完成'的方法。他认为他的小数方法不仅对商人有价值,而且对从占星家到测量师等职业来说都有价值。事实上,在斯蒂文之前,小数的基本概念就已经在一定程度上得到了应用。10世纪中期,大马士革的阿尔·乌格利迪西写了一篇关于阿拉伯数字的论文,在论文中他涉及了小数,不过历史学家对他是否完全理解这些数字存在分歧。我们今天所使用的分数是直到17世纪才在欧洲出现的。"

"整数、分数、小数,我都被你搞糊涂了,银杏大哥再讲得清楚些吧。"沙朴一脸茫然。

"这么复杂的数字,凭你沙朴的木头脑袋想搞清楚,我看是难。"广玉兰不忘损沙朴一句。

沙朴反唇相讥,说:"我是木头脑袋,你难道不是,你如果长出人脑袋,那不是变成妖精了。"

银杏不理会他们,顾自说:"像1、2、3、4这样的数,是整数,也叫自然数,自然数是无穷无尽的。像1/2、1/3这样的数,是分数,分数可以转化为小数,1/2等于0.5,1/3等于0.333333……"

沙朴插进来说:"你那个0.333333……,后面拖着一条长尾巴干什么?"

银杏回答:"分数化为小数,有二种情况,像1/2、1/4、1/5这样的分数是除得尽的,而像1/3、1/7、1/11这样的分数是除不尽的。1/3等于0.333333……,1/7等于0.142857142857……,1/11等于0.090909……分数大部分是除不尽的,但这些分数虽然除不尽,小数点后的数字却是无限循环的,如1/3是3一位数的循环,1/7是142857六位数的循环,1/11是09两位数的循环。总结起来说,分数化为小数,要么是有限小数,要么是无限循环小数。像这样的能用整数、分数表示的数,都属于有理数。"

"天哪,又出来个有理数,难道还有无理数吗?"沙朴惊叫起来。

"还真有无理数,人们在实践中发现,有些数是不能用整数或分数表示的。比如在一个直角三角形中,二条直角边的长都为1时,其斜边的长度是2的平方根,这个数就是个无限的不循环的小数;又如圆周率 π,它是圆的周长除以直径的结果,大约是3.1415926,但它也是个无限的不循环的小数。像这样的数也很多,相对于有理数,这样的数就叫无理数。"银杏说得头头是道。

"有理数、无理数,太有意思了,我们怎么分得清楚?你再说说,在我们生活中,还有哪些无理数?"沙朴兴趣盎然,追问银杏。

"像你这样缠着银杏不放,有理也变无理了。"广玉兰又呛沙朴,引得在场的植物们一起哄堂大笑。

还是银杏宽宏大量,笑了笑说:"沙朴的好学精神是值得肯定的。数的种类很多,还有复数、对数等。刚才我们讲的都是十进位制,还有二进位制,十二进位制,十六进位制等。在自然数里,还有奇数、偶数、质数、合数、完全数等不同的分类。今天讲的都是小学生的知识,初中、高中的数学知识以后再说吧。"

"哇,银杏大哥的知识真是太渊博了,一定是大学生吧。"沙朴啧啧称羡,佩服得五体投地。

"银杏大哥是孑遗植物,他走过的桥比你走过的路还多,要不怎么称得上德高望重呢。"茶花开始一直没作声,这时也插了一句。

银杏摆摆手说:"别瞎说,好了,太阳也升高了,大家都回去吧,我也有事要去小区业委会忙了。"

说完,银杏先走开了,其他植物也三三两两地离开了公园。公园里又恢复到往日的安宁,只传来树上叽叽喳喳的鸟叫声。

植物猜题

今天是星期天,昨晚下了一场雨,今天早晨感觉凉爽了许多。小区里的植物们,昨天在公园听了银杏讲解的关于数字的知识,回住地后细细复习了一遍,有些内容掌握了,有些内容还是一知半解。一大早,沙朴、雪松、广玉兰等植物就来到了公园中心,叽里咕噜地交流起来。

沙朴眼尖,突然发现公园旁的告示栏上贴着一张红底黑字的纸条,就走近去看个明白,看了一遍就惊叫起来。植物们以为出了什么事,就呼啦一声全围了过来。

原来不知是哪种植物,昨晚贴出来了一张纸条,上面写着:"动动脑,没烦恼!亲爱的植物们,看图猜成语,不仅能消磨时间,还能熟记成语故事,传承文化知识,也是感受中国文字魅力的好方法之一。"

在公园现场的树木花草觉得很好奇,这是哪个植物出的题呢?昨天我们在学数字,今天要我们猜成语了。沙朴嚷嚷道:"这不是为难我们吗,是哪个好事之徒干的?"

雪松说:"我觉得这个挺有意思的,不必管他是谁干的,我们大家一起来猜题吧。"

"我建议,猜出成语后,还要对这句成语做出解释,如果能造个句就更好了。"广玉兰有自己的想法。广玉兰的建议得到了植物们的一致赞同。

广玉兰说:"既然这样定了,那就开始猜吧。"

广玉兰话音刚落,沙朴就指着第七格脱口而出,说:"这不是雪中送炭吗?"

杜英对沙朴笑着说:"士别三日当刮目相看,沙朴现在这么厉害了,争得头筹了,该不会是蒙的吧?"

"怎么会是蒙的呢?这太明显了,这个炭字藏在雪字的中间,不是雪中送炭还会是什么?"沙朴洋洋得意地说。

"那你解释一下这句成语。"广玉兰提醒。

沙朴说:"雪中送炭,意思是指在下雪天给人送炭取暖,比喻在别人急需时给以物质上或精神上的帮助。"

杜英说:"解释得不错,可别忘了,还要造句哦。"

"啊,还要造句,这可为难我了。"沙朴拍拍脑袋,看见远处有个人戴着口罩,灵机一动,说,"疫情期间,朋友雪中送炭,给我送来了口罩等防护用品,真是太好了。"说完,植物们都哈哈大笑起来。

这时,乌桕抢着说:"第八格我猜到了,是一张纸,一个兵字,这是纸上谈兵嘛。"

杜英说:"老样子,成语解释、造句。"

乌桕说:"纸上谈兵是指在纸面上谈论打仗。比喻空谈理论,不能解决实际问题。也比喻空谈不能成为现实。"

停了一下,乌桕接着说:"我们现在提倡地摊经济,不要纸上谈兵,要去实实在在地干起来。"

植物们觉得乌桕说得有道理。无患子对着第一格,口中念念有词,"在门里有一个早字,一个晚字,并且早字是向外的箭头,晚字是向里的箭头……这是早出晚归啊。"

见大家没意见,无患子不等提醒,接下去说:"早出晚归的意思是早晨出动,晚上归来。出自《战国策·齐策六》:'女朝出而晚来,则吾倚门而望。'我的造句是:香樟王为了小区的防疫大事,每天早出晚归,我们要向他学习。"

无患子的造句引起了植物们的共鸣,大家鼓掌表示支持。

黄山栾树被第四格吸引住了,他说:"很明显,这是一个文字,但是少了一点,文字少点,不对,这不是成语……文不对题,也不是,对不上号……有了,文不加点,就是它了。"

月季花提出异议,怀疑文不加点不是成语。雪松就要乌桕到家里找来一本汉语成语词典,翻开来一查,文不加点果然是成语。词典上是这样解释的:文不加点,意思是说文章一气呵成,无须修改。形容文思敏捷,写作技巧纯熟。

黄山栾树造句说:"雪松写的文章文不加点,我看了后佩服得五体投地。"

桂花笑了笑后说:"你们今天是怎么了,都变成马屁精了不成。"众植物又是一阵哄堂大笑。

紫薇对着第六格,念了起来,光色色色光,色光色光色,色色光色色。念了几遍,咯咯笑着说:"都是光和色,待我数一数。"数出来的结果是五个光字十个色字,就一拍大腿,哈哈大笑说:"这是五光十色的成语嘛。"说完又解释起来:"五光十色,形容色彩鲜艳,花样繁多。出自南朝梁·江淹《丽色赋》:'五光徘徊,十色陆离。'造句是:昨晚,我看到城市阳台五光十色的灯光秀,彻底被震撼到了。"

广玉兰说:"紫薇,我们看你身上开出的花也是五光十色的,你在羡慕灯光秀,我们还在羡慕你呢。"

"那不能相提并论。"紫薇连连摇头。

雪松说:"现在还剩下四个成语没猜出来,大家继续猜吧。

茶花看着最后一格，围成一圈都是个说字，心里想着，这里是一个圆，自己围起来，对了，自圆其说，就是这个成语。茶花报出结果后，众植物恍然大悟。茶花解释说："自圆其说，我的理解是指使自己的说法前后一致，没有自相矛盾的地方。我这样说对吗？"

"成语可以有不同的解释，只要你能够自圆其说就行了。"杜英谈了自己的看法。话一出口，就被茶花抓住了，茶花拍手叫好，说："杜英已经给我造句了，倒省了我不少事。"

杜英见自己好心被茶花利用了，用脚去踢茶花。茶花"咯咯"笑着跑开了。

这边枫杨盯着第二格看了半天，他知道这月字和生字之间有个人，月、人、生，在这三个字中想来想去也想不出合适的成语出来。他想一定是自己想偏了，是不是该从胜、人这两个字身上做文章。果然，思路一转，豁然开朗，人在胜中间，不是有句成语叫引人入胜吗。想到这里，情不自禁地笑了起来。

成语猜中了，解释和造句就容易多了。枫杨说："引人入胜，意思是指十分吸引人的、使人沉醉的优美的境界。多指山水风景或文艺作品吸引人。比如我们这个小区的景色引人入胜，美不胜收。"

雪松说："枫杨这段时间很努力，进步很快，你刚才一句话，不但给引人入胜造了句，还带出了另一个成语——美不胜收。"

"枫杨这是卖一送一。"不知哪个植物这样说了一句，又引起了植物们一阵欢笑。

毛竹有点急了，在花草树木里，竹类一直是独树一帜的。毛竹很要强，他想，我一定要猜一个出来，不能输给他们。他看着第三格，只有一个可字，组来组去都不合适。他知道，里面那个是数学符号，是不等于的意思，但"不等于可"不是成语啊。怎么办？那只能拆开来想，"不、等于、可"，并且这个可看起来小了一点。对了，不就相当于非，等于相当于同，再加小可，连起来就是非同小可。成功了，毛竹高兴得跳了起来，身上的竹叶被吹得"哗哗"地响。

毛竹也顾不了那么多,解释说:"非同小可,是指情况严重或事情重要,不能轻视。"解释完后,毛竹造句说:"这次猜题,如果我们竹类一个都猜不出来,那是非同小可的一件事情。"

　　雪松摇摇头说:"毛竹啊,你太要强了,这个猜题,本来就是玩玩的,只是游戏而已,你为什么要看得这么重呢?"

　　旁边也有其他植物在议论毛竹心态有问题。毛竹大叫着:"我是空心的啊,哪里存在心态问题?"

　　广玉兰说:"算了算了,我们不讨论心态问题,这里还有最后一个成语没有猜出来呢。"

　　沙朴看见这格里面有生、日两个字,就大声说:"这是生日快乐吧?"

　　"你只知道生、日,过生日有蛋糕吃,你没看到边上还有一个字吗?"广玉兰呛了沙朴一句。

　　桂花说:"旁边的字不正常,好像是倒过来的斗字,由此联想到,生和日也移动一下。"这样上下一移动,桂花眉开眼笑了,这变成了一个"星"字,连起来就是斗转星移,这确实是一句成语。

　　桂花像解开了高难密码一样的开心,他解释说:"斗转星移,意思是星斗变动位置,指季节或时间的变化。"桂花进一步补充道,"北斗七星围绕北极星自东向西转的规律,被中国古代的星象学家形象地称作'斗转星移',而通过'斗转星移'的规律,人们能够判断季节和节气时间。"

　　桂花说到这里,大家在等他造句。过了一会也没动静,广玉兰就提醒他。桂花说:"什么啊,斗转星移的造句,我前面不是已经说过了,并且还说了两句呢。"

　　植物们回过头来看桂花说的,还真的是的。知道是被桂花耍滑头了,还以为那两句是对成语作的解释呢。但仔细想想,也找不出桂花的毛病,也就算过去了。

　　雪松看九个成语都猜出来了,并且大家情绪都很高,就对着植物们说:"既然大家对这些动脑筋的事情感兴趣,那我们以后就多组织这样的活动,多来猜各种各样的题目,大家说好不好?"

现场的植物们都说"好",说完了,发觉肚子也饿了,就都回到自己的住所补充食物去了。公园里又恢复到原来的宁静。

植物论文化

　　在小区的东北角,有一棵老槐树,这段时间,正是槐树全身最茂盛的季节,枝条上那翠绿的叶子映着火辣辣的阳光,闪闪发光,密叶之间点缀着雪白的小花,光艳辉映,仿佛给自身罩上了一层淡淡的白云。在老槐树的身边及树下,生长着杜英、月季花、夹竹桃、红花继木、大叶黄杨、麦冬草等花草树木。植物们在毒辣的太阳光下追逐着,嬉戏着。玩累了,就躲进老槐树底下,那别提多凉快了,仰头一望,星星点点的阳光直射下来,也似一朵朵耀眼的花。

　　这天上午,杜英、月季花、夹竹桃等植物从小区公园聚会回来,到达老槐树底下。月季花抬头看了看老槐树,好奇地问:"老槐树,我们经常在公园聚会,怎么没有看到你去过呢,难道你不怕寂寞?"

　　老槐树慈祥地看着树下的植物,只是笑了笑,没有回答。

　　杜英自告奋勇地说:"你们可能不知道,这老槐树可不寻常,所谓槐,木也,从木,鬼声。槐常植于门旁。古时大臣门旁植槐,名为槐门者,乃大臣怀柔百姓、奉仕帝王之官吏故也。槐树是吉祥树种,被认为是'灵星之精',有公断诉讼之能。民间流传'门前一棵槐,财源滚滚来'的民谣,有祈望生财致富之意。"

　　听杜英这样一说,旁边的植物都面露惊讶之色,仰望着老槐树,肃然起敬。

　　杜英见此,更加来劲,他猛吸了几口二氧化碳,继续绘声绘影地说:"在很早以前,周代宫廷外种有三棵槐树,三公朝见天子时,站在槐树下面。三公是指太师、太傅、太保,是周代三种最高官职的合称。后人因此用三槐比喻三公,成为三公宰辅官位的象征。后世在门前、院中栽植,有祈望子孙位列三公之意,槐树因此成为中国著名的文化树种。清朝以后,海外游子大量增多,国槐因寓意'怀念家国'而备受海外游子青睐,成为民族凝聚力的象征物之一。"

夹竹桃满脸稚气,说:"如此说来,我们现在能够站在老槐树底下,算是非常荣幸了,算不上三公,也能算四卿了,是不是?"

杜英也不理会,按着自己的思路说:"所以,像老槐树这样的老资格,文化底蕴极深,他在思考的都是有丰富文化内涵的问题,哪有时间去公园和我们闲聊。"

红花继木点点头说:"杜英说得极是,不过,我住在老槐树隔壁这么久了,还是第一次得知老槐树这么有文化,真是有眼不识泰山,惭愧啊。"

"可不是吗,我也是有眼无珠,还想着到处去找老师教我,却不知道大神就在眼前。"大叶黄杨抖了抖身体说。

"你们别说这么多了,既然老槐树这么厉害,那我们就拜他为师,请老师教我们几招吧。"麦冬草探了探头说。他提出的建议,得到了植物们的一致赞同。

老槐树还想推辞,但经不住底下植物们的一再央求,只得答应下来。老槐树想了一会后,慢慢地说了起来。

老槐树说:"文化是和我们的生活息息相关的,谁能说自己离得开文化,谁又能拍胸脯说自己有文化,都是相对的。我年纪大了,喜欢清静,常常独自在思考,可能比你们多喝了点墨水,但论接受新鲜事物,你们都比我强,我们相互学习吧。"

"老师不必客气,你就给我们讲讲文化吧。"麦冬草嘻嘻笑着说。

老槐树说:"文化或文明,就其广泛的民族学意义来说,是一复合整体,包括知识、信仰、艺术、道德、法律、习俗以及作为一个社会成员所习得的其他一切能力和习惯。"

"老师讲得太深奥了,我们听起来很累,是不是说得具体点。"红花继木插了一句。

老槐树说:"好吧,文化内容确实太多了,包罗万象,说也说不完。文化中最基础的一种是语言,语言是由文字组成的。中国的汉字是最古老而最具有生命力的文字,它蕴含着老祖宗的深刻智慧,以及丰厚的人生哲理。汉字很有意思,我今天挑几个出来和你们说道说道。看看这几个汉字,相信对你们会有所启发。"

麦冬草拍着小手说:"那太好了,你要讲哪几个字呢?"

老槐树说:"第一个是'停'字,暂时的停下,是为了更好地前行。中国古代的驿道,每隔一段距离,便有一个亭子。古人在驿道旁建造亭子,是为了让人们暂时停下疲累的脚步,在'停'止中补充体力、蓄积精神,好让后面的路走得更轻松、更快捷。'停'是为了更好地走,这就是'停'字中的人生智慧。"

"有意思,这个'停'字很有哲学意义。"杜英若有所思地说。

老槐树说:"第二个是'劣'字,劣是少力,是因为比别人少出了力,所以才变成了劣。人生的优劣,不是先天决定的,而是后天形成的。汉字'劣'的构造很说明问题:什么是'劣'呢?'劣'就是比别人'少'出了'力'。你比别人差,不是本质就差、生来就差,而是后天懈怠、懒惰,不肯比别人付出更多努力的结果。上帝是公平的,你的付出和努力,决定着你人生的优劣。"

见众植物都点着头,老槐树继续说:"下面看'路'字,各自的足下就是'路'。'路'字的左边是一个'足',右边是一个'各'——人生之路,就在我们'各'自的'足'下。所谓'千里之行,始于足下',说的就是这个道理。所以,每个人都能走出一条人生之路来,但要自己走,不能指望别人。人是这样,我们植物也是这样。"

月季花想开口,被杜英制止了。老槐树喝了口水,接下去说:"再来看'舒'字,就是舍得给予别人,自己就能收获快乐。'舒'字,左边是舍得的'舍',右边是给予的'予',舍得给予就是'舒'。所谓'舒心',就是'舍得给予别人,自己就能收获快乐'。"

麦冬草造了个句:"听老槐树讲汉字,我们听得很舒心。"众植物听了都笑了起来。老槐树笑着说："第五个汉字是'道'，说明首要的是迈开脚去走。'道'字，由一个'走'字底和一个首要的'首'字组成。这告诉我们，要走出一条人生之'道'来，首要的，是迈开脚去走。理想、信念、毅力、坚持、机会都很重要……但如果你不迈开脚去走，不去行动，这一切都将等于零。"

见大家都静静地听着，老槐树摇了摇头说："心多，不是好事。这个'患'字，就是心多，上面是一个'串'，下面是一个'心'，连起来就是一'串'的'心'，你们说是不是心多的意思啊？"

见没有植物否定，老槐树自问自答说："一个不能'一心'对待得失的人，这也想要、那也想要，这也怕失去、那也怕失去，怎么不会心生忧虑呢？一个不能'一心'对待做事的人，这也想做，那也想做，三心二意，怎么可能做成事呢？一个不能'一心'对待别人的人，对别人总是多疑、猜忌，不做坦荡荡的君子，而做长戚戚的小人，怎么会是一个健康的人呢？"

见老槐树停了下来，月季花补了一句，他说："老槐树说的不要太多心，不仅人类是这样，对我们植物也是适用的。"

老槐树夸了月季花一句，然后说："说到这个'夸'字，是指自大的人，最终要吃大亏。'夸'字，上面是个'大'，下面是个'亏'，可以这样理解和解释，一个自大的人，最终是要吃大亏的。一个自大的人，必定是在用他的自大来掩盖他的无知和无能。一个不知道用行动去改变自己的无知和无能，而是用自大去掩盖的人，那只能永远无知无能下去，最终必定会在不断地膨胀和越来越莽撞中，吃大亏。"

月季花吐吐舌头，笑着说："看来以后我不能自夸了，自夸要吃大亏的。"

"你别打岔，还是听老槐树说下去吧。"杜英说。

"这个是'途'字，给别人留有余地，自己才有路走。'途'字由'走'和'余'构成，我是这样理解和解释的，给别人留有'余'地，自己才有路'走'。有些人爱斤斤计较，睚眦必报，因此把人际关系弄得很糟，做起事来就只能处处受挫和碰壁。而'海'，大海的海，来自每一滴水。看看'海'字的写法：'海'，来自'每'一滴'水'。是一滴接着一滴的水，汇聚成了一片汪洋大海。成就人生的大海，也要从'一滴水'又'一滴水'般的小事做起，做好了每一件小

271

事,才能成就人生的伟大。反过来说,大海之所以博大,是因为可以包容含藏着'每'一滴'水'。如果是一个小水洼,能容的水就有限。这就是'有容乃大',告诉我们谦虚包容才能大成的道理。"老槐树按照自己的节奏,不紧不慢地说。

"我要做大海,不做小水洼。"麦冬草举起双手说。

"你就不怕被大海淹死?"大叶黄杨对着麦冬草说。

老槐树接上来说:"说到这个'怕'字,也就是恐惧,是因为内心空虚。'怕'字由'心'和'白'构成。什么人才会'怕'或者恐惧呢? 就是那些内'心'一片空'白'的人,即内心空虚之人。"

"那怎样才不会害怕、不会恐惧呢?"大叶黄杨忍不住,提出问题。

"当他懂得不断地用学习、工作、事业、理想、信念和爱来填充自己的内心,去驱走内心的空虚,让自己充实起来,自然也就不会怕、不会恐惧了。"老槐树这样回答。

"可是,我们都很忙,没有那么多时间去充实自己怎么办?"红花继木也有问题。

"说到'忙'字,一忙,就把心给丢了。'忙'字,'心''亡'才是'忙',人一忙,'心'就丢了。一个行色匆匆忙着的人,往往是一个无'心'之人。忙中出错、忙中出乱,就是因为忙着忙着就把'心'给丢了。一个不带着'心'、无'心'做事的人,如何不会犯错出乱?"老槐树有些激动起来,觉得意犹未尽,又补上一句:"焦虑、浮躁、不安、匆忙,最容易丢失一个人的'心'。"

红花继木连忙摸了摸自己的心,感觉到"心"还在跳动着,略微放心了些。

老槐树说:"我最后要说的是'赢'字,要成赢家,必须要有五种素质。'赢'字由亡、口、月、贝、凡五部分组成,这就是人生赢家必备的五种素质和能力——亡是危机意识,口是沟通能力,月是时间观念,贝是取财有道(贝壳是最古老的货币之一),凡是平常心态。具备了这五种素质和能力,再加之努力奋斗,定会走向成功,成为人生赢家。"

"哇,要做赢家必须具备五种素质和能力,还要努力奋斗,那也太难了。"

麦冬草惊叹。

"不难,那不是人人都成为人生赢家了?"大叶黄杨又呛了一句。

杜英说:"听了老槐树讲的十二个汉字,生动形象,真是太神奇了,一个字是这样,由字组成词也一定很有讲究,再由词组成一句句语言就更变幻无穷了。"

老槐树说:"是的,这就是文化的一部分,面对这千千万万的字、词、句,我们不学习,不思考能行吗?"

植物们摇摇头,齐声说:"不行。"

老槐树说:"没有文化很可怕,我给你们讲几个亲身经历。前几天我因松、柏之邀,去杭州岳庙开座谈会,路过'岳母刺字'雕像前,听到一个男子说:'也就岳母舍得刺女婿,亲妈是绝对不忍心干出这种事的。'后来,我们座谈会转场到净寺,走到雷峰塔下,又听到有个人在感叹:'毛主席真好,还专门给雷锋同志修了一座塔。'你们说好笑吗?"

听到这里,植物们果然都笑得前仰后合。夹竹桃说:"看来我们还真得加强学习,不然,没有文化,跑出去非出洋相不可。"

杜英说:"没有文化可怕,有了文化更可怕,我也有切身体会。"

"啊?有了文化更可怕,还有这种事,你快说说。"麦冬草缠住杜英不放。

杜英笑了笑,说:"有一次,我去外地一个小区公园给植物上课,课上完了,要布置作业。我指了指公园边的一幢房子,对着亮着灯的一套屋子说:'夜深了,这套屋里的妈妈在打麻将,爸爸在上网……'要参加学习的植物们以此为中心思想写篇日记。我强调说:'日记要源于生活,但要高于生活。'过了一会,一棵小草写好了交了上来,他写道:'夜深了,妈妈在赌钱,爸爸在网恋……'我看了,不满意,补充说:' 一定要提倡正能量,以正面宣传为主。'接着一丛灌木写好了交了上来,他写道:'夜深了,妈妈在研究经济,爸爸在研究互联网+生活……'我看了后说:'这还差不多,但深度不够,有待进一步提高。'又过了一会,一棵乔木写好了交了上来,他写道:'夜深了,妈妈在研究信息不对称状态下的动态博弈,爸爸在研究人工智能与情感供给侧的新兴组合。'后来我了解到这棵乔木是个硕士研究生。我正在惊叹时,一株大树写好了交了上来,他写道:'夜深了,妈妈在研究复杂群体中多因素干扰及信息不对称状态下的新型囚徒困境博弈;爸爸研究的是大数据视角下的六度空间理论在情感供给侧匹配中的创新与实践。'看到这些,直接把我看晕了,我醒过来后一了解,才知这株大树是个博士。你们想想,这有了文化是不是也很可怕。以前常说'没文化真可怕',那天突然发觉'有文化更可怕'。"

"这说明了什么呢?"麦冬草似懂非懂。

"这说明,有了文化后,往往一些简单的问题变得复杂了。"杜英开起了玩笑。

老槐树说:"你们别被杜英忽悠了。你们都还年轻,正是努力的好时光。努力是生活的一种精神状态,往往最美的不是成功的那一刻,而是那段努力奋斗的过程。祝愿你们努力后的明天更精彩,都能做一个有文化的植物。"

老槐树的一席话,掷地有声,在场的植物们无不折服。大家纷纷竖起大拇指点赞。老槐树说:"好了,中饭时间要到了,大家都回原地用餐吧,我也要闭目养神了。"

植物们说声好,就跳进自己的坑位,喝水的喝水,吸气的吸气。在小区的东北角,只听到花草树木呼啦啦的欢叫声。

植物争斗

　　小区里的麦冬草,接连参加了几次公园植物界的聚会,感觉在这里的植物们,无论是乔木、灌木,还是草本,也不管高低粗细,都像是正人君子,彬彬有礼,相互关心,相互帮助,其乐融融。虽然植物间有时也会有口舌之争,但总体上是平静祥和的,没有发生过大的争斗。麦冬草将自己的看法告诉了旁边的大叶黄杨和红花继木,他俩也有同感。这样,麦冬草就坚信,植物界是风平浪静的世外桃源,幸福感爆棚。

　　一日,麦冬草在看新闻,发现地球上的人类很不平静,在中东、南美等地,到处是竞争、暗算、欺骗乃至杀戮。麦冬草很不理解,人类放着好端端的日子不过,何必搞得这样剑拔弩张的,倒不如我们植物过得逍遥自在。麦冬草去问枫杨,枫杨摇摇头说不清楚;又去问紫荆,紫荆拍拍脑袋也说不明白。后来,还是沙朴提醒说:"这个问题香樟应该知道,我领你们去找香樟解释吧。"

　　香樟知道了麦冬草等植物的来意,想了一会后,说:"你们知道人类为什么要这样争来斗去吗?"

　　沙朴说话直来直去,他说:"我们就是因为不知道,所以才来问你的。"

　　香樟说:"在人类五千多年的已知文明史上,实际上是一个很不文明的你争我夺的发展史。可谓天下大势,分久必合,合久必分。为什么要你争我夺、战争不断呢?说到底是为了争夺财富,每个人都想过上更好的日子。这也说明了一个事实,就是地球上供人类生活的资源不足,或者说是按当时的科技水平,能享用的资源满足不了人类的需求,这是一个痛苦的存量博

275

弈史。"

麦冬草等植物很认真地听着,听到存量博弈,表示有点不理解。

香樟说:"所谓存量博弈,简单地说,就是房间里有一只大蛋糕,可以满足十个人的需要,但现在房间里有十三个人,只有通过争夺才能让那十个人吃饱,另外三个人注定要挨饿。存量博弈本质就是零和游戏,强者恒强是因为掠夺了弱者的资源。"

"那人类就不如我们了,我们小区里的植物一团和气,过得多好。"麦冬草沾沾自喜地说。大叶黄杨和红花继木也附和着点点头。

香樟摇摇头说:"你们想得太简单了。你们知道这是什么地方吗?这里是高档小区,你们这些植物是居民们花钱人工培植出来的,你们的分布是均衡有序的,不愁吃,不愁穿,躺在温床上,用不着争斗就能过好日子。你们可知道,在野外,特别是在森林里天然生长的植物,其竞争是多么残酷。"

"啊,有这样的事?"麦冬草吐吐舌头,一脸的惊讶。

香樟继续说:"有人的地方就有纷争,有豺狼的地方就有杀戮。人类社会有合作、有竞争、有暗算、有欺骗,乃至有杀戮。在植物界也有同样的情况。你们身处的是植物世界的光鲜一面,你们看到的是'文明、美丽、智慧'的表象。但在这些表象里面,却暗藏着强大的争斗本能。"

植物们安静下来了,一脸严肃地听香樟说着。

香樟说:"你们大家都知道,植物的生长,是需要阳光、水分、气体和矿物质的,这些资源并不是无穷无尽的,与人类对资源的追逐相比,植物有过之而无不及。正是因为地球上环境的变化,造成了我们森林的不断演替和更新换代。纵观植物的演替之路,从藻类植物逐渐演变到苔藓植物、蕨类植物、裸子植物和被子植物的过程中,植物逐渐实现了从海洋到陆地的跨越,从矮小到高大的变化,从简单到复杂的演变。这些演变都是为了适应环境资源的变化。但无论如何演变,植物的芽、茎和叶都有着向阳光生长的特性,植物的根追逐着水分和肥料,叶片上的气孔则时刻在吸收二氧化碳释放氧气。植物的一生,简而言之,就是获取阳光、水分、二氧化碳和矿物质合成自己所需物质并繁衍后代的过程。"

"阳光、水分、二氧化碳不是多得很吗?"红花继木小声嘀咕。

香樟听到了红花继木的嘀咕声,他高声说:"阳光、水分、气体和矿物质并不是取之不尽、用之不竭的。植物缺少了光、水、气、肥中的任何一个因素都无法生存,这就催生了植物间对光、水、气、肥的激烈的'抢夺'。你们在人工呵护的环境里是感觉不到,如果走出去,到野外纯天然的大自然环境中去,就会体会到竞争的激烈。例如,荒漠环境光照充裕,但水分稀缺。又例如,沼泽地水分和矿物质相对充裕,但土壤氧气含量少。所以水分和土壤、氧气分别成了沙漠植物和沼泽植物必争的资源——胜者存活,败者淘汰。在森林群落中,处处存在着植物间激烈的'竞争'关系和充满'智慧'的生存策略。正是因为我们植物们的追求和开拓,如今,植物几乎占领了草原、山地、沼泽、海岛等所有适宜生存的环境,改变了整个地球的外貌。"

"那森林中植物们是怎样争斗,又如何共生的?"大叶黄杨提问。

香樟回答:"这正是我要说的,在森林群落环境中,森林由上而下依次为乔木层、灌木层和草本层。壳斗科、冬青科、木兰科等高大树种构成的乔木层,是森林群落真正的'统治者',他们依赖自己高大的身躯在高空散布出更多的枝叶截留阳光,利用粗大和充满韧劲的根系牢牢抓住地面,并从地表及深处吸收矿物质和水分。为此,他们抢占了这片森林的大部分资源和空间。乔木层遮住了阳光和雨露。俗话说:'大树底下不长草。'揭示了乔木下灌木和草本生存的艰辛。"

"如此说来,那森林里都是乔木的天下,灌木和草本还有容身之地吗?"麦冬草很担心。

香樟说:"森林里的灌木和草本是难过的,但鱼有鱼路,虾有虾路。由于竞争不过高大的乔木,低矮的灌木'位低身卑',只能在乔木的间隙中'苟延残喘'。为了适应较弱的光照、较少的矿物质和水分,他们也演化出了一些应对策略,例如长出更大的叶子,形成更低的光合作用补偿点以便在较弱的光照下也能进行光合作用合成有机物。还有一些灌木演变得更能适应干旱和贫瘠,能吸收强紫外线,立足于狂风不定、干旱、贫瘠的高海拔山区,并形成独领风骚的高山灌丛景观。当然,即便灌木也占领了不少生境,但与'高

277

大上'的乔木相比较,终究成不了大气候,无法与乔木'抗衡'。"

"灌木尚且如此,那草本就更没有活路了。"麦冬草急得眼泪都要掉下来了。

香樟说:"你也不要急,确实,乔木和灌木占领了大部分地面,留给草本植物的就只剩些'弹丸之地'了。面对强大的乔木和不弱的灌木,柔弱的草本既没有高大的树干,也没有强大的根系,难以与他们竞争。但草本植物不甘屈服,他们巧妙地演化出了一套充满'智慧'的生存策略:采用较短的寿命、较小的个体、'早婚早育'、'多子多福'等办法,并花费几乎全部精力用于繁衍后代,以在森林中谋得一席之地。"

"有意思,草本还有这么多手段,我倒是很想知道他们是如何操作的。"沙朴虽然是乔木,但对草本的生存策略感兴趣了。

香樟介绍说:"草本植物的寿命普遍很短,大多不足一年,他们抓住时间差,充分利用乔木秋冬落叶的特性在秋冬发芽,在寒冬中缓慢生长。虽然周围环境天寒地冻,但阳光却是充裕的,他们吸收枯枝落叶腐烂释放出的矿物质,开始缓慢生长,只待早春气温回暖,再疯狂吸收阳光雨露,迅速开花结果,并释放大量小种子。等到落叶树发芽、枝叶伸展,再次像一把雨伞一样遮盖了上层空间时,他们早已枯萎,无数的种子暗藏在土壤中等待着下一次轮回。有些草本植物会利用滑坡、泥石流、山洪、大树倒塌等干扰活动,这时,原有的生态平衡被破坏。被'干扰'的地块,原来的乔木和灌木死亡或尚未恢复'元气',短期内难以恢复'势力',草本植物就利用了这种生境,快速繁殖,并在木本植物重新占领该地块以前繁衍出足够多的种子,散播到其他类似的'干扰'生境中去。这叫见缝插针。另外,草本植物会利用自己个体小,所需资源和空间较少的特点,在岩石缝隙或峭壁上的狭小平台繁衍生息,它们吸收岩石分化释放的矿物质,吸收清晨凝结的露水,适应干燥贫瘠的恶劣环境,从而躲开了与乔木和灌木的'正面冲突'。这是避实就虚的策略。"

"野外的草本植物太可怜了。"麦冬草听到这里,眼泪噼里啪啦掉下了。大叶黄杨见此,连忙递给麦冬草餐巾纸。麦冬草用餐巾纸擦去了泪水,不好意思地笑了笑。

香樟朝麦冬草看看，继续说："草本植物多为虫媒花，需要蜂、蝇、蝶、蛾、甲虫等为他们传粉受精。大多数情况下，草本植物与昆虫的'合作'是愉快的。他们生产较多的花粉、花蜜等奖励物质，'雇佣'特定的昆虫为其搬运花粉：将一株植物的花粉搬运到另一个体的雌蕊柱上，通过这种方式，他们的后代能够获得较多的遗传多样性，昆虫也获得了甜滋滋的花蜜和部分花粉，这就是'双赢'策略。"

"如此说来，森林中的植物是相互争斗的，那他们之间有联合吗？"红花继木说。

香樟回答："森林中的植物在资源的获取上是以争斗为主的，但他们之间也有联合。乔灌草结合增加了生态系统的稳定性，乔木虽然一定程度上剥夺了树冠下灌木草本的阳光权，但同时也为灌木草本起到挡风遮雨的作用。灌木草本一方面和乔木争夺水分养料，另一方面自己的枯枝落叶又能作肥料供给乔木。总的来说，森林是一个整体，设想一下，在一片土地上，当树木多达千万棵时，将会是怎样一幅画面？也许如同树的阵列，漫山遍野严阵以待；也许是巨木撑天，万千利剑直指苍穹；也许是绿荫如盖，遮天蔽日只留下斑驳的光影。"

麦冬草说："听君一席话，胜读十年书，今天我才知道，原来外面的世界是这样子的。"

"香樟大哥还有什么忠告？"沙朴问。

香樟说："谈不上忠告，我觉得，植物的一生，既不像我们想象的那么好，也不是那么坏，一生中的许多困难，只要活着没有什么是解决不了的，时间和智慧而已，悲观者让机会沦为困难，乐观者把困难铸成机会。想开了，自然微笑。看透了，肯定放下。运气不可能永远伴随你，能帮助你持续一辈子的东西只有你自己的能力。记住一个道理，只有自己变得优秀了，其他的事情才能跟着好起来。"

在一阵热烈的掌声后，沙朴带着麦冬草等植物告别香樟，回自己住地去了。

拈花惹草

　　大暑一过,天气一天比一天热了。早晨四点多钟的时候,东方开始泛起白光。一朵朵白云压得很低,好像唾手可得。几只早起的小鸟在树丛中飞来飞去地鸣叫,好像在迎接新的一天到来。花草树木们在微风吹拂中晃动着身躯,好像随着晨风在梦乡里游荡。

　　小区公园里的植物,沙朴起来得最早,他照例沿着小区里的野径转了一圈,东看看西望望后来到了中央公园。扯开嘶哑的喉咙叫了起来:"起来了,起来了,我发现了一个秘密,你们快过来听啊。"

　　小区里的植物大多知道沙朴的德行,没有植物理他,顾自睡觉。沙朴感觉无趣,就找来了一只水桶,从水池里盛满了水,对着周围的植物劈头盖脸地浇了下去,终于把他们惊醒了。当植物们发现是沙朴在恶作剧时,纷纷怨他大清早的发神经。

　　沙朴神秘兮兮地说:"我有新鲜事要告诉你们,你们难道不想听吗?"

　　垂柳甩了甩长发,怒声说:"就你事多,又道听途说到了什么?"

　　枫杨伸了伸懒腰,慢条斯理地说:"在动物界,有句话叫狗嘴里吐不出象牙;在我们植物界,也有句话叫沙朴嘴里吐不出桃花。"枫杨话音刚落,引得周围植物哄堂大笑。

　　沙朴也不气恼,只是自我解嘲说:"我沙朴就是沙朴,我的嘴里当然吐不出桃花,这有什么奇怪的。"

　　"你们可别说,我还就是喜欢沙朴这种性格,朴实无华,没有那么多花花肠子。"杜英挺身而出,为沙朴助阵。

"算了，既然大家都醒过来了，那就不妨听听沙朴能说些什么出来。"见广玉兰如此说，其他植物也点头表示同意。

见植物们围了过来，沙朴越发精神了，他绘声绘色地说："早晨我在小区里转悠，发现了一个有趣的现象，就是住在这里的人，有一项意想不到的共同嗜好：每幢楼里的居民都喜欢养花莳草，特别是一些老年人，一直在拈花惹草，这是为什么？"

听到这里，雪松笑了起来，他说："你一大早吵嚷嚷的，原来是为这个，这又不是什么秘密，是大多数植物早就知道的啊。"

"你们都早就知道了，我可不信。"沙朴向周围的植物逐个问了一遍，植物们都肯定地点点头。这下沙朴不淡定了，缠着雪松要他说个明白。

雪松被沙朴缠上了，知道躲不开了，就用树根猛吸了几口水，又用枝叶吸了些二氧化碳，释放出了些氧气后，觉得全身轻松了，就开始说了起来。

雪松说："人们喜欢拈花惹草，这既是一门学问，叫园艺，又是一种养生方式。养生方式各种各样，但你知道吗？全世界许多长寿的人，都有一个共同的嗜好，就是园艺。通过做园艺能降低血压、愉悦心情，就连罹患认知症的比率，都比不做园艺的人低很多……"

沙朴插嘴问："我知道人们养生方式千百种，比如钓鱼、打牌、唱歌、跳舞、爬山、摄影，难道拈花惹草比这些活动还好？"

"当然，青菜萝卜各有所爱，养生也是这样，适合自己的就是最好的。但园艺有助于一个人的长寿，却是不争的事实。根据对世界上五个长寿区，就是日本的冲绳、哥斯达黎加的尼科雅、希腊的伊卡里亚、美国的洛马林达，以及意大利的萨丁尼亚的研究发现，这五个地区的人，都有一项意想不到的共同嗜好——园艺，也就是你所说的拈花惹草。"雪松缓缓说道。

"你到过这些地方？"沙朴好奇问道。

"这怎么可能。"雪松回答。

"那怎么你知道得这么清楚。"沙朴表示不理解。

雪松摇了摇头说："现在是互联网时代了，什么知识点都可以在网上查啊，用百度一搜索，你所需要的东西都跳出来了，方便得很啊。"

"是啊,我前两天刚刚查到,中国人发射的'天问一号'探测器,都奔向火星去了,他们人类这么努力,我们植物界也不能放松啊,不然就会被越甩越远了。"黄山栾树补充了一句。

　　"你们是不是把话题扯远了,我还是希望雪松把前面的话题说完。"无患子表示对园艺感兴趣。

　　雪松接着前面的话题说:"适当的户外体力活对长寿是有好处的,这个大家都知道,而园艺又比一般纯体力活更能达到长寿的目的。首先是因为园艺不那么粗重,是比较可以让人常常做、长久做的体力活。喜欢从事园艺的人活得比较久、压力比较小,是有证据的,已经有很多研究证明,园艺对身心健康都有好处。其次,在户外做园艺时的阳光和新鲜空气,有助于让人们感觉心情平静,花花草草的色彩和触感,又能够刺激人们的视觉和触觉。就算是只能在阳台上种些花草,也能把大自然的美好带到日常生活中去。为什么人们一直都希望能拥有自己的一方小小的院子,因为那样就能长年拈花惹草。再次,老人要想健康长寿,必须要有活着的动力,而园艺是让你每天有动力起床的原因之一,你们想想,每天早上起来,对着花花绿绿的植物欣赏一遍,心情该有多好。最后,通过园艺活动,能建立高密度和高质量的邻里关系和社会联结,大家经常会在花卉市场碰头,把自己种的花草植物拿到市场上卖,分享最近做园艺的成果。这些都有助于人们感觉脚踏实地而且相互联结。"

　　广玉兰插嘴说:"这说明人与人之间的联结很重要,人与自然的联结很重要,我们植物之间的联结也很重要。"

　　"也说明了我早上起来得早是有好处的。"沙朴也不失时机地补了一句,还沾沾自喜。

　　一直在旁边不作声的桂花,也忍不住了,他说:"通过很多的医学实验证明,经常被绿意包围的人,活得比较健康比较久,罹患呼吸道疾病和癌症的风险也比较低。这就是为什么有医生开始使用'在大自然里散步'的疗法治疗高血压、焦虑等疾病的原因。"

　　"你这个叫森林疗法,也叫森林康养,现在挺时髦的。"月季花拉着桂花的手说。

雪松挥了挥手,总结说:"拈花惹草有益于人类健康,这是毫无疑问的。这充分说明,人类是离不开花草树木的。我们在值得自豪的同时,也感到了压力。人们对我们越爱护,对我们的期望就会越高,我们也要与时俱进,迎接挑战,人与自然和谐共处,合作共赢。"

紫薇抖了抖躯干说:"我已经准备好了,五颜六色的花朵陆续都会绽放出来。"

"我一年四季都不停歇地开花,总可以了吧。"月季花全身摇晃着说。

公园里的植物一起鼓掌,为紫薇、月季花点赞。现场气氛达到了高潮。

植物的烦恼

　　小区里植物组织的访谈节目,在连续举办了几期后,因主持人红叶石楠去进修而停顿了一段时间。近日,红叶石楠学成归来,访谈节目重新启动。一大早,红叶石楠就来到了小区中央公园,见台下花草树木来了不少,正交头接耳地议论着,等待访谈节目开始。

　　红叶石楠:"各位植物朋友们,大家早上好!欢迎大家来现场观看访谈节目,今天,我们邀请到了植物界赫赫有名的嘉宾,他就是银杏。银杏的头衔很多,大名鼎鼎,用不着我多介绍,大家都很熟悉。下面有请银杏老师上场。"

　　在一阵热烈的掌声中,银杏腰杆笔挺地大步走上台来。和红叶石楠握手后,又向台下的观众鞠了一躬,然后坐了下来。

　　红叶石楠:"银杏老师,你好,我因前段时间进高等学府去学习了,有一段时间没在小区,回来后听说小区植物界的活动很丰富,植物们生活很充实,日子过得无忧无虑,是这样吗?"

　　银杏:"主持人好,欢迎你学成回来主持节目!确实,住在我们小区植物界的兄弟姐妹们是幸福的,在这里,我们是过着丰衣足食的生活,小区居民对我们是疼爱有加、爱不释手。但如果走出去,到大自然去,放到全球的视野看,情况则很不乐观,甚至可以用惨不忍睹来形容。所以,这是我们植物的烦恼所在。"

　　红叶石楠:"有这样的事?银杏老师何出此言,愿闻其详。"

　　银杏:"我们住在这里,吃香的喝辣的,灯红酒绿,歌舞升平,对外面的世界知之甚少。前段时间，我出去云游四方，走访了许多老朋友，了解到很多新情况，虽然有不少值得欣慰与高兴的事，但也发现了一些严重威胁植物的问题，今天，我就借此一吐为快，要引起植物界兄弟姐妹们的重视。"

红叶石楠："你就快说吧！大家都很认真地听着呢。"

银杏喝了几口水，透了几口气，就说了起来："地球就那么大，地球上的人口是越来越多，人是需要消耗食物的，食物原材料主要的来源是植物，植物的生产属于农业生态系统。在今天，这个生态系统已经严重失衡，为了生产更多的食物，更便于储存，更容易加工，人类发明了数万种化学物质(据说光农药种类有3万种，食品添加剂也有3万多种)，这些物质中除极少数是必要的外，大多数所发挥的作用是弊大于利的。这对农资商人是创造了赚钱机会，并通过污染食物链，制造大量病人，使医院人满为患。在给我们植物带来灭顶之灾的同时，也反过来损害到了人类自己。"

红叶石楠："能用具体数据说明吗？"

银杏："以农作植物为例，据联合国粮食及农业组织估计，20世纪以来，全球农作物(品种)多样性不断丧失，3/4农作物遗传性已经丧失；美国97%曾经栽培的蔬菜品种已经消失；印尼有1500个地方的水稻品种已经消亡，3/4水稻品种来自单一的母体后代。据预测，到2050年，全球1/4的物种将陷入绝境。而一种植物的消失必将导致某一食物链断裂，或进一步诱致或加剧其他10—30种生物的生存危机。"

红叶石楠："中国的情况怎么样？"

银杏："在中国，近半个世纪以来，有200多种高等植物已经灭绝，约4600种高等植物处于濒危状态；全国生物物种数量正以平均每天新增一个濒危甚至走向灭绝的速度减少，农作物栽培品种正以每年15%的速度递减；相当数量的农作物种质资源只能存活于实验室或种子库，很多种类尤其是野生种、半野生种、地方种或传统农家品种等早已在野外难觅踪迹或永远消逝，作物种质多样性、遗传多样性和基因多样性正面临前所未有的挑战、威胁或危机。"

红叶石楠："啧啧，那可真不得了，为什么会出现这种情况？"

银杏:"为什么？前面说了,还不是为了养活地球人。为了在有限的土地上多生产食物,人们可是动足了脑筋,现在还用上了高科技。下面我举几个例子。

"我们植物知道,害虫(人类的叫法)虽然伤害庄稼,但会对虫媒花植物起到传花授粉作用。有人却见了虫子就杀,为此还发明了高达3万种以上的农药。虽然暂时控制了虫害,但同时消灭了天敌,消灭了蜜蜂,导致我们植物中的一些蔬菜或瓜果不能传粉。

"没有了昆虫授粉,有人又发明了催熟激素,使得我们植物中的某些蔬菜如西红柿、黄瓜、草莓、西瓜等单性结实。不经授粉就膨大的蔬菜与水果对人体会产生什么样的影响,他们人类至今没有去认真研究过。

"我们植物中的一些杂草会与庄稼争营养、水分和空间,于是有人发明了除草剂而活生生地杀灭杂草。这样做,虽然暂时控制了杂草,但也促进了杂草进化,变得比人类更难对付。更糟糕的是,除草剂也消灭了土壤中的有益微生物,一些原本具有固氮能力的固氮菌,乃至使多余氮素还原为大气中的氮气的反硝化细菌也遭到了伤害。同时,没有了杂草呵护,农田变成光板地,非常容易造成水土流失。土壤中的有益微生物,尤其是那些固氮、解钾、解磷的微生物被消灭后,缺乏的养分单纯依靠使用氮、磷、钾为主的化肥补充,这加重了土壤酸化。土壤酸化后,原本存在的一些重金属物质溶解出来,再加上饲料、农药、化肥中的重金属,使得重金属进入食物链。一些重金属本身具有致癌作用,进入人体后很难排出体外。那些不能回到空气氮库的含氧化合物,如 NO、N_2O、N_2O_5 摇身一变成为雾霾的前身物质,污染了大气环境,造成了雾霾肆虐。

"自从人类发明了地膜技术,他们还津津乐道,但这一技术放在全球变暖的今天,已出现了相反的效果:加重植物病害,并造成农产品严重滞销。庄稼生病与地膜覆盖和反季节种植有非常大的关系。植物病了,有人就发明了医治庄稼病的各种农药,还是以灭杀对抗为主,针对的对象为病毒、细菌与真菌。植物病可能暂时控制了,但杀菌药物残留到了食物中,进入了食物链。

"反季节种植,抢季节上市,都有地膜和反季节农膜的贡献。但这样做的经济效益低不说,其造成的水资源浪费、环境污染却是实实在在的。人类为了让植物长得更快,滥用各类激素,看起来,作物长得更快了,水果和西瓜也越来越大了,越来越光鲜了,可口感却没有了。

　　"连年持续高频率使用化肥,造成了土地板结、土壤酸化、食物质量下降。很多有益元素已严重降低。比如钙质,根据研究,用化肥生产出来的小麦面粉,比用有机农业模式生产的面粉缺钙76%,其余蔬菜、水果缺钙现象也是非常普遍的。

　　"植物有虫害、有病害、不抗除草剂、不耐寒、不耐旱、不耐运输和储存,怎么办? 一些人更聪明,发明了转基因办法,让植物实现上述功能。但这样的食物出现了另外的问题——原本不带毒的食物带毒了,营养成分更减少了。"

　　红叶石楠:"听你这么一说,我可不淡定了。特别是现在用转基因方法生产出来的食物,长期食用后会产生什么后果,我都不敢想下去了。"

　　银杏:"总之,农业生态系统原本平衡的状态打乱了,人类为了果腹,就不得不去吞下更多的有害化学物质。因食物链中充斥了大量的非食物成分的化学物质,以前不曾出现的怪病出来了,突出表现在儿童性早熟、抑郁症、多动症、男女不孕不育症、肥胖症、白血病、各种癌症等集中爆发。人类为此一定会付出代价。"

　　红叶石楠:"如此说来,确实,不光人类有烦恼,我们植物界也有烦恼。因时间关系,主持人和嘉宾一对一的访谈就到这里,下面是提问环节,台下的观众有问题可以问银杏老师。"

　　这时,台下植物们七嘴八舌地议论起来,有几位植物纷纷举手提问,虽然提的问题五花八门,但归纳起来中心点是,既然存在这么严峻的问题,那人类会怎么去应对呢?

　　针对植物们的提问,银杏解释道:"这些问题,既然我银杏都知道了,人类的有识之士也早有共识。他们提出要以全球大视野、国际大背景和人类社会可持续发展的战略高度审视、认识和保护农业生物多样性。唯有充分尊重自然、顺应自然、敬畏自然,彻底转变陈旧、落后和非理性的传统发展观念与粗放低效的发展模式,牢固树立科学可持续的发展新理念并一以贯之,方能有效保障农业生物多样性和生态环境安全以及人与自然的和谐共荣。"

最后,银杏总结说:"相信人类的智慧总是超过我们植物的,人类总是会想出办法的。我们植物虽然有烦恼,但也不必过于担忧;既要防患于未然,也不必谈虎色变。如果不能改变风的方向,就要想办法调整风帆;如果不能改变事情的结果,就需要改变自己的心态。微笑着面对生活,即使一文不名也能睡得香甜;微笑着面对人生,即使在黑暗中你也能看到希望的曙光。"

红叶石楠:"银杏老师的意思是,当你能控制自己的情绪时,你就是优雅的;当你能控制自己的心态时,你就是成功的。各位观众,今天的访谈节目就到这里,朋友们再见!银杏老师再见!"

银杏:"植物们再见!主持人再见!"

植物说笑

酷暑季节,小区里的植物也修身养性,清静了几天。今天早晨,气温比较凉爽,植物们耐不住了,就陆陆续续地又聚集到小区公园里说笑起来。

沙朴来到公园后,意外地发现今天来了好多新面孔,其中有发财树、爬山虎、墙头草、吊兰、油菜、韭菜、高粱等。沙朴和在场的雪松、广玉兰等几位常客商量了几句后,就把这些新来的植物叫上台来,对他说:"你们平时难得来公园聚会,大家还不太熟悉,就简单地用一句话介绍一下自己。"

发财树先来,他说:"现在天气虽然热,可是我待在房间里舒服得很。我没啥学历,但很多家庭都喜欢我,谁叫爹娘给我名字起得好呢。"

众植物点点头,都认为起个好名确实很重要。

接着,爬山虎说:"我学人的样,人往高处走,不是有钱人的别墅我是不去的,其他再高级的地方我也不稀罕。"

"你这不是爱富欺贫吗,这种思想可要不得。"沙朴心直口快,对爬山虎提出批评。

爬山虎正要解释,墙头草抢着说:"你俩好福气,我是农村待腻了,这次进城说啥也要进机关单位混混。"

墙头草话音刚落,植物们都会心地笑了。

吊兰叹了口气说:"都说我能吸收甲醛,我被环保局害惨了。"

韭菜拉着吊兰的手,摇了摇头说:"可不是吗,我也是受害者。每当一轮牛市结束,股市一片绿油油的时候,大批亏钱的股民都说自己被割韭菜了,我招谁惹谁了? 你们说我冤不冤啊。"

沙朴对吊兰、韭菜深表同情,他说:"吊兰为民除害,值得表彰;韭菜忍辱负重,需要正名。还有油菜、高粱,你俩也说说。"

　　油菜说:"我就不多说了,学历就不要看了,光听名字就知道俺挺有才吧。"

　　高粱说:"那我更用不着多说了,光凭我的高个子,就把人类征服了。张艺谋导演还拍《红高粱》呢,你们大家应该都知道的。"

　　植物们又笑了起来,雪松说:"反正吹牛又不上税,你们就吹吧。"

　　广玉兰说:"我发觉人类很多方面是和我们植物相通的,比如爱听好话,爱打扮。并且美女们还很喜欢用植物名来形容自己的美貌。"

　　"这个我倒很想听听,你要举例说明。"沙朴的兴趣来了。

　　广玉兰笑了笑说:"比如脸是'瓜子',腰是'杨柳',眉是'柳叶',眼是'桂圆',嘴是'樱桃',手是'莲藕'……这算是美女的标配了。"

　　沙朴用手指头数起来,说:"瓜子脸、杨柳腰、柳叶眉、桂圆眼、樱桃嘴、莲藕手、天哪,这不整个就是植物人吗?"

　　植物们又是一阵大笑,笑过后,无患子接着说:"刚才沙朴提到植物人,我想起了一个人类的笑话,是这样的。某地一个县长被免职了,气成了植物人,被送到了医院。医生仔细检查后对病人妻子说:'给他念个官复原职的通知也许病就好了。'病人妻子想,既然要念通知,就念个厅长吧,让他高兴高兴。哪知县长一听当厅长了,挺身而起,大笑气绝。家属责问医生,医生叹道:'不遵医嘱,擅自加大剂量,后果自负。'"

　　植物们笑得前仰后合。黄豆说:"我们植物也有很多搞笑故事,我先讲一个:有一对玉米相爱了,于是他们决定结婚,结婚那天,一个玉米找不到另一个玉米了,这个玉米就问身旁的爆米花:'你看到我们家玉米了吗?'爆米花回答:'亲爱的,人家穿婚纱了嘛,你就不认识了?'"

　　黄豆说的故事又引起了一阵笑声。今天刚好玉米也在,心想你黄豆这样笑话我,我岂肯罢休,于是也讲了一个笑话。有个植物学家在吃早餐,边吃边对摊主说:"你知道吗,植物是有思想的。这是真的,我有实验证据。"摊主说:"我信,比如黄豆就有思想。"植物学家很高兴,就问:"这么多年我才研究出来,别人都不信。今天居然遇到知音了,好,你具体阐述一下。"摊主说:"黄豆有脑子啊,自然有思想了。"植物学家追问:"黄豆的脑子在哪里?"摊主指了指植物学家正在吃的碗里说:"豆腐脑啊,这就是黄豆的脑子。"植物学家恍然大悟,赞叹不已。

玉米说完了,植物们忍俊不禁,放声大笑。黄豆一边笑着,一边去追打玉米,玉米佯装害怕,嘻嘻哈哈地跑开了。

只有沙朴在跟着笑过一阵之后,还要追问这个爆米花是谁?这个豆腐脑算不算黄豆的脑子?广玉兰不耐烦了,就怼沙朴,说:"你刚才在听什么啊,你整个是囫囵吞枣啊。"

沙朴不服气了,非要广玉兰说清楚什么叫囫囵吞枣。广玉兰不理沙朴。雪松见沙朴不依不饶,就走上前来解释说:"相传,古时候有个老先生,身边教了很多学生。一天课余时间,学生们拿出新鲜的梨子和大枣吃了起来。这时,先生家里来了一位客人。这位客人是个医生,他看到学生们都在不停地吃着梨子和大枣,就劝他们说:'虽然梨子有益于牙齿,但吃多了却会伤脾;大枣是有益于脾,可是吃多了就会损坏牙齿。'听了这位客人的话,一个学生想了很久后说:'那我吃梨的时候光嚼不咽下去,这样就伤不到我的脾了;吃枣就整个儿吞下去而不嚼,也就伤不了我的牙齿了。'客人说:'唉,真没办法,你整个儿一个囫囵吞枣呀!'"说完了,雪松又补充了一句,"囫囵吞枣就是个笑话。"

沙朴有些不高兴了,正要责问广玉兰。黄山栾树见机忙把话题引开,说:"人类对我们植物有所知有所不知,他们往往自以为是,常常会闹出笑话,我先说一个。从前有个在南方做官的北方人,在一次宴会上吃菱角连皮一块吃。有人提醒他吃菱角要把壳剥去。可他却强辩说:'我不是不知道吃菱角要去皮,我连皮一起吃是想让它清热去火的。'有人就问他:'那北方也有这种东西吗?'这位官员说:'有,前山后山,什么地方都有。'引得宴会上一阵哄堂大笑。"

雪松笑了笑说:"这就是不懂装懂的典型例子。事实上,人也不是事无巨细的'万事通'。因此,有些不懂的事,问问别人并不可耻。你若实在不想问,先看看别人怎么做,也可模仿呀,何必耍小聪明胡来呢? 不懂装懂肯定会弄巧成拙,闹出笑话来。"

众植物都说:"是啊,是啊,我们植物不要学他们的不懂装懂。"

槐树说:"听完了黄山栾树讲的吃菱,我来讲讲吃笋的笑话。吃笋在我国有悠久的传统。自古以来,就视竹笋为上好的蔬菜,吃笋历来为人们所嗜好。苏东坡有传诵一时的四句诗:无竹令人俗,无肉令人瘦。若要不俗也不瘦,餐餐笋煮肉。"

听到这里,沙朴又忍不住了,就打断槐树的话,说:"竹笋是人类的美食,这个我们植物都知道,你用不着多介绍。你就直接进入笑话环节吧。"

槐树生来一副好脾气,见沙朴等不及了,就说:"好,那我就开门见山讲关于吃笋的笑话。从前,有一个北方商人到南方做生意,南方的朋友请他吃饭,一桌菜里有时鲜的竹笋,北人觉得味道妙不可言,忙问这是什么东西。南人回答是笋,北人不解,追根究底。南人嫌他烦,就随手指指窗外一片竹林,告诉他就是这个东西。北人回家后就把家里的竹榻劈了,可是他老婆煮了半天,竹子还是硬邦邦的。北人生气地说:'人家都说南方人要欺侮北方人,果不其然。'"

听到这里,植物们哄堂大笑。只有在场的毛竹感到有些不好意思,似乎这个北方商人出洋相,他有责任一样的。桂花说:"毛竹,没事的,这就是个笑话而已。笑一笑十年少,我觉得植物们这样说说笑笑很好的。我看到过一本书上写着:人生不在年龄,贵在心理年轻;衣着不在时尚,贵在舒适合体;膳食不在丰富,贵在营养均衡;居室不在大小,贵在整洁舒畅;养生不在刻意,贵在顺其自然。人活一世,开开心心是一辈子,悲悲切切是一辈子,拼死拼活是一辈子,不拼不抢是一辈子,知足常乐是一辈子,日行一善是一辈子。人类如此,我们植物也是如此。你们说对不对?"

植物们以热烈的掌声回应桂花。这时,日上三竿,太阳照得公园里热烘烘的,植物们感觉肚子也饿了,嘴巴也渴了,就相互挥挥手,回居所去了。

桂花访祖

桂花是杭州的市花,遍布街头巷尾,各处都有种植。在小区植物界,桂花也是主角之一。2019年中华人民共和国成立七十周年时,桂花施展出浑身解数,犹如打开了身上的温控开关,一夜之间,头顶上像是安装了成千上万的小灯泡,散发出金灿灿、银白色的光,并且还散发出阵阵香味。当时,许多植物没整明白,只有香樟明察秋毫。香樟总结说:为什么桂花能担当市花的重任,就是因为他既能不忘初心,又能与时俱进,讲政治,懂民心。桂花用自己的辛勤耕耘,赢得了月季花、茶花、荷花等名花的尊重。后来,桂花又被选为小区植物界植物志编纂委员会主任。

桂花在小区里过着体面的生活,算得上是顺风顺水。可是桂花总觉得似乎少了点什么,一时也想不起来。后来,小区里发生了柳郎怀旧、茶姑寻亲、枇杷还乡的事,桂花猛然想起,自己似有若无的情愫就是一种乡愁。桂花也想知道,自己的故乡变成什么样了,父老乡亲都好吗?带着这样的问题,桂花决定去故乡满觉陇看看,或许能探明真相。

桂花急不可耐地赶往满觉陇,四处转了转,旦就被这里的一树一石吸引住了。觉得这里的一切是那么的亲切友好,似乎都和自己血肉相连。傍晚时,桂花把整个满觉陇看遍了,就在一棵大桂花树下的茶桌坐下。茶室主人见有客人来,忙迎上前来询问。桂花说先来一杯桂花茶吧。店主人端上茶来,桂花示意店主人坐下,请他做些介绍。店主人也不推托,直奔主题就说了起来。

原来满觉陇又称满陇,位于杭州西湖以南,南高峰与白鹤峰夹岭下的自然村落中,是一条山谷。五代后晋天福四年建有圆兴院,北宋治平二年改为满觉院,满觉意为"圆满的觉悟",地因寺而得名。满觉陇沿途山道边,植有七千多株桂花,有金桂、银桂、丹桂、四季桂等品种。每当金秋季节,珠英琼树,百花争艳,香飘数里,沁人肺腑。如逢露水重,往往随风洒落,密如雨珠,人行桂树丛中,沐"雨"披香,别有一番意趣,故被称为"满陇桂雨"。1985年,"满陇桂雨"被评为新西湖十景之一。

满觉陇自明代起就是杭州桂花最盛的地方。每到金秋花开时节,这里金桂飘香,道路两旁摆满了村民们搭建的茶座,游人可在此品尝香甜可口的桂花栗子羹,打牌娱乐,排遣工作的劳顿。

老底子去满觉陇喝茶,市民们喜欢坐在桂花树下,因为一阵阵"桂花雨"跌落到西湖龙井茶里,茶香添了桂花香,游客心里头就更香了。

桂花说:"久闻满陇桂雨的名气,只是杂事缠身,在杭州多年,竟没有好好地来此游赏过。"

店主人微笑着说:"那是真可惜了,以后可常来常往。"

桂花问:"这里的桂花可有什么来历?"

店主人说:"这个说来就话长了。听我慢慢说来。"

传说唐代时,有一年的中秋之夜,皓月当空。半夜时分,杭州灵隐寺的烧火和尚德明,起身到厨房去烧粥,忽然听见一阵"滴滴答答"的声音,心里觉得很奇怪。他开门一看,见月亮里落下无数像珍珠般的小颗粒,掉在寺边的山峰上。他就爬上山峰去寻找,拾了满满的一大兜。

第二天清早,德明和尚把此事告诉了师父,问他这是什么东西。智一长老仔细一看,便道:"月宫里有一株大桂树,上面住着嫦娥和吴刚。吴刚一年到头砍这株桂树,可总是砍不断。这可能是月宫里吴刚砍桂树时震落的桂子。"

于是,他们师徒俩就把那些五颜六色的小颗粒儿种在寺前寺后的山坡上。过了几天,居然发出了嫩芽;一个月后,嫩芽又长成一尺多高的小树苗,抽出了翠绿翠绿的叶片儿。到了几年后的中秋节,桂树不但长得又高又大,而且树上还开满了芳香四溢的各色小花朵儿,有橙黄的,有净白的,有绯红的。德明和尚就按照桂花的不同颜色,把它们取名为金桂、银桂、丹桂、四季桂……从这时候起,西湖四周就有各种各样的桂花了。现在,灵隐寺旁边还有一座山峰,叫作'月桂峰',传说就是当年月宫落下桂子的地方。"

店主人的故事讲完了,桂花问:"这个传说可有什么名人记载?"

店主人回答:"有啊,正是因为唐代大诗人白居易写了'山寺月中寻桂子'的名句,从此,这段'月中落桂子'的佳话便流传至今。"

说着,不等桂花提问,店主人就将该词背诵出来:"江南忆,最忆是杭州。山寺月中寻桂子,郡亭枕上看潮头。何日更重游?"

听到这里,桂花连声说:"写得好,写得好。'接着陷入了沉思。心想这"月桂峰"倒是不远,随时可去拜谒,可是月宫才是我真正的祖先,又怎能上得去呢?

店主人说:"从客官的言谈举止、穿着打扮来看,也是个文化人,一定喜欢舞文弄墨,是不是也来几句?"

桂花说:"我这点三脚猫的功夫,哪里登得了大雅之堂,你是要我出洋相了。"

店主人说:"没事,出来玩,本来就是寻开心,放松心情,随心之所至就行。"

无奈之下,桂花就随口吟出四句:"花子桂中落,菊香云外飘。满陇雨亦奇,嫦娥吴刚羡。"

念完,就要主人还是多说说这里的桂花吧。

店主人说:"那好吧,言归正传,我来简单介绍一下桂花。桂花是一种常绿小乔木,性喜湿润,满觉陇两山夹峙,林木葱茏,地下水源丰富,环境宜于桂花生长。这里的山民以植桂售花为主要经济来源,一代传一代,终于造就了这一片'金粟世界'。如今作为杭州市市花的桂花,更是家家户户皆植桂,屋前后,村内外,满山坡,路两旁,一丛丛,一片片,一层层,举目皆是。每年中秋前后,几番金风凉雨,秋阳复出之时,满树的桂花竞相开放,流芳十里,沁透肺腑。

"满觉陇是杭州赏桂花最著名的景点。满陇桂雨入围新西湖十景后,满觉陇村在每年九、十月间举办西湖金秋桂花节,文化搭台、经济唱戏,道路两旁摆满了村民们临时搭建的茶座,游人在此品尝香甜可口的桂花茶和桂花栗子羹,南山一带车水马龙,赏桂秋游又为西湖情话增添一大韵事,杭州的桂花也随着四方游客而闻名于天下。"

桂花说:"我刚才在村口看到,有首诗是这样写的:水乐洞口溪水潺,千年虎跑到山前,碎石路径通桂下,粉黛小楼绕竹栏。"

店主人说:"这是诗人扬眉写的《满陇觉春》,把满陇桂雨的意境都写出来了。"

不知不觉间,夜幕降临,月亮笑容满面地从云层中钻了出来。但见一轮圆月,高挂苍穹,赏月的人群中爆发出一阵欢呼声。桂花觉得今天的月亮是特别亮,特别柔,特别美。他会心地对着天空,双手合十,朝明月拜了几拜。

这时桂花一看时间已不早了,就连声向店主人道谢,告别满觉陇回小区去了。路上,桂花的心结已打开,觉得浑身舒畅,走起路来感觉特别轻松,只一会儿,就回到了小区。从此后,桂花就全身心地投入到工作中,在小区植物界树立了榜样。

沙朴写书

　　进入盛夏季节,天气越来越热,在中午的烈日下,地上冒着热气,植物们都热得气喘吁吁的,轻易不敢出门。

　　生活在小区里的广玉兰几天没出门,实在受不了,就起了个大早,去小区外面的钱塘江边透透气。来到江堤,他看到有只野鸟立在一独立水面的石尖上,一动不动地沉思着,似乎是在考虑哲学问题。广玉兰掏出手机,将这个画面拍了下来。回小区的路上,广玉兰已想好了几句诗。到了小区公园里,见那里已聚集了不少花草树木,广玉兰就将刚才在江边的见闻用诗体朗诵出来:"独立石尖,脑洞大开。问滔滔江水,源自何处;滚滚钱潮,因何而来;更叹两岸高楼,比肩耸立;莲花发光,金球吐彩。绞尽脑汁未得其解。奈何之下,不耻下问,请教江鱼。鱼儿回答:人世攘攘,物欲横流,太忙,太累,不值。我在水中畅游,其乐无穷,何徒寻烦恼。鸟儿闻之,释然。"

　　广玉兰念完,植物们纷纷叫好。无患子称赞说:"广兄大清早的到江边去,观察得真细,把野鸟、鱼儿的思想都挖掘出来了,佩服,佩服。"

　　黄山栾树说:"广兄大清早到江边去了,很有收获,我只是在小区里活动活动筋骨。"

　　"那栾弟也要念首诗给我们听听。"广玉兰提出要求。黄山栾树推辞,但旁边的植物起哄,附和广玉兰的提议。黄山栾树见推不了,只好说:"那我就吟几句,献丑了。"说着就念出了下面的诗:"清晨,一如既往地来到小区幽径,绕着东南西北转了一圈,面对上下左右鲜艳夺目的花草树木,肃然起敬。在这里,见证了春夏秋冬四季轮回,目睹了风霜雨雪阴晴圆缺,体会到悲欢离合酸甜苦辣,感受到万物生长朝气蓬勃,无论是桃李春风,还是碧桂丹枫,或者香樟阁银杏汇,只要将身心融入大自然中,生活处处阳光灿烂。"

黄山栾树的诗一念完,植物们又是拍手叫好。枫香也在场,他点评说:"说到阳光,它不只是来自太阳,也是来自我们的内心。心里有阳光,才能看到世界美好的一面,自信、宽容、给予、爱、感恩,让心里的阳光,照亮生活中的点点滴滴。"

枫香的话引起了植物们的共鸣,大家欢呼雀跃,现场热闹非凡。只有沙朴默不作声,似乎在想着什么心事。乌桕心想不对啊,沙朴平时挺会咋呼的,今天怎么会不声不响呢,就推了沙朴一把,问他:"你今天是怎么了? 身体不舒服吗?"

沙朴哼了一声,说:"没有,我身体好着呢,我是在思索一件大事。"

听到沙朴在思索大事,植物们都很好奇,现场一下子静了下来,大家都朝沙朴看着。枫香说:"沙朴,你在思索什么大事,能不能说给我们听听?"

沙朴说:"广玉兰放着这么多的植物不去关心,跑到江边去关心动物;黄山栾树倒是在关心植物,但几句不痛不痒的诗句怎能反映出我们植物丰富多彩的生活。还有,枫香端上来的就是一碗鸡汤,中听不中用的。"

乌桕好奇地问:"那你想怎么样?"

"我想写一部反映我们植物生活的长篇小说。"沙朴挺了挺腰杆,朗声回答。

枫杨用手摸了摸沙朴的额头,说:"会不会是因为天气太热,把你的脑子烧坏了。"众植物都笑了起来。

沙朴一把将枫杨推开,生气地说:"谁和你开玩笑,我说的是真的。"

枫杨不屑地说:"就你这样的水平,想写长篇小说,不是在做梦吗?"站在枫杨旁边的一些植物也纷纷议论起来。

枫香挥了挥手,示意大家静下来。枫香说:"做梦也没有什么不好,万一实现了呢。将自己置身于对方的立场和视角,去体验对方的内心感受。'如果我是他,会怎么样呢?'想象自己与对方角色互换,将心比心,然后思考要怎么做。"说到这里,枫香转身对着沙朴说,"不过,我还是很想知道你的想法的动机。"

沙朴见枫香是好心好意，就把自己的想法和盘托出："你们有没有看到，人类写了多少长篇小说，把人类的美好歌颂得天花乱坠；还有那些野生动物，也被捧到天上去了，写它们的书也多得不要不要的。但是，写我们植物的长篇小说有吗？我看是没有。"

广玉兰插进来说："那些写野生动物的书是人类写的，又不是野生动物自己写的。"

沙朴没好气地对广玉兰说："你怎么知道野生动物没有写过关于自己的书？"

枫香接上来说："就是，就算是写野生动物的书是人类写的，但我们植物的书为什么要指望人类来写，难道我们自己不行吗？光凭这一点，我就支持沙朴。沙朴，你就放开说下去。"

见有枫香支持，沙朴更来劲了，他猛喝了几口水，又吸进了一些二氧化碳，吐出了一些氧气，感觉神清气爽了许多。沙朴继续说："你们看我们植物，花枝招展，郁郁葱葱，要多美有多美。在场的桂花美不美？荷花美不美？红叶石楠美不美？狗不理草美不美？"

植物们都高声说："美！"

沙朴兴致更高了，他说："可是这样美丽的植物，没有植物去写，你不写，别人怎么知道？"

乌桕插话说："也不是没有植物写，前面黄山栾树的诗不是也写到了吗？"

"那么几句诗，连皮毛都未及。"沙朴越说越来劲，接着说，"不能再这样了，我来写。我们植物的千姿百态摆在那里，我们植物的先进典型摆在那里。"沙朴指了指在现场的水杉，称赞说："像水杉这样，作为老革命的后代，有红色血统的，还为树低调，埋头苦干，适应能力强，群众基础好，团结同志，廉洁正直，工作很踏实，是不是要大书特书？"

见植物们不住地点头，沙朴又指了指在现场的桂花，称赞说："像桂花这样，他虽然来自月球，但一点不见外，用自己的辛勤耕耘，赢得了人们的尊重，被评为杭州市花就说明了一切。另外像杜鹃花、牡丹花、合欢树等，一树一花都有很多婉转动听的故事，都可以编一本书。"

无患子轻声说："你讲到的内容，早有人写过了，早在几千年前，《诗经》里就有大量描写植物故事的文章。"

沙朴盯着无患子，摇了摇头说："你怎么还没整明白，人来写植物能写清楚吗，就好比让你去写人，你能够写透他们？人类的弯弯肠子太多了，他们自己都琢磨不透，我们又能怎样？还有，写文章一定要有生活体验，所谓写熟不写生，我们植物的生活，他们人类又怎能体验得到，所以，他们要写植物，只能是写些表面文章，最多是采用拟人化的手法去杜撰，这就好比是隔靴搔痒，不着边际的。"

沙朴的话，句句在理，大多数植物是同意的，广玉兰、无患子也无话可说了。雪松在前面坐着一言不发，听到这里，站起身来说："沙朴有这个雄心壮志，我觉得应该赞扬，他前面的分析也有理有据，值得肯定。只是不知道你这个长篇的构思是怎么样的？"

得到了雪松的肯定，沙朴更兴奋了。他绘声绘色地说："这是我的处女作，我将以我们居住的这个小区为背景，把你们这些花草树木都作为原型写进去，当然主人公还是我自己。让主人公的喜怒哀乐、悲欢离合通过这个舞台充分展示出来，既有典型环境，又有地方特色。作品在揭示丰富多彩植物世界的同时，赞美植物界花草树木的高尚品格与情操，充满童话色彩。小说故事曲折离奇，想象力丰富，写作风格活泼，文字趣味横生，将是一本老少皆宜的读物。"

沙朴正说得头头是道，月季花插进来问："里面有主人公的爱情故事吗？"

沙朴听到月季花发问，愣了片刻后说："有啊，这个必须得有。生活里没有爱情，就好像花园里没有花朵，天上没有云彩一样，那不行，说不过去。"停了停，沙朴接着说："爱情是永恒的主题，古今中外，概莫能外。爱情大家都会写，但我要写得有新意，让你们看了都觉得有意思。"

杜鹃花激动地说："照你这样一介绍，那一定会是一本畅销书，我先预订一本，并且一定要有你的签名哟。"

牡丹花、合欢树、狗不理草等也纷纷表示，要做沙朴的书粉，期待着他的书早日出版。

沙朴得意扬扬地——答应下来，颇有一副明星的派头。

枫香在肯定了沙朴几句后，又指出了一些问题。最后，枫香说："真正的乐观不是盲目相信一切都会顺风顺水，而是一种允许失败的心态。了解自身的局限，正视失败的可能，但仍然选择坚持自己的梦想。带着积极向上的状态，不停尝试，不言放弃，生活终会给我们想要的答案！"

雪松最后也说："广告做得好，好不好还是要看疗效。沙朴，接下去就看你的了。"

说完，大家都三三两两地离开了公园，回原位避暑去了。

杂草正名

  沙朴要写长篇小说的消息一传开,在小区植物界引起了热烈反响,有的植物点头赞扬表示支持,有的植物摇头叹息表示反对,有的植物默不作声表示与己无关,有的植物蠢蠢欲动表示也想效仿。更有甚者,后来又传播出消息,说是沙朴不仅要写长篇小说,还打算将小说内容改编成动漫,再进一步拍成影视剧,做成文化产品。一时间,小区植物界传得沸沸扬扬,植物们津津乐道。

  消息也传到了植物界的草木层。一般来说,植物根据高度可以简单地分为三层,最上层是乔木,树干高大;处于中层的是灌木,比乔木矮小,但比草木又要高大;最底部的是草木层,都是些草本植物,位于地表。草本植物得知这个消息,心里就盘算开了。因为草木处于底层,出头露面的机会较少,对上、中层社会颇有微词。虽然自己非常努力,野火烧不尽,春风吹又生,为植物界做出了重大贡献,但终因矮小力薄,在排名榜上很是吃亏。

  这次,草木听到这件事后,觉得不能再落后了,要积极去争取机会。草本植物聚在一起商量后,就派出车前草、狗尾巴草、铜钱草为代表,去公关沙朴。

  这天清晨,当沙朴独自在小区野径上晃悠时,被车前草、狗尾巴草、铜钱草叫住了。沙朴低头一看,是几棵小草缠住了自己,忙问:"你们有什么事?快说,我正忙着呢。"

  车前草先说:"是的,我们知道你很忙,你现在已经出名了,我们平时也和你搭不上话,只有等大清早你独自过来时,才能和你说几句。"

沙朴感觉到车前草在恭维自己,满心欢喜,就低头询问:"你们有什么需要我帮忙吗?有话直说好了。"

　　"沙朴大哥,是这样的。"狗尾巴草见沙朴情绪不错,就接上去说:"我们对沙朴大哥一直以来都十分尊重,总是围绕在你身边,维护着你的利益,活着为你保护水土,就是死了也要为你提供养料,你说是不是?"

　　沙朴听得有些不耐烦了,就说:"这个谁不知道,还用得着你多说吗?但这是你们自愿的,又没有谁在逼你们。你们一大早的找我难道是为这个?"

　　铜钱草见机行事,连忙说:"大哥,听说你在谋划大作,要写书,还要拍影视剧,我们知道后都很激动。不瞒你说,我们仨是代表草本植物来找你的。"

　　"代表草本植物来找我?"沙朴大吃一惊,就坐了下来,低声说,"我何德何能,要劳烦草本植物派代表来和我谈。"

　　铜钱草说:"我们草本界在舞台上一直比较吃亏,这次听说是你出来执笔了,我们就想着,你是最好商量的,我们希望在你的作品里,有我们草本的身影,如果能够让我们上舞台,上屏幕,亮亮相,出出名,那是多风光的事。"

　　铜钱草一口气说完,和车前草、狗尾巴草一起紧张地看着沙朴。

　　沙朴听铜钱草说完,长长地吐了一口气,说:"原来你们是为这事,这个用不着你们多说,我肯定要把草木写进去的啊。当然,这个主角还是我们乔木,灌木和草本都属于配角。红花还要绿叶伴,大树也要小草托。放心,少不了你们的。"

　　狗尾巴草不甘心,说:"这个一号主角由你沙朴大哥来当,我们心悦诚服,二号角色或者三号角色是不是可以让给我们草本?"

　　"这个,这个……"沙朴一时不知道如何回答。

　　车前草趁热打铁,说:"你沙朴大哥高大,我们草木矮小,你演一号,我们演二号,这样高低相差悬殊,就更能够突出你的光辉形象。听说银幕上那些英雄人物都是这样塑造出来的。"

　　狗尾巴草和铜钱草随声附和,同时说:"是的,是的,我们都可以作证。"

　　沙朴犹豫了片刻后说:"既然你们都这么说,那倒是可以考虑。待我通过百度查询一下。"说着,沙朴拿出手机,在上面噼里啪啦地敲打了几下,低头一看,惊叫一声:"不好!"

狗尾巴草们连忙问:"怎么了,有什么不好?"

"你们自己来看,描写草木的都是些什么啊。"见狗尾巴草们凑到手机前盯着,沙朴读了起来:"'杂草'这样的词,听起来就边缘化。什么是杂草?长错地方的植物、没用的植物、令人讨厌的植物,即'不受待见的植物'。杂草位卑身贱,汉语中'草包''草案''草率''草莽''草靡''潦草''草台班''草菅人命''草茅之臣''如弃草芥''落草为寇''墙头茅草''寸草不留''草木皆兵''秋草人情''浮皮潦草''拨草寻蛇''闲花野草''草莽英雄''闾巷草野''拈花惹草''斩草除根'等,都透露出杂草的地位和身份。"

沙朴两手一摊说:"字汇上都这么说,要我怎么办?"

狗尾巴草看到这里,气不打一处来,涨红着脸说:"这人类也太不像话了,太自以为是了,太贬低我们草木了。我们有什么地方得罪他们了,要这样埋汰我们,气死我了。"

车前草劝解道:"你也不要太生气,他们人类把自己分成三六九等,想当然的也对我们植物说三道四了。我们不要去上他们的当。"

"也不完全是这样,也有将草取褒义的,或者说比较中性的,如'草书',不知道的还以为是贬义,实际上是褒义的,是对一种字体的肯定。何况疾风知劲草,只要我们自己尽力了,就问心无愧了,又何必在乎人们胡说八道。"铜钱草不慌不忙地说。

狗尾巴草央求沙朴,他说:"人类说的那些东西,信者有,不信者无,不一定要去理他们的。你就按照自己的思路来,有自己的思想,把我们的正面形象树立起来,我们草本会感谢你的。"

"你这不是为难我吗?巧妇难为无米之炊,没有现成的词,我哪有本事编啊。"

这边狗尾巴草还在和沙朴磨嘴皮子,那边铜钱草再仔细地看着手机上显示的内容。突然,他发现了什么,叫了起来。

车前草忙问:"你叫什么?"

铜钱草指着手机屏幕说:"刚才沙朴查找的字汇是'杂草',难道我们都是'杂草'吗?"

狗尾巴草和车前草"啊"了一声,都询问沙朴是怎么回事。

沙朴头一昂说:"有什么问题吗? 你们不就是'杂草'吗?"

这下狗尾巴草不干了,他摇着尾巴说:"我是狗尾巴草,他俩是车前草和铜钱草,我们都是有名有姓的,为什么要说我们是'杂草'呢,这不是种族歧视吗? 虽然我的名字带有狗字,是有点不好听,但他俩有车有钱,为什么也要受到这种不公平待遇?"狗尾巴草伤心欲绝。

车前草安慰狗尾巴草,说:"现在形势不同了,在人间,已经狗比人贵了,养一只狗比养个人还开支大,你还这样自卑干什么?"

铜钱草也责问沙朴,并要求沙朴道歉,为草本正名。沙朴不肯,就和草本仨吵了起来。

吵闹声引来了众多植物围观,也惊动了住在小区另一边的银杏。银杏就跑过来询问事情的缘由。草本仨觉得很委屈,沙朴也认为自己没错。沙朴解释说:"这个'杂'是杂七杂八的杂,是说明多的意思,你们草本种类不是很多吗,我就用'杂草'来表示了。"

听完了双方的观点,银杏想了一会儿后,就说:"我的理解,各种植物在价值上本来是没有分别的,人类会用人的眼光,而且是近视的眼光来审视我们,这才有了区别。一些植物被判定为有用,甚至价值连城,比如海南黄花梨(人们习惯上叫红木);一些植物被判定为无用,对人有危害或影响庄稼生长,需要铲除或抑制。于是,有用的捧上天,没用的打入地狱,被判定为杂草,还最好将'有害'杂草消灭。但事实上,人类的想法是不对的,所谓的'杂草'也是无法消灭的。骂、割、砍、烧、挖等招法尽管用出来,除草剂尽管喷洒,到头来杂草依旧,甚至越来越昌盛。其实,是人们所追求的东西培育了杂草,导致其引入、变异、进化、传播。人类发动的战争,也会打破大自然的局部平衡,从而影响到杂草的枯荣、进退。文明与杂草协同演变,人类对杂草似乎永远是爱恨交加。其实,退一万步讲,杂草如病毒,不需要消灭(也灭不干净),只需要和平共处。杂草是不以人的意志为转移的。"

停了一会儿,银杏喝了一点水,继续说:"带有贬义的杂草,事实上是文明的伴生物。人们今天所珍视的一切主粮植物和美味的蔬菜植物,都曾经是杂草。比如水稻、高粱、玉米、马铃薯、粟、山药、甘蔗、柠檬草(香茅)、甘蓝、菠菜、粽叶芦、韭菜、薄荷、藜、茅、水芹,它们都来自野草,其中一些至今仍然野性十足。而一些恶性杂草在全球泛滥,恰好与人们所谓的文明推进同步。文明所至,杂草始生。没有'杂草',人类活不到今天。"

听到这里,沙朴明白过来了,他说:"原来人类赖以生存的食物来源水稻、高粱、玉米、马铃薯等都是从'杂草'里脱颖而出的,看来,我小瞧'杂草'真的是错了。"

银杏说:"知错就改,善莫大焉。古老的格言早就说了:人算不如天算,智慧出,有大伪。可总有一部分自以为聪明的人,不负责任地乱用词汇。所谓'杂'中有'不杂','不杂'中有'杂'。我们植物必须乔灌草结合,缺一不可。希望沙朴,在你写的作品中能悟出些道理来,不要人云亦云。"

沙朴脸红了,对着银杏说:"听君一席话,胜读十年书。"又拉着狗尾巴草的手连连道歉。狗尾巴草、车前草、铜钱草一边对沙朴承认错误表示原谅,一边对银杏为杂草正名表示感谢。

银杏说:"事情都说清楚了,就没事了,大家都散了吧。"围观的植物们就纷纷离开了。从此,小区里的植物们再也没有看低过"杂草"。

植物解惑

　　昨晚,沙朴忙着写书睡得较迟,今晨起来得也迟了。等他来到小区公园时,那里已聚集了一大批植物,正在叽里咕噜地议论着什么。沙朴看到枫杨、无患子、黄山栾树等植物一副大惑不解的样子,忙问:"你们这是怎么了?有什么事弄不明白?"

　　植物们见沙朴来了,就围拢过来,七嘴八舌地说了起来。沙朴说:"你们这样乱糟糟的,我也听不清楚,能不能一个个轮流说?"

　　等植物们静了下来,广玉兰先说:"前面大家闲聊时,聊到了人类中存在的种种有趣现象,觉得不好理解,所以讨论得很热烈。"

　　"有什么有趣现象不好理解,我们一个个来分析分析。谁先来提问题?"

　　枫杨首先举起手来,沙朴示意枫杨先说。

　　枫杨说:"昨天是小区里的居民放假的日子,住在这里的张先生和王先生来到小区公园的临水观景平台,坐在靠椅上喝茶聊天,我听到了一些他们的谈话内容,只是似懂非懂的。"

　　"你怎么能偷听别人谈话,这样不道德吧?"广玉兰插进来问。

　　"又不是我故意偷听的,我本来就住在这里,我还嫌他们吵我呢。"枫杨抗辩道。

　　沙朴说:"枫杨你别理广玉兰,继续说下去。"

　　枫杨接着说:"我听张先生在叫累,说他上班的地方离这里约3公里,走路上下班30多分钟就到了,但他还是每天开车上下班。王先生问他开车上下班要多少时间?张先生说这时正是车流高峰期,路上时间加上进出车库开车停车,算起来也要30多分钟。王先生说,同样都是30多分钟,那还不如走路上班好。"

听到这里,边上的植物都说:"是啊,是啊。"

枫杨说:"更奇葩的是,张先生下班时,一路堵车,心烦意乱地到了家里,匆匆忙忙地吃完了晚饭,又开车去健身房,在跑步机上快步走,一直走到汗流浃背,走足10公里后,才心满意足地离开健身房开车回家。你们说说,这种现象如何解释?"

广玉兰说:"怪不得路上车这么多,原来很多是在做无用功。车多了,就要建路,路多了,就又增车,就是这样一个循环。"

"以前常听说米多了加水,水多了加米,现在广玉兰说的车多了建路,路多了增车,倒是第一次听说。"乌桕打趣道。

"路多了要占地,车多了要耗油,从资源与环境的角度讲,这不符合节能减排、低碳出行的要求啊。"杜英摇头叹息道。

桂花说:"枫杨提出的问题确实具有普遍性,人们整天在家里、车里、办公室里、健身房里转圈子,忙得不亦乐乎。何不将日子过得简单些,多到大自然中去,呼吸新鲜空气。如果上下班路不远,可以从步行上下班先做起,简便易行,何乐而不为。"

听到这里,沙朴挥了挥手,说:"人类有些事,我们确实不太能理解,反正我们植物还是遵循自然,返璞归真,我们多固碳、多释氧,做好自己的事吧。"沙朴的话赢得植物一阵掌声。

沙朴见无患子举起手来,就问:"你有什么话要说?"

无患子说:"昨天张先生和王先生的对话我也听到了。后来张先生说起公司里的事,说现在满意的专业技术人才真难找,王先生说我上次给你介绍来的唐工怎么样,他的技术可是一流的。张先生说,唐工的专业技术确实好的,这方面我是满意的,但他也有不少缺点。王先生问他唐工有什么缺点。张先生说唐工性格有些独来往独,不太合群,喜欢穿奇装异服,也排斥和我一起出去应酬。我正在考虑要不要换了他。"说到这里,无患子停了停,继续说,"张先生的这种说法,你们怎么看?"

"人们不是有句话,叫'人无完人,金无足赤'吗?人哪有十全十美的。比如我们植物,有些植物会开漂亮的花,有些植物会结丰硕的果,不能要求植物既能开漂亮的花,又能结丰硕的果吧?"桂花首先表态。

听桂花这样说,旁边的桃、李、杏、梨,还有石榴,都笑嘻嘻地说:"我们可是既能开漂亮的花,又能结丰硕的果的,我们算完美了吧?"

看着桃、李、杏、梨以及石榴洋洋得意的样子,桂花提醒说:"可是,到了冬天,你们一副光秃秃的样子,还觉得自己很完美吗?"一句话,呛得石榴等植物无话可说。

毛竹摇了摇头说:"如果要我开花,那不是要了我的命吗?"

"好汉不吃眼前亏,大丈夫能屈能伸。到了冬天,我们还要躲到地下去呢,那又怎么样,还不是野火烧不尽,春风吹又生。"狗尾草摇着尾巴,吐吐舌头说。

沙朴接过话题说:"是啊,我们植物各有所长,各有所短,千万不能求全责备,能开花结果的固然好,不能开花结果的也不坏。桃、李、杏、梨以及石榴冬天落叶,那也是为了保护自己,积蓄能量,冬去春来时,能够开出更鲜艳夺目的花朵,结出更盈水汪汪的果实。毛竹、狗尾草也各有特点,都是很可爱的,我们可不能拿毛竹不开花,狗尾草躲地下说事。"

沙朴的话又一次赢得植物的阵阵掌声。

沙朴见黄山栾树似有话说,就招呼道:"黄山栾树,你还有什么问题?"

黄山栾树走上前来,说:"这段时间,我连续看了几部抗日题材的电视剧,觉得太神奇了,百思不得其解啊。"黄山栾树一副疑惑的样子。

"你说的是抗日神剧吧。"广玉兰说。

"什么是抗日神剧?"有植物问。

广玉兰解释:"抗日神剧又称抗战雷剧,属于抗日题材电视剧的一种特殊类型,其主要特征是含有过分夸张不实的剧情。随着当代影视作品多元化的发展,传统抗战片的剧情及其各种元素对年轻观众的吸引力有所下降。为增添抗战剧看点、重新博取观众眼球、提高抗战剧收视率,有的导演编剧便开始以大量夸张、恶搞、空想等手法拍摄抗战影视作品,致使不少抗战剧中出现奇葩性的虚假内容和雷人镜头。"

"有这种事，说来听听。"植物们催着黄山栾树说下去。

"我看到有抗日勇士握着手枪，迎着日寇的机枪冲上去，手起枪响，一枪一个，鬼子纷纷倒地，而勇士却毫发无损，好像子弹避着他似的。"黄山栾树啧啧称奇。

"这有什么奇怪的？我还看到过这样的剧情，'八路军战士'像撕鱿鱼片一样徒手将日本鬼子撕成了两半，'鬼子'血肉横飞，英雄凛然一笑。"杜英哈哈笑着说。

乌桕说："有一部神剧里，'八路军女战士'被一群日军侮辱后，腾空跃起，数箭连发，几十名'鬼子兵'接连毙命。绣花针、铁砂掌、鹰爪功、化骨绵掌、太极神功轮番出现，取敌人首级如探囊取物。"

狗尾草探了探头，说："有一位奇侠，从城楼的位置施展轻功飞向了对面大约距离数十米远的鬼子瞭望台，其间鬼子向他开枪的时候，他能做到将身体在空中进行回旋躲避子弹，最后还能平稳地落在瞭望台上，手把着台面，从下方一脚将瞭望台踢烂，并把台上两个鬼子震了下去……当时惊得我目瞪口呆，心想，既然有如此轻功，这日军建城墙、筑瞭望台还有什么用呢？"

桂花说："我也看到过不少这样雷人的剧作，五花八门的剧情背后则是惊人的一致：中国战士英俊潇洒，神勇无敌，日本军人则猥琐而弱智、暴虐而无能。乍一看，颇具大无畏的革命乐观主义精神和上天入地、翻江倒海的大胆想象力！"

黄山栾树说："沙朴，你是作家，在写书的，你怎么看？你会这样写吗？"

沙朴说："我虽然在写书，但我可不敢这样写。现在的抗日题材电视剧，已经悄然卸下了宣传教育的'包袱'，变为纯粹的娱乐作品，这虽然有它的内在逻辑，但这种连基本的公共理性也置之不顾，将现实中血肉之躯铸就的抗战精神，在'神剧'中空洞化和游戏化，变成掩护暴力刺激的一张虎皮，真是贻笑大方。"说到这里，沙朴见植物们都静静地听着，就继续说，"这些抗日神剧把敌人描绘得过于弱智，这不仅是对历史的歪曲，更是对浴血捍卫家国的先烈们的不敬。当前人浴血奋战换来的胜利被描述成唾手可得，恐怕后人就很难理解与反思为何这场战争要付出如此巨大的代价。中国取得了抗战的最终胜利,但这是前辈们付出极为惨烈的代价,做出了巨大的牺牲才换来的,这是人们认识那段历史的基本理性。"

沙朴的话再一次赢得植物雷鸣般的掌声。沙朴挥挥手,让大家静下来,说:"人类有很多事,确实让我们植物匪夷所思,但我们不要受他们影响,我们还是脚踏实地走自己的路,砥砺前行。"

在一阵说笑声中,小区公园植物们的聚会结束了。

植物解谜语

　　进入九月份后,天气渐渐凉爽了,住在小区里的小学生,一大早的又背着书包上学了。植物们在小区公园里聚会,眼睁睁地看着学生们从面前走过,很是羡慕。狗尾巴草、小叶黄杨、杜鹃花等植物都提到,要是我们植物像小区里的居民一样,能背着书包去学校上学该有多好。

　　植物们议论纷纷的消息传到香樟耳朵里,香樟就要银杏去公园看个明白。银杏来到公园,植物们就围了上来,七嘴八舌地反映想组织学习的诉求。银杏了解清楚后,拍拍狗尾巴草的头,拉拉杜鹃花的手,摸摸小叶黄杨的脸,笑眯眯地说:"你们爱学习求上进的精神是很好的,是值得肯定的。但现在要我们植物界组织起来办学校,还是不现实,至少在较长一段时间内还做不到。"

　　听了银杏的话,狗尾巴草等植物有些泄气。沙朴正好在场,就打气说:"大家用不着气馁,学习可以随时随地,又不一定要到学校去才能学的。"

　　"随时随地? 你说得轻巧,那谁来教我们?"狗尾巴草询问沙朴。

　　"能者为师,每种植物都有自己的专长,都可以把自己的特长教给其他植物。"沙朴回答。

　　"听说你已经在写长篇小说了,那语文水平肯定了得,那你先教教我们语文。"小叶黄杨盯着沙朴不放。

　　沙朴暗暗叫苦,心想我这半吊子水平怎能教语文,正着急时,抬头发现前面站着银杏,连忙将银杏拉过来,对大家说:"今天正好有银杏在此,银杏大哥德高望重,知识渊博,教教大家是小菜一碟。"

"不对啊,我以前听过银杏大哥讲奥数,他可以教数学,难道还能教语文?"枫杨提出了疑问。

"语文和数学本来就是有关联的,对我们植物界的初学者来说,哪里能分得开的。"雪松有自己的理解。

沙朴顺水推舟,接过雪松的话题,对着大家说:"那下面就请银杏这个数学老师给我们讲讲语文知识。"

公园里的树木花草本来就觉得好奇,这数学老师还能讲语文课?沙朴话音刚落,就大声喊叫着"好"。植物们一起鼓起掌来,等着银杏老师讲课。

银杏说:"你们这是为难我了,不过,既然大家热情这么高涨,我也不能扫大家的兴。我想一想,今天讲什么好呢?"

"你就随便放开讲好了。"沙朴催着说。

"这样好了,我们采用互动的方式,由我来出一些数学谜语,就是谜面都是数字和运算符号,谜底却都是四个字的成语,曰大家来猜,重在参与,好不好?"银杏征询大家意见。

数学老师出谜语题,那语文老师还不哭晕了,植物们都觉得好奇。沙朴抢着说:"好啊,你先出一题试试看,看要怎么样猜。"

银杏就找来一块黑板,在上面写下0000,要大家猜谜底,是一句四个字的成语。

植物们都挤上来,看见银杏写着四个0,要猜一句四个字的成语,都交头接耳的,不知道要怎么猜。

还是雪松反应快,他口中喃喃自语道:"0代表没有,也可以说是空,连续四个空,那不是'四大皆空'这个成语吗?"

雪松说出"四大皆空",植物们觉得有道理,但也不敢肯定,直到银杏竖起大拇指点赞,植物们才爆发出一阵掌声。

沙朴说:"原来是这样理解的,我明白了,银杏大哥,你快出下面的题吧。"

银杏出的第二个题是0+0=0。

这下沙朴开窍了,他抢着说:"这一题都是个0,就是什么也没有,那就是

'一无所获'啊。"说完就朝银杏看。

银杏说:"沙朴自从写书以后,头脑灵活多了,真是士别三日当刮目相看,不简单。"

植物们都笑了起来,沙朴也笑着说:"我是瞎猫碰着死老鼠,蒙对的。"

银杏继续出题,这一题出的是:0+0=1。

"不对啊,前面一题0+0=0,怎么现在变成0+0=1了,难道你可以这样子随随便便无中生有?"沙朴对银杏提意见了。

"0+0=1,0代表无,1代表有,这个谜底就是'无中生有',被我猜中了。"广玉兰拍着双手叫了起来。

"怎么能算你猜中的,明明我在你之前已经提到了。"沙朴和广玉兰争了起来。

花草树木们经过仔细分析,认为沙朴虽然先提到无中生有,但那不算答案,答案是广玉兰先确定的,这一分应该记在广玉兰头上。

沙朴还有些不服气,雪松说:"别吵了,后面机会还很多呢。"

第四题是 1 × 1=1。

这次狗尾巴草说:"这个连我这个小草也知道,1乘任何数都是不变的,何况是1乘1呢,这是'一成不变'啊。"

狗尾巴草得分了,得到了银杏的高度表扬。狗尾巴草兴奋得晃动着尾巴,得意扬扬。

接下去的"1的n次方",被小叶黄杨猜出,谜底是"始终如一"。

"1:1",谜底是"不相上下",是杜鹃花猜中的。

"1/2"这道题比较简单,毛竹看到银杏在黑板上一写出来,就报出答案是"一分为二"。

紧接着"1+2+3"这题,谜底是"接二连三",是无患子答对的。

当沙朴再一次将"3.4"的谜底"不三不四"报出来后,他高兴得跳了起来,并故意在广玉兰面前挥了挥拳头,引起了广玉兰的极大不满。广玉兰讥笑道:"你得意什么,我早知道这题的答案了,但我是让给你这样不三不四的树猜的。"

沙朴正要回击,被黄山栾树拉开了。

下面一题"33.22",很快有结果了,谜底是"三三两两"。

接下去的题是"2／2",一下子被难住了。桂花树走上前来,朝自己看看,自言自语道:"像我这样,下面是一个主干,到地面上变成两个分叉,不知道的以为是两株树,事实上我这两分叉是同一株树。对了,这一题的谜底不就是'合二为一'吗?"

银杏赞扬道:"像桂花这样现身说法,好得很,值得大家学习。"

桂花哈哈大笑道:"真开心,如果每天都这样开心的话,我今年开出的桂花一定会更多更香。"

后面的谜面"20÷3",被猜出谜底是"陆续不断"。

"1=365",则被猜出谜底是"度日如年"。

当广玉兰又答对"9寸+1寸"的谜底是"得寸进尺"时,对着沙朴瞪了瞪眼。沙朴当仁不让地也对着广玉兰瞪着眼,仿佛在说,你不要得寸进尺了。

谜面"1÷100"一报出,荷花就答出谜底是"百里挑一"。银杏由衷地赞叹荷花,说:"荷花之美真的是百里挑一啊。"荷花听了,笑得前仰后合,散发出阵阵清香。

说到"2,3,4,5,6,7,8,9",被猜出谜底是"缺衣少食"后,银杏说:"这里面还有个故事。"

听说有故事,植物们都竖起耳朵,等着银杏说下去。

银杏说:"当过北宋两朝丞相的吕蒙正,少年父母双亡,家境十分贫寒。大了以后,家里也没什么起色,还是穷得叮当响。有一年过年的时候,家中空无一物。吕蒙正悲伤之余,别出心裁地创作了一副由数字组成的对联,这副奇怪的春联在家门口贴出来以后,不一会儿,就围了一大群看热闹的人。大伙儿莫名其妙,猜不出这副对联'葫芦里卖的是什么药',都站在那儿瞎嘀咕……上联'二三四五'缺什么? 缺一;下联'六七八九',少什么? 少十。简而言之,是缺一少十。一与衣,十与食谐音,其意就是'缺衣少食'。而横批是'南北',不正是'没有东西'吗? 它表达的意思就是'缺衣少食、没有东西',充分表达了吕蒙正当时对社会现实的不满和讽刺。这是一副漏字联。

漏字联是对联的一种特殊创造方法。作者会选用人们的通常用语,有意漏掉一两个字,让读者去猜想,这也是一种谜语联。当读者猜透了作者的用意之后,顿感作者构思之奇妙,可谓神来之笔。吕蒙正巧妙地运用对联谜,诉说了自己生活的困苦。短短一副对联,说尽世态炎凉。"

听银杏说完,植物们都啧啧称奇,连称想不到这一串数字,还有这么多故事。过了一会儿,大家才回过神来,继续猜题。

后面的"333,555",谜底是"三五成群"。

"5,10",谜底是"一五一十"。

"1,2,3,4,5",谜底是"屈指可数"。

"1,2,3,4,5,6,0,9",谜底是"七零八落"。

"1,2,4,6,7,8,9,10",谜底是"隔三差五"。

"7/8",谜底是"七上八下"。

"2,4,6,8",谜底是"无独有偶"。

"4,3",谜底是"颠三倒四"。

"8,9,10",谜底是"八九不离十"。

"3×24",谜底是"三天三夜"。

"1,3,5,7,9",谜底是"出奇制胜"。

"1,2,3……",谜底是"有头无尾"。

"0=0",谜底是"双目失明"。

"9×9=1",谜底是"九九归一"。

都被植物们一一猜了出来。

最后,银杏问大家:"这样的教学方式好不好?"

沙朴说:"这个太好玩了,不仅学到了知识,还寓教于乐,花草树木们都愿意来参加。"

雪松笑着说:"银杏这么有才,数学老师做了语文老师的事,语文老师还怎么活?"

银杏也笑着说:"这可不是我的错,主要是中华民族的文化底蕴太深厚了,其中的成语是包罗万象,无所不在,每一句成语都有一个故事。数学和语文也是不分家的,要学好数学,必须有好的语文基础,反之,学好数学,能更好地促进语文知识的学习。两者是相辅相成,不矛盾的。"

　　这时,香樟发来信息,要银杏过去商量工作上的事。银杏就和公园里的植物挥手告别,约定下次找机会继续进行这样的教学活动。银杏离开后,植物们也三三两两地陆续回到自己的地盘里去了。

植物推理

　　秋天到了,天气渐渐地变凉了,人们纷纷穿上了长衣长裤。秋天到了,小区里的果子成熟了,一阵凉风吹来,那些银杏果、柚子果、柿子果等果儿点着头,散发出阵阵清香。秋天到了,大树上的叶子有的变红了,有的变黄了,一阵秋风吹过,一片一片树叶从树枝飘落下来。草地上的小草和小花也变黄了。秋天到了,公园里的桂花、菊花开了,有红的、黄的、白的,还有紫色的。秋天带着落叶的声音来了,早晨像露珠一样新鲜。天空发出柔和的光辉,澄清又缥缈,秋天的景色真美呀。

　　小区里的花草树木们,经受了夏天酷暑的煎熬以及秋老虎的考验后,又恢复了元气。今天清晨,植物们又不约而同地来到小区公园聚会,先到的植物有的听收音机,有的玩抖音,有的刷微信朋友圈,不亦乐乎。

　　广玉兰关心国内外大事,每天都捧着个收音机听新闻。今天他一打开电台,就听到播音员在说:据世界卫生组织公布的最新数据显示,全球累计新冠确诊病例超 3000 万例,达到 30055710 例。累计新冠死亡病例达到943433 例。美国、印度、巴西累计确诊病例数位列前三。美国累计确诊病例6571119 例,累计死亡 195638 例;印度累计确诊病例 5214677 例,累计死亡84372 例;巴西累计确诊病例 4419083 例,累计死亡 134106 例。

　　听到这里,广玉兰叹了口气,无比郁闷地关了收音机,摇了摇头。

　　枫香看到广玉兰又是叹气,又是摇头,就关切地问:"你这是怎么了?"

　　"说起来一肚子气,真是恨铁不成钢啊!"广玉兰气呼呼地说。

　　"什么钢啊铁啊的,你在说谁呢?"听到广玉兰不开心,花草树木们围了过来。

广玉兰将刚才听到的消息复述了一遍,接着说:"在一切都未知的情况下,中国人民同心协力,排除万难,以最快的时间控制住了病毒,取得了抗疫的决定性胜利。在中国摸索出防疫的成功经验后,那些个国家难道连抄作业都不会,疫情竟会失控到这种程度,真让我心疼啊。"

广玉兰说完后,植物们七嘴八舌地分析起来了。

枫香说:"听了大家的议论,我觉得从中可以推理出,中国社会主义制度的优越性,中国共产党为人民服务、一切以人民利益为重的宗旨的先进性。"

植物们对枫香推理出的结论表示赞同,为自己生活在华夏大地感到无比自豪。

众植物点头称是。这时,坐在石墩上的黄山栾树站起来说:"我朋友圈里刚刚收到了一条消息,有些意思,你们想不想听听?"

"那你还不快说?"沙朴心急,催促道。

原来,黄山栾树朋友圈里的消息是这样说的:一位退休老太太筹集五十万元参与委托炒股,结果钱被骗走了。报案以后,警察费了很大的劲把钱追回来了。警察安慰老太太说,幸亏你碰到了骗子,要是真去炒股,这钱就回不来了。

植物们听了,若有所思,有的认为有道理,有的觉得是搞笑。广玉兰对枫香说:"你喜欢推理,那你对此也推理一下。"

"虽然这是个笑话,但还真告诫我们,老太太是不适合炒股的。"枫香笑着说。

"你们整天推理、推理的,这推理到底什么意思?"有小草问。

无患子朝发问的小草看了看,说:"说了半天,你连推理是什么意思都还没搞清楚?推理是思维的基本形式之一,是由一个或几个已知的判断(前提)推出新判断(结论)的过程,有直接推理、间接推理等。"

"能不能说得更具体点?"又有小草要求。

"推理也就是举一反三,由此及彼,由点到面,或者更形象地说是顺藤摸瓜。"无患子笑着解释。

乌桕也插进来补充说:"推理无处不在,银杏老师常常在这里给大家解数学题,提出一些已知条件,要求证什么结果,然后就是一个推理(证明)的过程;雪松老师有时给我们介绍语文知识,也离不开推理;听说沙朴在写长篇小说,那些个故事情节,没有层层推理的内容,就不会精彩。"

"乌桕说得对,推理是数学知识和语文知识的完美结合。它在我们日常生活中必不可少,要通过多学多练,才会熟能生巧,灵活运用。你们都可以试试。"枫香指了指小草,鼓励大家。

狗尾巴草摇着尾巴,走上前来,说:"那我来推理个猪的计算公式试试,看看会有什么结果。"

假设一:人=吃饭+睡觉+上班+玩,猪=吃饭+睡觉。

代入人=猪+上班+玩,即人-玩=猪+上班。

结论一:不懂玩的人=会上班的猪。

假设二:男人=吃饭+睡觉+赚钱,猪=吃饭+睡觉。

代入男人=猪+赚钱,即猪=男人-赚钱。

结论二:男人不赚钱=猪。

假设三:女人=吃饭+睡觉+花钱,猪=吃饭+睡觉。

代入女人=猪+花钱,即女人-花钱=猪。

结论三:女人不花钱=猪。

综上推理得到:男人为了让女人不变成猪而赚钱! 女人为了让男人不变成猪而花钱!

结论四:男人+女人=(猪+赚钱)+(猪+花钱)=两头猪!

狗尾巴草的推理结果出来后,他大吃一惊,连声叫唤:"这是怎么回事?怎么男人加女人会变成两头猪的?"

小草们围过来,看到这个结果也很惊奇。麦冬草埋怨狗尾巴草:"你怎么将人和猪混为一谈,这本来就是风马牛不相及的事。"

铜钱草也责怪说:"我只知道人们喜欢龙凤呈祥,并且他们那里藏龙卧虎,你难道不会将人推理成龙、凤、虎的?"

"我哪里知道这么多,我只知道猪是很可爱的,况且现在猪肉又这么贵。"狗尾巴草委屈地说。

小草们的吵闹声惊动了枫香，他走过来，问清了缘由后，说："在我们植物眼里，人无贵贱之分，何况动物。龙、凤、虎也好，猪、狗也好，只要心底有暖意，脸上有笑容，眼里有欢喜，脚下有踏实，这都是可爱的，也就是我们的最好时光！"

"可是，我这个推理问题出在哪里呢？"狗尾巴草还是耿耿于怀。

"正确的推理结果的前提是假设必须是公理，从公理出发，用科学的方法层层推论，才能得出正解。你这个是假设太模糊了，结论也就南辕北辙了。所谓失之毫厘，谬以千里，就是这个意思。"

狗尾巴草恍然大悟。枫香继续说："就好比外国政客为了推卸责任，甩锅中国，毫无科学依据，臆测中国新冠疫情，用说谎做假设，这样的推理结果有谁会信，只不过是他们自欺欺人罢了。"

枫香的话博得了植物们的阵阵掌声，从此，枫香也被小区植物界称为"推理先生"。

植物归化

　　进入十月份后，秋意就越来越浓了。恰逢中秋节和国庆节连在一起，植物们走亲的走亲，访友的访友，小区公园里植物的聚会也静寂了几天。沙朴是棵耐不住的树，等到节后的第一个清晨，沙朴首先来到小区公园，四处张望了一番，便大声喊叫起来，把旁边的花草树木都惊醒了。

　　紫薇抖了抖树干，眨了眨眼睛，一边开放出灿烂的花朵，一边朗声问道："沙朴，你大清早的大喊大叫干什么，存心捣乱不是。"

　　黄山栾树头上挂着一串串黄灯笼，也质问道："节日放假，我刚从黄山旅游回来，正想好好补个觉，都被你吵醒了。有什么事值得这样大惊小怪的？"

　　沙朴指了指不远处一小片黄灿灿的植株，喊道："你们快来看，那是什么草，我怎么不认识？"

　　黄山栾树、紫薇、枫香、无患子等植物急忙近前一看，只见在一片杂草堆里有一丛丛黄花开了，是一种金黄色的花，很艳丽，很夺目。在草地中间呈现出一道靓丽的风景，很是惹眼。

　　枫香看了后，对大家说："不好，这是加拿大一枝黄花，这种植物在野外已经多得不得了了，没想到进入我们小区来了，这是个头痛的问题。"

　　紫薇插话说："看着蛮漂亮的，有什么不妥呢？"

　　"加拿大一枝黄花属于入侵植物，会造成生态平衡被破坏。"枫香喝了几口水，继续说，"关于入侵植物，第一个要素是外来，既然是入侵，肯定是本地原先没有的，而是外来的，这个好理解。第二个要素是有害。外来的不一定造成入侵，比如玉米、番薯、西瓜都是外来的，但我们不会把他们叫作入侵植

322

物,因为这是我们需要才引入的。外来且有害的物种才可以叫入侵植物。"

说到这里,枫香环顾四周,说:"事实上,在我们身边,就有很多外来植物,至于是不是有害,那就很难说了,公说公有理,婆说婆有理,但我们植物界不搞阶级斗争,也不分三六九等。"枫香停住不说了。

花草树木们你看看我,我看看你,都搞晕了。又是沙朴出来,央求枫香,说:"你倒说说看,我们这里谁是本地的,谁是外来的?"

枫香被沙朴缠住,知道摆脱不了,只得说下去:"所谓本地外来,本就是一个模糊的概念,我们以人为例,谁是杭州人,谁是外地人,分得清吗?分不清。这里有个时间的概念,你们看住在公园边的张老板,二十年前还是一个偏远山村的农民,现在他在杭州已经有五套房子,全家的户口都迁进杭州了。他算是杭州人了吧,所以这是一个动态变化的概念,说不清楚。"

雪松耸了耸肩膀,说:"我觉得你前面讲的外来、入侵、有害、无害等概念,都要从国内国外这个意义上来说,什么杭州、浙江这些,都是内部交流的事,只有进出国门才算是外来入侵。"

"按照雪松的说法,那我们这里谁是外来入侵的?"沙朴发问。

水葫芦见大家都不愿意撕破脸皮,就自己走出来说:"对不起,我是外来的,我知道自从我来后,水面上往往会失控,我的野蛮繁殖会影响到其他水生植物,可是我也没有办法,计划生育的技术我们还没掌握啊。你们能帮我想想办法吗?"

花草树木们摇头叹息,表示无能为力。

"我也是外来植物,但我不觉得有什么可低草一等的,我不认为自己是有害的,随你们怎么看。"阿拉伯婆婆纳昂着头,不慌不忙地说。

沙朴看看枫香,说:"你对水葫芦、阿拉伯婆婆纳怎么看?"

枫香想了想后说:"对于外来生物,也要一分为二地看,有些是人们有意引入的,比方说水葫芦,当初作为猪饲料引入中国,是畜牧业生产的需要,后来因管理不善疯狂蔓延成为入侵植物。动物中也有这样的情况,比如巴西龟,引入中国作为宠物饲养,现在宠物市场上还能见到很多,因为放生和逃逸形成野外种群,带来生态危害。外来物种的第二个途径是无意中带入。

不是人的本意,但是通过贸易、旅游等人类活动得以广泛传播。现在旅游方便了,人们满世界跑,回来时,鞋底也可能粘附有国外植物的种子,带入国内。或者园艺公司进口苗木时,苗木根部所附土块里可能藏着有害植物的种子,带入国内后萌发、传播。这些都属于非本意的人类传播。外来物种的第三个途径是自然传播,在边境地区,昆虫、鸟兽、风力、河流和海洋潮流都会帮助传播,把国外的一些植物或动物带入国内。所以有意引入、无意带入和自然传播是外来物种进入中国的三种途径。"

水葫芦咕噜一声说:"就是嘛,脏水不能都往我们头上泼。"

"反正我不做亏心事,半夜敲门心不惊。"阿拉伯婆婆纳很坦然。

枫香继续说:"提到阿拉伯婆婆纳,我们来看他算不算入侵植物。要判定他是不是入侵植物,可以对照前面说过的两个基本标准,一是外来,二是危害性。外来是肯定的,因为他不是中国原产。但是他有没有危害,危害什么,危害性大小,我们来一条条对比分析。

"先看他对农业生产的影响。阿拉伯婆婆纳作为一种田间杂草,长在玉米地里、番薯地里、蔬菜地里,对农作物肯定有影响,因为杂草会和农作物争夺养分,妨碍农作物的生长,所以才要除草,早期用人力锄草,现在用农药除草。但是,这种影响,并不比本土原生的其他杂草更大。和阿拉伯婆婆纳同时并存的繁缕、球序卷耳、早熟禾等常见本土杂草,也会产生同样的影响,而阿拉伯婆婆纳的危害并不更严重。所以,危害是有的,但危害不大,和本土杂草在同等水平上。

"再看他对人类健康有无影响,显然阿拉伯婆婆纳不会危害人类健康,没影响。

"那他对生物多样性有没有影响?这是我最为关注的,在阿拉伯婆婆纳生长的地方,其他本土杂草相安无事,和平共处,并未出现'我花开后百花杀'的排他性侵略现象,所以,我可以认为阿拉伯婆婆纳的存在基本上不危害当地生物多样性,即便有危害的话,也是轻微的,不显著的。

"从这几个方面综合来看,阿拉伯婆婆纳对农业生产和生物多样性的危害性并不超过本土原生杂草的同等水平,影响比较微弱,不明显,不足以成为'入侵植物'的定性理由。"

阿拉伯婆婆纳朝枫香竖起大拇指，认可枫香的观点。

"那像阿拉伯婆婆纳这样的现象，该用什么说法比较好呢？"沙朴追问。

枫香说："阿拉伯婆婆纳来到中国，融入了新的环境，已经成为本地生态系统的有机组成部分，不再是本地生态系统的破坏性因子。《中国植物志》将阿拉伯婆婆纳称为'归化'杂草，没有给他安上'入侵'之名，我觉得'归化'二字写得非常准确。"

"'归化'这个词有意思，请枫香大哥进一步解释一下。"有植物建议。

"我还是以人为例，比如一个外国移民来到中国已经几百年甚至上千年，他已经完全中国化、本土化了，这就是'归化'。"枫香补充说。

阿拉伯婆婆纳说："人类也好，植物也好，很多方面是相类似的。但今天你们这样一聊，我算是贴上了'归化植物'的标签了。"

"'归化植物'和我们是一家，来，给我和'归化植物'一起合个影。"沙朴说着，就跑过去，弯腰拉着阿拉伯婆婆纳，扮了个鬼脸。

随着植物们"咔嚓、咔嚓"的拍照声，小区公园里传来了花草树木们的一片欢笑声。

植物智斗

      自从加拿大一枝黄花进入小区扎根后,在小区植物界掀起了轩然大波。植物们在公园聚会,时不时会说到这朵黄花。各种投诉埋怨之声不绝于耳。就连住在小区西北角的青菜、萝卜,平常很少来公园凑热闹的,也一把鼻涕一把眼泪地来控诉了。青菜、萝卜说了半天,在场的植物终于弄清了事情的大概。

      情况原来是这样的,青菜、萝卜等蔬菜历来低调,一直住在小区西北角,过着富足的日子,和其他植物相安无事。这块地属于青菜、萝卜等蔬菜所有,在小区植物界是公认的,偶有其他杂草去客串小住几天,又无伤大雅,青菜、萝卜们也是认的。后来来了加拿大一枝黄花这个野草,一开始的时候,蔬菜们也没有觉得他特别厉害,就当和以前的杂草一样,过几天就会过去的,没想到一不留神,一段时间后,现在这块地已经完全被加拿大一枝黄花占领了,要把这块地弄干净,靠青菜、萝卜等蔬菜的力量已经无能为力了,青菜、萝卜丢失了根据地,反而变成流浪儿了。

      公园里的植物听青菜、萝卜说完,心里都愤愤不平。沙朴忍不住,怒声道:"有这种事情,简直无法无天了。青菜、萝卜,你们不要急,有我给你们打抱不平,一定要给那朵黄花一点颜色看看。"

      沙朴一边说着,一边卷起了衣袖,怒气冲冲地想赶过去动手,被雪松一把拉住了。

      雪松说:"沙朴,你也别急,你事情还没有搞清楚,冒失出手,反而坏了大事,此事须从长计议。"

"还有什么可多说的,对这种野蛮入侵的家伙,不动拳头是不行的。"沙朴气得哇哇大叫。

"那你们说这个事情怎么办?"沙朴情绪缓和了下来。

"我们做事情一定要依靠组织,要有理有节。"雪松慢条斯理地说。

"等你们有理有节地弄好,恐怕连黄花菜都凉了。"沙朴嘀咕道。

雪松想了一会儿,说:"我马上去找我们小区植物界领导小组的香樟、银杏、枫香等,向他们汇报,大主意还是要他们来出。"说完,雪松就走了。

香樟、银杏、枫香在会议室听了雪松的反映。枫香说:"加拿大一枝黄花一进小区,我就知道情况不妙,现在果然如此。"

银杏说:"有关加拿大一枝黄花的投诉已经很多了,是到了该采取行动的时候了。香樟,你做决定吧!"

香樟沉吟片刻,缓缓说道:"这样吧,我们先礼后兵,还是约谈加拿大一枝黄花,先对其进行谈话,以观后效。"

银杏、枫香点点头,同意香樟的提议。

香樟接着说:"银杏,你资格老,这次约谈任务就交给你了。"

加拿大一枝黄花被传唤到小区植物管理办公室。银杏已经先坐在那里了。见加拿大一枝黄花进来,银杏用手指了指对面的木椅子,示意他坐下。加拿大一枝黄花笑嘻嘻地站着没动。

"知道为什么找你来吗?"银杏发话了。

"嘻嘻,你觉得我长得好看吗?"加拿大一枝黄花偏着头,嬉皮笑脸地反问道。

银杏一下子没反应过来,呆了一会,继续问:"你为什么要霸占青菜、萝卜的蔬菜地?"

"嘻嘻,你看我漂不漂亮?"加拿大一枝黄花身躯摇晃了一下,这样回答了一句。

银杏气不打一处来,厉声说:"问你话呢! 你是真不懂还是装聋?"

"嘻嘻,我长得这么美,难道你就没感觉?"加拿大一枝黄花眯着眼睛,笑着回答。

银杏勃然大怒，一拍桌子，站了起来，指着加拿大一枝黄花骂道："你个野草，你把我当什么了？告诉你，我的年龄可以当你爷爷的爷爷，在我面前玩美人计，那是找错了门。"

"是你要我来的，又不是我自己找上门来的。"加拿大一枝黄花嘟哝道。

"去，去，去，真是对牛弹琴，鸡对鸭讲。"银杏咆哮着，要加拿大一枝黄花滚出去。

加拿大一枝黄花走远后，香樟、枫香等植物走了进来。见银杏余怒未消，香樟劝慰说："这个结果是可以预料到的，但这个程序是必须要走的。既然加拿大一枝黄花拒不配合，那我们就先给他做个处分吧。"

香樟、银杏、枫香等植物经一番商量后，拟定了一份处罚决定书，大意是：本小区植物界，乔灌草结合，高中低搭配，一直以来都是和睦相处，互利互惠，过着幸福快乐的生活。不料，"黄花"入侵，滋扰乡邻，搞得青菜、萝卜流离失所，其他植物心里慌慌。经约谈后，"黄花"认错态度极差。经小区植物界领导班子集体讨论决定，给予加拿大一枝黄花行政记大过处分。希望该"黄花"能改过自新，回头是岸。

处罚书下发后，植物们以为没事了，也就放松了警惕。不料，加拿大一枝黄花不但不思悔改，反而乘着其他植物松懈之机，变本加厉地扩充地盘，肆无忌惮起来。一时间，受害植物怨声载道，讨伐之声四起。

植物界领导这才急了，连忙召集植物界智囊团开会商议对策。会上，大家一致同意对付入侵者，不能心慈手软，既然软的不行，必须来硬的。黄山栾树献上一计，建议派著名缠绕植物大将葛藤出马，一举剿灭黄花。香樟闻言大喜，急令把葛藤找来。

葛藤听说是派他去对付一个野草，哼了一声，拍着胸脯说："想我葛藤，逢山开路，逢水架桥，身经百战，常胜将军，连高大乔木见我都要退避三舍，区区野草，何足挂齿。"夸下海口，旬日之内，定灭绝"黄花"野草。

众植物见此，纷纷竖起大拇指点赞，然后放心散去。

葛藤一路寻来，找到加拿大一枝黄花，大摇大摆地来到"黄花"身边，也不多说，就缠绕上去，心想，如此弱小之野草，我三下五除二就把你结果了。

加拿大一枝黄花知道来者不善，当作什么也不知道，脸上笑眯眯地、热情地迎了上去。

在地面上，加拿大一枝黄花似乎很享受葛藤的样子，和葛藤缠绕在一起，难解难分。在地底下，加拿大一枝黄花却狠下杀手，马上在根部分泌出一种物质，在土壤中排放出大量毒素，在地下抑制葛藤的生长，对葛藤的根系吸收能力加以抑制。

可怜这葛藤还没明白是怎么回事，尚在温柔乡里时，就糊里糊涂地把命都搭上了。

旁边的植物见大名鼎鼎的葛藤都不是加拿大一枝黄花的对手，大惊失色，避之唯恐不及。加拿大一枝黄花横行霸道，臭名远扬。不仅如此，还害苦了当地的另一种叫一枝黄花的保护植物。

比起加拿大一枝黄花来，土生土长的一枝黄花，实在是太弱小了。这个一枝黄花全草可入药，性味辛、苦，微温。可疏风解毒、退热行血、消肿止痛。主治毒蛇咬伤、痈、疖等。

一枝黄花受加拿大一枝黄花牵连，有苦难言，受尽了白眼。情急之下，就去找香樟诉苦。香樟说："你们长得这么像，你要我怎么办呢？"

一枝黄花说："我和加拿大一枝黄花虽然同属于菊科一枝黄花属，但两种还是有明显区别的。"

"你把区别说清楚，我要会画图的植物把你们的形象画出来，四处挂出去，加以区分。"香樟想了个办法。

一枝黄花感激地看着香樟，说："首先，加拿大一枝黄花的植株非常高大，可以达到2.5米。而我就显得比较矮小，一般高度不会超过1米。其次，加拿大一枝黄花的茎粗壮，直立，多数丛生，一大簇一大簇生长。而我的茎通常细弱，单生或少数簇生，不分枝或中部以上有分枝。另外，从花上来区分，加拿大一枝黄花是一个开展的圆锥状花序，也就是说整个花序像一个塔一样，上面小，下面大。每一个分枝上开着很多小花，但是这些小花是单面着生的，看上去密密麻麻分布在花序分枝上。而我的头状花序比较小，一般都是多朵花在茎上部排列紧密地开放。"

一枝黄花还要说下去,香樟手一挥,说:"行了,有这些区别就够了,我们植物可以将你们两朵花分清楚了,再不会发生张冠李戴的事了。"

正说着,沙朴带着一群植物气冲冲地走了过来。香樟忙问沙朴所为何事。沙朴说:"还不是为了加拿大一枝黄花的事,这朵野花搅得我们植物界谈虎色变,是可忍孰不可忍。我们是来请战的。"

"你们有什么打算?"香樟显得底气不足,葛藤的遭遇让香樟心有余悸。

"革命不是请客吃饭,我们要采取暴力行动。"沙朴用手比画了一下,做出个杀头的动作。

香樟吓了一跳,默不作声。

沙朴手一举,跟沙朴一起来的植物兄弟们振臂高呼:"杀、杀!"

香樟口中喃喃自语道:"不管怎么说,总是我们植物同类啊。"

"大哥,不能再心软了,对魔鬼的仁慈就是对亲人的伤害,这个应该你比我们更懂啊。"沙朴痛心疾首地说。

"别说了,你们去执行吧!"香樟背过身去,挥了挥手。

有了香樟的这句话,沙朴领着一群小兄弟就去找"黄花"了。沙朴刚走开,香樟突然意识到了什么,急忙大声高喊,把沙朴等一队植物都叫了回来。沙朴满腹狐疑地问:"大哥,难道你又改变主意了?"

"不是。"香樟把一枝黄花拉过来,对他们说,"你们都看清楚了,这是一枝黄花,是保护植物。你们要处理的是加拿大一枝黄花,千万不能伤及无辜。"

"这个没有问题,包在我身上。"沙朴知道香樟没有改变主意,长出了一口气。

第二天,沙朴等一群小兄弟将折断的加拿大一枝黄花捆绑在一起,在小区里游街示众,高喊已将该野花拦腰截断,全面歼灭,大功告成。只有雪松看到沙朴他们这样做,隐隐觉得哪里总有问题,但一时又说不出来,只能静等事情的发展。

果然,过了一段时间,不光原来加拿大一枝黄花被折断的地方,重新长出了新的加拿大一枝黄花,还在加拿大一枝黄花断枝经过的地方,也都长出了小加拿大一枝黄花。沙朴他们好心办坏事,反而给加拿大一枝黄花做了一次二传手,把种子扩散开来,弄得四处都是黄灿灿一片。

植物界召开紧急会议,沙朴首先在会上做了深刻检讨。接着,银杏在会上指出:"什么事情,蛮干都是不行的,一定要讲科学。我们一开始犯了轻敌的错误,后来又犯了急躁的错误。俗话说,知己知彼,百战百胜。我们要对付加拿大一枝黄花,就一定要研究透他的本性、实质,不能被他的假象所迷惑。"

"银杏说的道理我们都懂,那要怎样才能摸清加拿大一枝黄花的底细呢?"无患子提出了问题。

枫香站了起来,说:"我想到了一个办法,一枝黄花前段时间饱受委屈,吃够了野花的苦,一心想复仇。我们是不是利用两个一枝黄花的亲缘关系,将计就计,派一枝黄花混进野花丛中,侦察敌情,摸清底细,直捣黄龙。"

听了枫香的计策,参加会议的大多数植物都觉得此计可行。香樟最后表态,批准实施派遣卧底方案。为了行动方便,会议决定成立"灭黄"指挥部,由枫香负责"灭黄"行动。香樟摇摇头,无奈地说:"只是又要委屈一枝黄花了。"

为了不引起加拿大一枝黄花的怀疑,一枝黄花配合枫香等指挥部成员导演了一出苦肉计。接下去一段时间里,小区植物界充斥着说一枝黄花难听话的消息,一枝黄花如过街老鼠,东躲西藏,饥寒交迫,饿得皮包骨头。一番表演后,终于得到了加拿大一枝黄花的信任,混入了加拿大一枝黄花的队伍。

一枝黄花施展出浑身解数,讨得加拿大一枝黄花的欢心。加拿大一枝黄花的警惕性渐渐松懈了,一枝黄花一步一步进入核心圈。又过了一段时间,加拿大一枝黄花的老底被一枝黄花摸清楚了。原来,加拿大一枝黄花是一种多年生植物,根状茎发达,繁殖力极强,传播速度快,要想铲除他们,需要将地上部分和块状茎拔出,包扎好之后,将这些尽快集中焚烧干净,让他们彻底化为灰烬。只有这样,才能断绝后患。

在一个月黑风高的夜晚,一枝黄花借着夜色的掩护,溜了出来,跑到小区植物界"灭黄"指挥部,向枫香等领导做了汇报。

枫香大喜,摸了摸一枝黄花的头说:"你辛苦了,这'灭黄'头功,非你莫属。好了,你去休息吧,剩下的交给我们了。"

第二天天刚亮,枫香大手一挥,一声令下,各路植物一起动手,直扑目标,掘土的掘土,挖根的挖根,装袋的装袋,运输的运输,将加拿大一枝黄花连根带枝,一点不剩地挖出来,集中在一空旷处,一把大火将其烧得干干净净。

从此,小区植物们又过上了安居乐业的幸福生活。

植物赞歌

在我居住的小区一角，
有一片森林，
那是我每天要去的地方。
茂林修竹、姹紫嫣红，
春桃、秋菊、夏荷、冬梅，
四季变换，演绎出一幅幅无比美丽的自然画卷。

银杏是美丽的，
高大挺拔、葱郁典雅，
秋日白果累累的枝头，
披着金黄色的外衣，
向世界庄严宣告：
正是你那亿万年来的"公孙"代代相传，
遗传下中华民族的优秀血脉。

香樟是美丽的，
枝繁叶茂、留香飘逸，
村头地角，处处都有你的身影。
你用冠幅华盖之风水，
宽容仁爱之心灵，

闲云野鹤之博识，
托起了华夏大地的脊梁。

枫香是美丽的，
树形优雅,姿态婆娑，
春雨冬霜,夏绿秋红。
在神州东南西北，
漫山遍野的枫林中，
始终屹立着自强不息，
永不言败的中国心。

桂花是美丽的，
碧枝绿叶、清香飘逸，
月中寻桂子,金粟犀中落。
中秋之夜,街头巷尾挥发出的阵阵香味，
羡煞嫦娥吴刚，
恨不得驾航天飞船，
立刻奔赴人间同乐。

紫薇是美丽的，
红白黄紫,五颜六色，
盛夏绿遮眼,此花红满堂。
每一朵花,都诠释着怒放的生命；
每一片叶,都演绎着燃烧的激情。
任凭暴日花依然,摇曳生姿如云霞。
独立于平凡大地,展示其脱俗品格。

毛竹是美丽的，

外直中空，虚怀若谷，

你那不惧严寒酷暑，宁折不弯的品德，

任劳任怨、四世同堂的情操，

以及超然独立、顶天立地的气概，

无不给世人留下了，

宁可食无肉不可居无竹的感叹。

狗尾草是美丽的，

憨态可掬，天真活泼，

野火烧不尽，春风吹又生。

微风吹来，摇晃着像狗尾巴样的小草，

为大树固土、培肥，

为畜牧提供饲料，

你是生物多样性不可或缺的一类。

心系自然，草木清欢，

银杏、香樟、枫香、桂花、紫薇、毛竹、狗尾草，

你们都是美丽的，

其他千千万万种植物也都是美丽的。

因为你们，

使大地焕发出勃勃生机；

因为你们，

使人类进化着世代相传；

因为你们，

提供给我们衣食住行；

因为你们，

护卫着祖国千姿百态。

热爱你们——可爱的植物，

热爱大自然吧！

植物算账

进入初冬季节,天渐渐地冷了,特别是早晚格外寒冷。小区里的植物也怕冷,早上就起来得迟了。

只有沙朴不一样,一大早就来到了小区公园里,见这里还是静悄悄的。他往左看看,池塘边的垂柳、枫杨还在梦乡里;往右看看,长廊边的紫藤、紫荆、紫薇还在打呼噜;仰头往上一看,东方天空中已经露出鱼肚白。沙朴叹了口气,低头往地下看去,不禁尖声叫了起来。

尖叫声首先惊醒了边上的紫藤、紫荆、紫薇兄弟仨。紫藤很不高兴地揉了揉眼睛,伸了个懒腰,责问沙朴,说:"你大清早大呼小叫的干什么?"

沙朴用手指着地面说:"你们快来看,这里地上写着一串数字,我觉得很奇怪。"

"你也太大惊小怪了,一串数字就值得你如此紧张?"紫荆满脸不屑地对沙朴说。

紫薇比较细心,关心地问:"沙朴,这串数字你报出来听听,看有没有什么特别之处。"

"142857",沙朴报出了数字后,摇了摇头,补充说,"昨天晚上我们离开公园时,地面上什么数字都没有,今天一大早就发现这串数字,这里面一定有名堂。"

"这说明这里昨天晚上来过不速之客,会不会是不速之客留下的暗号或者说是密码?"紫薇神秘兮兮地说。

"不好,紫薇这样一说倒提醒了我,会不会是前段时间我们将入侵植物加拿大一枝黄花一把火烧了,现在这个野花死灰复燃,来寻仇了。"沙朴这样一说,听得旁边的植物毛骨悚然,都围了过来。

在场的植物对着142857这几个数字翻来覆去看了几遍,也说不出个所以然。这时,老毛竹(四度竹)说:"你们不要太紧张了,会不会是住在这里的哪个小孩子随便写写的,没有任何实际意义。"

"不会吧,难道人类的小孩子已经知道六位数了,我觉得他们只懂得一位数、两位数吧?"麦冬草摇摆着身体表示不同观点。

老毛竹哼了一声,对着麦冬草说:"你也太小儿科了,现在什么年代了,现在人类从小孩开始都已经在学奥数了,你还以为他们还停留在旧社会啊。"

见麦冬草不吱声了,老毛竹继续说:"形势发展很快,不与时俱进地学习就跟不上了。"说着长长地叹了口气。

"老毛竹为何如此感叹,想必是有所指的吧?"杜英关心地问。

"你们帮我也算算,昨天晚上,我被玄孙小毛竹(一度竹)难倒了。"说着,老毛竹从口袋里摸出了一张纸。

植物们围上来,只见纸上面写着:5,5,5,5,5,这5个5,只用加减乘除及小括号,你能算出结果是24吗。

老毛竹补充说:"小毛竹还是个小学生,老师布置了这样一道题,小毛竹拿来考我,可怜我昨晚动了一晚上脑筋也做不出来,你们谁能帮帮我?"

植物们蠢蠢欲动,都想试一试,结果都没成功。有些植物就怀疑没有正确答案,但大多数植物认定一定是有解的,七嘴八舌地吵成一片。

乌桕在公园旁开了家小店,听到外面的吵闹声,连忙起来打开了店门。

看到乌桕的小店开门了,紫藤这才发觉肚子饿了,就过来买了4根火腿肠、1瓶农夫山泉、10个面包,乌桕收了他33.8元钱。紫荆见紫藤买好东西吃,也过来买了3根火腿肠、1瓶农夫山泉、7个面包,付了25.2元钱。紫薇看见紫藤、紫荆手中的美食,馋得不行,就走到乌桕面前,说:"我想买2根火腿肠、2瓶农夫山泉、2个面包,但我口袋里只有15元钱,不知道够不够?"

乌桕故意为难紫薇,说:"根据紫藤、紫荆刚才购买的结果,你自己算算,需要多少钱,算清楚了再来找我。"

紫薇嘟哝着嘴说："你这不是刁难我吗?"就向旁边的植物求助,植物们都摇摇头说帮不上忙。现场又是一阵骚动。

沙朴朝地上一看,猛然想起,那串数字142857还躺在那里,连忙挥挥手,要大家静下来。沙朴说："大家不要吵了,被你们搅糊涂了,这里的谜团还没有解开呢,你们都动动脑筋,破破案。"

过了一会儿,见大家都说不出个所以然,黄山栾树说："银杏是我们小区植物界的数学权威,请银杏来一定有办法。"

"银杏到外地调研去了,一时三刻回不来。"沙朴叹息道。

"小区东北角的老槐树,号称'国槐',资格老,见识广,是不是请他来指导指导?"无患子建议道。

"对啊,我怎么没想到,你怎么不早说?"沙朴一拍大腿,连忙要无患子去把老槐树请来。

只几分钟时间,老槐树就颤巍巍地走过来了。沙朴看见了,连忙迎了上去,扶着老槐树来到公园中间,搬过一把藤椅,先请老槐树坐下,然后一五一十地把早晨发生的几个涉及数学的问题,向老槐树做了汇报,请求老槐树指导。

老槐树静静地听沙朴把话说完,捋了捋胡须,先不忙着解答,而是笑眯眯地说："沙朴,前段时间听说你宣布要写长篇小说,现在怎么又关心起数学来了?"

还没等沙朴回答,旁边的广玉兰接口说："沙朴就是这样,你和他谈语文,他和你说数学;你和他谈数学,他和你说物理;你和他谈物理,他和你说体育。"

沙朴急忙辩解："我是这样的树吗? 你这样损我,讲不讲理?"

雪松也开玩笑说："沙朴是这样的,你和他讲道理,他和你论法律;你和他论法律,他和你拼钱财;你和他拼钱财,他和你比颜值;你和他比颜值,他和你耍流氓。"

听到这里,全场哄堂大笑。沙朴气极,作势要打雪松,口中念念有词:"我什么时候耍过流氓了,今天要不是老槐树在这里,我非打你不可。"

老槐树哈哈大笑,对着沙朴说:"太好玩了,大家这样说你,说明你人缘好。"

"今天我不和他们计较,我们言归正传,还是请老槐树来解决这些数字问题吧。"沙朴很大度地说。

老毛竹没有见识过老槐树的能耐,对他的真才实学还有疑虑,就抢先把他那个"5个5算24点"的问题提了出来,想先考他一考。

老槐树拿过老毛竹手里的纸条,看了几眼,问沙朴要来了一支笔,写出了一个算式,又将纸笔还给沙朴,说:"你们去验算一下,看对不对。"

植物们近前一看,只见纸上写着:$(5-5\div5\div5)\times5=24$。雪松脑子转得快,马上验算出结果,完全正确。花草树木们发出一阵欢呼声。

老毛竹点点头,表示无话可说了。沙朴想起了他买美食的事,摸出了口袋里的15元钱,问老槐树能不能买到2根火腿肠、2瓶农夫山泉、2个面包。

老槐树解释说:"我来归纳一下,现在已知紫藤的4根火腿肠+1瓶农夫山泉+10个面包=33.8元,紫荆的3根火腿肠+1瓶农夫山泉+7个面包=25.2元。将紫藤买的减去紫荆买的就是1根火腿肠+3个面包=8.6元,这个结果乘以2就是2根火腿肠+6个面包=17.2元。再将紫荆买的减去这个结果就是1根火腿肠+1瓶农夫山泉+1个面包=8元,乘以2就是2根火腿肠+2瓶农夫山泉+2个面包=16元。沙朴你说,你这15元钱够不够?"

沙朴不好意思地说:"这下我知道了,还差1元。"转过身对着乌桕大喊,"少你1元钱,你面包少给我半个好了。"

众植物大笑起来。也有植物提出,说老槐树这样讲了一遍,听得云里雾里的,能不能说得更清楚些。

老槐树说:"那就要用到数学上的列算式了,看下面的算式:

4火+1农+10面=33.8   (1)

3火+1农+ 7面=25.2   (2)

(1)-(2)得:1火+3面=8.6   (3)

(3)×2得:2火+6面=17.2   (4)

(2)-(4)得:1火+1农+1面=8.0   (5)

(5)×2得：2火＋2农＋2面＝16.0　　(6)

这样够清楚了吧?"现场爆发出一阵掌声。

老毛竹嘟囔了一句："姜还是老的辣。"表示由衷的佩服。

沙朴高兴地说："现在前面两个问题都解决了,剩下最后一个问题,也是最重要的一个问题,就是您对'142857'怎么看?"

老槐树指着地上的142857,说："这是一串特别的数,你们来看,将这串数分成两个三位数,142+857=999,9+9+9=27,2+7=9。将这串数分成三个两位数,14+28+57=99,9+9=18,1+8=9。将这串数分成六个一位数,1+4+2+8+5+7=27,2+7=9。结果是不是都变成9了?"

众植物都点点头,表示很惊讶。老槐树继续说："更奇妙的还在后面,将这串数分别乘以1、乘以2……乘以6,得到的结果分别是：142857×1=142857, 142857×2=285714, 142857×3=428571, 142857×4=571428, 142857×5=714285,142857×6=857142。这六个结果都是142857这6个数字,只是排列的顺序不一样,好像是在转圈圈。你们看是不是这样?"

沙朴报出了6个数字,142857、428571、285714、857142、571428、714285,和老槐树说的完全一样。沙朴对老毛竹说："你说过,这可能是哪个小孩子随便写写的,这么玄幻的数字是随便能写出来的吗?"

"前面我也是随便这么一说,现在我也觉得越来越奇妙了。"老毛竹涨红着脸说。

"那问题就严重了,一定是个密码,大家可要小心点。"沙朴神神秘秘地说。

"这串数字还有很多奇妙的特性。"老槐树补上一句后,继续说,"事实上,阿拉伯数字0,1,2,3,4,5,6,7,8,9本身就是非常奇异、十分完美的,用这十个基本数可以组成无穷无尽的数,像142857这样的数字还有很多很多,这就是数字之美,或者说数学之美。"

"啊,数学原来是这样的,太好玩了。"有植物叫了起来。

老槐树转过身来,问："刚才你们提到数学、语文、物理、体育等,说说看,你们是怎么理解它们的?"

雪松先说:"我觉得数学就是研究数的学问,由数可以转换成形,把数研究透了,数学问题也就解决了。"

"那我的理解,语文的语就是说话,语是五个口在说,文就是写文章。将说出的话整理成文章就是语文。"沙朴说完,天真地笑着。

"你这是算命先生拆字。"广玉兰向来和沙朴不对付。见沙朴忍着没说话,广玉兰继续说:"物理就是研究物体(物质)运动的道理,我是这样认为的。"

"你就会说我,你自己还不是望文生义。"沙朴反戈一击,又补了一句,"那依你的逻辑,化学就是研究物质变化的学问。"

"都是做学问,那体育为什么不叫体学呢?"不知哪个植物问了一句。

"我想,会不会是体学和医学容易混淆,因为都是涉及身体的。而体育的体就有活动的意思,就是说要将全身动起来,身体才会得到发育。"狗尾草摇摆着尾巴,怯生生地说。引得众植物一阵大笑。

笑过之后,大家都看着老槐树。老槐树也笑着说:"你们说的虽然不全面,但实质性的东西已经说出来了,话糙理不糙,是这个道理。"

"说这些没用,我关心的还是这个142857是怎么来的。"沙朴心里的结没有解开,堵得难受。

"你们这里谁都不知道这个数的来源吗?"老槐树环顾四周问道。

"我们知道了,也用不着来劳驾前辈您了。"沙朴回复道。

"那我就把底牌亮出来吧。"老槐树喝了一瓶沙朴刚刚买的农夫山泉,慢悠悠地说,"你们用1除以7,看看是怎么个结果。"

沙朴拿出纸和笔,就做起了除法,做了半天,也没有最后的结果,全身汗都出来了。沙朴大叫,要乌桕快把店里的平板电脑搬过来。噼里啪啦的一顿操作,结果出来了,众植物定睛一看,电脑上显示:$1 \div 7 = 0.142857142857142857\cdots\cdots$

后面的数字无穷无尽,再仔细一看,都是按照142857、142857的次序排列的。

"噢,我明白了,这个142857原来是这样来的。"沙朴拍着脑袋叫了起来。接着又问:"您前面说类似这样的数还有很多,要怎么去发现它们呢?"

老槐树摇了摇头说:"你啊,就是要这样打破砂锅问到底。要说清这个问题,可不容易啊。"老槐树欲言又止。

"您就简单点说说嘛。"沙朴缠住不放了。

老槐树没办法,只好说:"好吧,我接着说,像1、2、3、4、142857这样的数都叫整数,像1/3、1/7、1/23这样的数叫作分数,整数和分数都叫有理数。分数有些是可以除尽的,比如1/2=0.5,1/5=0.2,有些是除不尽的,比如刚才的1/7=0.142857,等等。"

杜英插进来问:"那分数能不能除得尽,有规律吗? 要怎么样才能看出来?"

老槐树回答:"有规律,也能看得出来。分数能不能除得尽,和分子无关,就是看分母是个什么数。假定分子为1,分母中只含有2、5这两个因数的就一定除得尽,反之就除不尽。当分数除不尽时,虽然小数位数是无限的,但是一定是循环的,例如刚才的1/7,就是按142857循环下去的。"

"那是不是每个循环小数都有上面像142857这些的奇妙特征呢?"广玉兰问。

"不是的,只有当分母是素数(又称质数)时,才可能出现这样的奇妙数,比如1/13=0.076923076923……就是一个这样的数。"老槐树这样说。

沙朴又一拍大腿说:"您刚才提到素数,我就想起来了,人类有个叫陈景润的,听说是研究1+1=2的,是不是就是他?"

老槐树回答:"是的,就是他。别看几个阿拉伯数字,那里藏着非常多的秘密,像计算机编程、密码破解等,归根结底都和这些数字有关。一些奇妙现象,被证明了的就是规律,还没有被证明的就是猜想。陈景润就是研究哥德巴赫猜想的。"

"那我也要研究研究哥德巴赫猜想。"沙朴拍拍胸脯说。

"算了吧,你连买火腿肠的钱都算不清楚,还研究哥德巴赫猜想呢。"不知是谁说了一句,公园里又是一阵欢笑声。

这样一来二去,半天就过去了。

植物闲话

　　不知不觉间,初冬来到了,虽然它不如隆冬神圣庄严,也不如金秋给人以收获的喜悦,然而,它却承载着另外的一份美丽。冬天代表着一种生命体验的需要,代表生命在艰难的日子对信念的固守。其实,只有在经历了枯与荣、炎与凉之后,才会呈现绝美的韵致。眼前的初冬,别有一番滋味,别有一番诗情。

　　清晨,虽然大地上传来阵阵寒意,但小区里的植物,照常不间断地来到公园里聚会聊天。沙朴昨晚写小说睡得迟了,今天来到公园里时,发现那里已聚集了很多植物,正聊得起劲呢。

　　沙朴清了清喉咙,高声说:"你们听说了吗?最近有个康巴汉子,名叫丁真,刷爆了各大网络平台,人生际遇自此天翻地覆,真是想不到啊。"

　　"什么?丁真?是谁啊?我只知道有个叫陈真的。"枫杨拍拍脑袋说。

　　"陈真?还霍元甲呢,我看你是武打片看多了。"广玉兰指着枫杨说。旁边的植物都笑了起来。

　　"那这个丁真是哪里人?"枫杨不好意思地问。

　　"这个丁真是个藏族小伙子。"沙朴回答。

　　"我知道了,那他是西藏人。"无患子抢着补了一句。

　　"他是甘孜人。"沙朴白了无患子一眼。

　　黄山栾树自作聪明地说:"甘孜?那不是西藏的,是青海的。"

　　听到这里,雪松摇了摇头,说:"都像你们这样,难怪四川人要为了丁真操碎了心,因为网友们都以为丁真是西藏人,看完宣传片《丁真的世界》后一句'好想去西藏',令四川人倒地不起。看来,人类如此,我们植物界也是如此,该好好补补地理知识了。"

"你的意思,丁真是四川人?"杜英还要确认一下。

"可不是吗,我再补充一句,那里是大熊猫的故乡,这下明白了吗?"雪松斩钉截铁地说。

"四川,大熊猫的故乡,天府之国,诗和远方,好向往啊,我好想去看看啊。"紫薇拍着双手,蹦蹦跳跳地说。

雪松说:"你们知道四川在哪里吗?离这里有多远吗?现在是信息社会,凭你们这点地理知识,不好好学习的话,怕是跨出这个小区大门,就连东南西北都分不清了。"

雪松的话引起了一些植物的共鸣,有的说:"听说现在很多地方都可以扫码支付。"也有的说:"听说现在乘车一定要查验健康码,那我身上没有健康码怎么办?"

"健康码又不是在你的身上,是在你带的手机上。"狗尾草提醒道。

"那我没有手机怎么办,或者说我的手机没有这种功能怎么办?"有些植物忧心忡忡起来。

乌桕走过来,发现植物们正在七嘴八舌地争论什么,就说:"你们有闲工夫在这里争吵,还不如回自己的位置去,多吸收点二氧化碳,多吸收点阳光,多吸收点水分,这样可以多长长身体。"

雪松对乌桕说:"你现在说这个话就不合时宜了,现在是什么时节,现在是冬季,春播夏长秋收冬藏,你懂不懂啊?"

"像乌桕这样的,这里小区里的人称之为'背事鬼'。"不知哪个植物说了一句,植物们都笑了起来。

雪松接着说:"时光好像一根链条,其中有二十四个'环',每一个'环'都紧紧相扣,谁也离不开谁,这就是二十四节气。这不,'霜降'前脚刚走,'立冬'就如约而至,接下去,'小雪''大雪'就紧跟着要来了。"

"你想要说明什么?"沙朴插问道。

"我要说的是到什么时候做什么事。"雪松说完这句,停下来,看了看大家,见植物们静静地看着自己,他就继续解释说:"古云,冬,终也,万物收藏也。立冬后稻谷入库,红薯入窖,万物收藏,我们草木也要休养生息越冬。初冬就是要'红泥炉畔酒,从此卜亲邻'。你们看看,立冬后的乡村会呈现出一派静谧祥和的景象。油菜、萝卜菜、冬小麦伸展着三两片绿叶,迎接温暖的阳光;树上的叶子黄了,落了,留下光秃秃的枝干;青蛙、蝴蝶、蜜蜂,还有夏天里名噪一时的昆虫,都不知躲到哪儿去了,就连水里的虾、蟹也藏匿水底,俗语说的'西风响,蟹脚痒。蟹立冬,影无踪',就是这个意思。就连累了一春一夏一秋的老黄牛,也是安详地躺在稻场上晒太阳,嘴里不停地咀嚼着反刍的枯草。这就是我们现在该有的生活。"

这时,雪松看到小区里的一个家长,带着背着书包的小孩,急匆匆地去上兴趣班,雪松就用手指了指他,说:"你看,人类不知道怎么想的,小孩子该玩的时候拼命去读书,到上大学该用功读书的时候,却是整天玩游戏了。"

"这样说起来,人类还不如我们植物识时务。"广玉兰得意地说,"我们植物知道冬天要藏起来,蛰伏是为了更好地保存能量,抵御寒冷天气的到来。你们可知道,我昨晚就抖落了身上的许多叶子,虽然有不舍得,但落叶是丢卒保车的策略,叶落归根,终究会回来的。"

"落叶是轮回的前兆,落叶是来年的重生。看落叶随风飘落时的舞姿,最美!那落叶或飞或飘,或卷或舒,或翻或滚,都是美的答案。最后,落叶都会静悄悄地委地,反哺母体。"垂柳诗兴大发,竟然吟诵起来。

听到这里,植物们就交流起各自的过冬御寒体会了。有的说自己会脱"衣"御寒;有的说自己会穿"甲"戴"盔";有的说自己会建"仓"过冬;还有的说自己会借"种"越冬。更有的说自己会变身"化学家",甚至会自身发热。狗尾草就说,天太冷了,自己就躲到地下去不出来,还说这叫大丈夫能屈能伸。听得花草树木们肚子都笑痛。真是八仙过海,各显神通。

正在植物们谈论得纷纷扬扬时,只听得沙朴笑了起来,接着又说出一句"他妈的!"

广玉兰不高兴了,厉声责问沙朴,说我们有什么做错了,你怎么骂人了?

沙朴说:"我没有骂人,我是看到一篇报道,说某地为了提高知名度,竟然研究起武则天她妈了,还为此发了红头文件,成立了专门的机构。所以我忍俊不禁,笑出了声。"

"原来是这样,类似的事还有很多,都是些扯虎皮拉大旗的勾当,但拉到武则天她妈身上去了也亏他们想得出来。"雪松叹了口气说。

"近几年,到处都在争抢历史名人,比如西施的出生地,就有两个地方争来争去,连孙悟空的花果山,好多地方都说自己的才是正宗的。"杜英笑了笑说。

说到这个话题,植物们又有很多闲话要说了。

"人类有些事是我们想不明白的,我来给你们讲个笑话。"雪松挥了挥手说。听到要讲笑话,在场的花草树木们就静了下来。雪松的笑话是这样的。

甲乙两个经济学家走在路上,突然发现路上有一坨狗屎,甲便对乙说:"你要是把它吃了,我给你五千万元。"乙一想,尽管臭了点,不过五千万元也不是个小数目啊,犹豫了半天之后还是把它吃了。

两人继续往前走,心中都有些不平衡。甲想,五千万元也不是笔小数目,我本想开开玩笑,现在倒好,白白花了五千万元,什么也没有得到。乙想,虽然得到五千万元,可吃狗屎的滋味太难受了,说不定这件事情传出去还会被人耻笑。

就在这时,两人又发现了一坨狗屎,乙便提议说:"你要是把它吃了,我也给你五千万元。"甲本来就有点心疼自己的钱,再说乙都吃了,自己为什么不能吃?于是,他便也吃了。

按理说,两个人又找回了心理和金钱上的平衡,但是两个人怎么想都觉得不对,谁也没有得到什么,平白无故每人吃了一坨狗屎。

他们把这件事告诉了自己的导师,导师听完之后大吃一惊,说道:"你们知道自己做了什么吗?一转眼,你们就创造了一个亿的GDP啊!"

雪松的笑话讲完了,全场哄堂大笑,笑过之后,黄山栾树说:"人类真好玩,不过,雪松讲的就是个笑话,你们不可当真。我再来讲个故事。"

黄山栾树说的故事是这样的。

一天,古希腊大哲学家苏格拉底和他的学生到郊外散步。来到一个湖边时,苏格拉底忽然心血来潮,问身边的学生们:"你们谁能说出这湖里共有多少桶水?"

学生们面面相觑,回答不上来。

过了一会儿,学生们开始你一言我一语地谈论起来。

有人说,这湖实在太大了,根本无法用桶来度量,所以,湖水有无数桶;有人说,我们可以利用数学知识计算出湖的体积,然后除以桶的体积,就可以算出一共有多少桶水了……

然而,面对学生们的回答,苏格拉底只是微笑着摇头。

末了,苏格拉底来到一直站在一旁沉默不语的柏拉图面前,问:"你能回答这个问题吗?"

"这个问题实在太简单了,"柏拉图说道,"那要看桶是什么样的桶,如果和湖一样大,那湖里就只有一桶水;如果桶只有湖的1/2大,那湖里就有两桶水;如果桶只有湖的1/3大,那湖里就有三桶水;如果……"

"行了,你的答案完全正确。"苏格拉底满意地说。

看,柏拉图只是转换了思考问题的角度,他不是以湖的大小为出发点,而是从桶的角度进行思考。结果,问题迎刃而解。

黄山栾树的故事说完了,植物们都点点头,若有所思。黄山栾树感悟道:"在生活中,我们有时候是很容易陷入思维陷阱的,而跳出陷阱,往往只需要换一个思维角度。"

这时,一缕阳光穿过天空,照到小区公园里。香樟忙了一晚上,从植物业委会办公室过来,听了一会植物们的闲聊。香樟说:"面对冬令时节,要把心灵放开。向着一个绝妙的世界,真美。此时的阳光,就像一脉透明的灵泉,把长空洗涤得好蓝好蓝。心底有暖意,脸上有笑容,眼里有欢喜,脚下有踏实,这就是我们最好的时光!"

在一阵热烈的鼓掌声中,小区公园的植物晨聊就这样结束了。

植物选才

进入冬季后,天气虽然越来越冷了,但小区里植物的清晨聚会却照样热闹非凡。今天是周末,一大早植物们又聊开了。这时,很久不见的银杏来到了现场,相互打过招呼后,银杏挥挥手,让大家静下来。

银杏站在公园中心,对着大家高声说:"花草树木兄弟姐妹们,大家好!好久不见了,今天我有个通知要和大家说。"

听说有通知,植物们都静了下来,并围绕在银杏身边。银杏清了清喉咙,继续说:"前段时间,我代表小区植物界,外出参观学习,跑了不少地方,学到了很多经验。其中很重要的一条,就是一个小区工作能不能做好,骨干是关键,做任何事,一定要有骨干带头,否则群龙无首,百姓百心,拧不成一股绳,就干不成大事。"

沙朴插嘴,对银杏说:"在我们小区,香樟、枫香和你,你们三个就是骨干,我们听你们的就是了。"

"香樟、银杏、枫香属于小区植物的管理层,和骨干是两码事,你连这个都不知道,还要多嘴多舌。"广玉兰白了沙朴一眼,他和沙朴一直不合拍。

沙朴正要反击,雪松拉了拉沙朴的衣角,示意他别作声,听银杏把通知说完。沙朴朝广玉兰挥了挥拳头,不吱声了。

银杏接着说:"我学习回来后,和香樟、枫香等植物一起多次商量,决定在我们小区,也要培养一批骨干,从中挑选出各方面的带头植物。"

听到这里,周围的植物议论开了,都说这个主意好,大家表示支持。

桂花就问:"那这些骨干要如何选拔呢?"

银杏回答说:"我们研究过了,骨干也好,积极分子也好,不是天生的,都是要通过培养成长起来的。我们已决定,一步步来,先办第一期学习班,规模小一点,招收四名优秀学员。今天我就是来通知大家,请大家积极报名参选。"

植物们欢呼雀跃,都想一试。

"你还没有说清楚,要怎么样报名呢?"紫薇提醒银杏。

银杏说:"对啊,被你们一吵弄糊涂了。是这样的,我们建立了一个群,群名叫'小区植物骨干培训群',只有四种植物能进这个群,你们在自己的手机上下载这个群,点击要求加入群,就会跳出一个界面,要求你输入密码,这个密码是通过软件自动产生的,是发到你们手机上的一道数学题的答案。注意了,在十分钟内密码输入正确的,报名成功,否则报名失败,只能等下一期了。按照先后次序,报满四个名额,本期招生就结束了。好了,现在开始吧!"

一听银杏说完,植物们赶紧拿出手机,先下载了那个"小区植物骨干培训群",但都迟疑着不敢点击"要求加入群",就怕一点进去,在十分钟内输不准密码就失去机会了。植物们你看看我,我看看你,都不敢第一个吃螃蟹。

"我先来吧!"雪松走上前来,一点"要求加入群",跳出一行字,写着"请输入密码!"后面注明密码是下面这道数学题的答案。雪松急忙看数学题,是这样的:$1+2+3+4+5+\cdots\cdots+100=?$

旁边的植物也看到了,有的植物就拿出一张纸开始加起来,但发觉靠一个一个数字加起来时间根本不够,就放弃了,都看着雪松,看他有什么办法。

雪松知道,像这种题目,靠死办法一个个加肯定不行的,得用巧力,他从头到尾看了几遍,闭上眼睛想了一会儿,突然用手一拍脑袋,说声有了,这个结果应该是5050,将5050作为密码输入,果然,手机上显示出"恭喜你报名成功!"。现场一片欢呼声。

沙朴不解,非要雪松说清楚这5050是怎么算出来的。雪松说:"$1+100=101,2+99=101,3+98=101,\cdots\cdots50+51=101$,这样 $1+2+3+4+5+\cdots\cdots+100$ 就分解为50个101,50个101也就是5050,就是这么简单。"

银杏插进来说:"雪松的思路完全正确,事实上,像1、2、3、4……这样的数列叫等差数列,就是数列中两数之间的差都是一样的,求等差数列的和就可以归纳为一个公式,即等差数列的和等于数列中首项加末项的和乘以项数的二分之一。不信你们可以验证一下。"

"喔,原来是这样。"花草树木们列出了几个等差数列,用公式验算后果然是这样,植物们一阵惊叹。有了雪松带头,植物们都动起来了。水杉抽到的密码题是这样的:$1^2+2^2+3^2+4^2+5^2+\cdots\cdots+100^2=$?

水杉不愧是老革命的后代,确实有几下子,赶在十分钟之内,他将结果算出来了,是338350,输入密码后,报名也成功了。水杉高兴得跳了起来。

四个名额,雪松、水杉占去两个了,只剩下两个,植物们都急起来了。黄山栾树走上前来,说:"我也来试一试。"一按报名键,跳出一道题:$1^3+2^3+3^3+4^3+5^3+\cdots\cdots+100^3=$?

黄山栾树心想,这道题和雪松、水杉的题何其相似,只不过雪松题中的1、2、3、4……100是1次方,水杉题中的1、2、3、4……100是2次方,现在自己题中的1、2、3、4……100变成3次方了,这里面一定有窍门,看我如何来破解。

黄山栾树看出来了,这里一共有100项,每一项都是3次方,加起来一定是一个很大的数,靠一项项算出来那不知道算到猴年马月了,这个又不是等差数列,不能直接用公式算,怎么办? 先算几项看看。

$1^3=1=1^2$

$1^3+2^3=1+8=9=3^2=(1+2)^2$

$1^3+2^3+3^3=1+8+27=36=6^2=(1+2+3)^2$

$1^3+2^3+3^3+4^3=1+8+27+64=100=10^2=(1+2+3+4)^2$

算到这里,黄山栾树大叫一声:"我知道规律了,我把算式列出来。"

$1^3+2^3+3^3+4^3+5^3+\cdots\cdots+100^3=(1+2+3+4+5+\cdots\cdots+100)^2$

至于$1+2+3+4+5+\cdots\cdots+100$,前面雪松已经算出来了,银杏老师也告诉我们方法了,那上式就是$5050^2=25502500$。

黄山栾树以25502500为密码输进去,顺利通过报名。黄山栾树高举双手,激动不已,现场一片鼓掌声。

接着,有几种植物上来应试,但在十分钟内都没有找到正确密码,报名不成功。

向日葵看到雪松、水杉、黄山栾树都成功了,心里痒痒的,在边上植物们的鼓励下,也走上前来应试。当向日葵点进报名键后,手机上跳出一个数列:1、1、2、3、5、8、13、21、34。然后提示:你的密码是上述数列中的下一项。

向日葵看到这串数字,哈哈大笑,说声"天助我也!",然后将55作为密码输入,随着绿灯亮起,向日葵也被录取了。

向日葵的高兴劲自不必说了,但旁边的植物觉得奇怪了,问向日葵怎么知道这下一项是55,又是怎么看出来的。

向日葵乐不可支,咧着嘴说:"我是瞎猫碰着死老鼠,这道题撞到枪口上了,这个数列是斐波那契数列,我身上的花瓣排列就是按照这个规律来的,所以我最熟悉不过了。"

"有这种事,太巧了,那你说说,这个数列有什么规律?"沙朴的好奇心又上来了。

"你们来看,这个数列从第三项开始,后面这个数是前面两个数的和。"向日葵得意扬扬地说。

1+1=2,1+2=3,2+3=5,3+5=8,5+8=13,……植物们一一验算,果然如此,都说太神奇了。

"这么神奇的数列,那一定有来历的。"沙朴逼着向日葵,追根究底起来。

向日葵被沙朴缠住了,只得耐心地解释起来。

原来这个斐波那契数列,也叫兔子数列,因为它是通过兔子的繁殖摸索推论出来的,由数学家列昂纳多·斐波那契首先提出。在数学上,斐波那契数列以如下被以递推的方法定义:$F(1)=1$,$F(2)=1$,$F(n)=F(n-1)+F(n-2)$($n \in N$)。在现代物理、准晶体结构、化学等领域,斐波那契数列都有直接的应用,为此,美国数学会从1963年起出版了以斐波那契数列季刊为名的一份数学杂志,用于专门刊载这方面的研究成果。

一般而言,兔子在出生两个月后,就有繁殖能力,一对兔子每个月能生出一对小兔子来。如果所有兔子都不死,那么一年以后可以繁殖多少对兔子呢?

不妨拿新出生的一对小兔子分析一下:第一个月小兔子没有繁殖能力,所以还是一对;两个月后,生下一对小兔,对数共有两对;三个月以后,老兔子又生下一对,因为小兔子还没有繁殖能力,所以一共是三对。

幼仔对数=前月成兔对数,成兔对数=前月成兔对数+前月幼仔对数,总体对数=本月成兔对数+本月幼仔对数。

可以看出幼仔对数、成兔对数、总体对数都构成了一个数列。这个数列有个十分明显的特点,那就是前面相邻两项之和,构成了后一项。

自然界中,遵循斐波那契数列规律的现象很多。有些植物的花瓣、萼片、果实的数目以及其他方面的特征,都非常吻合于斐波那契数列。比如松果、凤梨、树叶的排列及梅花、长春花、苹果花、百合、鸢尾和鸭跖草等花朵的花瓣数。

"最典型的就是我身上花瓣的排列,你们仔细观察我的花盘,两组螺旋线,一组顺时针方向盘绕,另一组则逆时针方向盘绕,并且彼此相嵌。且花瓣往往不会超出34和55、55和89或者89和144这三组数字,每组数字都是斐波那契数列中相邻的两个数。"向日葵以此作为结尾,满脸自豪。

"那你们身上为什么要采用这样的排列方式?"沙朴打破砂锅问到底。

"这种方式是黄金分割法,最经济合理的,懂不懂?"向日葵有点不耐烦了。

听到这里,在旁边的松果、凤梨、梅花、百合、鸢尾、鸭跖草都"啊"的一声叫了起来,都说不是向日葵今天说起来,我们自己都不知道身上还有这样的神奇规律。

"我只知道这么多了,要想知道更多奥秘,你们还是问银杏吧。"向日葵谦逊地表示。

银杏说:"我们植物身上神奇的地方多着呢,各种植物以有序的'数学语言'来诠释我们的神秘魅力。不仅是因为颜色好看,我们在花纹排列上也极具数学美感——比如天然生成的三角形、圆形、卵形及其他各类几何图形。

这种来自大自然的纷繁而复杂的图案,奇异而令人震惊。植物之所以拥有优美的造型,在于我们和特定的'曲线方程'有着密切的关系。比如我们的茉莉花瓣曲线,就可以用 $x^3+y^3-3axy=0$ 的曲线方程来表示,如果将参数 a 的值加以变换,便可描绘出不同叶子或者花瓣的外形图。花瓣曲线能准确形象地揭示植物叶子和花朵的形态所包含的数学规律。另外,植物的茎叶和果实几乎都是按照 $137.5°$ 的模式排列的。这样植物的茎叶和果实就可以占有最大的空间,以获取最多的阳光,承接最多的雨水,也最有利于植物的生长。"

看到花草树木们都像发现新大陆一样,在自己身上看来看去,银杏笑了笑说:"今天这个选拔很成功,通过考核,雪松、水杉、黄山栾树、向日葵脱颖而出,进入了第一期培训学习班,我要祝贺他们四位。当然,其他植物也不要气馁,以后机会还有的是,要知道,是金子总会发光的。现在时间不早了,我也要去忙小区里的其他事情了。"

在一阵热烈的掌声中,银杏先离开了。其他植物就吵嚷着要雪松、水杉、黄山栾树、向日葵四个请客,雪松等无奈,就带着植物们来到乌桕开的食品店,给每个植物发了一个面包充饥。公园里传来了植物的阵阵欢声笑语。

植物迎宾

　　小区植物界业委会接到沙朴反映,说是植物们聚在一起聊天时,经常提到一个问题,就是小区里的植物和外界的交往太少了,外面的世界很精彩,我们整天待在小区里如井底之蛙,容易夜郎自大。

　　负责业委会的香樟、银杏、枫香等植物,为此专门开了一个会,商讨如何解决这个问题。银杏首先说:"我们小区里的植物,也有些是和外界有接触的,据我所知,柳郎曾经去柳浪闻莺怀过旧,茶姑曾经去龙井寻过亲,枇杷曾经去塘栖还过乡,桂花曾经去满觉陇访过祖。"

　　香樟说:"柳郎、茶姑、枇杷、桂花等植物的行动都属于个体行为,我们集体组织的外出活动几乎没有过。"

　　"也不是一次都没有。"枫香插进来说,"我记得在今年谷雨时节,我们曾组织过小区里的植物去杭州北高峰的森林里进行过一次野营。大家玩得可开心了。"

　　"我想起来了,是有那么一次。"香樟点点头,接着说,"但这是远远不够的,现代社会节奏变化很快,我们要跟上形势,就要多吸收外面先进的思想、理念、方法。我们小区的植物生长环境很好,人文气息也很浓,如何化优势为胜势,需要我们多动脑筋。"

　　"我前段时间出外考察学习,触动很大,许多小区的植物生长条件没有我们好,但工作却比我们做得出色,其中有一条,就是他们那里培育了一批骨干力量,在榜样的带领下,工作就可以以点带面地推动起来。为此,我们通过选拔,已挑选出雪松、水杉、黄山栾树、向日葵四种植物为第一批培养对象,进培训班学习。马上就要开学了。"银杏把前几天植物选才的事简要介绍了一下。

"这样很好,上课的老师确定了吗?"香樟问。

"大部分任课老师确定了,还缺几个资深的有分量的老师。"银杏回答。

香樟想了一会儿,说:"我们既要走出去,也要请进来,那这次办培训班,就是一次很好的机会。枫香,由你负责,去外面请几个重量级的植物大佬来吧。"

枫香摸摸头皮,说:"这个,要我到哪里去请呢?"

"你去浙东沿海宁波那边找找吧。"香樟提示说。

枫香受小区植物业委会的委派,去宁波沿海转了一圈,过了两天,果然请到了两位植物大神,就领着他俩兴冲冲地赶回来了。

这边小区里的植物听说请到了两位神秘嘉宾,都很好奇,早早就聚集在小区公园里等候,都想一睹来宾的芳容。

下午三时许,枫香带领着外宾来到公园,全场掌声雷动,热烈欢迎。枫香站在中间,挥挥手要大家静下来,拉着右边植物来宾的手,向大家介绍说:"这位是来自宁波宁海的香樟。"又拉着左边植物来宾的手,向大家介绍说:"这位是来自宁波北仑的桂花。他们俩都是我们请来的老师。"来宾香樟和桂花向大家挥手致意。

小区里的植物围上来,细一打量,但见这来宾香樟,威武雄壮,树高约18米,胸围约15米,树上巨枝五叉分开,似五条虬龙盘旋而上,形成五叉樟。五叉樟中空,内径约6米,底上面积达40平方米,构成一座可容10多人的天然木屋。从外表上一看,树龄应在千年以上。

又看那来宾桂花,婀娜多姿,树高约14米,平均冠幅约14.5米。树冠呈蘑菇状、圆头形、主干低、分枝多而奇形,共有分枝16枝,有两枝并生,有长出不定根,看其形状外观,树龄应在300年以上。

小区里有些植物就围绕着两个来宾四周转,东摸摸西看看,啧啧称奇,称赞枫香请来的果然是德高望重的植物老师。

枫香满脸得意,指着五叉樟说:"宁海香樟位于前童镇七圣樟树脚,他长

356

在那里,常有村童在其中用餐、游戏,既可避暑纳凉,又可免栉风沐雨。这株香樟为宁波市第一大树,有宁波树王之誉,又称浙江第一樟。"现场一片喝彩声。

枫香又指着来宾桂花说:"这株桂花来自北仑白峰镇门铺村六社夹山王家,他一年能开两次花,第一次在9月份,第二次在10月份,开花季节奇香无比,飘扬四方。"现场又是一阵叫好声。

枫香还想继续说什么,有植物在下面叫道:"我们想听听两位来宾老师的自我介绍。"

枫香不好意思地说:"对啊,你们不提,我倒忘了,下面请两位来宾发言。"

五叉樟向大家拱拱手,谦逊地说:"刚才枫香介绍我时,褒奖过头了,自我介绍我就不说了,你们想听什么呢?"

有植物就高声提议:"您是植物界的老前辈了,一定知道很多有关樟树的故事,这个我们很想听。"

"好啊,这个没有问题。"五叉樟想了一下,接着说,"我来讲一个关于'樟树岭'的故事。"

在浙东宁波三山西通上慈吞的岭上有一株大樟树,此地故名樟树岭。旁有白蛇潭,为柯然射蛇处。现尚立有石碑,上刻"乡西1.7公里峰尖山南坡,海拔123.6米。东起三山俞家,西抵海口慈东、慈丰村,巅有景仰亭。据传岭东坡昔有白蛇潭,为明里人柯然射白蛇处,植有碑记"。

相传古时在这条岭上朝向三山的一边,生长着一株高入云天的大樟树,岭以树为名。当年投军在外十几年的三山人柯然,解甲从府城回乡时走的就是这条山道。令他想不到的是,在他离乡的这些年中,有一条从海上来的白蛇盘踞在大樟树上,让不少过岭的人葬身蛇腹。这天,挎弓悬箭的柯然从慈吞方向走上岭顶时,忽见乌云遮天蔽日,隆隆雷声夹着豆大的雨点倾泻下来,他急趋这株大樟树下避雨,抬头见那大蛇盘旋在树杈上,仰着头,口喷黑雾。柯然平素就是一位"路见不平一声吼"的好汉,赶紧从箭壶中抽箭搭弓,用尽平生之力射去,正中蛇七寸。负伤的蛇精低头向下,当它恼怒地向柯然喷射毒汁时,一声霹雳将其击毙。中了蛇毒的柯忝倒在白蛇潭,经过七天七夜浸泡后,才解除了蛇毒。翦除了妖孽后的樟树岭恢复了宁静。

为纪念这位为民除害的英雄,人们在被雷火焚毁的大樟树下,立了一块"柯忝射白蛇处"的纪念碑,在樟树岭顶上建造了供后人瞻仰祭拜的景仰亭。正前联是"依树击害虫至城格天荣敷九代,负隅杀猛兽威信震地誉满三山"。柱侧联是"斯地有仙踪溪上犹遗洗足石,名山留古迹亭中共说射蛇人"。

五叉樟故事说到这里,小区里的植物都听呆了,过了一会儿,枫香才醒悟过来,就拉拉北仑桂花的衣角,对他说:"你也说一说有关你自己的故事吧。"

北仑桂花笑容满面地说:"宁海香樟见多识广,名誉天下,我和他没办法比的。我就说一个'幸福树'的故事吧。"

传说在清朝的时候,舟山六横有个年轻人,家里很穷,有一天,他干完农活回家,洗脸打水时,发现家里水缸里有一棵大树的影子,他觉得很奇怪,找遍了整个村,都没发现村里有这样的一棵大树。自从水缸里有了大树影以后,年轻人家里的生活就越来越好,全家人也是平平安安,和和睦睦的。几年后,这位年轻人做生意经过白峰的王家,看到当地的一棵桂花树与家里水缸里的那个树影很像,为了确定是不是那棵树,他脱下一只草鞋挂在大树的一个树枝上。回家后,他跑到水缸边一看,惊奇地发现水缸里的树影里也有一个草鞋的影子,此后,村里人都把这棵树叫作"幸福树"。

北仑桂花的故事说到这里,在场的植物们都面露惊讶之色。其中有个植物尤为激动,他是小区里的桂花。小区桂花从北仑桂花的举手投足间,总觉得和自己特别投缘,有种似曾相识的感觉。小区桂花挤上前来,一边拉住北仑桂花的手亲了起来,一边询问起北仑桂花的身世来历。

北仑桂花对小区桂花的行为一点也不排斥,他也感觉到自己的心似乎和小区桂花贴得很近。见小区桂花问起来历,北仑桂花说:"我来自白峰王家,祖上是北仑塔峙。塔峙桂花闻名遐迩,塔峙也因此被誉为'桂花之乡'。塔峙岙由横山、西岙、东岙、青林四个村组成,在20世纪80年代,桂花树多达1620多株,最多一年收桂花26吨。西岙村曾被誉为'浙江桂花第一村',拥有桂花树近 600 株。塔峙岙的桂花大多年代久远,很多都有两三百年的树龄。每年金秋,金桂怒放,满目金黄,未到塔峙先闻花香,整个塔峙岙里花香四溢,沁人心脾,真可谓十里香雪海。"

听到这里,小区桂花摇了摇头,叹了口气。见此,北仑桂花忙问其为何叹气。

小区桂花说:"听您刚才所说,您的祖上是塔峙桂花,你我虽同为桂花,总不是同源所出。故此叹气。"

"那你源出何处?"北仑桂花反问。

小区桂花回答:"我来自杭州西湖满觉陇。"

"啊,这也太巧了。"北仑桂花拉着小区桂花的手,眼泪汪汪。

"难道您和满觉陇有关联?"小区桂花疑惑地问。

"岂止有关联,那里是我的始祖地啊。"北仑桂花擦了擦眼泪,接着说,"我前面的话还没有说完,塔峙桂花虽然名声显赫,但此地桂花却是原产于杭州西湖的满觉陇,是由北宋末年爱国儒将陆源的妻子桂氏携带到那里的。"

"原来还有这样的渊源,那您快说来听听。"小区桂花仰着头,满脸期盼。

北仑桂花慈祥地看着小区桂花,慢慢地说了起来。

原来,陆源夫妇平素酷爱桂花,在祖宅满觉陇一带种了不少桂树,每逢中秋佳节,夫妻俩必置酒桂丛,赏月吟诗。当时,金兵大举入侵中原,国难当头,陆源无心留恋花前月下良辰美景,毅然重整戎装,北上抗金。临行嘱咐妻子桂氏:"你我平生酷爱桂花,你应将桂树遍植南国,待王师北定中原,再移苗北上,让普天共享其乐。如今临安危急,还需速图南逃之计。"桂氏无奈,只得打点细软包裹,掘起桂花树苗十余株,水陆兼程来到明州东乡太白山西岙,分栽在场院内外、茅屋四周。

自此,桂氏一家就居住在西岙,桂树也在此生根落脚,苗壮成长,并陆续从西岙切桂枝到东岙、新路等地栽培,乃至引种于北仑各地。陆源战死沙场,陆氏两子定居东、西两岙,成为旺族。如今犹在的最古老的桂花树位于西岙村,树龄 300 余年,树高 16 米,胸围 1.5 米,平均冠幅 15 米。另有木樨园,为百年金桂原产地,位于塔峙岙底,保存良好。

说到动情处,北仑桂花和小区桂花紧紧拥抱在一起,泣不成声。在现场的植物,见两地桂花如此情深,都深受感动,连见多识广的枫香都被感染了,一时竟不知道该说什么好。

过了一会儿,枫香才反应过来,连忙上前,拉了拉北仑桂花的手,又拍了拍小区桂花的肩膀,说:"好了,好了,今天应该是个开心的日子,肯定是陆源夫妇生前积德,让你们祖孙俩在我们小区相会相识。想不到我这次去宁波沿海请老师,倒圆了你们祖孙团聚。大家应该高兴才是啊。"

枫香话音刚落,边上的花草树木们都拍手叫好,现场又恢复到一片欢乐气氛中。小区桂花对北仑桂花说:"想必您以前没有去过始祖地满觉陇,明天我就带您去那里拜访祖宗。"

北仑桂花说:"那太好了,那可是我梦里常去的地方啊,我是多么想能亲自去那里探访父老乡亲啊。"说着,北仑桂花又有些唏嘘起来。

枫香见状,连忙把北仑桂花拉过来,又招呼五叉樟过来,说:"两位老师今天辛苦了,我带两位先去见过我们小区的业委会领导香樟和银杏,然后就去餐厅就餐,为你俩接风洗尘。"

五叉樟和北仑桂花齐声说:"客随主便,我们遵命就是了。"说完,就跟随枫香往植物业委会办公室去了。

小区的其他植物见老师走了,这才感到自己也饿了,就一阵风地散去,回自己的地盘去进食。

植物迎客

2020年12月19日,生活在"云端花事"的植物们一早就叽叽喳喳地嚷嚷开了,象耳芋、柠檬指橙、四季茶花、束花茶花、台湾紫珠、雨晴垂枝、巧克力秋英、芳香万寿菊、熊猫堇、头花蓼、柠檬香茅、达摩菊、铁冬青、月桂、山西过路黄、宿根牵牛花等植物围聚在一起,兴奋异常。吵闹声把旁边公路旁的水杉吵醒了,水杉很好奇,就跑过来探问:"你们这是怎么了,今天有什么特别的喜事?"

"云端花事"的植物中走出了铁冬青,喜形于色地对水杉说:"你也算是我们邻居,和你说说也无妨,我们云端花事今天要来客人了。"

"这有什么好激动的,我看你们这里进进出出的客人也很多,不是很平常的事吗?"水杉摇摇头,还是不理解。

"这些客人不一样,他们是我们主人,也就是嘉善笠歌生态科技公司的老板特地邀请来的,听说都是些植物达人,还搞了个壹木群,今天要到这里来聚会,我们很想见识见识他们,还想问问他们为何如此迷恋花草树木。"铁冬青一本正经地说。

水杉哈哈一笑,说:"久闻你们老板植物猎人方腾的大名,难道还有更厉害的大伽?"

铁冬青正要回答,听到暖房里植物们在叫他,就和水杉握手告别,跑进了暖房。

见铁冬青回来,月桂就对他说:"刚才我们谈到,老板方腾对我们不薄,从四面八方将我们收集、引种、驯化、选育、研发和繁育推广到这里,天热了给我们浇水,天冷了给我们住暖房,悉心照料我们,我们不愁吃不愁穿,该如何报答他呢?"

"那还用说,主人的朋友就是我们的朋友,我们一定要将最美好的一面展示出来,迎接主人从远方来的客人,为主人争光。"铁冬青语气坚定。

"可是,现在正是隆冬季节,我们植物不是开花的时节啊。"山西过路黄叹着气说。

"这你就不懂了,今天来的是什么人,他们可都是植物发烧友,在他们眼里,不管开花与否,我们花草树木的枝、叶、茎、根全身都是很可爱的。因此,今天我们就尽情发挥,能开花的就开花,能唱歌的就唱歌,能跳舞的就跳舞。总之,面带微笑,用真诚迎接客人。"铁冬青挥舞着双手,鼓动大家。

植物们都被铁冬青感染了,现场响起阵阵掌声。掌声过后,柠檬指橙想到了一个问题,就举手提问:"我们要不要选出一个形象大使,由他代表我们接待来客。"

铁冬青说:"在我们这个基地中,人才济济,藏龙卧虎,现已栽培各种特色植物800余品种,涉及花卉、园林、食用、生态修复等各方面。参与多个植物园的特色植物资源收集繁育,和中国林科院、美国缅因大学、法国萨博公司、国内各家植物园等60多家科研和规划机构有长期业务合作,承接30多项技术攻关任务。我们之中既有传统名种,又有特色野菜、野果,每一个说出来都是大名鼎鼎、响当当的,要挑选一个代表,倒是有些难的。"

四季茶花提议毛遂自荐,话音刚落,植物们就争先恐后地自我推荐起来。

大花醉鱼草第一个自荐,说自己是留过洋的,代表新潮流,可以做形象大使。但很快被否定了,四季茶花指着他说:"谁不知道你是假洋鬼子,你原来在国内默默无闻,后来去国外转了一圈,回来后身价倒是翻倍了。你骗得了人类,怎能骗得了我们植物?"

"这叫出口转内销。"不知是哪个植物说了一句,大家都笑了起来。大花醉鱼草自觉没趣,不作声了。旁边几个和大花醉鱼草有相同经历的植物相互挤挤眼,退一边去了。

柠檬香茅站了出来,表示自己愿意当形象大使。四季茶花摇摇头,说:"就你这个形象,怎么能当形象大使,不过物尽其才,今天有你合适的地方,正需要你做出奉献呢。"

　　"有什么需要我做的,我全力以赴,决不推托。"柠檬香茅拍拍胸脯表态。

　　"那好吧,今天主人有道菜,是炖土鸡,听说用柠檬香茅炖土鸡,味道特别鲜美,该是你大显身手的时候了。"四季茶花缓缓说道。

　　"没事,为主人的事,虽赴汤蹈火,在所不惜。"柠檬香茅朗声回答。

　　植物们纷纷竖起大拇指,为柠檬香茅点赞。月桂举起手来,表示自己也愿意和柠檬香茅一样,摘取自己身上香叶用于烧菜,为客人提供香气扑鼻的美味佳肴。

　　达摩菊第三个出来竞争,象耳芋首先不同意。达摩菊问他为什么不同意。象耳芋说:"你达摩菊身着紫色花,叶片厚实,看起来倒是胖墩墩、肉嘟嘟,像多肉般的莲座形状。如果是接待佛教徒倒是合适的,但今天来的是植物达人,你做代表不合适,不合适!"象耳芋连连摆手。

　　蜡杨梅也想一试,刚一出口就被否决了。理由是杨梅科的蜡杨梅,虽然优点是吃苦耐劳,非常适合盐碱地种植,但果实实在太小(只有米粒大小),表面还有一层蜡质。在吃多了大杨梅的江浙客人面前,如何能出头露面?

　　接着出场的是胡颓子,由两种金边艾比国产胡颓子杂交而成的败酱也出局了,坏就坏在一个"败"字上。

　　这样争来争去,还是没有个结果。四季茶花看了看手表,知道客人马上就要到了,有些急了,抬头正要和铁冬青商量,只见正前方红艳艳一片,猛然醒悟过来,就挥挥手说:"大家不要争了,我看铁冬青作形象大使是最合适的。"

　　众植物一齐看向铁冬青,四季茶花介绍说:"铁冬青是常绿灌木或乔木,枝繁叶茂,四季常青,果熟时红若丹珠,赏心悦目。铁冬青树叶厚而密,树木粗壮健康,树形古朴美观,能产生多层次丰富景色的效果,是理想的园林观赏树种。更重要的是人们称他为万子千红树,意含多子多孙、兴旺发达之意,是旺家旺业的好彩头树木品种。铁冬青花黄白色,有芳香。浆果状核果椭圆形,有光亮,深红色。花期3—4月,果成熟期11月。花后果由黄转红,秋后红果累累,十分可爱。你们都看到了吧。"

在场的植物们齐声喝彩,铁冬青摇晃着满头红果,脸愈发红了。他还想推辞,听到外面传来汽车的鸣叫声。四季茶花拉着铁冬青的手说:"没时间了,你就上吧!"

见此,铁冬青就站到椅子上,望着面前的植物们,说:"兄弟姐妹们,我们的客人要到了,让我们列队欢迎他们的到来。然后,我们就静悄悄地看他们做些什么,多学一学他们的做派。到时见机行事,听我的指挥。"

"云端花事"的植物们全部提起精神,雄赳赳气昂昂地列队恭候。首先到达现场的是壹木读书会的发起人小丸子(草木有语)、熊童子(壹木自然)、李攀老师(浙大生科院),然后从各地赶来的植物达人陆续到来。植物们听到了他们在自我介绍,分别是寿海洋(上海)、陈瑶(杭州)、夏艳(绍兴)、陈程(绍兴)、吕晓贞(杭州)、李攀(杭州)、郑文慧(诸暨)、徐宏化(诸暨)、朱陈强(海宁)、王红丽(杭州)、周生祥(杭州)、姚亚萍(杭州)、陈燕(杭州)、程肖帝(杭州)、顾国丽(诸暨)、马贝贝(北京)、小杜子(上海)、吕勤(杭州)、杨诗敏(杭州)等。最后到场的是神秘嘉宾——植物分类专家李根有老师。跟在李根有边上的是马丹丹(浙江农林大)和王建生(山野浪人)。

看到这些植物达人们聚在一起,那个欢乐场面,植物们也是羡慕不已。花草们暗暗惊喜,今天终于见到了鼎鼎大名的李根有、小丸子等人了,果然名不虚传啊。植物们窃窃私语,铁冬青示意花草们保持安静,注意听这些人说些什么。

客人们围坐在一排长桌前,由壹木读书会的发起人之一熊童子主持。植物们听明白了,原来这是一次壹木自然学院读书会2020年的年会。熊童子介绍,壹木自然学院读书会是全国性的,有近500人的群体,主要是做线上的博物学读书分享,时光如梭,春夏秋冬又一年。时时感恩相遇,未曾谋面的群友,也在一次次分享中思想碰撞。相见亦是更大的缘。感谢方总为聚会提供的场地及更多在背后默默做好后勤工作的群友们,这里面包括摄影徐宏化,公众号撰写林捷,现场报道夏艳,会务后勤总管李萍、吕晓贞等。

"云端花事"的老板方腾致欢迎词,介绍了嘉善笠歌生态科技公司的概况。当听到"云端花事"是国内首家植物猎人公司的设施栽培基地,有800多种当季的特色植物时,躲在暗处的植物们都开心地笑了。

接着是来客自由发言,花草树木们印象最深的是来自北京的马贝贝和来自上海的小杜子两位书友。她俩一袭红衣,长袍及地,浓妆艳抹,一站起来似一道红光闪过,照得植物们睁不开眼,花草们心里嘀咕,这不是和我们花草试比美吗?后来听到马贝贝说自己将网名改成芒萁萁,又听到小杜子称自己就是沐荷,都是真心爱着植物的,植物们的心里顿生好感,比美的事也就暂时放下了。

接下来有个环节是赠书,植物们看到有个叫三明的人,在给每个来宾赠送两本书,一本叫《跨界》,另一本叫《天候》。听三明在介绍,这两本书是写植物题材的长篇小说,另外,他还以自己居住的小区为背景,在写小区里的植物故事,说是已经写了一百多篇短文,准备出版。他还摇头晃脑地写了几句诗,说什么"冬日嘉善群英会,岁寒怎挡壹木情。尤喜动物与花草,哪管天候去跨界"。植物们听到这里很好奇,真想跑上去看一看这人类是怎么写植物故事的,但铁冬青没有动静,其他植物也就不敢贸然行事,只是在心里说,三明你有本事到"云端花事"来写写看,瞧你到底能写出什么来。

另外赠书的是玉兰儿,特别温文尔雅。她写的书叫《有情月色》,里面写到很多植物,是本散文集,有些美文是可以和《荷塘月色》一比高下的。植物们听到这里,又是一阵躁动。

每位来宾都做了介绍,其间妙语连珠,趣味盎然,精彩不断,博得了人们的阵阵掌声。植物们听得也是如痴如醉,大呼过瘾,惊叹人间竟有如此一大批发烧友,热爱自然,酷爱花草。

最后,是群主小丸子做总结,她回顾了这一年来壹木群的分享过程,展望在新的一年里,大家能更多地来做每月的值日生,更多地来做每周一次的分享,读更多的书,刷更多的山,认更多的花,交更多的友。

后来,来宾们就去"云端花事"门口拍照留念,然后就一起簇拥着往对面走去。"云端花事"的植物们想跟上去,被铁冬青叫住了。铁冬青说:"现在客人们是到主人家里用餐去了,我已打听到,他们下午要来看望每个植物,你们赶紧回到自己的位置上去,吃饱了,喝足了,打起精神来,迎接下午来客的检阅。"

听到这个消息,植物们都叫声好,然后呼啦一声回自己的居地去了,暖房里又恢复到往日的宁静。

植物论时

　　小区植物界第一期培训班开班后,外聘专家北仑桂花给大家上课,植物们翘首以待。

　　北仑桂花虽然有300多年树龄,但长得眉清目秀、婀娜多姿,一点看不出老态龙钟的样子。桂老师一进教室门,见里面已挤满了来听课的植物。打过招呼后,雪松站起来问:"桂老师今天给我们讲什么主题?"

　　"我要讲的主题关于'时间',也可以说是'岁月'。"桂老师指了指墙上挂的时钟,接着说,"我在讲之前,想摸一下你们四位学员的底,请你们以'时间'为题,即兴吟诗作文论述几句,我可以根据你们的知识水准调整我的讲课内容。"桂老师还没开讲,反倒给学员们出了考题。

　　好在雪松、水杉、黄山栾树、向日葵都是小区植物界的精英,都有几下子,一般的吟诗作文难不倒他们。桂老师一提问,黄山栾树站起来就吟出四句:"时钟嘀嗒不回头,空间无垠去复返。劝君重立时空观,无问西东再芳华。"

　　桂老师点点头,没作声,示意其他几位接下去说。水杉抖擞精神,站起来,大声吟道:"时间是公平的,你也一天,我也一天。心态是可变的,喜也一天,愁也一天。生活是多彩的,闲也一天,忙也一天。感情是丰富的,爱也一天,恨也一天。

　　"金钱不是万能的,多也这样,少也这样。职位不是终身的,高也这样,低也这样。容颜不是永恒的,好也这样,差也这样。身体才是自己的,康须珍惜,病须保重。"

桂老师连声说："不错，不错。"雪松站起来说："那我也来谈点感悟。"说着就朗诵道："一天很短，但每天二十四小时都不会少，无论每时每刻，还是朝午夕晚，抓住了分秒也就赢得了一天。

"一年也很短，但每年都有三百六十五天，无论露往霜来，还是春夏秋冬，过好了每天也就赢得了一年。

"一生还是很短，也就是那么几十年，无论幼少青壮，还是生老病死，如歌的岁月也就赢得了一生。

"一天、一年、一生，总是经过得太快。无论物换星移，还是沧海桑田，不积跬步无以至千里，不积小流无以成江海。珍惜人生路上的美好时光，一旦擦身而过，也许永不邂逅。"

桂老师竖起了大拇指，说："很好，很好！"只剩下向日葵了，他不慌不忙地站起来，慢条斯理地说道："时间既有历史悠久、源远流长、无穷无尽、无边无际的特点，又有默默无闻、稍纵即逝、不急不躁、万古千秋的风格。我们既要学习时间一身正气、一视同仁、勤勤恳恳、兢兢业业的工作作风，也要摒弃时间一成不变、墨守成规、循规蹈矩、枉费日月的陋习；时间一寸光阴一寸金，寸金难买寸光阴，离开了时间就会茫然若失，飘忽不定；只有把握时间，才能机不可失时不再来，只有珍惜光阴，惜时如金，才能不虚度岁月，空逝年华。"

向日葵的话还没有说完，全场响起了一阵掌声。桂老师满脸堆笑，欣喜地说："想不到你们四位不仅具有一定的文化素养，而且思想境界还很高。这就难倒我了。看来，我原来准备的论述'时间'的一般性知识，已经不适合你们了，我要另外想一想。"

全场静了下来，过了一会儿，桂老师说："好吧，我今天就讲一讲时间的延伸，讲关于'中文中的四季'，是怎样震撼人心，美到骨子里。"

在热烈的掌声中，桂老师热情洋溢地说："中国古风讲究个'雅'字，无论什么事物，都要赋予清雅的名字，感、兴、美、意，都要从名谓中体现出来。文人骚客的诗词歌赋中，以一物代一物，一意代一意，看似随心为之，实际极富意蕴。联系到时间上，时光在日月中流转，在季节更替中流走，虽然握不住，藏不了,但古人却能用曼妙至极的词语刻画时间。使时光有了色彩与香气。在岁月中,与时相伴。时间的注脚,在诗情画意中流淌。"

雪松问道:"老师说到'雅'字,好得很,我们只知道一年的春夏秋冬,那古人是如何论述四季之雅的?"

桂老师说:"说到四季之雅,古人称'春为苍天,夏为昊天,秋为旻天,冬为上天'。提示岁月无声相伴,春夏秋冬四季轮转,时光不驻。却见群山伟岸,江河恢宏,天空旷阔;亦见花开花落,萌芽结昊,候鸟迁徙。以温情看岁月,岁月亦以柔情待人。"

"那春季,古人是如何雅说的?"水杉急不可耐地问。

桂老师说:"春季的雅称有天端、东皇、兰时、苍灵、阳节、昭节、淑节、韵节。除此之外,孟郊说的'谁言寸草心,报得三春晖',阮籍说的'悦怿若九春,馨折似秋霜',陈子昂说的'白日美不归,青阳时暮矣''孤松宜晚岁,众木爱芳春',陈维崧说的'樱笋年光,饧箫节候',三春、九春、青阳、樱笋年光、芳春,也都是指的春季。"

"那夏季呢?"黄山栾树问。

桂老师喝了一口水,说:"夏季的雅称有纁夏、朱明、槐序、炎序。除此之外,曹植说的'在季春以初茂,践朱夏而乃繁',《尔雅·释天》中说的'春为发生,夏为长赢',萧绎说的'夏天曰昊天,风曰炎风,节曰炎节',朱夏、长赢、炎节,也都是指的夏季。"

"秋季一定更有趣了?"向日葵问。

桂老师点点头,说:"秋季的雅称有素商、素节,素秋、白藏。除此之外,王勃说的'时维九月,序属三秋',张协说的'日希三春之溢露,溯九秋之鸣飚',李善注说的'述职期阑暑,理棹变金素',陆机说的'悲落叶于劲秋,喜柔条于芳春',三秋、九秋、金素、劲秋,也都是指的秋季。"

"冬季的雅说又有什么不同?"雪松问。

桂老师说:"冬季的雅称有严冬、元英,元序、玄英。除此之外,杜甫说的'蛰龙三冬卧,老鹤万里心',沈约说的'九冬负霜雪,六翮飞不任',皇甫冉说的'清冬洛阳客,寒漏建章台',白居易说的'向晚苍苍南北望,穷阴旅思两无边',三冬、九冬、清冬、穷阴,也都是指的冬季。"

雪松又问:"春夏秋冬四季的雅称我们知道了,那一年十二个月,每个月有雅称吗?"

桂老师说:"当然有,我正要说呢。《尔雅·释天》中说:'正月为陬,二月为如,三月为寎,四月为余,五月为皋,六月为且,七月为相,八月为壮,九月为玄,十月为阳,十一月为辜,十二月为涂。'在漫漫岁月中,时间被唤以柔情,或清丽纯甜,或沉着沧桑。岁月漫步而来,斗转星移间,便看月圆月缺,绿肥红瘦。如静水不露声息,感兴之人仍可见微微涟漪。"

"请老师逐月明示。"向日葵等不及了。

桂老师说:"正月以花之名称柳月,指银柳插瓶头。雅称有孟陬、寅月、端月、霞初、早月,嘉月、太簇、岁始、初阳、陬月。

"二月以花之名称杏月,指杏花闹枝头。雅称有酣春、殷春、梅见、如月、卯月、夹钟、丽月、花月、春半、花朝。

"三月以花之名称桃月,指桃花粉面羞。雅称有春杪、桐月、莺月、辰月、姑洗、余春、桃浪、雩风。

"四月以花之名称槐月,指槐花挂满枝。雅称有梅月、孟夏、麦月、巳月、余月、槐序、槐夏、维夏、清和月、中吕、麦月、夏首。

"五月以花之名称榴月,指石榴红似火。雅称有皋月、仲夏、午月、蕤宾、蒲月、星月、夏半。

"六月以花之名称荷月,指荷花满池放。雅称有暑月、季夏、未月、季月、伏月、且月、长夏、林钟、荔月、杪夏、莲灿。

"七月以花之名称巧月,指凤仙节节开。雅称有孟秋、申月、新秋、兰月、相月、夷则、瓜月、兰月、桐秋、凉月、素秋、肇秋。

"八月以花之名称桂月,指桂花遍地香。雅称有仲秋、壮月、酉月、南吕、桂月、桂秋、清秋、拓月、月见秋半、中律、雁来月。

"九月以花之名称菊月,指菊花傲霜雪。雅称有季秋、穷秋、戌月、青女月、玄月、暮秋、凉秋、杪商、柯月、朽月、咏月、杪秋、季白、霜序、秋商、暮商。

"十月以花之名称阳月,指芙蓉显小阳。雅称有孟冬、亥月、飞阴月、应钟、露月、始冬、开冬、元冬、时雨月。

"十一月以花之名称葭月,指葭草吐绿头。雅称有仲冬、畅月、子月、辜月、龙潜月、黄钟、霜月、寒月、葭月、霜见月、纸月、广寒月。

"十二月以花之名称梅月,指梅花吐幽香。雅称有季冬、腊月、涂月、冰月、暮岁、岁杪、暮月、临月、荼月、梅初月、嘉平月、暮冬、晚冬、杪冬、星回节。"

桂老师一口气将十二个月的雅称说完,意犹未尽。喝了几口水后,补充说:"时光无痕,过去后,留下的是梨花杏雨,欲语还休,洗尽铅华;是泼墨画卷,浓淡得宜,意蕴千古;是峻岭流水,逶迤缠绵,时光不改。随着岁月渐行渐远,逐渐稀薄,人生却渐渐浓厚。时间涤荡中,有艰辛有惬意,且担着责任,承着随性。"

全场掌声雷动,经久不息,桂老师挥挥手,让大家静下来,说:"这堂课的下课时间马上到了,你们可以提最后一个问题。"

雪松站起来说:"桂老师课讲得太好了,我们知道你马上要回浙东沿海去,我们非常舍不得,请给我们临别赠言几句。"

桂老师慈祥地看着大家,笑了笑后,说:"那我倚老卖老,针对前面说的十二个月,对你们提十二条赠言,希望你们有知书达礼的修养,有精深博大的学识,有宽以待人的胸襟,有严于律己的习惯,有与时俱进的意识,有海纳百川的雅量,有侠骨柔肠的心智,有果敢担当的气魄,有登高望远的视野。有朴实无华的作风,有百折不回的毅力,有高雅含蓄的风韵。"

说完,桂老师依依不舍地离开了教室,小区植物们夹道相送,泪眼汪汪。

植物说字

　　小区里植物界第一期培训班,北仑桂花讲了《中文中的四季》,植物们听了,反响都很好。接着,由小区里老资格的银杏来上课,除了正式学员雪松、水杉、黄山栾树、向日葵外,还邀请了小区里的沙朴、枫杨、乌桕、杜英、狗尾草等参与。

　　银杏开场说道:"中华文化源远流长,中文语言雅俗共赏,值得学习思考的东西很多。我觉得,文化的内容包罗万象,其中文章是文化的一种主要表现形式,而文章是由句子组成的,句子又是由一个个的中文字组成的,就是说,'字'是文章的基本单位,今天我们就来说说这个'字'。"

　　沙朴对自己没能入选首期培训班正式学员耿耿于怀,今天虽然不是正式学员,但既然来了,他也不顾忌,心直口快,率先放炮:"'字'谁不知道,我们每天说话写文都在用的,有什么可多说的呢?"

　　"话可不能这么说,沙朴,你可知道,这汉字是怎么来的。"枫杨给沙朴出了个难题。

　　沙朴本想出口气的,没想到引火烧身,事已至此,只得支支吾吾地说:"我知道有一个传说,在很久以前的黄帝时期,黄帝命令他的臣子仓颉创造文字,仓颉是一个长有八只眼睛的怪人,他用自己的八只眼睛观察八方,看见各种各样的东西,他把这些东西的形状简化后刻在龟壳、兽骨上,就成了最早的文字。"

　　植物们听沙朴这样说,都笑了起来。银杏说:"这个是神话故事,当然是荒谬的,但也说明了一个事实,汉字确实是由象形字演变而来的。在很早以前的原始时代,远古人首先学会了用语言来表达意思,后来又学会了用手势,但有些事物用语言和手势是难以表达的,于是有人就想出了做记号的方法,可记号太多,容易忘记,后来就用图形来表达意思,比如'太阳'就画成一个圆圈的形状,'树'就画成树的模样,最早的象形文字就是这样产生的。"

"这个就是甲骨文的起源吧?"杜英插问。

银杏继续说:"随着时间的推移,人类进入了奴隶社会。到了这时,需要文字记载的东西就更多了,而光用一些图形符号来表示,显得太烦琐了。于是人们就简化了一些象形字,并把一些象形字组合起来,形成一种新的文字,能让人更容易看懂。比如把'人'和'木'组合起来,就成了'休'字,意思是一个人靠在树上睡觉。这样又创造出了很多文字,形成了汉字的一个新类型——会意字。"

"这个会意字和我们现在在用的字有什么区别?"狗尾草很好奇。

银杏说:"汉字是一步步发展过来的,到了春秋战国时期,中国大地上出现了许多诸侯国,而这些诸侯国的文字又有所区别,于是出现了一字多意、多字一意的情况,这给各国间的文化交流带来了困难。秦始皇统一六国后,曾下令在全国统一使用一种文字,叫小篆。这种文字比以前的文字简化了许多,但仍有些烦琐,于是民间逐步兴起了一种应急的俗体,称为隶书。到了三国时期,魏国的钟繇又创造出了一种更为简便美观的文字——楷书。从此以后,汉字就确立了它的方块形态,开始有了间架结构。以后人们又陆续创造了草书、行书等各种各样的字体,汉字的发展逐步进入到了一个较高的层次。随着汉字的发展,汉字的个数也越来越多,于是就出现了一种便于人们查找汉字的工具,像《说文解字》《康熙字典》等。"

银杏还想说下去,沙朴早听得不耐烦了,就打断银杏的话,说:"你说那么多大道理,一点都不好玩,还是说些有趣的汉字吧?"

银杏想想也对,说:"那接下来我们换一种方式,来点好玩的,雪松、水杉、黄山栾树、向日葵,你们四位正式学员,每位都来就汉字说点有趣的。"

雪松首先出场,他走上来,在黑板上写了下面这个图,然后说:"这是一个九宫格,要求在中间空格问号处填一个汉字,使它能和其他八个字,分别组成一个新的汉字,你们知道填什么字吗?"

植物们看到雪松给大家出了个猜字的题,都觉得好玩,就围上来,上下左右地看,看了后都是摇摇头,说这太难了,一时半会想不出来。

沙朴也上来,冥思苦想着,总觉得这个字,似乎在头脑中出现,但就是说不出来。正在这时,沙朴感到腿肚子上很痒,就弯腰在大腿根一摸,抓到了一条毛毛虫,他狠狠地将毛毛虫摔在地上,盯着虫子看了一会儿,忽然哈哈大笑起来。

枫杨问:"沙朴你怎么了,不会是精神有问题吧。"

沙朴大声说:"你们来看,这个不就是'虫'字吗,虫和其他八个字组合起来,分别成了蛇、虾、蚯、虹、蝉、蛙、蚓、蚊,对不对啊?"

旁边的植物都竖起了大拇指,银杏也夸赞沙朴。沙朴高兴得合不拢嘴。

接着水杉上来,说:"雪松给大家出猜字题,我也来出一个猜字题,并且我这个题里还要用到算术知识。"说着,水杉在黑板上写下了题目。

① 加法运算:

(　)言为定+(　)鸣惊人=(　)全其美

(　)亲不认+(　)触即发=(　)窍生烟

②减法运算:

(　)彩缤纷-(　)呼百应=(　)海升平

374

( )全十美－( )手八脚＝( )顾茅庐

③乘法运算：

( )里挑一×( )川归海＝( )籁俱寂

( )马平川×( )发千钧＝( )笔勾销

④除法运算：

( )寿无疆÷( )思不解＝( )折不挠

( )辛万苦÷( )步芳草＝( )年树人

⑤混合运算：

丢( )落( )＋( )步登天＝( )( )成群

( )从( )德＋( )鼓作气＝( )年( )载

水杉补充说："括号里填上数字，必须是一句成语，并且还要使等式成立。"

水杉刚说完，雪松马上填出了加法运算二道题，分别是：

(一)言为定＋(一)鸣惊人＝(两)全其美，

(六)亲不认＋(一)触即发＝(七)窍生烟。

接着黄山栾树填出了减法运算二道题，分别是：

(五)彩缤纷－(一)呼百应＝(四)海升平，

(十)全十美－(七)手八脚＝(三)顾茅庐。

向日葵填出了乘法运算二道题，分别是：

(百)里挑一×(百)川归海＝(万)籁俱寂，

(一)马平川×(一)发千钧＝(一)笔勾销。

乌桕填出了除法运算二道题，分别是：

(万)寿无疆÷(百)思不解＝(百)折不挠，

(千)辛万苦÷(十)步芳草＝(百)年树人。

混合运算这个稍难一些，过了一会儿，也被杜英填出来了，分别是：

丢(三)落(四)＋(一)步登天＝(三)(五)成群，

(三)从(四)德＋(一)鼓作气＝(三)年(五)载。

水杉出的成语题都填出来了，银杏连连说："不错，不错，下面该黄山栾树出来了。"

黄山栾树走到前面,说:"中国的汉字博大精深,含义深刻,具有数千年的历史。而汉字除了是语言的表达方式和留存方式外,还蕴含了我们老祖宗的哲学思想。"

沙朴催促道:"你就开门见山吧。"

黄山栾树说:"你们来看,方字,是万人出点子,自有好方法;劣字,是只有低劣的人,才会设法'少'出'力',到头来,就只能差人一等;回字,是看外表方方正正,察内里正正方方,与生俱来就是表里一个样;臭字,是因为'自''大'了一点,即使是气味,也惹人讨厌;群字,是有人当面称你'君',背后却把你当成'羊';忌字,是心里只有自己的人,还能容得下谁呢;冢字,是一点小错,弄得家破人亡;值字,是'人'要站得'直'才有身价;功字,说明成功是工作加努力;使字,是'人'一旦做了'吏'就爱使唤别人;汗字,形象地告诉人们,干,就得流汗水;吃字,是如果一生只讲吃,那就成了乞丐的口;食字,是如果人家说你好,就得请吃饭了……"

黄山栾树还要说下去,被银杏叫停了。银杏说:"可以了,听着黄山栾树对这些汉字的解说,你们是不是被华夏老祖宗的智慧深深折服了呢?"

植物们七嘴八舌地表示,确实太让大家震惊了。银杏说:"现在看看向日葵说些什么?"

向日葵嘻嘻笑着,说:"汉字很有意思,也有哲理。六十多年前,汉字是繁体字,后来做了简化,当汉字被简化之后,谁能预测到今天会是这样的结果,难道是巧合?"

沙朴忍不住,又插嘴问:"有什么巧合的,你快说来听听。"

向日葵说:"你们听着,汉字简化后:亲是親却不见;爱是愛而无心;产是產却不生;厂是廠内空空;面是麵内无麦;运是運却无车;导是導而无道;儿是兒却无首;飞是飛却单翼;云是有雲无雨;开是開関无门;乡是鄉里无郎……"

沙朴说:"你这些都是简化的,那没有简化的呢?"

向日葵说:"可巧的是,没有简化的有:魔仍是魔,鬼还是鬼,偷还是偷,

376

骗还是骗,贪还是贪,毒还是毒,黑还是黑,赌还是赌,贼仍是贼……"

　　沙朴"啊"了一声,接着说:"你的意思是,好的通通被简化了,不好的全部都保留下来了。"

　　沙朴这样一说,边上一些植物摇头叹息起来。银杏手一挥,大声说:"事实不是这样的,向日葵说的是以偏概全,我同样可以说出很多简化的好的字,以及没有简化的差的字。"

　　沙朴紧追不放,要银杏举例说明。银杏用手指了指墙上的时钟,说:"今天这堂课时间到了,等下次,我再给你们说些既经典又耐人寻味的汉字故事。"

　　沙朴说:"一言为定,我们等着。"

　　银杏宣布:"下课!"植物们欢笑着离开了课堂。

植物逗趣

在几位老师上过课后，培训班安排了一堂讨论课，由学员雪松主持。参加者除了正式学员水杉、黄山栾树、向日葵外，继续采用开放式，沙朴、广玉兰、杜英、枫杨等植物也来参与。

雪松首先发言，他说："通过前几天老师的授课，我们对中国传统文化的来龙去脉有了一定了解，今天我们来一堂讨论课，就是要消化吸收、巩固提高。大家可以畅所欲言，各抒己见。"

"我有一点不明白，中国传统文化历来讲究'日出而作，日落而息'，而现在的很多人却都变成了'夜猫子'，半夜三更不睡觉，大白天倒是呼呼大睡。这是为什么？"水杉摇摇头，先提出了问题。

"你这也不懂，这叫与时俱进，过去没有电灯，没有电视，没有网络，天黑了只能睡觉。现在反过来了，很多事都是在晚上完成的。"杜英抢着回答，自鸣得意。

"是的，很多事都是因贫穷引起的，小时候，我们都爱看《西游记》，大家都说唐僧的袈裟是黑色的，但有个植物特别犟，非说是红色的，气得我们一些植物打了他一顿，后来他哭着把我们这些植物带到他家里去看，结果大家都傻了，原来他家里的电视机是彩色的。"枫杨绘声绘影地说。

"虽然客观条件是不一样了，但万变不离其宗，违背老祖宗的遗训，会受到惩罚的。"乌桕有不同意见。

"我同意乌桕说的，事实上，现在许多年轻人日夜颠倒，各种生理上、心理上的疾病已经反映出来了，我们千万不要去学他们。"黄山栾树补充说。

"那我们该怎么做?"广玉兰问。

黄山栾树说:"很简单,我们还是要遵循自然规律,春夏秋冬,四季轮回,该开花时开花,该结果时结果,该生长时生长,该休眠时休眠。"

"像我这样,到了冬天,就躲藏到地下去了,野火烧不尽,春风吹又生,这只是一种策略。"狗尾草探出头来,得意扬扬地说。

"去,去,去,这里没你说话的份。"杜英对着狗尾草说。

雪松制止了杜英的行为,他说:"我们植物界是个大家庭,提倡百花齐放,百家争鸣,就是要通过讨论甚至争论,凝聚共识。"

植物们七嘴八舌地说开来,沙朴听得不耐烦了,就大声嚷嚷道:"你们这样吵吵闹闹的没有意思,我们要来些有知识含量的。"

"那你先来一个,看看有什么知识含量。"广玉兰反问。

见植物们都注视着自己,沙朴得意扬扬地说:"雪松大哥要我们讨论中国文化,我先来说说'钱是没有问题'这句话,这六个字组词成句,可以变成不同意思的句子,你们看:钱是没有问题,问题是没有钱,有钱是没问题,没有钱是问题,问题是钱没有,钱没有是问题,钱有没有问题,是有钱没问题,是没钱有问题,是钱没有问题,有问题是没钱,没问题是有钱,没钱是有问题……"

说到这里,沙朴看见植物们都忍俊不禁,笑着补充说:"这就是伟大的语文,既能博你一笑,又能长知识,还能把你整糊涂。"

向日葵接上来说:"说到搞糊涂,我有一次也遇上了,那次我上街听到一个顾客在买豆腐。顾客:'豆腐多少钱?'老板:'两块。'顾客:'两块一块啊?'老板:'一块。'顾客:'一块两块啊?'老板:'两块。'顾客:'到底是两块一块,还是一块两块?'老板:'是两块一块。'顾客:'那就是五毛一块呗!'老板:'去你的,不卖你了! 都给我整糊涂了!'"

向日葵说到这里,全场哄堂大笑。无患子忍住笑,走上来,说:"我也来说一则笑话,你们可别误会我的意思。"

"你就别卖关子了,快说。"沙朴催促着。

无患子说:"有一次端午节,单位发了一大箱粽子,太沉,女同事叫男同事帮她送回去。

"到了楼下。她对男同事说：'你在楼下等等我，我上去看看，要是我老公在，我就叫他下来搬；若是他不在，那就得麻烦你帮我搬上去。'过了一会儿，女同事站在17层她家的阳台上朝下叫：'你上来吧！我老公不在家！'

"此话一出，惊动了左邻右舍，大家都跑出来看。搞得男同事在众目睽睽下，上也不是，走也不是。

"女同事以为对方没有听清楚，双手做了一个喇叭状放在嘴巴边，更大声叫道：'我老公不在家，你快点上来！'听到此言，男同事顿时觉得面红耳赤，掏出手机想打电话叫她别嚷嚷。结果同事又喊：'不用打电话，快上来，完事就让你走，抓紧时间，赶快！'

"男同事气血攻心，提起粽子奔向楼梯……"

不等无患子说完，植物们又是一阵哄笑声。紫薇哈哈笑着，对着大家说："我有一次听到两个人在谈话，听来听去没整明白。"

"有这么复杂吗？说来听听。"又是沙朴催促。

紫薇说："只听一个人说，我国有两大体育项目大家根本不用看，也不用担心。一个是乒乓球，另一个是男足。前者是'谁也赢不了！'，后者是'谁也赢不了！'。

"又听另一个人说，我最佩服的也是这两支球队，乒乓球队和男足。一支是'谁也打不过'，另一支是'谁也打不过'……这汉语的表达也是厉害了，你们说，我能整明白吗？"

又是一阵笑声，笑过后，合欢树走到台前，说："我有一次被人的'称谓'绕糊涂了，半天没理清。"

"人的'称谓'有这么复杂？不可能吧？"沙朴表示怀疑。

合欢说："怎么不会，事情是这样的。某人被组织约谈，说起生活问题，有颇多困惑，于是向组织交代：'几年前，我跟一个美艳的寡妇结了婚，她有一个刚成年的漂亮女儿，后来嫁给了我厅级的父亲。我继女就成了我的继母，而我父亲也就成了我的女婿。两年后我妻子为我生了一个儿子，他是我继母的同母异父的弟弟，我儿子管我叫爸爸，我管我儿子叫舅舅。我的继女又为我父亲生了一个儿子,他是我的弟弟,但他又必须叫我外公。我是我妻子的丈夫,我妻子却是我继母的母亲,所以我是我自己的外公。'听完之后,约谈的同志感叹道:'特工的密码都没这么复杂啊!'"

在场的植物都被合欢的段子逗乐了,雪松笑着说:"合欢啊合欢,这种故事也只有你合欢能编出来。"

合欢一本正经地说:"这可不是我编,故事是来源于生活的。这就是语文的伟大,是不是很搞笑,也很绕,头都要绕晕。"

水杉一直以来比较正统,听不惯这些乱七八糟的东西。他看了看雪松,说:"雪松,你是班长,今天的讨论会是你主持的,现在的讨论是不是偏题了,你总结一下吧。"

雪松看了看时间,一节课也差不多了,就止住笑,手一挥,说:"我头都绕晕了,还能总结什么,下课。"说完,第一个离开了教室,其他植物也嘻嘻哈哈地离去了。

植物哲学

　　春天来了，无论是破土而出的，还是含苞待放的；无论是慢慢舒展的，还是缓缓流淌的；也无论是悄无声息的，还是莺莺絮语的，只要季节老人把春的帷幕拉开，植物们就会用自己独特的方式，在大地舞台上汇演自然而神奇的活力，于是，故事就开始在春天漫游开来。

　　小区里植物界的培训班，已经上课了一段时间，进入春天后的第一课，培训班请来了小区植物界的元老香樟，参加者除了正式学员雪松、水杉、黄山栾树、向日葵，还邀请了沙朴、广玉兰、杜英、枫杨、狗尾草等植物。

　　香樟来到教室后，看到讲台下到场的各位植物正襟危坐，一脸严肃，就笑着对大家说："你们这是干什么，我们都是生活在同一个小区，情同手足，可以无话不谈。我今天来上课，也是采用讨论式，大家在轻松愉快的气氛中，畅所欲言就是。"

　　"香樟老师，今天我们讨论哪一方面的内容？"沙朴是个急性子，首先提问。

　　香樟不疾不徐地说："听说前几节课，老师们对中国传统文化做了很好的讲解，你们课后还组织了深入的学习讨论，在中国传统文化关于时节，关于词、字等方面，学到了许多新知识，这都很好。今天我们另辟蹊径，来谈谈哲学问题。"

　　"哲学问题？"听到这里，植物们"啊"的一声，都叫了起来。还是沙朴发问："我们植物还能讨论哲学问题？"

　　"当然能！"香樟语气肯定地说。

"那哲学的基本问题有什么?"雪松举手提问。

香樟介绍说:"哲学的基本问题是思维和存在的关系问题,简单地说,就是意识和物质的关系问题,它包括两方面的内容:一是思维和存在何者为第一性的问题,对这个问题的不同回答,是划分唯物主义和唯心主义的唯一标准;二是思维和存在有没有同一性的问题,即思维能否正确认识存在的问题。"

见台下的植物静静地听着,香樟继续补充说:"那为什么思维和存在的关系问题是哲学的基本问题呢?因为思维和存在的关系问题,是我们在生活和实践活动中首先遇到和无法回避的基本问题,我们所从事的活动主要归结为两类,一是认识世界,二是改造世界,无论认识世界还是改造世界,说到底都要解决一个共同的问题,即思维和存在的关系问题。"

"且慢。"向日葵站起来,说,"老师,你这样说,我们有些听不懂,能不能讲得更通俗易懂些。"

香樟点点头,说:"好的,简单地说,哲学要解决三大问题:我们是谁?我们从哪里来?我们要到哪里去?前两个问题就是认识世界,第三个问题属于改造世界的问题。"

"我们还能够改造世界?"狗尾草吐吐舌头,摇晃着身躯说。

"能的,你年复一年的生长繁育过程中,就包含了改造世界的创举。"香樟慈爱地看着狗尾草。

"我连小区都没有出去过,世界是什么样都不知道,怎么去改造世界呢?"狗尾草满脸稚气,疑惑不解。

"因为你心里藏着爱,只要心里有爱,虽然身在小区,可以胸怀世界。"香樟鼓励道。

雪松带头鼓掌,接着站起来说:"老师讲的前两个问题,即我们是谁?我们从哪里来?这个容易理解,我们在以前已经讨论学习过了,但第三个问题,我们要到哪里去?也就是改造世界的问题,我还是一知半解,请老师明示。"

香樟欣慰地看着雪松,说:"哲学的基本观点告诉我们,世界是物质的,物质是在不断地运动变化着的,这就解释了我们植物从很早以前变化到现在的原因。我可以负责任地告诉你们,我们植物的历史要比人类不知道长多少倍,只是人类后来的进化速度比较快,变成了地球上的主宰力量。"

"既然人类是地球上的主宰力量,那改造世界的事情就交给他们好了,与我们植物何干?"广玉兰说出了自己的态度。

"不,哲学又告诉我们,自然界的任何事物,都是相互联系、相互发展的,谁也缺不了谁。你们想想,他们人类能离得开我们植物吗?"香樟反问一句。

植物们想了想,觉得人类还真离不开植物。这样一想,沙朴又想到了另一个问题,他说:"现在的问题是弱肉强食,他们人类跑到我们前面去了,我们植物成了他们的玩物,吃的、穿的、住的、用的,处处都是利用了我们,我们是不是太委屈了。"

香樟刚要回答,黄山栾树抢着说:"听沙朴这样一说,我倒想起来一个有趣的问题,人类在进化,我们植物也在进化,既然人类如此利用我们,我们植物也要想办法对付,比如植物通过进化变得特别难吃,使人类进不了口,那他们就没有办法了。"

黄山栾树话音刚落,在场有好多植物附和。香樟说:"从哲学的角度看,事物都是一分为二的。先从进化方面说,植物确实也在这样努力。一些植物已经把自己进化得足够难吃了,但道高一尺魔高一丈,你难吃了,动物们能把自己进化得足以忍受我们的难吃。就比如最常见的草,是如今地球上随处可见的一种植物类型,大量食草动物的主要食物来源,供养了整个草原生态系统,然而这却是一种极其难以下咽的食物。草看似柔弱,但内部纤维极其粗糙,表面还有很多细小的二氧化硅晶体和角质化钩刺,人们采过狗尾巴草的,都会感受到他的叶子像砂纸一样粗糙,边缘像锯条一样锋利,一不小心就会把手割出一个口子。但仍有一些草食动物表示,他们不会这样轻易地放过,他们顽强地存活了下来,并进化出了对付这种难吃食物的策略。比如以马为代表的一些动物见招拆招进化出了耐磨度极强的高冠齿;以牛为代表的偶蹄目动物则进化出了更高级的策略——反刍。于是草在这场几千万年的生存博弈中最终落败了,从一开始坑死无数史前植食动物的坟头草变成了任人宰割的食物，只能任凭动物摧残。"

"那我们植物就这样认输了吗？"黄山栾树垂头丧气地说。

香樟手一挥，大声说："不，不能够，既然物理方法无法打败动物们，植物就想出了化学方法，就是制造毒素。"

水杉小心翼翼地问："能举例说明吗？"

香樟说："这方面例子多得很。比如长颈鹿和金合欢树相爱相杀的进化。金合欢树一开始是低矮的灌木，而长颈鹿也是脖子不长的小型食草动物。长颈鹿总喜欢吃金合欢的叶子，于是金合欢树被迫长得越来越高，让长颈鹿够不着，而长颈鹿也把脖子进化得越来越长，就是为了吃到它的叶子。逼得金合欢树没办法，只得进化出毒性，而且还很强。但长颈鹿也不是吃素的，面对金合欢树见招拆招，硬是进化出了很强的抗毒属性，金合欢树的毒性并不能伤害到长颈鹿。金合欢树不想被长颈鹿吃了，啥招都用上了，先是进化得越来越高，结果长颈鹿进化出了长脖子，金合欢树失败。见长高不行，金合欢树又进化出了硬刺，想你长颈鹿再来吃我，扎死你吧。然而长颈鹿却又进化出了极其灵巧的舌头，能精确地拨开这些硬刺，卷走里边的嫩叶，金合欢树再次失败。金合欢树于是又进化出了毒性，而长颈鹿又进化出了很强的抗毒性，能把羚羊毒死的金合欢树，长颈鹿吃了却没事，金合欢树又遭失败。"

"那是不是金合欢树死定了？"水杉很伤心。

香樟说："没那么简单，最后金合欢树被逼得没法子了，竟然学会用魔法对抗魔法，用动物打败动物。金合欢树竟然和蚂蚁达成了合作，它的一些刺底部会膨大成一个空心的球，这些球成了蚂蚁的理想住所，很多蚂蚁就搬到了树上住。这时长颈鹿又来吃树叶，误伤到了蚂蚁，愤怒的蚂蚁纷纷冲出巢穴，对着长颈鹿就射了它一脸蚁酸。蚁酸有强烈的腐蚀性，会让长颈鹿感到灼痛难忍，而一些蚂蚁甚至会直接爬到长颈鹿的脸上撕咬，搞自杀式袭击，非常厉害。最终长颈鹿忍受不住疼痛被迫放弃，灰溜溜地走了。"

"就是说金合欢树胜利了。"水杉松了一口气。

香樟缓缓说道："并没有，面对蚂蚁的疯狂攻击，长颈鹿学会了游击战，长颈鹿会在一棵金合欢树上吃一会,当被暴躁的蚂蚁攻击后,就会转移去吃另一棵树,过一段时间,那棵树上的蚂蚁被惹毛了,而这棵树上的蚂蚁则安静了下来,狡猾的长颈鹿于是又会回来继续吃。长颈鹿和金合欢树就这样相爱相杀地在非洲大草原上生存了千百万年,而这种钩心斗角、机关算尽的生存博弈又在其他上万种的生物之间进行着。对于那些被吃的植物来说,它们已经用尽全力把自己变得很难吃了,但面对食草动物进化出的眼花缭乱的黑科技和越来越重的口味,也只能徒叹奈何。"

"香樟老师前面说的都是牛、马、长颈鹿这些动物和植物之间的争斗故事,那人类呢,人类是怎样对待我们植物的?"黄山栾树继续问。

"你真笨,我们植物连牛、马、长颈鹿这些动物都斗不过,人类比牛、马、长颈鹿强多了,结果还用再说吗?"沙朴白了黄山栾树一眼,忿忿不平地说。

"难道我们就是这样的命?"黄山栾树仰天长叹。

"话不能这么说,我前面提到过事物的一分为二。下面我要说的是,我们植物的世界观,或者说是价值观的问题。"香樟说着说着又绕到哲学上来了。

"世界观,价值观,听起来好高大上啊。"向日葵将身子扭了扭。

香樟继续说:"既然人类走在了我们前面,成了地球的主人,我们就要配合他们,韬光养晦,顺着人类的意愿来,这样才能合作共赢。这个是现阶段我们应该树立的价值观,在改造世界的行动中,人类是主角,我们植物甘愿做配角,这就是我们的世界观。"

雪松接上去说:"我们只有忍辱负重,和人类和平相处。现在可口的动植物都被人类供起来,供吃供喝呵护,反之,不好吃的就没有这个待遇了,反而容易灭绝。"

也有植物不同意雪松的观点,说这是投降主义,没有骨气,宁愿站着死,不愿跪着生。

香樟严肃起来,厉声说:"你们听说过鸡蛋碰石头的故事吗?大丈夫能屈能伸。我们要摆正自己的位置,调整自己的心态,牢固树立起为人类服务的理念,因为我们的价值观就是为了人类能够生活得更美好。比如竹子家族就做得很好,竹类兄弟姐妹们或被当美食了,或当竹制品了,那都是竹尽所能,是竹子一生中值得骄傲的,是一种奉献精神。现在人类对竹子满意了,就用心了,对培育竹笋总结出许多心得,为了春笋冬出,赶在春节前提前出笋,卖个好价钱,会用笼糠覆盖的方法促进竹子儿孙生长。我们不能辜负他们的期望,该出笋时就出笋,该成材时就成材,为大地营造一个良好的生活环境。这样就皆大欢喜了。只有人类高兴了,我们才会有好日子过。"

"老师到底是肯定人类呢,还是否定人类呢?"乌桕提问。

香樟还是慢条斯理地说:"这也要一分为二地看,人类有值得肯定的,也有需要否定的,并不是非红即黑,或者非黑即红,这也就是矛盾的两重性。"

"我们知道人类正在改造世界,老师您觉得,这世界是在往好的方向发展,还是在往坏的方向发展?"水杉平时话不多,这时却提了个尖锐的问题。

"这个,这个……这个问题太大,一下子说不完,总之我们还是要顺应时代潮流,跟着感觉走。"香樟被问住了,只好如此回答。

"难道这就是适者生存、不适者淘汰的进化论。"广玉兰醒悟过来,喃喃自语着。

"这样看起来,哲学也太现实了。"向日葵补了一句。

"还是你更现实,天天围绕着太阳转。"杜英笑着对向日葵说。

"这怎么能比,谁叫我是向日葵呢?"向日葵辩解道。

"好了,别打岔了,听香樟老师说吧。"雪松出来制止。

广玉兰嘀咕道:"老师说了这么多,我还是对哲学似懂非懂的。"

"能用三言两语说清楚的就不是哲学了。"香樟看了看墙上的时钟,说,"今天只是个开头,以后找时间再展开讨论吧。"说完就宣布下课。

植物们觉得意犹未尽,就边走边想,陆续离开教室回到了居所。

植物论数

　　春节假期结束后,小区里植物界的培训班继续开课。也许是节后第一次上课,雪松、水杉、黄山栾树、向日葵等植物都有些兴奋,早早就来到了教室,授课老师还没有到,前来听课的植物就先天南地北地闲聊起来。

　　聊了一会,雪松见植物群中没有沙朴,就问:"今天怎么没看到沙朴,他可是每课必到的啊。"

　　"我看到沙朴大清早就到江边去了,走的时候还和我打了招呼,我还提醒过他,说今天上午有培训课的。"广玉兰回答。

　　广玉兰话音刚落,门外就传来了沙朴的声音,他气喘吁吁地说:"我回来了。"

　　雪松笑着说:"真是说到曹操,曹操就到。"看见沙朴满头大汗,雪松又问:"你在干什么啊?"

　　"我在钱塘江边跑步呢,太阳刚刚出来,热死我了。"沙朴用双手当扇子,朝着自己扇风降温。

　　"说起热,倒真的奇怪,现在还只是2月份,应该还是属于冬天的季节,怎么这几天像是进入夏天一样的,我看到小区里有些业主穿着短袖出来散步了。"黄山栾树满脸犹疑地说。

　　"可不是吗,所以,我前面一边跑步一边想,倒是想好了一首诗。"沙朴擦了擦汗说。

　　听说沙朴想好了一首诗,植物们都围拢过来,非要沙朴念出来听听不可。

沙朴无奈,就走到讲台上,朗诵起来。

冬夏闹春

冬天和夏天之间隔着春天,

冬天一直没有见过夏天,

只听说过夏天的种种美丽传说。

听闻夏天在烈日下光着膀子还是满头大汗,

冬天瞧着自己穿着棉袄还嗖嗖发抖的熊样,

十分向往夏天,

总想找机会见上夏天一面。

冬天一次又一次找春天商量,

春天得天独厚,

过着花团锦簇的生活,

日子不要太舒服,

自然不肯让冬天来插一脚。

冬天无奈之下,暗下决心。

进入腊月下旬后,

冬天觉得心动不如行动,

天天摩拳擦掌,日夜训练。

一方面和春天套近乎,

借春节为名,给春天不停地发红包,

又拼命灌春天迷魂汤,

把春天整得晕乎乎的,

还以为收收红包就可以过好日子,

并犯上了节后综合征。

另一方面又想办法联系上了夏天,

请夏天做好接应准备。

夏天也想见见冬天,

自然满口答应。

这几天，冬天见时机成熟，

春天正躺在温柔乡里享乐，

麻痹大意已忘记了东南西北，

冬天一跃而起，

爬春山，涉雨水，

避惊蛰，绕春分，

过清明，躲谷雨，

穿过三个月长的时空，

终于见到了日思夜想的夏天。

冬天和夏天在天上紧紧拥抱，欢呼雀跃。

地上的人们哪里知道这许多，

只觉得冬暖如夏，

人人在地面上奔走相告，

说这是"冬天里的一把火"。

却不知这是"冬夏闹春"，

天翻地覆。

诗朗诵完了，全场是一阵掌声，植物们异口同声地称赞沙朴。只有广玉兰沉默不语，似乎在思考什么问题。

"想什么啊？"水杉拍了拍广玉兰的肩膀。

广玉兰摇摇头说："我在想，从古至今，写春夏秋冬四季变化的诗歌数不胜数，这样写来写去，难道写不完的？"

"世上本无事，庸人自扰之，你真是吃了饭没事做，竟然担心起这个来了。"黄山栾树取笑广玉兰。

雪松对广玉兰说："不说中国的汉字总数有几万个，就说常用汉字三千多个，不同汉字的排列组合可以组成不同的句子，三千多个字的不同组合，其数量大得你无法想象，人们将这种很大的数叫天文数字，你怎么可能用得完呢？"

"天文数字？有意思，你倒举例说说，现实中哪里有天文数字？"广玉兰将信将疑。

"这个很多，比如大森林里草木的棵数、天上星星的颗数、海里游鱼的条数、沙滩上沙子的粒数等等，都是不计其数，俗称为天文数字。"雪松解释起来。

"那这么大的数字，要怎么来表示呢？"广玉兰追问。

雪松正要回答，沙朴抢着说："我来讲个笑话，古代有个小孩去上私塾，老师教数字，教到一、二、三时，小孩说我学会了，就回家去了。到了家里，奶奶问他你怎么回来了，小孩说，数字我都学会了。奶奶说是吗，那一百怎么写，你写给我看看。小孩就问奶奶要了把木梳，倒上墨汁，在纸上画啊画，要画出一百条横线来……"

沙朴的故事还没有说完，植物们都笑得前仰后合。雪松止住笑，说："这个虽然是笑话，但古代很早时，要表示一个很大的数，确实是比较困难的。直到阿拉伯数字的出现，才解决了这个问题。"

"阿拉伯数字有哪些？"狗尾草探头探脑地问。

"阿拉伯数字的基础数字就是0、1、2、3、4、5、6、7、8、9这10个数字，但由这10个数字可以组成无穷无尽的数字，只要你喜欢，在每个数字后面不断地添加数字就是了。比如1,10,100,1000……"雪松说得很耐心。

"我常常听到，说张老板的财富在1后面有7个0，李老板的财富在1后面有8个0，王老板的财富在1后面有9个0，这大概是在说他们财富很多吧？"向日葵提出了个新问题。

"我觉得，不管1后面跟着多少个0，还是前面的1最重要，如果前面的1倒下了，后面再多的0有什么用？"水杉表明自己的观点。水杉的话引起了植物们的共鸣。

但也有植物不认同，金钱松说："水杉想多了，感觉有吃不到葡萄说葡萄酸的味道。"金钱松这样一说，引起了植物们的争论。

"你们争这些有什么意思，我还是关心该如何表示一个很大很大的数，难道只能在数字后面不断地添数位吗？"沙朴对着雪松问。

雪松说："是的,早的时候是这样的,比如目前已知的宇宙中所有原子的数目是一个很大的数,约等于 300 000 000 000 000 000 000 000 000 000 000 000 000 000 000 000 000 000 000 000 000 000 000,就是在3后面要写74个0,手腕都要写发酸。"

"这个和沙朴讲的故事里小孩用木梳画横条有点相同了,有没有更简便的表示法呢?"水杉看着一长串0,头都发晕了。

"有简便办法,数学家后来发明了'算术简示法'。上面这个数可以写成 3×10^{74},在这里,10的右上角的小号数字74表示应该写出多少个0,换句话说,这个数字意味着3要用10乘上74次。"雪松说得简明扼要。

"是啊,这样就简单了,后面不管多少0,都可以这样表示。"水杉长叹一声,放下心来。

"那有没有最大的数?"狗尾草又回头问道。

"不存在最大的数,也无法表达最大的数,数学上将那些趋向于最大的数叫无穷大,就是其数位是无穷无尽的,怎么写也写不完。"雪松回答后,又补充说:"正因为宇宙是无边无际的,数字也是无穷无尽的,这样才有意思,只有不断去探索未知的东西,人生才更有乐趣,更有意义。"

"那最小的数字呢?"狗尾草继续问。

"最小的数字就是什么也没有,那就是0,你连这个也不知道。"向日葵对着狗尾草说。

雪松接过话题说:"相对于无穷大,还有无穷小,无穷大的倒数就是无穷小,就是将1分成无穷多份,每一份就是无穷小,趋向于0。"

"那前面提到的原子是无穷小吗?还有天文数字是无穷大吗?"狗尾草很好学,他才不在乎向日葵说他。

"原子虽然很小,但还是实实在在的数,所以不是无穷小;同样,天文数字虽然很大,也不是无穷大。随着科学的发展,更小的和更大的物质都在不断发现中。有本事,你们也可以去探索研究。"雪松慈爱地摸了摸狗尾草的头。

狗尾草激动地摇晃着身体,说:"谢谢雪松大哥,你怎么什么都懂,我好羡慕啊。"

"我只懂得点皮毛,所以我们要来参加培训班学习,多掌握些知识技能。"雪松表现得很谦逊。

沙朴这次比较冷静,他想了想后问:"在我们的现实生活中,会遇到很大很大的数吗?"

雪松说:"会的,事实上,在许多初看起来很简单的问题中,也经常会遇到极大的数字,尽管你原先肯定想不到。"

"你倒是举个实例。"沙朴央求道。

雪松拿来一张国际象棋的棋盘,整个棋盘是由六十四个小方格组成的正方形。雪松指着棋盘上的格子说:"如果在第一个小格内,放一粒麦子;在第二个小格内,放两粒麦子;在第三个小格内,放四粒麦子;照这样下去,在每一小格内都比前一小格加一倍。你们可知道这样放满六十四个小方格需要多少麦子吗?"

"这样应该不多吧。"旁边的植物交头接耳地说。

"那你们来试试。"雪松笑眯眯地说。

植物们抬来了一袋麦子,一格一格地放起来,开始一格一格放得很快,还没到第二十格,一袋麦子就空了。后面,一袋又一袋麦子抬来,但一袋麦子连一格都不够放,棋盘上的麦粒数像个无底洞,填也填不满,植物们傻眼了,都眼睁睁地看着雪松。

雪松说:"你们不要徒劳了,即使抬来全国的麦子,也放不满格子的。"

"那如果放满的话要多少粒麦子?"沙朴问。

雪松说:"我算给你看,放满六十四个小方格的麦子数可写为:

$$1+2+2^2+2^3+2^4+\cdots+2^{62}+2^{63}$$

这是一个几何级数,后面一项是前面项的两倍,根据几何级数的求和公式,上式的结果为 $2^{64}-1$,也就是需要 18446744073709551615 颗麦粒。"

"这二十位数字的一串数是个什么概念?"沙朴追问。

"什么概念?我告诉你,这串数字所表示的麦粒数,相当于全世界在2000年内所生产的全部小麦。你们说,这是不是天文数字?"雪松反问了一句。

"啊？"植物们都惊叫起来。沙朴拍拍脑袋，说："真是不算不知道，一算吓一跳。看来，天文数字就在我们身边啊。"

雪松说："几何级数增加起来是非常快的，比如中国改革开放后的经济增长速度，就是近似于几何级数，几年总量就可以翻一番，四十多年下来，是不是发生天翻地覆的变化了？"

植物们都点点头，事实摆在那里，毋庸置疑。

雪松取笑沙朴，说："你不知道天文数字，怎么能写出天上春夏秋冬的诗歌来？"

沙朴不好意思地笑着，说："我又没有真的去过天上，我这不是闭门造车嘛。"

雪松又对广玉兰说："现在回过头来看你的汉字诗歌问题，汉字的不同组合数可比上面的麦粒数多得多了，你还担心汉字诗歌能写完吗？"

"我现在明白过来了，一点都不担心了。"广玉兰摸着心窝，回答得很爽快。

植物们都笑了起来，雪松正要说什么，看见上课的老师走了过来，马上调转话题，招呼大家在位子上坐好。老师走进教室，新的一课又开始了。

槐树讲课

    参加小区植物培训班的学员们,在老师到来之前,天南海北地聊了一会。正聊得起劲时,雪松远远看见上课的老师走了过来,就招呼大家在位置上坐好。等到老师走进教室,植物们这才看清,原来今天的讲课老师是住在小区东北角的老槐树。

    来参加培训学习的杜英、月季花、夹竹桃、红花继木、大叶黄杨、麦冬草等花草树木,就住在老槐树的身边及树下。烈日当空时,这些植物们常常在老槐树底下追逐嬉戏,玩得累了,就靠着老槐树歇息,别提多凉快了,仰头一望,星星点点的阳光直射下来,好似一朵朵耀眼的花。老槐树总像个年长的老爷爷,慈祥地看着底下的植物,满脸堆着笑。因为太熟悉了,杜英、月季花、夹竹桃等植物和老槐树也就没大没小,说话很随便。

    雪松代表学员首先鼓掌欢迎老槐树来讲课,他说:"新年第一课,由我们小区德高望重的槐树老师亲自来讲课,我们太荣幸了。"

    杜英接上去说:"今年是牛年,民间流传'门前一棵槐,财源滚滚来'的说法,有祈望生财致富之意。看来我们大家牛年都要牛气冲天了。"

    老槐树哈哈哈地笑着,也不急着讲课。月季花问:"槐老师这么高兴,是有喜事要告诉我们吗?"

    老槐树点点头,刚要开讲,突然门外传来一阵急促的脚步声,几个小学生背着书包匆匆忙忙地从门外走过,到旁边的培训机构上补习课去了。老槐树收住笑容,叹了口气,摇了摇头。

    "槐老师为何叹气?"夹竹桃询问。

"在讲今天的主题前,我先给你们讲个故事吧。"老槐树说。

听说老师要讲故事,植物们都很感兴趣,就围了过来。

"不知你们有没有看过武侠小说,知道有《葵花宝典》这本书吗?"

"那当然知道,那是本武林秘诀,金大侠小说里多次写到的。"沙朴抢着回答。

老槐树缓缓说道:"是的,盛传江湖上有一本《葵花宝典》,大家都想得到它。因为学了这本书上的秘诀,可以天下无敌。但如果有一天,《葵花宝典》上的秘诀被公开了,人人都能按秘诀练功,这是好事还是坏事呢?"

"这当然是好事,好东西就是要大家共同分享。"麦冬草满脸稚气地说。

"这可不一定,说不定还会成为一个灾难。"

"这是为什么?"麦冬草不理解。

"因为一个人拥有《葵花宝典》,练不练是他个人的事。如果大家都拥有了,练不练就不由自己决定了。比如你有一个仇人,他在练了而你不练,那你就可能被他杀害,所以逼得你也必须练。"

"那就练呗。"麦冬草还没明白过来。

"这样一来,江湖上的人都会去练《葵花宝典》上的武功,人人都有天下无敌的功夫了,也就没有什么真正的天下无敌了。并且欲练神功,必先自宫,所以江湖人士都变成了太监。这是不是变成了一个全输的结局呢?因为没有任何人受益于自己的额外付出。"

植物们沉默了,过了一会儿,雪松问:"老师,您讲这个故事想说明什么道理?"

"我是看到刚才门外的小孩子,有感而发。你们想,现在的培训机构就是公开的《葵花宝典》,你要不学,别人家的孩子学了,成绩就会比你好。你要跟着去学,可能就要牺牲了自己的童年。如果所有人都学了,但上大学的名额没变,没有人能从中受益,反倒是所有参与的人都损失了自己的童年。"

"还真是这样,记得很早以前,小孩子们整天围着我们花草树木玩耍,现在来玩的孩子很少了,原来是去练'《葵花宝典》'了。"大叶黄杨摇头叹息。

沙朴说:"老师,刚过完年,别说这些不开心的事了,还是听您的喜事吧。"

"喜事也很多,据刚刚收到的《2020年国民经济和社会发展统计公报》,中国经济捷报频传。"

"都有哪些主要成绩?"植物们欢呼雀跃起来。

"首先是经济总量突破百万亿大关。全年国内生产总值达101.6万亿元,比上年增长2.3%,是全球唯一实现经济正增长的主要经济体。按年平均汇率折算,2020年中国经济总量占世界经济的比重预计超过17%。经济恢复走在世界前列,在第一季度国内生产总值大幅下降的情况下,第二季度增速由负转正,增长3.2%,第三季度增长4.9%,第四季度增长6.5%,走出了一条令世界惊叹的V型曲线,成为推动全球经济复苏的主要力量。"

"经济总量比上年增长2.3%,这个比率不高啊,我记得以前都是在6%以上的。"乌桕插问了一句。

"这怎么能比,你难道不知道吗?过去一年,新冠肺炎疫情百年不遇,世界经济深度衰退,多重冲击前所未有。面对重大考验,党和国家坚持人民至上,生命至上,以非常之举应对非常之事,构筑起疫情防控的坚固防线,统筹做好经济社会发展工作,取得了率先控制住疫情,率先复工复产,率先实现经济正增长的显著成绩,展现了中国经济的强大韧性和抗冲击能力。可以说,能得到这样的成绩非常不容易。"

"老师别理乌桕,你快说说,还有什么成绩?"水杉催促着。

"其次是保粮食能源安全、保产业链供应链稳定及时有效。粮食产量再创新高。全年粮食产量66949万吨,比上年增产0.9%,连续6年保持在1.3万亿斤以上。能源供应保持稳定。原煤、原油、天然气产量分别比上年增长1.4%、1.6%、9.8%。产业链供应链基本稳定。全年全国工业产能利用率为74.5%,其中一、二、三、四季度分别为67.3%、74.4%、76.7%、78.0%。"

"粮食丰收,这里面我们植物功不可没。"有植物叫了起来。

"第三点是脱贫攻坚成果举世瞩目。按现行农村贫困标准计算,551万农村贫困人口全部实现脱贫。全年贫困地区农村居民人均可支配收入12588元,实际增长5.6%,增速分别比全国居民和全国农村居民快3.5、1.8个百分点。根据国家脱贫攻坚普查结果,中西部22省(区、市)建档立卡户全面实现不愁吃、不愁穿,义务教育、基本医疗、住房安全有保障,饮水安全也有保障。可以说这是中国攻下了最难的堡垒,啃下了最硬的骨头,脱贫攻坚战取得了全面胜利,全面建成小康社会取得了伟大历史性成就。"

"真的是太好了。"植物们一片欢声笑语。

"还有呢! 重大科技成果不断涌现。'嫦娥四号'首次登陆月球背面,'嫦娥五号'完成月表采样返回,'天问一号'探测器成功发射,'奋斗者'号完成万米载人深潜,北斗导航全球组网,量子计算原型系统'九章'成功研制,500米口径球面射电望远镜正式开放运行。"

"好啊,中国人上天入地,以后我们也跟着去看看外面的世界。"麦冬草很兴奋,向往着那一天早日到来。

"我还是最关心老百姓的生活,有多少提高?"水杉比较冷静。

"别急,我正要说呢。居民收入与经济是同步增长的。全年全国居民人均可支配收入32189元,比上年增长4.7%,扣除价格因素,实际增长2.1%,快于人均国内生产总值增速。农村居民收入增长较快。全年农村居民人均可支配收入比上年实际增长3.8%,快于城镇2.6个百分点。"

植物们都竖起了大拇指。老槐树继续说:"2020年是中国'十三五'收官之年,是实现第一个百年奋斗目标的关键一年。经过五年的砥砺前行、接续奋斗,'十三五'规划提出的经济社会发展主要目标较好地实现了。经济总量突破100万亿元大关,人均国内生产总值连续两年超过1万美元。'十三五'时期,中国国内生产总值年均名义增量达到6.5万亿元,比'十二五'时期多1.0万亿元。居民收入与经济增长基本同步,现行标准下农村贫困人口全部脱贫。'十三五'时期,全国居民人均可支配收入年均名义增长2045元,比'十二五'时期多增156元;5575万农村贫困人口实现脱贫,年均减贫1115万人。重大发展战略稳步实施,重大改革开放举措加快推进,重大工程项目扎实建设,生态文明建设取得重大进展,全面建成小康社会取得伟大历史性成就。这是党和国家总揽全局、把舵定向的结果,是中国特色社会主义制度优势充分彰显、有效发挥的结果,是全国各族人民同心同德、艰苦奋斗的结果,成绩来之不易、成之维艰,需要倍加珍惜。"

"不愧是老槐树,号称国槐名不虚传,说起成就,如数家珍。"雪松赞叹道。

"中国人民取得了伟大的成绩,我很激动,那我们应该做些什么呢?"向日葵问。

"你就围绕着太阳,多吸收些阳光,多生产些葵花籽儿好了。"黄山栾树笑着说。

"那你呢,我多产籽儿,难道就没有你的事?"向日葵反问。

雪松说:"你们不要吵闹,我们共同来培训班学习,就是为了接受良好的教育,多学些知识,能更好地报答社会。今天老槐树能来讲课,是非常难得的机会,下面请槐老师总结一下。"

老槐树最后说:"作为小区的一员,我们处在一个很好的环境中,我们要珍惜。我借用人类一个叫肖川的人说过的一段话,和大家共勉:如果一个人从未感受过人性光辉的沐浴,从未走进过一个美好而丰富的精神世界,从未苦苦地思考过某一个问题,从未有过令他刻骨铭心的经历和体验,从未对自然界的丰富与多样产生过深深的敬畏,也从未对人类所创造的灿烂文化发出过由衷的赞叹……那我们就可以说,他没有受到过真正良好的教育。我的课就讲到这里。"

教室里传来了一阵雷鸣般的掌声。

植物闹春

春天来了,当春带着她特有的翠绿,像海浪一样漫来时,真能让人心醉;当春携着她特有的温煦,像钱潮一样涌来时,也能让人断魂。春如一帧浸染着生命之色的画布,新绿、嫩绿、鲜绿,满眼的绿色温柔着人们的视线,还有那星星般闪动的一点点红、一点点黄、一点点粉、一点点紫,也惊喜着人们的目光。于是,植物开始在春天烂漫。

小区里的植物,早晨醒来,环顾四周生机勃勃的大自然环境,按捺不住激动的心情,纷纷聚集到小区公园,对着春色赞叹起来。

迎春花先说:"你们看,春水春池满,春时春草生。春人饮春酒,春鸟弄春声。这短短四句诗里,通过八个'春'字,描绘出一幅多么美丽的春光图。"

在一片叫好声中,望春花走上前来,说:"迎春花的诗是不错,但我的诗更绝,我的诗还能唱,是一首《春歌》。"

听说望春花能唱春歌,植物们呼啦一声都围了上来。望春花轻启朱唇,乐音从皓齿间缓缓飘出。唱道:"春燕春鸟随春飞,春鱼春虾弄春水。春蝶春蜂采春花,春风春雨送春归。"

刚唱完,狗尾草就高叫:"这首春歌共二十八个字,里面却有十二个'春'字。"

"哇,太厉害了。"植物们爆发出一阵惊呼声。

"这个我也会,我来一首民间的《春帖儿》。"春兰自告奋勇奔上台来。

春兰平时很少来公园活动,她的才艺,植物们都不了解,就用怀疑的眼光看着她。

400

春兰清清嗓子,朗声唱道:"春日春光春水流,春原春野放春牛。春花开在春山上,春鸟落在春树头。"春兰越唱音量越高,最后拔了一个尖儿,戛然而止。植物们愣了一会儿才反应过来,纷纷竖起大拇指点赞。

沙朴很早就独自出去钱塘江边晨练了,这时刚好回来,听到喝彩声,就跑过来凑热闹。当他听明白后,就说:"前面他们说的唱的虽然都不错,但都不是原创,算不了什么。"

"瞧你说的,好像你会原创?"广玉兰打断了沙朴的话。

"那当然,有什么不可以?"沙朴望着广玉兰。

广玉兰两手一摊说:"那就请你来一个。"

沙朴说:"我早上去江边,看着遍地春色,就陶醉了,想到了四句诗:春日春时赏春色,春风春光见春树,春花春草催春情,春思春想悟春意。"沙朴洋洋得意地向在场的植物们读出了自己原创的诗。

沙朴朗诵出自己写的诗,有的说好,有的说不怎么样,现场议论纷纷。水杉说:"你们有没有注意到,前面迎春花、望春花、春兰、沙朴说唱的诗歌,都有一个特点,就是每句里都有个'春'字。沙朴能做到这一点,难能可贵了,值得肯定。"

沙朴哈哈笑着,朝水杉拱拱手。雪松在植物群里,开始一直没说话,这时站出来说:"要说'春'字诗词写得好的,首推郑板桥。郑板桥你们知道吗?"

"你是指清代的大文人郑板桥吧,他是诗书画界的怪才,连当时的皇上都对他刮目相看,他画竹无人能及。他还蛮有风骨,穷得靠卖画为生也依旧不卑不亢。"黄山栾树接上来说。

"他是怎么写'春'的?"沙朴问。

雪松不紧不慢地说:"郑板桥才华横溢,正义凛然,诗词写得极好。有一年春天,他与几个朋友一起春游,欣赏着春色美景,陶醉在明媚的春光里,禁不住诗兴大发,开口吟出一首'春词':'春风,春暖,春日,春长,春山苍苍,春水漾漾。春荫荫,春浓浓,满园春花开放。门庭春柳碧翠,阶前春草芬芳。春鱼游遍春水,春鸟啼遍春堂。春色好,春光旺,几枝春杏点春光。春风吹

落枝头露,春雨湿透春海棠。'

"又只见几个农人开口笑:'春短,春长,趁此春日迟迟,开上几亩春荒,种上几亩春苗,真乃大家春忙。春日去观春景,忙煞几位春娘,头插几枝春花,身穿一套春裳;兜里兜的春莱,篮里挎的春桑,游春闲散春闷,怀春懒回春房。'

"郊外观不尽阳春烟景,又只见一个春女,上下巧样的春装,满面淡淡春色,浑身处处春香;春身斜倚春闺,春眼盼着春郎。盼春不见春归,思春反被春伤。春心结成春疾,春疾还得春方。满怀春恨绵绵,拭泪春眼双双。

"总不如撇下这回春心,今春过了来春至,再把春心腹内藏。家里装上一壶春酒,唱上几句春曲,顺口春声春腔。

"满目羡慕功名,忘却了窗下念文章。不料二月仲春鹿鸣,全不忘平地春雷声响亮。"

雪松说完后,黄山栾树点评道:"这一首'春词'共五十六句,除两句没有'春'字外,其余句句有'春'字,共嵌入了六十八个'春'字,一气呵成,自然流畅,将春景描写得淋漓尽致,让人回味无穷。"

植物们高声喝彩,只有杜鹃花没有动静,似乎想着心事。沙朴发现了,就拍了拍杜鹃花的肩膀,说:"你怎么了? 身体不舒服吗?"

杜鹃花摇摇头说:"我身体好着呢,我是触景生情,想起了伤心事。"

"现在春光明媚,正是你杜鹃花大放异彩的时候,你还有什么心事呢?"沙朴关心地问。

杜鹃花眼泪汪汪地说:"我不是为我自己,我是想到了一个苦命的女子。"

"你说的是谁啊?"植物们都很好奇。

杜鹃花擦了擦眼泪,接着说:"说到'春'字,中国诗人写春的诗词何止成千上万,但像清代这个奇女子这样,在一首词里连用二十八个春字,将悲情写到极致的作品还是少见。"

植物们都很感兴趣,催问道:"她是谁啊? 是怎么写的?"

杜鹃花叹了口气说:"她是出生于农家的贺双卿,自幼天资聪颖,满腹才华。七岁时,因为舅舅在学堂打杂,她得以在学堂里旁听过几年,颇能识文断字,在诗词创作方面更是天赋异禀。十几岁又修得一手好女红,长到二八岁时,容貌秀美绝伦,令人'惊为神女'。但可惜红颜薄命,在十八岁时,贺双卿被嫁给樵夫为妻,从此陷入厄境,年仅二十岁的一代才女就香消玉殒了。"说到这里,杜鹃花眼泪又流了下来,一时竟说不下去了。

沙朴一阵嘘唏着说:"你还没有说那首用二十八个春字的词呢。"

杜鹃花哽咽着说:"我是伤心啊。那首词是这样写的:紫陌春情,漫额裹春纱,自饷春耕。小梅春瘦,细草春明。春田步步春生。记那年春好,向春燕、说破春情。到于今,想春笺春泪,都化春冰。怜春痛春春几?被一片春烟,锁住春莺。赠予春侬,递将春你,是侬是你春灵。筭春头春尾,也难筭、春梦春醒。甚春魔,做一场春梦,春误双卿!"

听到这里,植物们又是一阵感叹。沙朴接着说:"这等才女,比之'千古第一才女'李清照的词也毫不逊色,甚至说赶超李清照也不为过,像这等奇女子,怎么会这么年轻就香消玉殒了的呢?"

杜鹃花说:"生不逢时啊,命比纸薄,悲哉,痛哉,她投错了时代!都是那个年代的悲剧,要是生在当今,还不是能吸粉无数,在 PK 台上一站,谁还敢与她相争。或者弄个公众号,围观的不要太多,收收广告费都够了。"

水杉说:"是啊,这说明,个人命运是和国家强弱紧密联系在一起的,离开了国家,个人再厉害也无济于事啊。我们植物界也是这样,就有些愣头青,这也看不上,那也看不惯,只知道发牢骚,干不了实事。"

雪松说:"植物们,四季轮回,春暖花开,又是新的一年。我们既不要沉湎于曾经的磨难,也不要满足于往日的成果,而应该摒弃所有的忧烦,放下过去一切不愉快,携着阳光,带着微笑,满怀希望,在余生的每一天,都活得舒舒畅畅。"

植物们大声叫好。雪松看了看太阳,已经日上三竿了,就说:"时间不早了,大家回去吃早饭吧。"

狗尾草笑着说:"还吃什么早饭,鸡汤都喝饱了。"一句话引得哄堂大笑。雪松也不气恼,带头返回住处去了。其他植物也有说有笑地四散而去。

植物座谈会

三月上旬,天气阴沉沉的,小区里植物界的负责人香樟最近连续接到一些投诉,反映人类对待植物的不友好行为。香樟拿着这些投诉信和银杏、枫香等小区植物界业委会领导商量。

枫香看了投诉信后,说:"看来,植物们反映的问题具有代表性,这些大多数属于思想认识上的问题,不同的植物有不同的理解。"

银杏接过话题说:"我认为有必要在植物界统一思想,厘清思想认识上的误区,更好地促进小区植物的和谐健康发展。"

香樟考虑了一下,说:"你们俩说得对,我看是不是这样,我们充分发扬民主,组织召开一次小区植物界座谈会,让植物们把意见都提出来,然后大家一起来讨论,通过摆事实讲道理的方式,达到统一思想认识的目的。你们俩看怎么样?"

银杏和枫香都同意香樟的建议,大家就分头准备起来。

过了二天,小区植物界座谈会在植物界业委会会议室召开,除了香樟、银杏、枫香等业委会负责人外,沙朴、广玉兰、枫杨、毛竹、桂花、红叶石楠、狗尾草等植物都来了,会议室坐得满满当当的。

香樟主持会议,他说:"今天把大家请来开个座谈会,主要是因为我们收到了一些投诉,了解到部分植物有一些怨气。我和银杏、枫香等商量后,决定不一一就投诉作回复了,而是通过开座谈会的形式,让大家把意见建议充分地表达出来,通过讨论来形成共识。接下去请大家畅所欲言地出来谈。"

狗尾草首先站出来提意见,他说:"我写过投诉信,反映的问题是,人类为何要称呼我狗尾草,这不是歧视我吗?我心里不舒服。"

"那你认为要怎样称呼你为好?"银杏问。

"比如虎啊、狮啊,再不行用牛啊、马啊起名也行。"狗尾草摇着身躯说。

这时,刚好一条小狗跑进了会议室,围着狗尾草转圈子,显得和他很亲热。

枫香笑着说:"狗尾草你自己看看,你的样子和旁边的小狗尾巴像不像?人类这样叫你不是很形象吗,这不是挺好的嘛。"

"反正我觉得人类把狗当成贬义词。"狗尾草小声嘀咕着。

"你错了,此一时彼一时,现在不是这样了。现在在一些地方,已经狗比人贵了,听说有些年轻人宁愿养狗而不愿养小孩,你还有什么不满意的呢?"枫香提醒说。

"是这样啊,那我无话可说了。"狗尾草耿厚地笑着说。

香樟说:"狗尾草想通就好,其他植物接着提。"

枫杨站起来说:"有一段时间,经常有一些小孩爬到我树上来,这个我不能接受。"枫杨这样一说,植物们交头接耳地议论起来,有的表示和枫杨有同感,有的则认为这不是问题。

垂柳甩了甩长头发,站了起来。旁边的植物发现他肩膀上附生着蕨类植物,还看到了他树干上的寄生植物菟丝子。垂柳激动地说:"你们看到了吧,我身上同时生长着附生植物和寄生植物,我们之间相安无事,都过得很好。既然我们植物之间能和谐相处,我们又有什么理由排斥人类呢?"

见大家静静地听着,垂柳继续说:"我原来住在农村,早先的时候,每到夏天,我身上传出阵阵蝉鸣声,小男孩在我身上爬上爬下,捉知了,折柳枝,河塘里游泳。人、蝉、树、河,热闹得很,这多好啊,哪像现在,已经很少有小孩来爬树了,我还觉得挺冷清的。"

沙朴也说:"是啊,鱼水情,树人谊,我们植物和人类是有深厚的情谊的,植物和人类融合在一起,热热闹闹的,多好。"

垂柳说:"我来朗诵几句前几天听到的诗:春天到了,轻踏着脚步走向山野,走向河边,走向田埂,去看漫山遍野的杜鹃花,去看灿烂金黄的油菜花,去寻找山樱,沉醉在桃花林中,去品尝香醇的明前茶。最后伴着风月,戴着柳条花环,满心欢愉地回到家中,只留一路的花香。"

"我似乎看到了一幅唯美的人与自然和谐相处的山水图,我们植物站位应该更高一些,需要有大格局,不要斤斤计较。"银杏点赞垂柳。会议室里响起了一阵掌声。

枫杨不作声了,香樟要大家继续说。

谈到植物的利用问题,有些植物对人类吃的、用的、住的,都是来源于植物耿耿于怀,心有不甘。

对于这个问题,香樟说:"记得我前几天在培训班上课,谈到了植物的世界观,或者说价值观的问题。现在人类走在了我们前面,成了地球的主人,我们就要配合他们,在改造世界的行动中,人类是主角,我们植物甘愿做配角,这就是我们的世界观。这方面大家可以谈谈体会。"

桃树说:"如果说有人在我开花结果的过程中来采花折枝,或者果实还没有成熟就来抢摘,我是很不乐意的。但当我的果实完全成熟后,人们采摘丰收的果实,品尝鲜甜可口的美味,他们高兴了,我们也就乐意了,因为这是我的价值所在。你们想想,如果你们身上的果实无人理睬,任其掉下来烂了,是不是太可惜,反正我是会心痛的。"

毛竹站起来现身说法,他说:"我们毛竹家族繁殖力极强,而我们又不掌握计划生育技术,每年会生育出很多子孙,人类帮助我们,挖取部分冬笋、春笋,使留下来的竹子能够茁壮成长,相当于他们在协助我们计划生育。不然任由我们自由生长,膝下子女众多,大家都会营养不良,骨瘦如柴,没好日子过。所以我们觉得,人类在食用我们,也是在帮我们,这是双赢的结果。我们的兄弟姐妹们或被做成美食了,或被做成竹制品了,那都是竹尽所能,是竹子最值得骄傲的,是一种奉献精神。"

桃树、毛竹的话引起了植物的阵阵掌声。香樟说:"这里面涉及保护和利用的关系问题,这是辩证统一的关系,保护是为了更好地利用,利用能促进保护。只想得到保护,不提供利用价值,这个保护也不能长期坚持,反过来,只想着利用索取,不提供保护,竭泽而渔,也是不能维持的。这个道理,现在人类似乎懂了,但又时不时会犯错。人类常常会自以为是,但不管他们怎样,我们植物自己的心态要端正,我们把自己的事情做好再说。"

银杏说:"我给你们说个故事,在很早以前,有一个大草原,那里一年四季风景如画,美丽迷人。草原上生长着一碧万顷的绿草,以及狼、牛、马、羊、田鼠、野兔等,当然还有祖祖辈辈生活在这里的牧民。一派"天苍苍,野茫茫,风吹草低见牛羊"的景象。在这里,青草是生产者,它吸收水和二氧化碳,利用光合作用进行初级生产。田鼠、野兔、牛、马、羊是食草动物,它们是第一级消费者,狼要吃牛、马、羊,是第二级消费者,狼看起来是牧人和牲畜的大敌,但是狼也吃田鼠、野兔和黄羊,田鼠、野兔、黄羊等又吃草,草又是羊和马的主要粮食,羊和马又是人的主要食物来源。大草原就是一个伟大的母亲,养育着她的子民们,这些生物组成了一个庞大的生物王国,形成了环环相扣的食物链,它们相互制约、相互繁衍,与草原共同生存了几万年。那时候,草是欢的,因为它生产,它奉献,所以它高兴。牛、马、羊是乐的,因为它消费,有青草吃,因为它奉献,供应了肉食,所以它高兴。狼更不用说了,有吃不尽的美食,所以它高兴。这就是大自然的生态平衡,也就是你好我好大家好。自然界的事就是这样相生相克的,每种生物都是链条上的一链,少了一链,就会失去平衡。后来有一天,随着一声枪响,来了一群终结者,用武力破坏了这种平衡,草原失去了青青绿草,裸露了黄色肌肤,一起风,黄沙漫天,遮天蔽日,许多地方变成了大沙漠,整个草原笼罩在呛人的沙尘细粉之中,牛羊因为没有了鲜嫩的绿草,数量也急剧减少。人们再也看不到一望无际辽阔的大草原了,再也没有风吹草低见牛羊的草原放牧景象了。人们因为急功近利,破坏了生物链,破坏了生态平衡,最终也破坏了自己生活的美好家园,也就是你不好我不好大家都不好。"

银杏一口气把故事说完,植物们频频点头称是。香樟指出:"银杏说得好,正反两方面的经验教训告诉我们生态平衡的重要性。我们希望人类能善待所有的生命,无论大小,强弱或美丑!我们也要强调不管动物还是植物,都是有生命的。人类需要动植物提供能量得以生存,这个没有问题。只要人类能感谢这些生命的牺牲给他们带来能量,带着感恩的心去消化吸收所吃的食物,物尽其用,不糟蹋、不浪费,吃多少烧多少即可。对我们植物来说,人类能更多地挖掘植物的用途,让我们的生命延续在更广泛的领域,应该是对我们最好的回报。"

香樟说到这里,被一阵掌声打断。香樟说:"我说得太多了,还是大家多说说吧,有什么意见尽管都说出来。"

过了一会儿,广玉兰站出来说:"我想通了,要向桃树、毛竹学习,乐于奉献,个人的小得失算不了什么。啥也别说了,香樟、银杏、枫香几位大哥,你们就说说,我们应该怎么做?"

"怎么做?你就多活动活动筋骨,多晒晒太阳,多吸收些二氧化碳,多进行光合作用,多积累些生物量。这就是为大自然做贡献了。"枫香笑着说。

银杏接上来说:"我补充说明一下,闲者愁多,懒者病多,忙者乐多。心闲生余事,树闲生是非,太闲就会胡思乱想,说长道短,纠结不断。太懒就会精神空虚,贪图安逸,不求上进。只有忙起来,才有自己的目标和规划,向未来努力,为幸福拼搏。得到的不仅是物质财富,还有忙碌带来的精神享受。"

"你们俩说得太好了,听君一席话,胜读十年书。"广玉兰想了想,又追问了一句,"那到了冬天我们树木休眠了怎么办?"

银杏和枫香被问住了,一下子回答不上来。香樟说:"冬天时,我们植物身体可以休眠,但思想不能停止。我们可以思考哲学问题,做做奥数题,玩玩文字游戏。告诉你们,人类很多杰出的哲学思想,都是人在孤独寂寞的环境中冥思苦想探索出来的。人类可以,我们植物也可以。"

会议室传出雷鸣般的掌声,香樟见好就收,宣布今天的座谈会到此结束。植物们满怀希望地离开了会场,奔赴各自的岗位做贡献去了。

植物组群

进入春天后,小区里的植物生气勃勃,苗壮成长,来公园参加活动的植物越来越多了。来的植物多了,七嘴八舌的,众口难调,管理上就有难度。有些植物就提出建议,希望能分组进行活动,但对如何分组却是众说纷纭,莫衷一是。小区植物业委会负责人香樟就找来银杏、枫香、沙朴、毛竹等植物商量。

听完香樟的话,银杏说:"可以按照军队的编制,设立军、师、团、营、连、排、班,小范围时就以班为单位组织活动,有大的活动可以营、团为单位组织。"

沙朴插嘴说:"那香樟大哥就是我们小区的军长,我也弄个营长或连长干干。"

香樟不同意,他说:"现在是和平年代,小区里大家和谐相处,按军事化组织管理不好,人为制造紧张气氛。况且我也不想当军长,你沙朴也当不了营长或连长。"

"那我们按照学校的规格来分,怎么样?"枫香自问自答,继续说:"学校分大学、高中、初中、小学、幼儿园,细分下去,小学分一至六年级,每个年级还可分成几个班级,这样分一定能分清楚。"

香樟还是不同意,他说:"我们小区里的植物都是兄弟姐妹,水平都差不多,谁能上大学,谁又去幼儿园,这不是制造矛盾吗?"

广玉兰说:"我昨晚被朋友叫去酒店吃饭,发现那个酒店包厢的取名很有意思,比如普陀山、雁荡山、莫干山、四明山、天台山,我们以这种方式来分组怎么样?"

香樟说:"这些都是浙江十大名山,名字听起来倒是很响亮的,但具体怎么分类分组还是没办法,难以操作。"

枫香也认为不妥,觉得这有点拉山头结宗派的嫌疑。广玉兰则反驳,认为枫香这是望文生义。两个植物就吵了起来。

沙朴一拍脑袋,说:"你们不要吵了,我有个好办法,我们就以每种植物所处的地域为依据,将小区分成东、南、西、北四个大区,如果觉得分成四个组不够,可以再分东南、西南、东北、西北,加起来就是八个组,也差不多了。"沙朴说完后洋洋得意。

香樟首先表扬了沙朴,他说:"按地域分组的主意不错,好处是大家都处在同一区域,近距离的,活动起来方便,节省成本。但这也有问题,一是各个区域的植物种类有多有少,很不均匀;二是我们现在的居住位置主要还是人类乱点鸳鸯谱,拉郎配种植的,不一定符合我们植物的喜好。有时隔壁邻居还常常闹矛盾呢。"

银杏也说:"是的,人类总是自以为是,又不征求我们意见,都是以他们自己的主观意志行事,常常会闹笑话的。"

"你们这也不是,那也不是,那到底如何是好?"沙朴有点急了。

"你们真是聪明一世糊涂一时。"毛竹摇晃着竹竿,笑着说:"我们植物不是有严密的种族分类吗,界、门、纲、目、科、属、种,要多细有多细,小范围时可以同种,大范围时可以同科,比如竹类群、松类群、樟类群等,大家出身相同,交流起来也方便,多好啊。"

毛竹的主意赢得了枫香、广玉兰的叫好,但银杏却有不同看法。银杏说:"按照植物种群分组,如果是在工作中,那确实是好的,但我们现在讨论的不是工作问题,而是业余生活问题。我们分群组搞活动,主要是为了丰富我们的业余文化生活。你们去看人类,有同一个家族里经常聚在一起搞活动的吗,倒是家庭成员分别出去自由组合,找志同道合的朋友聚会的多。"

沙朴同意银杏的观点。沙朴说:"我们整个小区的植物,有个大的微信群,在这里能经常聊到一起去的,自然而然就会结成一个小组,或者说是同党,这样一组组的根据爱好自由组合,是最理想的。"

听到这里,香樟拍板说:"我知道了,我们还是强调自由、民主,一切以自愿为原则,自由组合。这样吧,你们去把小区里的植物召集起来,我们今天就来群组划分,看看会是怎么个结果。"

业委会的植物分头行动,一个时辰后,小区里的植物都聚集到了小区中央公园。香樟把今天要大家来开会的目的意义说清楚后,自由组合就开始了。

葡萄首先选择了紫罗兰,沙朴问葡萄为什么如此选择,葡萄说:"我和紫罗兰在一起,结出的葡萄会又大又甜。"

百合则拉住了玫瑰的手不放,问百合为何?百合说:"我俩种养或瓶插在一起,可延长花期。"

山茶花、茶梅、红花油茶等与山茶子结成一个小组,自称这样的组合可明显减少霉病。

接着,朱顶红和夜来香、山茶和葱兰、石榴花和太阳花、泽绣球和月季、一串红和豌豆花都结成了对,它们对外宣称,成双结对种在一起,对双方都有利。

松树、杨树和锦鸡儿抱团了,他们在一起,对自己都有良好作用。欧洲云杉同树莓榛、花椒也拥抱在一起了,当他们的根紧密交织在一起时,更能促进相互间的生长,如此好事,岂不美哉。

这时,沙朴看到丁香走过铃兰香的旁边,铃兰香马上躲开了,沙朴拉着铃兰香的衣角,问他为何惧怕丁香。铃兰香说:"你不知道,丁香和我在一起,我会立即萎蔫。不光光是我,丁香的香味也会危及水仙的生命。将丁香、紫罗兰、郁金香、勿忘我养在一起,彼此都会受害。"沙朴听铃兰香这样说,"噢"了一声,说:"那倒是要小心点为好。"

后来,沙朴又进一步了解到,薄荷、月季等能分泌芳香物质的花卉,对临近花卉的生态有一定抑制作用;桧柏与梨、海棠不能种在一起,以免后者患上锈病,导致落叶落果;玫瑰花和木樨草如果种在一起,前者会排挤后者,使后者凋谢,而木樨草在凋谢前后又会放出一种化学物质,使玫瑰中毒死亡;

成熟的苹果、香蕉等，若和正开放的玫瑰、月季、水仙等放在一起，前者释放出的乙烯，会使盆花早谢，从而缩短观赏期；夹竹桃的叶、皮及根部分泌出夹竹甙和胡桃醌，会伤害其他花卉；绣球和茉莉、大丽菊和月季、水仙和铃兰、玫瑰和丁香种在一起，会使双方或其中一方受害；松树不能和接骨木共处，它不但能强烈抑制松树生长，还会使临近接骨木下的松子不能发芽；松树同白蜡槭、云杉、栎树和白桦等都有对抗关系，结果是松树凋萎；柏树和橘树也不易在一起生长。

沙朴知道了有些植物组合在一起，会互为利用，共生共荣，相得益彰。而有些植物又相互排斥，互为抵触。他去问香樟，要搞清这是为什么。

香樟说："在我们植物界，这就是植物的相生相克。植物的相生相克作用，又称化感作用，或者称生化它感和对等影响。它是指一种植物通过对其环境释放的化感作用物质，对另一种植物或其自身产生直接或间接、有利或有害的效应。归纳起来，植物的相生相克分异株相克、异株相生和自体毒性三种情况。"

"异株相克、异株相生和自体毒性？有这种说法，请进一步解释一下。"沙朴缠着香樟。

"异株相克是指不同植物之间存在的相克作用，异株相生表现为不同植物之间产生的有利效应，自体毒性是指植物释放的毒性化学物质抑制同科植物的萌发和生长的现象。前面植物们的分组选择就很能说明问题。"

沙朴问："自体形成毒性？那不是有同归于尽的味道。"

香樟说："在花卉植物中，银胶菊根系排出的异构肉桂酸能抑制自身的生长。这在农作物中表现尤为明显，许多作物忌重茬。因此在花圃里，应避免连茬同种花卉植物，应与不同品种进行换种轮作。就是很多农作物不能连作，需要轮作。"

这时，在场的植物一组组地自由组合，已经快组合完毕。每个组都聚集在一角，如胶似漆，窃窃私语。香樟用手指着他们，接着说："将两种植物种在一起，常常出现这样一些有趣的现象。有些表现得'相亲相爱'，相互助长；有些则冤家对头，'八字相克'，搞得不是一方受害，就是两败俱伤。这是因为很多植物会从体内分泌出某种气体或汁液,影响或者抑制了其他植物的生长。但也有些植物的分泌物对某些病毒、细菌和害虫有很强的杀伤力,因而,他能同其他植物相处甚密,相得益彰。因此他们能互惠互利,长期共存。各种植物间的这种相生相克的关系是极其复杂的,有些道理,我也说不清楚,只有当事者自己明白。总之一句话,实践是检验真理的唯一标准。鞋合不合脚,穿过了就知道了。接触过了,是否合得来就知道了。"

正说着,广玉兰来报告,说:"各群组已组合完毕,请香樟做指示。"

香樟笑着说:"既然植物们组成了新的群组,请每个组都取个名吧。"

广玉兰传达下去,过了一会儿,群组名都报上来了。以松树为主的群组叫"松明堂",以毛竹为主的群组叫"竹风轩",以红枫为主的群组叫"枫丹斋",以樱花为主的群组叫"樱雨阁",等等。香樟要广玉兰一一登记备案,数了数,第一次就组成了五十四个群。

最后,当广玉兰再次提议请香樟做总结时,香樟说:"我没什么可总结的,我出一副对联送给各个群组吧,上联是做杂事兼杂学当杂家杂七杂八尤有趣,下联是先爬行后爬坡再爬山爬来爬去终登顶。"

广玉兰询问:"横批是?"

"横批是低调一生。"香樟回答。

在一阵雷鸣般的掌声中,小区植物界首次组群活动宣告结束。

植物论骗

　　这段时间连续阴雨，小区的植物们心里郁闷，每天早上的公园聚会成了植物们排解烦闷的必修课。今天一大早，等沙朴来到小区公园时，那里已聚集了一大批植物，正在叽里咕噜地谈论着什么。沙朴侧耳细听，听到了是黄山栾树在讲一件奇葩事。

　　黄山栾树讲得很起劲，他说："我昨晚在网上浏览新闻，看到了一条消息，差点把我笑死。"

　　"你别吹了，不至于吧，是什么事，说给我们听听，看到底可不可笑。"无患子催黄山栾树说下去。

　　黄山栾树止住笑，高声说："说的是江苏某地一个陈姓男士，在网上结识了一个女的。两人在网上聊了一段时间，觉得情投意合，相见恨晚。那女的说自己在英国做大生意，还是单身，现在遇上了陈先生是缘分，想回国来看他。陈先生自然满心欢喜，一再催促。那女的说我买了很多东西要送给陈先生，就先寄过来吧。过了两天，那女的告诉陈先生，寄过来的东西被北京海关扣住了，需要交一笔保证金，陈先生二话不说，立马汇了一笔钱过去。又过了两天，那女的又说，在寄过来的东西里发现了违禁品，原先的保证金不够，需要追加。陈先生就又汇出了第二笔。这样汇了三次钱后，在海关的包裹还是不能提取，陈先生急啊，就想到了公检法。他在网上搜索，找到了广州的一名法官，这名法官很热情，说愿意帮忙，但需要花钱，陈先生钱花了，事还是没办成。陈先生想，法官解决不了，那我就找律师，就又在网上找了个律师，帮他处理这件事，结果可想而知。陈先生忍无可忍，终于想到了

414

到当地派出所去报案。当陈先生将自认为如此复杂离奇的案情叙述清楚时,连见多识广的民警都惊呆了。"说到这里,黄山栾树又止不住笑了起来,然后补上一句,"你们说可不可笑?"

无患子接口说:"陈先生这个人确实可笑,人们不是常说,人不能在一件事上犯同样的错误,陈先生怎么一而再再而三地犯错呢?"

沙朴听明白了,就凑上来说:"陈先生这是在交智商税,只是他这个税次数交得有点多了。"

"陈先生固然可笑,但最可恨的还是那些骗子,陈先生是受害者。"杜英有点同情陈先生。

"正是因为陈先生们的存在,使得骗子们有了得手的机会,滋生出大量的网络诈骗。"广玉兰不以为然。

沙朴说:"还真是的,你们看,现在街道社区小区,防骗宣传是铺天盖地,我每天手机上都会收到防骗的宣传消息,一进电梯首先看到的就是'个人信息不泄露,不明链接不点击,怀疑账户不转账,平台投资不轻信'的告示。社区民警经常会发受骗案情过来提醒。已经做到这样了,怎么还会有那么多人被骗呢?"沙朴边说边摇头叹息。

"我发现了一个规律,政府越重视某件事情,说明这件事情的问题越严重。正是因为骗子太多了,才引起了全社会的重视。"乌桕提出了自己的看法。

"是啊是啊,我现在每天都会接到骗子的电话,烦都烦死了。"

"防不胜防啊,那怎么办好呢?"

植物们七嘴八舌地议论起来。

桂花现身说法,教了大家一招。桂花说:"昨天有自称公检法的人打电话给我,说我账户有大额异常消费。我说你真的是公检法的吗?那你说说什么是一个中心两个基本点,什么是两个坚决维护?什么是两学一做?什么是三个坚持三个确保?什么是四个全面、四个伟大、四个自信、四个意识?什么是五个着重五个带头?什么是六个一?什么是七不准?什么是八项规定?什么是九严禁?什么是两个一百年?"桂花一口气说到这里,气都喘不过来,只得停了下来。

"后来怎么样?"有植物问。

"后来,这些问题他一个都回答不出来,自己不好意思就把电话挂了。这些骗子真的太小看党员干部和广大公检法了。"桂花洋洋得意。

植物们纷纷鼓掌,称赞桂花这一招用得好。

雪松笑了笑,走上前来说:"桂花这一招好是好,但也只能用在对付电信诈骗上,而在现实生活中,比电信诈骗隐秘得多的诈骗还很多,要识别它们有时还真的很难。"

"雪松大哥,你倒是举例说明。"狗尾草探头探脑问。

"比如非法集资,许诺以年息超过20%的回报。你们想想,现在赚钱这么难,什么生意能有这么高的利润,这不是存心诈骗是什么?还有比如传销、P2P、非法委托理财、高利贷等等,都有欺骗的成分,迟早要出事。"雪松这样解释。

"听雪松这样一说,我倒想起了一件事。我前几天到一大型商场去购物,买了三百元钱的东西去结账,收银员说,商场搞活动,满五百送一百,就是说我只要再买两百元钱的东西,商场就可以送我一百元代币券,下次去消费可以抵钱用。我想想划算的,就再买了两百元钱的东西。现在家里到处是鞋子袜子什么的,那一百元代币券也找不到了。你们说我这算不算是受骗了?"枫杨垂头丧气地问。

见没有植物正面回答,紫薇接上来说:"我几个月前接到某电信公司的电话,电话那边的服务员态度很好,说我是他们公司的优质用户,向我推荐几个手机功能,使用是免费的,如果我不反对,就给我开通了。我想想反正免费的,就默认了。服务员后来补充了一句,第一个月使用免费,以后使用要收费的,如果你不想花钱,使用一个月后可以去办理取消。开通后,我早将这件事忘记了,后来发现我的话费增加了很多,一查才知道开通了许多收费项目。你们说我这算不算是受骗了?"

听枫杨、紫薇这样一说,植物们觉得自己身上也或多或少地发生过这类事,但这到底算不算是受骗呢,植物们议论纷纷,莫衷一是。

雪松挥挥手,对大家说:"你们都知道钓鱼吧,钓翁用诱饵引诱鱼儿上钩。对鱼来说,钓翁就是骗子。当然,姜太公钓鱼,愿者上钩。就看你们抵抗诱饵的能力了。"

黄山栾树气呼呼地说:"问题是现在的骗子水平越来越高,要区别谁是骗子还真不是一件容易事,光凭桂花那一招鲜是不够的。"

"是啊,并且我觉得诈骗和赌博、盗窃是连在一起的,都是犯罪活动,十分可恶。"月季花眼里容不得沙子,愤愤不平。

植物们群情激奋,一时间公园里热闹非凡。这时,狗尾草冷不丁地问了一句:"那诸葛亮算不算是骗子?"

众植物闻听此言,大吃一惊,顿时静了下来。沙朴厉声叱斥:"狗尾草你何出此言?"

狗尾草怯生生地说:"我正在看《三国演义》,里面诸葛亮摆空城计,吓退了司马懿的大军,这算不算是一种欺骗呢?"

"照你这么说,那整本《三国演义》,从头到尾都是一部欺骗史了。这不叫欺骗,这叫谋略,是用计取胜。中国古代'三十六计',其中大部分都是说的使用欺骗的手段骗过敌人取得胜利的典故。啊哟,不好,怎么我自己也绕进去了,还真说不清楚。"沙朴自嘲地笑着,转向雪松求助,说,"雪松,你怎么看这个问题?"

雪松笑着说:"你们有些扯远了,我们现在说的骗子,一般是指诈骗犯罪,这个需要通过法律条文来解释。诈骗罪是指以非法占有为目的,用虚构事实或者隐瞒真相的方法,骗取数额较大的公私财物的行为。通常认为,该罪的基本构造为:行为人以不法占有为目的实施欺诈行为→被害人产生错误认识→被害人基于错误认识处分财产→行为人取得财产→被害人受到财产上的损失。也就是说,这里所说的诈骗,是局限于经济领域的,和政治、军事、外交等其他领域无关,不然就会扯不清。"

"骗子就是会钻法律条文的空子。"月季花说。

"那其他领域骗来骗去的算不算骗子呢?"狗尾草还是不放过。

"战争年代,敌对双方,你死我活,要的是你的命,哪还在乎你的钱?所以，在那种特定条件下，是无所不用其极的，这叫谋略。诸葛亮出名就是因为他善谋略。项羽有勇无谋，在手下设好鸿门宴请刘邦入瓮时，下不了手，结果错失良机，最后兵败自杀。同样，国家之间，情报战、特工战、间谍与反间谍、渗透与反渗透，这些看不见的战线上，每天都在发生惊心动魄的故事。"雪松缓缓说道。

沙朴连忙接上说："是啊，我们现在的安定幸福生活得来不易啊，大家都要珍惜啊。"

"沙朴，你这是和稀泥，雪松大哥还没有回答我的提问呢。"狗尾草不依不饶。

"扯远了，扯远了，我们还是想想我们自己该如何防骗吧。"广玉兰出来打圆场。

植物们又议论开了，有支持狗尾草的，有说狗尾草吃饱了撑的，叽叽喳喳地吵成一团。这时，老槐树刚好路过公园，有植物就拉住他，要他说几句。老槐树听了事情的缘由，颤巍巍地说："我老了，也说不出什么大道理。我只是要告诉你们，记住，天上不会掉馅饼，我们植物是最脚踏实地的，幸福生活是靠自己创造出来的。坚持住自己的根本，就不会被骗。"

在一阵雷鸣般的掌声中，今天的公园聚会就结束了。

树联网

进入春天，阳光明媚，小区里的植物繁花似锦，玉兰花、樱花、杜鹃花陆陆续续地开放，一茬接着一茬，数不尽的芬芳让人迷醉。

四月中旬的一天清晨，沙朴照例醒来后就去小区公园聚会，到了那里，发现已经聚集了许多植物，正在聊得热火朝天。只听枫杨神秘兮兮地说："你们有没有发现，现在人们从我们面前匆匆忙忙走过去时，手中都拿着个长方形的物件，还时不时拿出来看看，有时铃声响起，就会对着那物件自言自语，不知道在说些什么。"

"你到现在连这个都还没有搞清楚，真是少见多怪，这叫手机，现在在人类中已经普及了。"广玉兰朝枫杨看看，满脸不屑。

"手机？是干什么用的？"枫杨不耻下问。

"我知道是打电话用的。"狗尾草探头探脑，神气十足地说。

"手机的作用可大了，除了打电话、发信息，还可以上网，世界上发生的最新消息，都可以通过手机在互联网上查到。"杜鹃花凑上来补了一句。

"现在住在这里的居民足不出户，在手机上点几下，通过网上购物，蔬菜、水果、快餐，你要什么有什么，过一会，就会有人送上门来。这些已经不是什么新鲜事了。"广玉兰总结说。

"这也太神奇了。"

"羡慕妒忌恨啊。"

"人类太了不起了，要是我们植物能够这样就好了。"

植物们七嘴八舌地议论起来，流露出仰慕的神色。沙朴听到这里，实在

419

忍不住了,就走到公园中心,对着周围的植物大声说:"我们植物不能妄自菲薄,要说互联网,人类还是从我们身上学去的。"

"什么? 沙朴,你在说什么胡话?"

"我的意思是,在很多方面,我们树木是人类的老师。"沙朴语气肯定地说。

"你吹牛,吹牛反正又不交税。"杜鹃花嘲讽道。

沙朴被激怒了,他挥舞着双手,指了指自己的身体,说:"你们看我的全身,这是主干,从主干上侧生出几条主枝,每条主枝又长着若干条小枝,小枝上长满了茎、叶,这样纵横交错的,就构成了一个网状结构,画出来就是个树形图,互联网就是从这个树形图上得到启发的。"

树木们你看看我,我看看你,啧啧称奇,说:"还真是这样。"

沙朴又指着远处的大香樟,说:"你们看看香樟大哥,冠蓄华盖,昂然挺立,是不是像一把大雨伞?"很多植物都点头称是。

沙朴继续说:"伞形图也好,树形图也罢,都说明我们树木很早就认识到了网络结构的精髓。"

柳树甩了甩长辫子,说:"我每天对着江南水乡的江湖河塘,那纵横交错、四通八达像井田似的水网,不就是流淌在大地上的互联网吗?"

"人们有互联网,水流有水联网,我们植物有树联网就好了。"有植物感叹。

"植物的树联网早就有了。"沙朴十分肯定地说。

"在哪里? 我们怎么没有感觉到。"

沙朴说:"其实我前面说的树木的形状是表面现象,在地下还存在着另外一个更神秘的系统,它们使得无数的花草树木形成一个整体,可以彼此交流。"

"在地下? 植物们在进行交流? 有意思,快说来听听。"

沙朴不慌不忙地说:"事实上,当你穿过森林时,你的脚下有几百个谈话正在进行着。"

"可是我一个字也听不见。"有植物惊叫。

"那是因为植物不是通过语言进行交流的,而是通过电脉冲信号进行的,正如人类的神经系统一样。在土壤下面,树根水平伸展开来,伸展的宽度至少和树的高度一样。因为树根是向侧面延展,所以树根之间会缠绕在一起,构建起与周围其他树木的联系。树木不仅能向它周围的树木发送电信号,并且树木还可以转述信息,即使有许多树把他们分开了,但是他们仍能彼此交流。树根的这种相互盘根错节的连接网络,就是树联网。"

"那这个树联网起什么作用? 或者说这些树木之间到底在说些什么呢?"狗尾草兴趣来了。

"通常会说:'给我一些食物吧,伙计。'"沙朴微笑着补充说,"当一些树木缺少某些成分,而这些成分是他们生长所必需的,例如碳、磷和硫黄之类的东西时,他们会把请求发送到树联网中。最近的一棵拥有那几种成分多余的树就会做出回应,例如把碳送给那棵发出请求的树。'我有剩余的碳送给你,你给我点磷吧'。"

"那它们是怎样传送这些养分的呢?"

"植物通过树根连接,就好比是一个通信网,再利用生物高速公路,把许多自然元素输送到整个森林,向外平均分配资源。树木甚至还会彼此照顾,当他们发现某棵树没有得到足够的阳光时,就会慢慢地重新摆放自己的树枝,让同伴也能分享到更多的阳光。树的根尖有着与人大脑类似的结构,根尖除了信号传导线路外,也有许多像是动物身上也有的结构和分子。在土壤里匍匐前进的根尖受到刺激时,会生成电子信号,这些信号会先在根的一个过渡部位中加以处理,然后转化为指令,引导树木修正其行为。"沙朴继续介绍。

"树根之间连接的载体是什么?"玉兰花好奇地问。

"你们可能都知道,植物遇到虫害等危险时,会释放出警示气体,来警告身边的其他同伴,以制造毒素来抵抗害虫或其他威胁。但是警示气体的作用毕竟有限,还受到天气等因素影响。在天然森林中,绝大多数植物都与土壤真菌共生。'真菌'就像是雨后在土地上冒出来的伞形蘑菇,但这其实只是真菌的繁殖器官。真菌的绝大部分身体是在地下,是散布在土地中复杂交错如同厚毯子一般的菌丝体网络。一株真菌可以在几百年的时间里,繁殖并遍布好几平方公里的土地,像一整片互联网那样,将森林中的个体相互连接起来。一般来说,每种树木都有好几种可以与之共生的真菌可供选择,如果其中一种因为环境改变而消失,其他的可以替补上。

"这也太神奇了,还有什么?"枫杨啧啧嘴巴追问。

"神奇的事多着呢,树木拥有数数的能力。他们一起数着逝去的日子,记录下一年四季春夏秋冬的日子更替。然后,他们在森林里分享这些知识,根据植物的认知,在该开花的时间开花,该结果的时间结果,该落叶的时间落叶,该休眠的时间休眠。"沙朴洋洋得意地说着。

在场的植物想了想,觉得确实是这样。无患子提出了一个新问题,说:"你前面说的都是一些善良的树,他们会竭尽全力帮助其他的有机体。但据我所知,植物之间并不是都那么友好的,争斗也是常常会发生的。"

沙朴点点头,说:"无患子说的没错,也有些坏心肠的植物,他们只考虑自己,抢夺更多的养分。比如,臭名昭著的加拿大一枝黄花就是自私自利的典型,它会肆无忌惮地攻城略地、扩充地盘,弄得周围寸草不生。还有水生植物里的水葫芦也是这副德行。"

听到这里,植物们都摇摇头,露出苦不堪言的样子。

杜英问:"沙朴,你说的树联网,只在森林里存在吧,像我们生长在城市小区的植物,感觉不到吧。"

沙朴说:"神通广大的树联网,存在于天然森林中。森林里表面看到的是一棵棵分离着生长的树,而事实上,'分离'这个词对于森林来说根本不存在。真正的天然森林必然是一个超生物体,是一个网络体。在人工林中,树的基本需求(尤其是对于社交的需求)常常得不到满足,树联网的作用就大为削弱了。到了农田或城市公园、小区,土壤常常非常贫瘠和板结,有害化学物质残留较多,因而生物多样性程度极低,一些本可以建造树联网的真菌几乎绝迹,树木之间成了彼此分离的个体,无法通过树联网传递养分和信息。这就是你们没有在天然森林里待过的植物感受不到的,非常遗憾。"

广玉兰插进来说:"这就充分说明了天然森林的重要性,现在人们已认识到要保留更多的古老森林,因为那是生物多样性的储存库,可以为周边地区的生态修复作为供应基地。"

沙朴叹了口气,说:"现代城市让人在地理位置上高度聚集,人心的距离却越来越遥远。同样,离开了森林的树木,就像是城市里的'街头流浪儿',只能靠自己的力量勉强生存。我们在小区里,尽管有园丁悉心照料,但基本的条件比如土壤质量等却总是堪忧。在被机器压得紧紧的土地里,树没法扎根很深,夏日风暴后常常有树倾倒或受重伤。即便幸存,也没法像天然林的树那样长寿。园丁们都会定期更新树木,也是无奈之举。"

"离开了森林的植物,是不是好像接收不到互联网信息的人们,倍感难受。"狗尾草晃荡着身体问。

沙朴摸着狗尾草的头,对着大家说:"是啊,人类的互联网需要信号中转站,现在的'5G''6G'之争就是人们在信息高科技上的争斗。我们虽然远离了天然森林的神奇树联网,但我们小区的植物也不少,我们要紧密团结起来,形成小区植物网络系统,互通信息、共享资源,建立起属于我们自己的生命家园。"

沙朴的提议,博得了植物们的阵阵掌声。

此时,日上三竿,植物们感到肚子饿了,就陆续离开公园回住地取食去了。

植物内循环

　　最近几天,阴雨连绵,难得见到太阳,雨水淅淅沥沥,真的是剪不断,理还乱。一大早,沙朴垂头丧气地来到小区公园,发现雪松、广玉兰、杜英等植物早就在了。沙朴一反常态闷声不响站在一旁,听着植物们交谈。

　　杜英看到沙朴无精打采,一副病恹恹的样子,就走过来,关心地问:"沙朴,你这是怎么了? 是病了吗?"

　　沙朴摇摇头,说:"没病,只是这几天晒太阳少了,光合作用不够,缺少营养,所以有些有气无力。"

　　听沙朴这样一说,旁边的许多植物反映自己也有这种症状,觉得很难受。

　　雪松站出来,给大家鼓劲,他说:"太阳不会老是躲着我们,困难是暂时的,越是遇到困难,我们越要挺住。过了这个阴雨天,说不定明天就是艳阳天了。"

　　"我们植物也要与时俱进,在外部供给不足的情况下,我们就要及时启动内循环维持生机。"广玉兰走过来,给大家提供对策。

　　"内循环? 什么叫内循环?"植物们很好奇,都围了过来。

　　雪松对广玉兰说:"既然大家对这个感兴趣,你就给大家说说清楚。"

　　广玉兰挤挤头皮,为难地说:"我哪里解释得清楚,我也是这段时间听人类的新闻,常常听到小区里的人提到经济内循环这个词,想到这几天我们植物遇到了困难,想借鉴人类的经验。"

　　"那中国人为什么要提经济内循环?"有植物提问。

"这个我知道。"乌桕自告奋勇地说,"中国改革开放以来,依靠外向型经济,把中国制造的产品销到世界各地去了,赚回来了不少钱,国家强盛了,老百姓的日子也好过了。但西方某些国家就是见不得中国人过好日子,千方百计要遏制阻挠,搞制裁、贸易摩擦。在对外贸易受影响的时候,中国人就想到了要多搞经济内循环,我们这样的一个大国,丞怕离开了你西方不成?"

"是啊,是啊。"植物们纷纷附和。

"那这个经济内循环具体该怎么搞呢?"杜英追问道。

"我来给你们讲个故事。"乌桕哈哈笑着,接着说,"某地一美女,原来做外贸出口,因为形势变化,生意困难,于是把自己的房子卖了。买房子的是一位男士,经过多次讨价还价终于成交了。

"由于买卖房子,多次交往之后,两人后来竟然好上了,并领了结婚证。那女的窃喜,觉得房子卖出去了,钱也到手了,但房子还是我住着,还白捡了一个老公伺候自己。那男的也高兴:没想到买个房子还送一老婆,而且钱还在家里。"

乌桕说到这里停住了,杜英问他后来呢? 乌桕说没有后来了,说完了。杜英说你这个故事说明了什么? 乌桕说这就是经济内循环的例子啊。

听到这里,植物们都笑了起来,觉得还真是那么回事。

雪松笑过后,接着说:"既然乌桕说了个经济内循环的笑话,那我也来说一个。我这个笑话的题目是《买鸡蛋》,属于内循环经济的类型。

"大家知道,现在老年人都是免费乘坐公交车。某地区的不少老太太早饭后就结伴乘坐公交车,一路谈笑风生好不惬意。她们是去郊区农村。一来消磨时间呼吸呼吸城外新鲜空气,二来直奔主题,去农家买土鸡蛋。一个星期去两次,乐此不疲。

"郊区农家在山坡草地或树木下用网围着几百平方米的地方,在里面放养着土鸡。城里老太太来到后,各奔东西找自己的老熟户,然后以每斤15元的价格挑几斤自己心仪的鸡蛋,心满意足地离开,一起再乘公交车返回城里。

"等城里老太太走后,农村老太太吃了午饭也三五成群坐上免费公交车往市区赶，她们也是一路喜笑颜开。到了市区她们不去逛街，而是直奔各大超市买鸡蛋，她们专拣酷似土鸡蛋的'小鸡蛋'买，每斤4.5元，同样装满一大篮子。回家后，等两天她们就把鸡蛋放在自家养鸡场的草地上和树下，只等城里老太们的到来。她们就这样的你来我往，乐此不疲，皆大欢喜。农村老太用这个办法分享着城里老太的养老金……"

雪松的故事讲完了，植物们又是一阵大笑。广玉兰笑着说："这些老太太不仅履行了内循环经济的职责，还起到了均贫富的作用，好得很嘛。"听得植物们又是笑声一片。

桂花忍住笑，走上前来说："刚才乌桕和雪松讲的，可能都是笑话，我来讲一个真实的故事。小镇上来了一位旅客，走进了一家旅馆，拿出1000元放在柜台做押金，然后上楼去挑选房间。就在旅客上楼的时候，旅馆老板抓起这1000元，跑到隔壁屠户那里支付了他所欠的肉钱。屠户收到这1000元，跑去还清了他欠猪农的猪钱。猪农拿到这1000元，赶紧付了他欠的饲料款。卖饲料的兄弟，拿到钱立即去还了他欠小姐的服务费。小姐收到1000元，跑到旅馆支付了她欠的房费。这1000元转了一圈，又回到旅馆老板的手里，他小心翼翼地把钱放回柜台上，以免旅客下楼时起疑心。旅客走下楼来，说没有找到满意的房间，然后拿起那1000元离开了。这一天，没有人生产任何东西，但全镇的债务却减少了，大家都很开心……"

"这，这，这不可能是真的吧？"狗尾草伸长着头，惊讶地问。

桂花笑着说："不少植物可能听到过这个段子，却未能解释其精髓。在这个段子中，旅客的1000元押金，为旅馆老板提供了一笔'利率为零的短期融资'，是老板的债务。然后，旅馆老板的1000元支出产生了连锁反应，使屠户、猪农、饲料哥、小姐和他自己5个人总共获得了5000元的收入，而这些收入又清偿了5个人总计5000元的债务。1000元支出派生出5000元收入，这是5倍的效果，这就是乘数效应。在市场交易中，一个人的支出就是另一个人的收入，而另一个人有了收入又会形成新的支出，变成其他人的收入，如此循环下去就会在总量上产生倍数效果，这就是支出的乘数效应。收入也具有同样的效果，也可称为收入的乘数效应。"

狗尾草吐吐舌头,说:"我明白了,改革开放前,中国才一点点经济总量,过了四十多年,经济总量就一跃而成世界第二了,这就是乘数效应在起作用。"

桂花拍拍狗尾草的头说:"你这个学生悟性还是高的。"

"可是,这和经济内循环有什么关系?"枫杨还没有明白过来。

"你怎么还不明白,要发展经济,财力、物力、人力都必须高效运转起来,这才有活力。"桂花白了枫杨一眼。

在植物们的一阵说笑声中,太阳也冉冉升起来了。沙朴见此,精神大振,忘了疲惫,也融入植物群中去了。

植物群论

　　小区公园每天早上的植物聚会,沙朴是非来不可的。沙朴不仅积极参与,并且往往来得比较早。但是最近一段时间,沙朴来得越来越迟了,有时等他到时,植物们聚会的高潮已经过去了。这引起了广玉兰的注意,所以当今天沙朴又姗姗来迟时,广玉兰叫住了他。

　　广玉兰说:"沙朴,你最近怎么啦? 为什么老是来得这么迟?"

　　"沙朴一定是被相好缠住了,脱不开身。"不等沙朴回答,枫杨抢着说。植物们都笑了起来。

　　"你才有相好呢。"沙朴没好气地对着枫杨,继续说:"我不和你一般见识。"沙朴和枫杨一直以来都针尖对麦芒,蹓在一起总要怼上几句。

　　"那你早上在干什么? 我们可知道你有早起习惯的。"乌桕不解地问。

　　"还不是因为手机惹的祸。"沙朴讪笑着说。

　　"手机怎么了? 怎么可能惹着你呢?"无患子大惑不解。

　　"等我把话说清楚。"沙朴不好意思地笑着,继续解释说:"因为有了手机,就有了微信;有了微信,就有了微信群,还有了微信朋友圈。现在我已经加入了几十个微信群,微信好友上千个,每天早上起来,打开手机一看,晚上群里发出来的信息有几百条,朋友圈里朋友们晒出来的各种各样的链接也很多。这些消息我都要大致了解一下,这一看就花去了半个多小时,所以到公园来聚会就迟了。"

　　"原来是这样。"无患子松了一口气。

　　"我说得也没错啊,这手机就是你的相好。"枫杨继续取笑沙朴。

"去,去,去,你给我走远些。"沙朴一把推开枫杨。

"你们别闹了,沙朴说到微信群,说到朋友圈,我也有同感,现在确实是群圈泛滥,整天各种真真假假的信息轰炸,看都看不过来。"雪松接上来说。

"几十个微信群? 都是些什么群呢?"狗尾草探出脑袋,好奇地问。

"各种类型的群都有,什么同学群、同事群、家族群、文友群、唱歌群、跳舞群、家长群、邻居群、老乡群、股票群等,不一而足,数都数不过来。"沙朴啧啧嘴巴,摇晃着头说道。

"可不是吗,我在小区里,因为是从山区来的,参加了一个山区进城群;在进城的植物中,我又属于来自山区,又参加了一个进城山区群。我的身份有时候自己也搞糊涂了,有时傻傻分不清该参加哪边的活动。"苦槠苦笑着说。

黄杨走上前来说:"话说回来,这个微信群我觉得还是很管用的,你们知道,我们黄杨是个大家族,银边黄杨、金边黄杨、银心黄杨、金心黄杨、瓜子黄杨、豆瓣黄杨、雀舌黄杨、毛果黄杨、皱叶黄杨、日本黄杨等,品种繁多,以前家族里要开会商量个事,靠跑腿通知,等大家都知道那半天就过去了。现在可方便了,只要在家族群里哼一声,家族成员们就都知道了,省力省心。"

"可不是吗,因为有了群,我们土豆、山药蛋、洋番薯、薯仔、马铃薯都集类到一起,归祖认宗,因为我们的起源是一样的,这为我们编写家谱提供了许多方便。"土豆充分肯定了群的作用。

"但也有烦恼,水果群和蔬菜群都拉我进他们的群,你们说说,我算是水果还是蔬菜?"黄瓜摊开双手,无奈地说。

"那有什么问题,你大不了两边都参加好了。"黄山栾树给黄瓜出主意。

"没那么容易,现在微信群太多了,有些群中又派生出群,所谓群中有群,圈中有圈,都参加吧,太多太烦,不参加吧,又怕驳人家面子,左右为难的。"沙朴对此深有体会。

"是这样的,问题是加入群后,也有问题,你潜在水中一言不发,人家说你玩深沉,城府深,反过来,你整天在那里絮絮叨叨地说个不停,人家又会烦你,这个度也是很难把握的。"无患子有顾虑。

杜英同意无患子的看法,他进一步说:"有时候,我写了一篇文章,因为群太多了,该发到哪几个群上去,也颇伤脑筋的,因为有些植物喜欢热闹,而有些植物喜欢清静,对同一件事、同一篇文,看法都会大相径庭的。"

　　"群多了,还容易出事,你们可有听说,前段时间有一个副局长,把群误当个人私信了,在工作群中和小三谈情说爱,结果出了洋相不说,还丢了官。"桂花提醒说。

　　"沙朴,你可要小心点。"枫杨又来了一句。

　　"你给我滚一边去。"沙朴怒不可遏。

　　"那是他们人类的事,我们植物界不会犯这么低级的错误。"雪松不理睬枫杨,而是对着无患子和杜英说:"你们也不必顾虑,依我看,大家既然加入同一个群了,就都是朋友,应该互相包容,愿意说的尽管说,不愿意说的也不必勉强。只要你说得好,有营养,自然会有植物点赞,那些潜水不冒泡的,说不定也在看着偷偷乐呢,你们又何必在乎呢?"

　　水杉也说:"至于你们提到的怕扰民的想法,那大可不必,因为微信的开发者早就想到了,这里有个屏蔽功能的,你讨厌谁,不想看到他,就将他屏蔽掉,或者将其拉入黑名单好了。"

　　雪松补充说:"我们植物一直以来坚持百花齐放百家争鸣的方针,鼓励大家畅所欲言。但也要注意二点,一是提倡正能量,引导植物们积极向上,这个叫讲政治;二是不搞一言堂,提倡民主生态,这个叫讲纪律。"

　　"刚才桂花提到工作群,这个我最反感了,我觉得微信群应该是属于我们的业余生活,不要和工作联系在一起。"月季花很讲究闲情逸致。

　　"是啊,我听说过一个基层干部抱怨,说他有二十几个微信工作群,每个群里的领导都在上面布置工作。这位干部说自己在山头地块正和老百姓谈工作,整天要回复群里的工作,这实地的工作还怎么做?"毛竹摇晃着身子说。

　　"微信群里布置工作,这是典型的形式主义的工作作风,这又是关于人类的问题,我们不去说他们了好不好?"雪松对月季花和毛竹说:"我们植物什么时候在群里布置过工作?"

月季花和毛竹摇摇头,还真想不起来。

"前面说了这么多,都是些现实问题,关于群论,能不能提高到理论的高度?"红叶石楠话题一转,提出了新问题。

雪松说:"群是指相聚成伙的,聚集在一起的,从数量上,一般应该在三个及以上。如群众、群山、群情、群雄、群策群力等。成语中,比如三五成群、成群结队、成群结党、物以群分、离群索居等。从这里看出群的意思了吗?"

"有意思,有意思。"红叶石楠不停点头。

"从字面上看,群由'君'和'羊'组成,'君'的本义为'管事人''干事',引申义为'地方主事人';'羊'指某一地方的居民。'君'与'羊'联合起来表示'有君长的地方''有君长的人民团体'。本义上是人民自治体。引申义包括人、马、牛、羊、猪、鸡、鸭、鱼等在内的一切动物集合体。"雪松拆字解文起来。

"动物集合体? 难道不包括我们植物?"狗尾草惊叫起来。

雪松愣了一会儿,自嘲地笑了笑,说:"现在我们在说的'群',泛指同一类的事物。所以'群'字所指,只是'聚在一起的人或物',当然也包括我们植物了。"

"人民自治体如何理解?"狗尾草追问。

"从党、群、帮、派来说,党是政治组织,群是人民团体,帮、派则具有贬义性质,是混圈子的意思。我们植物群既不结党,也不结帮成派,更不混圈子。"雪松嘴上这样说着,但心中也没有底气,总觉得不能自圆其说。

"那我每天早上起来看朋友圈,是不是有混圈子的味道。"沙朴傻乎乎地问道。

"想多了,想多了,现在的朋友圈无非是发些每种植物的生活经历,感悟,或游山玩水,或吃喝拉撒,另外就是发一些鸡汤文的链接,你在这上面能混进什么圈子?"雪松哈哈笑着回答。

"听说经常发朋友圈的人心地坦荡,容易接触,不知道是真是假。"狗尾草自言自语道。

"这个谁知道,要不,你狗尾草去和人类接触接触。"广玉兰拍了拍狗尾草,取笑道。

"人类那么自以为是,我才不愿意多接触他们呢。"狗尾草摇头摆尾,神气活现地说。

　　公园里的植物都笑了起来。雪松抬头见太阳已升得很高了,就挥挥手说:"肚子饿了,大家各就各位取食去吧,别混朋友圈了,老老实实地自我光合作用才是根本。"

　　植物们齐声叫好,说完就陆续离去了。

植物论热搜

今天是2021年6月5日，星期六，节气芒种。虽然是休息天，但小区公园每天早上的植物聚会，照样热闹非凡。雪松、沙朴、广玉兰、杜英、枫杨等植物聚在一起，总是有说不完的话。今天也不例外，进入夏天模式了，气温一天比一天升高。沙朴聊得兴起，手舞足蹈，弄得满头大汗的。

毛竹就住在公园角上池塘旁边，天天听着植物们吵吵嚷嚷的，他很少来参与植物们的空谈，总是专心致志地干着自己固碳的老本行。今天，毛竹听不下去了，就来插了一句，说："你们别老生常谈，翻来覆去炒冷饭，能不能与时俱进，谈点新的。"

"谈点新的，有什么新的可谈？"枫杨询问。

"对，毛竹说得对，我们来聊些'热搜'词吧。"不等毛竹回答，沙朴抢着说。

"'热搜'，什么是'热搜'，我看沙朴你是不是热昏了？"枫杨取笑沙朴。

"你才热昏呢，连'热搜'都不知道。"沙朴和枫杨这对老冤家又怼上了。

雪松连忙制止他们打闹，说："沙朴，你就给大家介绍一下'热搜'是怎么回事。"

沙朴说："好吧，所谓'热搜'是指网站从搜索引擎带来最多流量的几个或者是几十个关键词。热搜关键词通常反映一段时间内的各界大事与流行话题。"

"说得直白些，'热搜'就是最近的流行词，是不是可以这样理解？"黄山栾树打断了沙朴的话，直截了当问。

"是的,可以这么说。"沙朴回答。

"你既然提出聊'热搜',想必你一定有话要说。"无患子手指着沙朴说。

"那当然。"沙朴啧啧嘴。

"我也有热搜词要说。"不等沙朴说完,广玉兰抢着说。

杜英不甘示弱,举起双手说:"那我也要说说热搜词。"

雪松挥挥手,大声说:"你们别急,一个一个来,沙朴、广玉兰、杜英,你们按次序介绍热搜词,大家来评评,看哪个词最有趣。"

植物们都说好。沙朴就先开始了。

沙朴清了清喉咙,说:"我要说的热搜词是'躺平'。"

沙朴刚开头,枫杨就哈哈大笑起来。沙朴问他笑什么。枫杨说:"我只知道平躺,哪里有'躺平'一说?"

沙朴白了枫杨一眼,不屑一顾地说:"没有文化真可怕。"

雪松说:"沙朴你别受影响,你继续说下去。"

沙朴回过头来说:"'躺平'这个词语并没有权威解释,大抵是指一种无欲无求、不思进取、得过且过的状态,与之前流行的'丧''佛系'等热词异曲同工。躺平学,意在遵守'以不变应万变'的生活哲学和放弃与生活搏斗的态度,'躺平'即正义,接受一切与这个越来越内卷的社会对抗。"

"那它和平躺有什么区别?"狗尾草很好奇。

"是啊,我们植物也需要躺平的,中午累了,我们就躺倒午睡一会,到了冬天,我们一些同类还休眠呢。"枫杨自以为是地说。

沙朴哼了一声,说:"躺平和平躺完全是两码事,休眠只是躺平的一种特殊方式。从科学的角度看,躺平有着丰富的含义。"

"躺平和科学还扯上了,有意思,说来听听。"乌桕兴趣来了。

"那当然。"沙朴神气活现地说:"躺平从形体学可解释为站姿、跪姿之后的第三种姿势,从行为学可解释为无路可走所以干脆不走了,从成功学可解释为失败(这点学术上有争议的),从金融学可解释为穷,从生物学可解释为冬眠,从急诊学可解释为生存性休克综合征,从遗传学可解释为自绝后患,从中医学可解释为需要按摩、拔罐、刮痧、针灸,从运动学可解释为跑不动了,从劳动学可解释为扛不住了,从心理学可解释为等死(这点也有争议),从军事学可解释为等对方死(也叫躺赢),从政治学可解释为公平权利,从法学可解释为法无禁止则自由,从社会学可解释为非暴力不合作(或失去合作的资格),从美学可解释为超现实行为艺术,从文学可解释为仰望星空。"

沙朴一口气说了这么多,累得气喘吁吁。黄山栾树挥挥手,打断了他,说:"别扯开了,我问你,你自己对躺平怎么看?"

沙朴先开玩笑说:"我躺平了,你随意。"又想了一会儿后说:"我觉得世上有躺平的人,也有奋斗的人。就是同一个人,有躺平的时候,也有奋斗的时候。时候到了,机会来了,人会从躺平的状态起来,去奋进。从这个角度讲,躺平的人都无可厚非。至于我们植物,春夏秋冬,四季轮回,春播夏长秋收冬藏,最自然不过了。"

雪松说:"我给你们讲这样一个故事。一个渔夫在海边晒太阳,富翁看见他,就问他:为什么不去打鱼?渔夫说:我打够了呀,今天够吃了,所以在晒太阳。富翁又问:'你为什么不继续打鱼?好赚钱买更大的渔网更大的船,打更多的鱼?'渔夫就问:'然后呢?'富翁就说:'继续买更多的渔网,更大的船,打更多的鱼啊!'渔夫又问:'再以后呢?'富翁就说:'钱足够多的时候,就雇些人帮着打鱼,然后你就可以在海边买个房子,天天晒太阳。'渔夫就说:'我现在不已经在晒太阳了吗?'"

听沙朴、雪松这样一说,植物们都议论开了,有肯定躺平的,有讨厌躺平的,有批评渔夫的,有赞赏渔夫的,莫衷一是,现场热闹非凡。

雪松抬头看看天空,高声说:"因时间关系,'躺平'就先说到这里,下面听广玉兰的,看他介绍什么热搜词。"

广玉兰开门见山地说:"我来说一说'瞒豹'。"

"'瞒豹'?你有没有搞错,是瞒报吧?"有植物在下面大声叫道。

"瞒报太平常了,还用得着我来这里说吗?"广玉兰回应道。

"那你说的'瞒豹'是怎么回事?"又有植物提问。

"哎,难道你们一点都不关心时事?"广玉兰痛心疾首。

"广玉兰,你顾自说吧。"雪松说。

"是这样的,在今年4月下旬,某地陆续有人发现山上有疑似豹子出现,引起了很大轰动,开始一些人还很激动,以为是环境保护得好,连当地绝迹多年的野生豹子都回来了。在当地政府部门调查豹子的来源时,丢失豹子的某野生动物园一开始否认有动物出逃,随后又发布因园区发生安全问题临时关园的公告,直到后来,实在瞒不住了,才对外承认逃跑的豹子是自家的,称之前不对外公布是害怕引起公众的恐慌。而这一系列迷惑行为背后的真相,令人大跌眼镜。这一事件被称之为'瞒豹'。"

　　"那他们为什么要'瞒豹'呢?"毛竹大惑不解。

　　"据说动物园的'瞒豹'行为,是为了不影响五一期间的营业收入。"广玉兰摇了摇头说。

　　"真是要钱不要命了,为了金钱竟然可以将公众的人身安全置身事外。"无患子喔喔叫道。

　　"现实生活中,除了经济利益,也有报喜不报忧的现象。"乌桕补充说。

　　广玉兰接着说:"之所以报喜不报忧的原因有很多,有些是出于个体的性格特点和行事风格,而有些是为了自身利益,此外,还有些是只想在上级面前表功揽誉,遇到事情就想先隐瞒处理。正因为这样那样的原因,所以出现'瞒豹'事件也不奇怪了。"

　　"怎么会这样,无法理喻。"植物们又七嘴八舌地说开了。

　　雪松见大家扯远了,赶紧踩刹车,示意杜英讲他的热搜词。

　　杜英嘻嘻哈哈笑着说:"我的热搜词是'三胎'。"

　　"'三胎'有什么好多说的,我们植物还提倡多胎呢,生得越多越好。"狗尾草指着石榴说:"像石榴这样,寓意多子多福。"

　　石榴说:"还真是的,过去人们在庭院里种树,喜欢选择石榴、枣子、榉树、桂花等,这是有讲究的。"

　　"有什么讲究,解释一下。"有植物问。

　　石榴介绍说:"石榴多籽,寓意多子多福;枣子寓意早生贵子;榉同举,中举啊,寓意考试成绩好;桂同贵,贵即富,富贵不分家。"石榴朝桂花看看,又补了一句:"当然,桂花确实是花香,并不是靠名字取胜的。"

植物们都笑了起来。雪松提醒杜英说下去。

杜英说："刚刚上月底，中国出台了进一步优化生育政策，实施一对夫妻可以生育三个子女的政策及配套支持措施，这就是'三胎'这个热搜词的来源。"

雪松说："杜英，这事确实引起了热议，你给大家正面解读一下吧。"

杜英说："据说中国目前呈现生育率下降、劳动年龄人口比重降低、老龄化水平提高的人口结构特点，进入'老龄少子化'社会。在老龄化、少子化、劳动人口数量和比重下降的现状下，国家提出了'促进人口长期均衡发展'的目标。归纳起来，三胎有利于改善中国人口结构、落实积极应对人口老龄化国家战略、保持中国人力资源禀赋优势、促进人口长期均衡发展。"

"从'单独二孩'到'全面二孩'，直到现在放开三孩的政策，都是基于几十年来生育率和人口数据的变化逐步做出的调整。其实放开三孩，实质上基本等于全面放开，但还是要看未来几年生育率变化的情况。如果放开三孩后，中国的生育率仍然没有显著的提升，还是在低水平徘徊，甚至继续下降，全面放开生育限制应该是未来的政策选择。"桂花提出了自己的看法。

听桂花这么说，植物们先是愣了一会儿，接着是一阵掌声。

雪松宣布："今天的早会就到这里，散会吧。"

沙朴大叫："还没有评出哪个词最有趣呢。"

"还有趣呢，肚子饿了，回去填饱再说吧。"雪松摆摆手。植物们一哄而散。

后　记

　　笔者长期从事林业工作，感同身受于植物文化、森林文化、生态文化的丰富多彩，近几年在完成繁忙的业务工作之余，跨界文学创作，相继出版了《跨界》《天候》(春、夏、秋、冬四部曲)等以植物生态文化为主题的长篇小说，受到了不少人的好评。朋友们也鼓励我继续写下去，进入 2020 年，因新冠疫情，暂时放下正在构思中的另一个长篇，得以静下心来关注起身边的花草树木，转写以植物为主题的散文、随笔——以自己居住的"润园"为舞台背景，以小区里的植物为对象，采用拟人化的手法，写了 140 多篇短文。描写生活在小区里的香樟、银杏、枫香、沙朴、桂花等植物之间"发生"的趣味盎然的故事，各篇之间既独立成章，又有关联。植物既能讲故事、猜谜语、做奥数、玩游戏，又能写诗作文，谈古论今……2021 年年初，从中挑选了 100 篇结集，定在浙江工商大学出版社出版。

　　一开始，也没有想到出书，就是建了个文件夹，取名《润园植物故事》，写出来乱七八糟的东西都往里面塞。就好比原野里搭了间茅草屋，里面农具、肥料、果实堆得到处都是，反正自己用起来方便就是，也不碍事。现在不一样，丑媳妇要见公婆，总得粉刷一下，里子没法换了，面子总要顾。想着改个名头，会不会讨公婆喜欢些。

　　前几天，春雨绵绵，想起杜甫的《春夜喜雨》诗，其中有一句"润物细无声"，由此冒出《润物喜有声》的书名，意为润园小区的植物每天都喜洋洋地发出各种声音，植物可是满满的正能量。后想到自己孤陋寡闻，宁多方听取意见，不可刚愎自用，遂通过微信群向润园邻居及朋友们求教帮忙，征求书名。大家很热心,提供了《润园物语》《润园细语》《润园趣语》《声色润园》《润园童话》《润园植物梦想》《润园的植物》《润物嬉有声》《润笔听花》《润物》《周生祥新生态散文选》等几十种书名。经再三比较和考虑,也与家人充分沟通和讨论,因曾出版偏重于诗歌体形式的《跨界》和偏重于小说体形式的《天候》,为统一书名格式,这本偏重于散文体形式的作品,就取名《润物》,如此便集齐了诗歌、小说、散文这三大体裁的文学形式。或许会令读者遗憾,到头来又回到貌似最无趣的题目,想来,这或许也是我这类理科男的某类形式感或审美强迫症在作怪吧,不过最终结果令我满意,不违心才是真心嘛!

当然,在《润物》的成书过程中,得到很多朋友的帮助与支持。特别一提的是润园的部分邻居、壹木自然读书会的部分群友、所在作协及文学社的部分文友,以及来自沈阳的博物学爱好者吴凤梅老师,来自杭州的作家、评论家陈铮(笔名陈虚炎)老师,来自浙江工商大学出版社的沈明珠老师等,对他们的指导、扶持、帮助与配合,我表示衷心的感谢。最后还要感谢我的爱人俞建英对我写作的支持,并题写了书名。

心有自然,草木清欢,身在润园,牵挂森林。如果这本小书能够让更多的朋友们关注身边的一草一木,让生态文化走进我门的居住小区,走进我们的家庭生活,那就是写作者的最大收获!诚然,这正是我创作此书的意旨所在,若果真如此,也算我为未来全球向往之"绿色生态"生活与人类可持续发展事业所做的聊以慰藉的小小贡献吧!

作　者

2021 年 5 月